岩 波 文 庫

32-463-3

パ サ ー ジ ュ 論

(一)

ヴァルター・ベンヤミン著
今村仁司・三島憲一・大貫敦子・
高橋順一・塚 原 史・細見和之・
村岡晋一・山 本 尤・横 張 誠・
與謝野文子・吉村和明 訳

岩 波 書 店

Walter Benjamin

DAS PASSAGEN-WERK

『パサージュ論』のテクスト成立過程の素描

三島憲一

本書は、Walter Benjamin, *Das Passagen-Werk*, Herausgegeben von Rolf Tiedemann, Suhrkamp Verlag, Frankfurt am Main, 1982（以下、ズールカンプ版）の大部分の日本語訳である。ドイツ語版は全二巻であるが、全五冊からなる日本語版『パサージュ論』に収められているのは、以下のテクストである。

1　概要（Exposés）

　a　「パリ――一九世紀の首都」（ドイツ語草稿）　一九三五年五月脱稿

　b　「パリ――一九世紀の首都」（フランス語草稿）　一九三九年三月脱稿

2　覚え書および資料（A～Zおよびa～r、ただしc、e、f、h、j、n、o、qは欠番）

一九二八年秋もしくは冬から一九二九年末まで、および一九三四年初頭から一九四〇年五月までの作業。

3　「土星の輪または鉄骨建築」　一九二八年および一九二九年

これらのテクストはズールカンプ版全集(ロルフ・ティーデマンほか編、一九九一年)の第V部としても刊行されているが、上記以外に、それぞれ比較的短い次のテクストが収められている。

4　初期のメモ

「パリのパサージュI(A°～Q°)」　一九二七年半ばから一九二九年末もしくは一九三〇年初頭

5　初期の草稿

a　「パサージュ」　一九二七年夏もしくは秋

b　「パリのパサージュII(a°～h°)」　一九二八年および一九二九年

だがこれらは、ズールカンプ版の編者の見解でも、また訳者一同の意見でも、1および2にすでに書かれていることに付け加える重大な事柄はないため、編集上および出版技術上の制約に顧みて、翻訳は割愛した。

2に関してズールカンプ版では、ベンヤミン自身の考えを記した断片、また引用であってもベンヤミン自身によるコメントがついている部分は大きめの活字で、それに対して、コメントのない引用やいかなる解釈もなしにただ事実だけをベンヤミンが記している断片は小さめの活字で組まれている。翻訳に当たってもそれに倣い、前者は断片番号をボールドで、後者は普通の活字で表記した。

以上のテクストが成立した経緯およびベンヤミンの死後に再発見された事情を、ティーデマンの詳細な解説に依拠しながらかいつまんで述べておこう。

ベンヤミンはすでに一九二七年に友人のフランツ・ヘッセルとパリのパサージュについてエッセイを試みている。そのときの草稿が5aである。ヘッセルの手も入っている可能性は排除できない。この年の四月から一〇月までベンヤミンはフランスにおり、コートダジュールやコルシカ島への短期間の旅を除けばパリで暮らした。ヘッセルも当時はパリにいた。だが、この共同作業はじきに中止され、ベンヤミンは一人で続行することになる。その後自らの計画よりずっと膨らんだ仕事になっていく過程は当時の書簡に窺える。『パリのパサージュ――弁証法の妖精の国』などというタイトルを考えていた時期もあった。このいわば第一段階の原稿やメモが4および5と考えてよい。しかし、この計画は一九二九年に中断せざるをえなくなる。この中断については種々の憶測があるが(ヘブライ語の学習、エルサレム移住計画、ユダヤ教会内部での活動予定など)、やはり、ベンヤミン自身の証言およびアドルノ、ホルクハイマーらの証言、さらに当時の書簡から見て、一九二九年九月/一〇月にフランクフルトやケーニヒシュタインで彼らに朗読し、その後の議論で批判されたことに最大の原因を求めるべきであろう。すでにベンヤミンとアドルノは、前年つまり一九二八年の夏にタウヌスでともに一日を過ごしているので、そのときにも議論されたかもしれぬが、やはり転機はベンヤミン自身が「歴史的」と形容している彼らとの対話であろう。それは基本的には、社会史的観点とアドルノたちが呼ぶ要素、つまり彼らなりに解釈されたマルクスの弁証法的思考が欠けていることに関してであった。

ナチスの権力奪取とともにパリに逃れたベンヤミンは一九三四年初頭に再びパサージュ論にとりかかる。雑誌の依頼原稿に一部を載せようとした(実現はしなかった)ことなども、経済的苦境にあった彼にとって再開のきっかけであったには違いない。しかし、なによりもパリの町にいること、そして国立図書館の膨大な資料が使えることが大きな理由であろう。スヴェンボルへの旅、またサン・レモの元の妻のところでの滞在など、仕事の進捗を妨げる理由も多かったが、パリにいるかぎりは一貫して、特に一九三五年以降は集中的に『パサージュ論』に没頭している。その過程で書かれた膨大な量の着想のメモや引用資料が「2　覚え書および資料(A～Zおよびa～r)」である。当然のことながら、そこには、第一段階でのメモも入っている。彼はそれらをテーマ別に袋に入れて分けていた。A、Bなどの分類記号は彼自身によるものである。一九三四年に再開したときに既存の覚え書を整理しており、項目によっては、最初の数ページは既存のものを素材にしているため内容的な順序がある程度ついているものもある。しかし、いずれも途中からは資料探しの偶然と着想の時間的順序が存在しているだけで、個々の断片のあいだに内容的な連鎖関係はない場合が多い。また、覚え書や引用文によっては末尾に■遊歩者■などとあるが、それはベンヤミン自身がそちらの項目へ移すか、あるいは■天候■などというタイトルを創設し、移そうとしていたものである。

この仕事は一九四〇年五月、パリを離れるまで続けられたが、その過程で一九三五年にまとめられたのがドイツ語の概要(1a)である。それは、亡命中のフランクフルト社会研究所副所長ポロックとの対話によるところが大きかった。またそれをきっかけに研究所の正式プログラムとして「一九世紀のパリの社会史」が採用され、ベンヤミン自身の経済基盤を多少とも安定させることになった。また、この概要をきっかけにアドルノとの往復書簡やおりおりの再会を利用して恒常的な議論が開始されることになる。その議論の応酬は、社会過程と文化過程の連関とずれをめぐる、二〇世紀の最も精密な、また最も難解な知的遺産に属する。前記のケーニヒシュタインでの議論なども含めて、それに関してはホルクハイマー、アドルノ、ベンヤミン、ショーレムなど関係者の大量の書簡が原著の二巻目に参考資料として収められているが、翻訳に当たっては割愛せざるをえなかった〔本書岩波文庫版では第5巻に一部を翻訳〕。

その過程ででき上がった原稿の一つが、一九三八年の「ボードレールにおける第二帝政下のパリ」であり、また一九三六年に印刷されたが、一九三九年四月の時点でもまだ修正をしていたとされる「複製技術時代の芸術作品」である。ほかにもエードゥアルト・フックス論など重要なものがあるが、特にボードレール論と「複製技術時代の芸術作品」は素材の面で、また方法意識の面で『パサージュ論』と密接な関係にあるとされる。「複製技術時代の芸術作品」が扱っているのは二〇世紀の技術と芸術であるが、独自の弁証法的な思考は『パサージュ論』をめぐる思想の圏域に由来している。

ベンヤミンは、研究所の他のメンバーの後を追ってパリを捨ててアメリカに移住する計画を抱いたこともあったが、やはり『パサージュ論』は彼をパリから離さなかった。一九三九年にホルクハイマーが、あるアメリカ人によるメセナからの金銭的な援助獲得の可能性を示唆し、その求めに応じて三月に書いたのが、1bのフランス語の概要である。このフランス語草稿は、一九三五年のドイツ語テクストと共通する部分、字句通りの翻訳の部分も多いが、やはり相当な差があることは一読すれば明瞭である。特に、ブランキの『天体による永遠』を論じた末尾の部分は、まったくフランス語草稿独自のものである(覚え書では[D：倦怠、永遠回帰]に直接関連した記述がある)。

ズールカンプ版では覚え書の一部よりも時間的に後に成立した二つの概要を冒頭に置いており、われわれもそれにならった。理由は、この二つのテクストのみが、たとえ断片的形態ではあっても、ある程度のまとまりと、完成された暁の姿を当時のベンヤミンがどのように想像していたかを、窺わせるからである。もちろん、ベンヤミンは、彼の認識論に応じて、すべてが引用から成るようなテクスト、集められた引用が一つの強い光(おそらくはメシア的な光)のなかで、瞬間的に特定の配列になったようなテクストを理想としていた以上、この完成形態の推測はあくまでわれわれ第三者の冷たい文献学的なそれでしかないであろうが。

一九三九年九月一日ナチス・ドイツのポーランド侵攻とともに、フランスもドイツと交戦状態に入り、ベンヤミンの生活も一転する。敵性外国人として一時は収容所にも入れられた。そして一九四〇年六月一四日、ドイツ軍のパリ入城の直前に妹とパリを脱出する。ルルドにしばらく隠れ住んだ後、マルセイユに行き、アメリカ亡命をめざしたピレネー越えの途中で一九四〇年九月二六日に自殺した過程はすでによく書かれているので省略する。

パリ脱出の前にベンヤミンは『パサージュ論』関係の原稿、特にその紛失・没収を恐れていた「覚え書および資料」をジョルジュ・バタイユの手に託し、バタイユは他の司書の手も借りて国立図書館に隠匿した。残りの原稿の一部は、恐らくはベンヤミンの死後、今なおはっきりしない経過を経て妹のドーラ・ベンヤミンの手に入った。妹はしばらくルルドに残った後、エックス・アン・プロヴァンスの近くに潜伏し、やがて一九四二年一二月末にはスイスへの逃亡に成功する。その途中、スイスからアメリカにわたる弁護士に原稿を委託して、それはニューヨークにいるアドルノのところにすでに一九四一年には到着していた。しかし、国立図書館に隠された最も重要な原稿については、関係者の推測と希望があるのみであった。第二次世界大戦の終了後、早速探索が行われ、ジョルジュ・バタイユおよびピエール・ミサックの協力により発見された原稿は、ミサック自身の証言によれば、一九四五年の一二月初めには、彼の手に入り、翌年の春にはアメリカのアドルノの元に送られた。ズールカンプ版には、探索・発見に関するドーラ・ベンヤミンも含めた関係者の往復書簡や後の回想文などが収められており、混乱と破壊の時代にあって、この貴重な原稿の所在に彼らがいかに心を痛めたか、また希望をつないだかがわかり、単純に感動的である。

また、ピレネー越えのときに、ベンヤミン自身がこれだけはなくすわけにいかないと言っていた原稿を持っていたとする証言が、一九八〇年三月になって偶然の機会から得られた。ショーレムがスタンフォード大学で知りあった人物から、当時の同行者のリーザ・フィトコがこうした話をしていたと聞いたのである（この詳細はリーザ・フィトコ『ベンヤミンの黒い鞄』野村美紀子訳、晶文社刊、を参照）。だが、パリ脱出後にベンヤミンがなおも『パサージュ論』の仕事をしていたことを示すような手紙も存在していないし、編集者のティーデマンが終焉の地の郡庁その他の文書保存所で行った調査の結果でも、そうした原稿の存在を告げるような積極的な資料は発見されなかった。もしあれば遺品として、スペイン当局に保管されているはずだからである。もちろん、ティーデマンも報告するように、長い歳月と、スペイン当局の文書管理のずさんさから散逸した可能性も否定できないし、本来あるべき場所とは別の部局や棚から偶然に発見される希望もないとはいえない。とはいえ、さらに行われた聞き取りや当時のベンヤミンの身辺事情の調査からして、ティーデマンは、山越えのときにベンヤミンが携えていたのはおそらく「歴史の概念について」ではなかったかと推測している。幸いこのテクストの別の写しは、ベンヤミンがパリに残し、やがてドーラの手に入った文書のなかにも含まれていた。それゆえにわれわれは、この二〇世紀の悲惨と希望の証言を、いくどもいくども読みなおすことができるのである。

凡例

一　本書は、Walter Benjamin, *Das Passagen-Werk*, Herausgegeben von Rolf Tiedemann, Suhrkamp Verlag, Frankfurt am Main, 1982（*Gesammelten Schriften*, Unter Mitwirkung von Theodor W. Adorno und Gershom Scholem のⅤ・1、Ⅴ・2と同一のテクスト）からの翻訳である。

一　各断片の末尾に使われている断片番号（例［A2, 1］）は、ベンヤミン自身によるものである。ズールカンプ版ではベンヤミン自身の考えやコメントが記されている断片は文字が大きいが、本書ではその断片番号をボールド体にした。

一　■　■は、他のテーマもしくは新しいテーマへ移すことを考えてベンヤミン自身がつけたものである。したがって、現実には存在しない項目のことも多い（例■天候■）。

一　〈　〉は、原書の編纂者ロルフ・ティーデマンによる補いである。［　］および（　）はベンヤミン自身によるものである。

一　原文がイタリック体の箇所には傍点をつけた。

一　複数の著者や複数の刊行場所を表示する際には、／を使った。

一　翻訳者による注や補いは、〔　〕を使った。

＊本書は、二〇〇三年六月に岩波書店から刊行された『パサージュ論』全五巻（岩波現代文庫）の再録である。再録にあたっては、訳者が各巻二名ずつでドイツ語およびフランス語原文にあたり、訳文の全体を見直し、若干の修正を行った。また各巻にそれぞれ新たに解説を付した他、ベンヤミン及び各巻の主要人物の顔写真を掲載した。

岩波現代文庫版では、原書に付されていた編纂者ティーデマンの解説も訳してあるが、今回は煩瑣にわたるのと、本書についてすでにさまざまな著述があるなかで、この解説だけ特記する必要性も認められないので、省略した。

目　次

『パサージュ論』全巻構成

＊は既刊

パサージュ論　第1巻　＊

概要〔Exposés〕

パリ——19世紀の首都〔ドイツ語草稿〕

パリ——19世紀の首都〔フランス語草稿〕

覚え書および資料

A：パサージュ、流行品店、流行品店店員

B：モード

C：太古のパリ、カタコンベ、取り壊し、パリの没落

D：倦怠、永遠回帰

E：オースマン式都市改造、バリケードの闘い

F：鉄骨建築

G：博覧会、広告、グランヴィル

パサージュ論　第2巻

H：蒐集家

I：室内、痕跡

J：ボードレール

パサージュ論　第3巻

K：夢の街と夢の家、未来の夢、人間学的ニヒリズム、ユング

L：夢の家、博物館〔美術館〕、噴水のあるホール

M：遊歩者

N：認識論に関して、進歩の理論

O：売春、賭博

P：パリの街路

Q：パノラマ

R：鏡

S：絵画、ユーゲントシュティール、新しさ

T：さまざまな照明

パサージュ論　第4巻

U：サン＝シモン、鉄道

V：陰謀、同業職人組合

W：フーリエ

X：マルクス

Y：写真

Z：人形、からくり

a：社会運動

パサージュ論　第5巻

b：ドーミエ

d：文学史、ユゴー

g：株式市場、経済史

i：複製技術、リトグラフ

k：コミューン

l：セーヌ河、最古のパリ

m：無為

p：人間学的唯物論、宗派の歴史

r：理工科学校

初期の草稿

土星の輪あるいは鉄骨建築

『パサージュ論』に関連する書簡

パサージュ論（一）

概　要〔Exposés〕

パリ——一九世紀の首都〔ドイツ語草稿〕

「水は碧く、樹々は紅いに染まり、
目に甘く映る夕暮れの景色
そぞろ歩きの人々。淑女方の散策。
後につく少女たち。」
グエン・チョン・ヒエップ
『フランスの首都パリ』詩華集、作品二五
ハノイ、一八九七年
〔碧流紅樹晩相宜　大婦同行小婦随
阮仲合『大法國阮玻璃都襍詠』其二十五〕

Ｉ　フーリエあるいはパサージュ

「こんな宮殿の魔法の円柱が
買い物客に至るところから告げている、
柱廊に陳列の品物を見れば、
産業が芸術と張り合っているのだと。」
「新歌謡」『新パリ風景、あるいは一九世紀初頭パリ風俗習慣観察』
パリ、一八二八年、Ｉ、二七ページ

パリのパサージュの多くは、一八二二年以降の一五年間に作られた。パサージュが登場するための第一の条件は織物取引の隆盛である。流行品店《マガザン・ド・ヌヴォテ》、つまり大量の在庫品を備えた初期の店舗が登場し始める。これは百貨店の前身である。それは、バルザックが「マドレーヌ教会広場からサン＝ドニ門まで、陳列された商品の大いなる歌が色とりどりの詩句を歌っている」と書いた時代である。パサージュは高級品が売られるセンターであった。パサージュを飾り立てるために、芸術が商人に仕えている。同時代の人々はこのパサージュを賛美してやまなかった。その後も長らくパサージュはよそからの旅行者を魅惑し続けた。『絵入りパリ案内』にはこう記されている。「産業による贅沢の生んだ新しい発明であるこれらのパサージュは、いくつもの建物をぬってできている通路であり、ガラス屋根に覆われ、壁には大理石がはられている。建物の所有者たちが、このような大冒険をやってみようと協力したのだ。光を天井から受けているこうした通路の両側には華麗な店がいくつも並んでおり、このようなパサージュは一つの都市、いやそれどころか縮図化された一つの世界とさえなっている。」パサージュは最初のガス灯がお目見えしたところでもある。

パサージュの成立の第二の条件は鉄骨建築が始まったことである。〔第二〕帝政時代には、この鉄骨建築の技術は古代ギリシア的な方向への建築の革新に貢献するものと考えられた。建築理論家のベッティヒャーは、「新しい体制の芸術的形式に関しては、ギリシア的な形式原理」が働くべきであると述べているが、これは広く支持されていた見解であった。アンピール様式〔第一帝政の様式〕は国家を自己目的とするような革命的テロリズムの様式である。国家の機能性が市民階級《ビュルガークラッセ》による支配の手段であることをナポレオンは理解しなかったのと同じように、この時代の建築家たちは、鉄の機能性が建築における構成原理〔建設技術〕の支配を開始させるということを理解しなかった。建築家たちは柱を作るにあたってポンペイ風の円柱を、また工場を作るにあたって住宅を模倣した。後に最初の駅がシャレー〔スイス風の山小屋〕を真似したのと同じである。「構造が下意識の役割を担うことになる。」それにもかかわらず、革命戦争の時代に発する技師という概念が通用し始めて、建設家と装飾家との、理工科学校《エコール・ポリテクニク》と美術学校《エコール・デ・ボザール》のあいだの闘いが始まる。

　鉄とともに建築の歴史においてはじめて人工の建築材料が登場した。こうして鉄は、一九世紀のあいだに加速度的にテンポを早めて行った一つの発展に取り込まれることになる。この発展に決定的な刺激が与えられたのは、〔一八〕二〇年代末以降さまざまな試作がなされていた機関車が鉄の線路でしか走れないことが明らかになったときである。線路こそは組み立て〔モンタージュ〕可能な最初の鉄材であり、鉄桁の前身となった。鉄は住宅に使うのは避けられ、パサージュや博覧会場や駅、つまり、移動《トランジットーリッシュ》のための〔一時的な〕建造物に使用された。同時に建築におけるガラスの使用範囲が広がった。だが、建築材料としてガラスをもっとふんだんに使うための社会的前提が生じるのは、一〇〇年後である。シェールバルト〔独の作家〕の『ガラス建築』〔一九一四年〕においても、ガラスの使用はユートピアとの関連で現れている。

「どんな時代もそれに続く
時代を夢見ている」
ミシュレ「未来！　未来！」

当初はまだ古い生産手段の形態によって支配されているような新しい生産手段の形態(マルクス)には、新しいものが古いものと深く浸透しあっているような形象《ビルト》が、集団意識のうちに対応している。こうした形象は、願望の形象であり、その中で集団意識は、社会が生み出したもののできの悪さや社会的生産秩序の欠陥を止揚すると同時に、それらをすばらしいものに見せようとする。それと並んで、このような願望の形象のうちには、もう時代遅れになったもの――ということはつい最近すたれたばかりのもの――と一線を画そうとする強い志向が現れている。こうした傾向は、新しきものからその衝迫力を受けとっている形象のファンタジーが、実は太古の世界とつながっていることを明らかにしている。どの時代にとっても次の時代はさまざまな形象をとって夢の中で現れる。だが、この夢の中で次の時代は根源の歴史〔Urgeschichte〕の要素、つまりは階級なき社会のさまざまな要素とむすびついて現れる。階級なき社会についてのさまざまな経験は集団の無意識の中に保存されていて、こうした経験こそが、新しきものと深く交わることによってユートピアを生み出す。このユートピアは、永く残る建築物からつかの間の流行にいたるまでの、人間の生活の実にさまざまな形状〔Konfigurationen〕のうちにその痕跡をとどめている。

こうした関係はフーリエのユートピアに見てとることができる。このユートピアを生む深いところでの原動力となったのは機械の出現である。だが、そのことは彼のユートピアの叙述に直接に表現されているわけではない。むしろ、叙述の出発点は、商取引の非道徳性であり、商取引のために動員される道徳の欺瞞性である。協働生活体《ファランステール》によって人間を道徳の不要な状況に引き戻そうというわけである。そのきわめて複雑な組織は機械装置の姿をとる。さまざまな情念の絡み合い、つまり、機械情念と陰謀情念が複雑に作用しあっている仕方は、集団心理を材料とした単純な機械類似物とされる。人間からなるこの機械装置が作り出すのは労働なき楽土《シュラランフェンラント》である。フーリエのユートピアが新しき生命で満たすのは、この太古からの願望のシンボルなのである。

フーリエはパサージュに協働生活体《ファランステール》の建築上のカノンを見ていた。彼が時代に逆らうやり方でパサージュを改造しているのは、特徴的である。つまり、パサージュはもともとは商売の目的に使われるものであったのに、フーリエにあってそれが住居になっている。協働生活体《ファランステール》はパサージュからなる都市となる。フーリエは帝政期の厳格な形式の世界のうちにビーダーマイアー〔19世紀前半の独の小市民的な風俗・芸術〕の色鮮やかな牧歌的風景を打ち立てる。この牧歌的風景の放つ光彩は色褪せながらもゾラにまで続いている。ゾラは『テレーズ・ラカン』でパサージュに別れを告げているが、『労働』ではフーリエの思想を取り入れている。――カール・グリューン〔19世紀独の作家・文化史家。真正社会主義者〕のフーリエ批判に対してマルクスはフーリエを擁護して、そこには「人間についての巨大な想念」があると強調している。マルクスはさらにフーリエのうちにあるユーモアにも注目している。実のところ『レヴァーナ』におけるジャン・パウル〔独の作家〕も教育者フーリエに近いところがあるし、『ガラス建築』におけるシェールバルトもユートピア主義者フーリエと親近なのである。

Ⅱ　ダゲールあるいはパノラマ

「太陽よ、気をつけよ」

A・J・ヴィールルツ『文学作品集』パリ、一八七〇年、三七四ページ

鉄骨建築とともに建築が芸術から離れて一人歩きし始めたとすれば、絵画においても、パノラマによって同じことが起きた。パノラマの普及が最高潮に達した時期は、パサージュの登場と一致している。パノラマを完全に自然に似せたものにするために、人々は倦むことなく技術的な手管を使った。風景の中での一日の時の推移、月の出、滝の音などの模倣が試みられた。ダヴィッド〔新古典主義の画家〕はパノラマに行って写生をするようにと弟子たちに訓示していた。パノラマに描かれた自然の変化は本物と見まごうばかりとなることが目ざされたが、それによってパノラマは写真を越えて無声映画やトーキー映画の先駆けとなっている。

パノラマとパノラマ型の文学とは同時性をもっている。『百と一の書』『フランス人の自画像』『パリの悪魔』『大都会』などはそうした文学である。こういった本は、いずれ三〇年代にジラルダン〔19世紀仏のジャーナリスト・政治家〕が文芸欄にそのための枠を設けることになるような集団執筆の通俗物のはしりである。こうした作品は個々のスケッチから成り立っていて、それらが逸話風に述べられているのは、パノラマの前に立体的に置かれた前景と軌を一にしており、その物語の情報的背景はパノラマのバックに描かれている背景画と照応している。こうした文学はまた社会的に見てもパノラマ的にできている。労働者がその階級とは無縁なかたちで牧歌的風景の点景として描かれているのは、パノラマが最後である。

このパノラマは、芸術の技術に対する関係の転換を告げるものであり、また同時に、新しい生活感情の表現でもあった。田舎に対して都市の人間が政治的に優越していることは、この世紀が経つにつれていくどとなく明らかになってきたが、そうした都市の人間がこのパノラマによって田舎を都市の中に取り込もうとしているのである。都市はパノラマにおいて郊外の田園風景へと拡大する。のちにはもっと繊細な仕方でだが、遊歩者に対して都市が田園風景となるのと同じである。ダゲール〔仏の画家・写真発明家〕はパノラマ画家プレヴォーの弟子であるが、このプレヴォーの店はパサージュ・デ・パノラマにあった。プレヴォーとダゲールの使ったパノラマについての描写。ところがダゲールのパノラマは一八三九年に焼失してしまった。この同じ年に彼はダゲレオタイプの写真の発明を発表している。

アラゴ〔19世紀仏の科学者。七月革命に関与〕は議会の演説で写真術の紹介説明を行った。彼は技術の歴史において写真がどういう位置を占めるかを説明し、その科学的応用についてさまざまな予言をした。それに対して芸術家たちは、写真が芸術としての価値を持つかどうかについて議論を戦わせ始めた。写真は細密肖像画家〔ミニアチュア肖像画家〕という大きな職業集団を絶滅させた。それは単に経済的な理由からだけではない。初期の写真は細密肖像画と比べて芸術的にすぐれていたからである。その技術的な理由は、露出時間が長いことにあった。長い露出時間のゆえに被写体となる人物が最高度の集中を必要としたからである。その社会的な理由は、最初のころの写真家たちがアヴァンギャルドに属しており、写される客たちも大部分はアヴァンギャルドであったという事情にある。ナダールが同業者たちに比べて一頭地を抜いていたことは、パリの下水道で撮影を行うという企画に特徴的に示されている。それによって対物レンズにも発見をなしうることが初めて求められるようになったのである。対物レンズの意義はますます大きくなるが、それは、新しい技術的および社会的現実に直面して絵画や版画による情報に含まれる主観的色合いがいかがわしいものと思われるようになるにつれて、はっきりしてきた。

一八五五年の万国博覧会で初めて「写真」と銘打った特別展示が行われた。同年ヴィールツ〔19世紀ベルギーの画家・著述家〕が発表した写真に関する長大な論文では、写真には絵画に対する哲学的啓発の機能があるとされている。彼自身の絵が示しているとおり、哲学的とはいってもこの啓示を彼は政治的な意味で理解していた。ヴィールツこそは、アジテーションのための写真の活用としてのモンタージュを予測はしないまでも、要請した最初の人間と見てよいであろう。交通機関が拡大するにつれて、絵画の情報としての意義は薄れていった。絵画は写真に対抗し、絵画のもつ色彩の要素を強調するようになった。やがて印象主義に代わってキュビズムになると、絵画は色彩に加えて、写真ではひとまず手の届かないさらに広い領野を獲得することになった。写真のほうも世紀の中頃から商品経済の輪を大幅に広げることになる。つまり、写真は、まったく役立たないか、あるいは、絵というかたちで一人の客にしか役立たなかったような人物、風景、事件をいくらでも市場に提供しうるようになったのである。売上高を増やすために、写真はそのつどの流行にのった撮影技術の変化を通じて、その被写体を新しく見せるのだが、そうした変化がその後の写真の歴史を決めることになる。

Ⅲ　グランヴィルあるいは万国博覧会

「そうです、神聖なるサン＝シモンよ、あなたの教理に、
　パリから中国まで全世界がしたがうとき
　黄金時代は輝かしく甦ることでしょう、

河川には紅茶とココアが流れ、
平野にはすっかり焼き上がった羊が跳びはねて、
セーヌ河には、クールブイヨン煮のカワカマスが泳ぐでしょう。
ほうれん草は砕いた揚げクルトンをまわりに
あしらい、調理《フリカセ》した姿で世にあらわれる、
果樹にはコンポート煮の林檎が実り、
幅の広い外套やブーツを収穫するようになる。
葡萄酒が雪となり、鶏が雨となって降ってくる
天から、かぶらの添えものの上に鴨が落ちてくるでしょう。」
ラングレ／ヴァンデルビュルク作『青銅王ルイとサン＝シモン主義者』
（パレ＝ロワイヤル劇場　一八三二年二月二七日）

万国博覧会は商品という物神の巡礼場である。「全ヨーロッパが商品を見るために移動した」と一八五五年にテーヌ〔仏の批評家〕は述べている〔テーヌではなく、ルナンの誤記。[G4, 5]参照〕。万国博覧会に先行して国民規模での産業博覧会が開かれているが、その最初のものは一七九八年にシャン・ド・マルスで開催されている。この最初の博覧会は、

「労働者階級を楽しませたい」という望みから催され、実際に「労働者階級にとって解放の祝祭となった」。労働者が顧客として前面に出ていた。娯楽産業という枠組みはまだできていなかった。そうした枠組みとなっていたのは民衆のお祭りであった。博覧会の開幕を飾ったのは産業についてのシャプタル〔仏の化学者・政治家〕の演説であった。――万国博覧会という考えを採用したのは、地球全体の工業化を計画していたサン＝シモン主義者たちであった。この新たな領野での最初の権威者であったシュヴァリエ〔仏の経済学者・サン＝シモン主義者〕は、アンファンタン〔仏の空想的社会主義者〕の弟子であり、サン＝シモン主義の機関紙『グローブ』の発行人であった。だが、サン＝シモン主義者たちは世界経済のなりゆきを予測してはいたが、階級闘争を予想してはいなかった。彼らは世紀半ばにおいて工業や商業の新計画に加わってはいたが、プロレタリアートに関する問題については、なすすべを知らなかったのである。

万国博覧会は商品の交換価値を美化する。博覧会が作る枠組みのなかでは商品の使用価値は背後にしりぞいてしまう。万国博覧会は幻像空間《ファンタスマゴリー》を切り開き、そのなかに入るのは気晴らし〔Zerstreuung〕のためとなる。娯楽産業のおかげで、この気晴らしが簡単にえられるようになる。娯楽産業は人間を商品の高みに引き上げるやり方をするのだから。人間は、自分自身から疎外され、他人から疎外され、しかもその状態を楽しむことによって、こうした娯楽産業の術に身をまかせている。商品を玉座につかせ、その商品を取り巻く輝きが気晴らしをもたらしてくれる、これこそは〔画家〕グランヴィルの芸術のひそやかな主題である。それに相応して、彼の芸術はユートピア的要素とシニカルな要素に分裂している。生命のない対象を描くときのこざかしい手練手管は、マルクスが商品の「神学的気まぐれ」と呼んだものに相応している。この手練手管は、「スペシアリテ」〔特産品、特選品〕なるもののうちに込められている。「スペシアリテ」とは、この時代に贅沢品業界の中で生まれた商品表示のことである。グランヴィルの筆にかかると、全自然が「スペシアリテ」へと変貌してしまう。彼は全自然を、広告――この広告という言葉も当時生まれたものである――が商品を展覧に供しはじめたのと同じ精神で、展覧に供してくれる。彼は狂気のうちに死んだ。

「モード「死神さま！　死神さま！」」
レオパルディ『モードと死の対話』

万国博覧会は商品の宇宙を作り上げる。グランヴィルの幻想的作品《ファンタジー》は宇宙までも商品の性格をもったものにしてしまう。この幻想的作品《ファンタジー》は宇宙を近代化する。土星の輪は鋳鉄でできたバルコニーに変質し、土星の住人たちは毎夕そこで涼むことになる。こうした版画で描かれたユートピアの文学版は、フーリエ門下の自然研究者トゥスネルのいくつかの本である。――モードこそは物神としての商品をどのように崇拝すべきかという儀礼の方法を指定する。グランヴィルは、このモードの要請をごく普通の日常用品にまで拡大し、また他方で宇宙にまで押し広げる。彼はその究極のはてまでモードのあり方を追求し、それによってモードの本性を暴き出す。モードはどれも有機的なものと相対立しながらも、生ける肉体を無機物の世界と交わらせる。生ける存在のうちに、屍の権利を認めているのである。無機物的なものにセックス・アピールを感じるフェティシズムこそが、モードの生命の核である。商品崇拝はこのフェティシズムを自らのために使うのである。

一八六七年のパリ万国博覧会に当たってヴィクトール・ユゴーは「ヨーロッパの諸国民へ」と題する声明を発表した。だがヨーロッパの諸国民の利害をそれよりも早く、また、もっとはっきりと代弁したのは、フランスの労働者代表たちである。一八五一年のロンドン万国博覧会に第一次代表団が派遣され、一八六二年のロンドン万国博覧会には七五〇人にも達する第二次代表団が派遣されている。この第二次代表団はマルクスによる国際労働者協会の創設に間接的な意義をもっていた。――一八六七年の万国博覧会において資本主義的文化の幻像《ファンタスマゴリー》はもっとも輝かしい光景を見せる。帝国はその権勢の頂点にあった。パリは贅沢とモードの、おしもおされもせぬ首都であった。オッフェンバック〔オペレッタ作曲家〕がパリの生活にリズムを定めてくれる。オペレッタこそは資本の恒常的支配に対するアイロニカルなユートピアである。

Ⅳ　ルイ＝フィリップあるいは室内

「その頭は……
ナイト・テーブルの上で、キンポウゲのように
休らっている。」
ボードレール「女の殉教者」

ルイ＝フィリップの治世に、私人が歴史の舞台に登場する。新しい選挙法ができて民主的な仕組みが拡大された時期は、議会におけるギゾー〔19世紀、仏の政治家〕が仕組んだ腐敗の時期と重なっている。この議会に守られて、支配階級は、彼らの商売を営みなが

ら、歴史を作り上げていく。支配階級が鉄道建設を促進するのも、自分たちの所有株式に有利になるようにであった。支配階級がルイ＝フィリップの支配を支援するのは、それが商売をしている私人としての彼らの支配にもつながるからなのである。七月革命によって、ブルジョワジーは一七八九年の目標を実現したのである〔マルクス〕。

私人の生活の場はここで初めて労働の場所と切り離され、生活はまず室内で為されるようになる。帳場はその補完物にすぎない。帳場に座って世の動きを考える私人は、室内に溢れるさまざまな幻想に安らぎを求める。この要求は、彼が事業上の考慮を社会的な考慮にまで広げることなど考えていないだけに、ますます切実なものになる。そして、自己の私的な環境を作り上げるに際しては、彼はこのどちらの考慮をも排除するために、幻想に満ちた室内が出来上がってくる。私人にとってはこれが宇宙なのであって、彼はそこに異郷と過去を蒐集する。彼のサロンは、世界劇場の桟敷席なのである。

ユーゲントシュティール〔一九〇〇年前後の独に現れた芸術様式〕について一言しておこう。世紀転換期に室内はユーゲントシュティールによって激変に見舞われる。もっとも、ユーゲントシュティールは、そのイデオロギーからすれば、室内の完成をもたらすもののようである。孤独な魂を美しく変容するのがその目標なのであり、その理論になっているのは個人主義である。ヴァン・デ・ヴェルデ〔ベルギーの建築家〕にあっては、家は個性の表現であって、装飾はこの家にとって、絵画にとっての署名に等しい。しかし、ユーゲントシュティールの真の意味は、このイデオロギーには現れていない。それは技術に攻囲された芸術の象牙の塔からの、芸術の最後の出撃の試みなのである。それは備蓄してあった内面性のすべてを動員する。このことは、霊媒術で書きとられた線の言葉や、技術《テクノロジー》に支配される世界に対抗する裸のままの植物的自然の象徴としての花の中に、表現されている。鉄骨建築の新しい諸要素、桁梁形式にユーゲントシュティールは取り組む。それは、芸術のこうしたもろもろの形式を奪還する試みを装飾において行おうと腐心する。コンクリートが、建築における造形の新しい可能性を約束する。この頃、生活の場の実際の重点は事務所に移る。現実性を失ってしまった人間は、自分の部屋に自分なりの逃げ場を作る。『建築家ソルネス』〔イプセンの戯曲〕は、ユーゲントシュティールをこう結論づけている。その内面性を根拠にして技術に対抗しようとする個人の試みは、破綻せざるをえない、と。

「私は信ずる……私の魂を。大事な物のように。」
レオン・ドゥーベル『作品集』パリ、一九二九年、一九三ページ室内は芸術の避難場所であり、この室内の真の居住者は蒐集家である。彼は物の美しき変容を自らの仕事とする。彼には、物を所有することによって物から商品としての性格を拭い取るというシジフォスの永久に続く仕事が課せられている。しかし、彼が物に与えるのは、使用価値ではなく、骨董価値だけである。蒐集家が夢想するのは、異郷の世界や過去の世界ばかりでなく、同時に、よりよき世界である。よりよき世界では、人間に必要なものは今の日常生活の場合と同様に与えられるわけではないが、物が有用であるという苦役から解放されている。

室内は単に私人の宇宙であるばかりでなく、またその保護ケースでもある。住むということは、痕跡を留めることである。室内ではその痕跡が強調される。覆いやカバー類、容器やケース類がふんだんに考案され、そこに日常ありきたりの実用品の痕跡が残る。居住者の痕跡も室内に残る。この痕跡を追跡する推理小説も生まれてくる。『家具の哲学』と幾篇もの推理短篇でポーは室内の最初の観相家であることを実証している。最初の推理小説の犯人は、上流紳士でもなければ無頼漢でもなく、市民層の私人である。

V　ボードレールあるいはパリの街路

「すべては僕にとってアレゴリーになる。」
ボードレール「白鳥」

憂鬱を養分としているボードレールの天分は、アレゴリーの天分である。ボードレールにおいて初めてパリが抒情詩の対象になる。それは、郷土芸術などというものではなく、むしろこの都市を見据えるアレゴリー詩人の視線、疎外された者の視線である。それは、遊歩者《フラヌール》の視線であって、その生活形式は大都市の住民の未来の悲惨なそれになお一筋の宥和の微光を投げかけている。遊歩者はなお大都市の境界《シュヴェレ》、市民階級の境界の上に立っている。彼はそのどちらにもまだ打ち負かされていないが、そのどちらにも住みついていない。彼は群衆の中に避難場所を求める。群衆の観相学への初期の寄与はすでにエンゲルスとポーによってなされているが、群衆とは、ヴェールであって、それを通して見ると、遊歩者の目には見馴れた都市が幻像《ファンタスマゴリー》と映ずる。群衆の中で都市はあるときは風景となり、またあるときは居間になる。その双方をやがて百貨店が作り出す。百貨店はぶらぶら歩きさえ商品の売り上げに利用する。百貨店は遊歩者が最後に行き着くところである。

遊歩者の形を取って知性が市場に出向く。市場を覗くためだと言いつつも、実際は買い手を見つけるためなのである。この中間段階では、知性はまだパトロンをもっているとはいえ、すでに市場に習熟し始めていて、知性はそこではボヘミアンの形を取る。知性の経済的立場の不安定さには、その政治的機能の曖昧さが対応している。この後者の曖昧さは、職業的陰謀家においてもっとも顕著に現れ、それは徹頭徹尾ボヘミアンに属する。彼らの最初の活動領域は軍隊だが、後には小市民階級、ときにはプロレタリアートになる。しかし、この階層は、プロレタリアートの真の指導者を彼らの敵と見なす。『共産党宣言』が彼らの政治生命に終止符を打つ。ボードレールの詩はこの階層の反逆的情熱から活力を得ている。ボードレールは反社会的な連中の側につく。彼が性的連帯を実現する唯一の相手は娼婦なのである。

「アウェルヌス湖〔冥界の入り口〕に降りて行くのはやさしい。」
ウェルギリウス『アエネーイス』

ボードレールの詩において比類のないのは、女と死の形象が第三の形象《ビルト》、つまりパリの形象の中に混ざり合っているところである。彼の詩にうたわれるパリは、沈没した都市、しかも地底に沈んだというよりは、むしろ海底に沈んだ都市である。この都市の冥府的要素が――地理学上の地層からいえば、昔は人も住まない荒涼たるセーヌ河の川床である――ボードレールの中に痕跡を留めているようである。しかし、ボードレールのこの都市をうたう「死の臭いのする牧歌」において決定的なのは、一つの社会的な基層、現代的な基層である。現代性こそが彼の詩の主アクセントなのである。彼は理想を憂鬱《スプリーン》として寸断する(「憂鬱と理想」)。しかし、まさにこの現代性は根源の歴史〔Urgeschichte〕を常に引用している。ここでそうした引用が行われるのは、この時代の社会的状況と産物に特有な両義性のゆえである。両義性は、弁証法の形象化であって、静止状態にある弁証法の法則でもある。こうした静止状態は、ユートピアであり、弁証法的形象はそれゆえに夢の形象である。商品そのもの、つまり物神としての商品が、こうした形象である。家であるとともに道路でもあるパサージュも、こうした形象である。売り子と商品を一身に兼ねる娼婦も、こうした形象である。

「私は私の地理を知るために旅をする。」
「ある狂人の手記」(マルセル・レジャ『狂人の芸術』パリ、一九〇七年、一三一ページ)

『悪の華』の最後の詩は、「航海」という題で、「おお死よ、老いたる船長よ、今や出帆のとき！　錨を上げよ！」とうたわれる。遊歩者の最後の旅、それは死出の旅である。その目標、それは新しいものである。「《未知》の底に《新しいもの》を見出すために！」新しいものは、商品の使用価値から独立した質をもつ。それは、集団の無意識が生み出すさまざまな形象には譲り渡すことのできない仮象の輝きの源であり、モードが飽くことなくその代弁に当たる虚偽意識の精髄である。この新しいものの発する光は、鏡が他の鏡に映るように、絶えず同一なるものという仮象として映る。こうした仮象の生み出したものこそ、ブルジョワジーがその虚偽意識を満喫している「文化の歴史」の幻像《ファンタスマゴリー》なのである。芸術は、自らの使命を疑い始めていて、「有用性から離れえない」(ボードレール)ことをやめて、新しいものを最高の価値にしなければならない。「新しいものの判定者《アルビテル・ノヴァールム・レールム》」になるのは、芸術にとってはスノッブである。スノッブの芸術に対する関係は、モードにとってのダンディの関係に等しい。——一七世紀にアレゴリーが弁証法的形象の規準になっていたように、一九世紀には新しさ《ヌヴォテ》が規準である。流行品店《マガザン・ド・ヌヴォテ》を新聞もてはやすようになる。新聞が精神的価値の市場を組織化し、そこにまず好景気が生まれる。画一さをきらう者たちは、芸術が市場の思いのままになることに反抗し、「芸術のための芸術」の旗印のもとに結集する。この合い言葉から、芸術を技術の発展から守る総合芸術作品という構想が生じる。総合芸術が自らを讃えて執り行う聖別式は、商品を美化する気晴らしと対をなすものである。両者とも人間の社会的生活を無視している。ボードレールはヴァーグナーに眩惑されたのである。

VI　オースマンあるいはバリケード

「私は崇拝する、美と、善と、偉大な事柄とを、
耳を悦ばせるにもあれ、目を魅了するにもあれ、
大芸術に霊感を与える美しい自然とを。
私は花咲く春——女人と薔薇と——を愛する！」
（オースマン男爵）『年とったライオンの告白』

「装飾の花咲く国、
風景の魅力、建築の魅力、
ありとあらゆる舞台装置の効果は

ひとえに遠近法の法則に基づく。」
フランツ・ベーレ『劇場‐教理問答』ミュンヘン、七四ページ

オースマン〔パリ改造を遂行したセーヌ県知事〕の都市計画の理想と言えば、長く一直線に伸びる道路による遠近法的な展望であった。これは、技術上の必要事項を芸術上の目標設定によって箔を付けようとする一九世紀に再三認められる傾向と対応するものである。市民階級による世俗的・宗教的支配のための諸機関を、街並みの枠内に取り入れて、自らの賛歌を歌わせようとしたのであった。街並みは完成前には幕布で覆われ、完成の暁には記念碑のように除幕式が行われた。――オースマンの活躍は、ナポレオン三世の帝国主義に呼応するものであった。ナポレオン三世は金融資本を助成したために、パリは投機の最盛期を迎える。取引所における投機は封建社会から受け継がれたさまざまな形式の賭博的投機を駆逐する。遊歩者は空間の幻像《ファンタスマゴリー》に身を委ねるのに対し、相場師は時間の幻像に没頭する。投機は時間を一種の麻薬に変えるのだ。ラファルグ〔19世紀仏の社会主義者。マルクスの女婿〕は、投機を景気の秘儀の小規模な模造品だと説明する。オースマンによる収用によって、いかさま投機が横行するようになる。「破毀院」〔最高裁判所〕はブルジョワとオルレアン王朝派からなる野党に気を使った判決を出すので、オー

スマン計画は財政的な危機に陥ってしまった。

オースマンは、自らの独裁権を保持するために、パリを特別行政区にしようとする。一八六四年の議会演説において、彼は、大都市の非定住民に対する憎悪を剝き出しにしている。パリの人口は、オースマンの計画が進むにつれて増大の一途を辿り、家賃は高騰し、プロレタリアートは郊外に追い出され、パリの街はその固有の相貌を失っていく。「赤の地帯」が出現する。オースマンは、自ら「取り壊し専門芸術家《アルティスト・デモリスール》」と称していた。彼は自分の事業を天命と感じていて、回想録にもこれを強調している。しかしながら、彼はパリの市民から彼らの都市を疎外したのである。パリの市民は、この都市をもはや故郷とは感じなくなっていた。この大都市の非人間的な性格が、彼らに意識され始める。マクシム・デュ・カン〔19世紀仏の文学者〕の記念碑的作品『パリ』は、こうした意識から書かれたもので、「オースマン化した一人のエレミアの哀歌」がこの作品に聖書風の嘆きの形式を与えている。

オースマンの事業の真の目的は、内乱に対してこの都市を守ることであった。彼はパリ市内でのバリケードの構築を未来永劫にわたって不可能にしようとしたのだ。すでにルイ゠フィリップも、こうした目的で、木煉瓦舗装を導入している。にもかかわらず、二月革命においてはバリケードがある役割を果たした。エンゲルスはバリケード闘争の戦術に取り組んでいるが、オースマンはこれを二重の方策で阻止しようとする。つまり、道路の幅を広げて、バリケードの構築を不可能にし、兵営と労働者地区を最短距離で結ぶ新しい道路を作ろうとするのである。当時の人々は、この企てに「戦略的美化」という名を与えている。

「見せてやれ、策略を打ち破り、
おお、共和国よ、悪徳の輩に
メドゥーサのような君の大きな貌を、
赤い稲妻のただなかで。」
「一八五〇年頃の労働者の歌」
（アドルフ・シュタール『パリでの二カ月』Ⅱ、
オルデンブルク、一八五一年、一九九ページ）

バリケードはパリ・コミューンのときに新たに復活する。それはこれまでよりはるかに堅固かつ有効に構築された。大通りまでも塞ぎ、ときには二階の高さにまで達し、その背後に塹壕を隠しもっていた。『共産党宣言』が職業的陰謀家の時代に終止符を打ったように、パリ・コミューンは、プロレタリアートの初期の時代に支配的であった幻像《ファンタスマゴリー》を打ち砕いた。ブルジョワジーと手を結んで一七八九年の事業を完成させるのがプロレタリアートの使命だとする幻想は払拭される。一八三一年から一八七一年まで、つまりリヨンの暴動からパリ・コミューンまでの時代は、この幻想に取りつかれていた。しかしブルジョワジーはそのような誤った幻想を共有することはなかった。プロレタリアートの社会的な権利に抗する彼らの闘いは、すでに大革命のときから始まっていたが、ナポレオン三世治下に最盛期に達した博愛主義運動と一体になり、この博愛主義運動はそうした闘いを隠蔽していた。この方向の記念碑的作品、ル・プレー〔19世紀仏の経済学者〕の『ヨーロッパの労働者』が書かれたのも、このナポレオン三世の時代である。ブルジョワジーはいつの時代にも、博愛主義を隠れ蓑にしながら、プロレタリアートに対する階級闘争を公然と行っている。一八三一年にもすでに、ブルジョワジーは、『ジュルナル・デ・デバ』紙にも出ているように、「どんな工場主も自分の工場の中では、プランテーションの所有者が奴隷に囲まれて暮らすように暮らしている」ことを認めている。往時の労働者蜂起が革命理論によって指標を与えられていなかったのは不幸なことだが、このことは、別の面から見れば、彼らを新しい社会の建設に着手させる直接的な力と熱狂の条件でもある。パリ・コミューンにおいて絶頂に達したこの熱狂が、一時、ブルジョワジーの最良の分子を労働者の味方に引き入れはするが、結局は、この熱狂のために労働者はブルジョワジーの最悪の分子に屈服することになる。ランボーとクールべはパリ・コミューンに公然と肩入れしている。パリの大火は、オースマン男爵の破壊事業にふさわしい終幕である。

「私の父親はパリに行ったことがある。」
カール・グツコウ『パリからの手紙』I、ライプツィヒ、一八四二年、五八ページ

ブルジョワジーの廃墟について初めて語ったのはバルザックであった。しかし、シュルレアリスムこそがこの廃墟への目を開いてくれた。この前世紀の願望のシンボルを表現している記念碑の数々がまだ崩されずにいるうちに、生産力の発展がこれを打ち砕いてしまった。一六世紀に科学が哲学から解放されたように、一九世紀にはこの生産力の発展のために、造形の諸形式が芸術から解放されたのである。口火を切ったのは、技師による構造物としての建築であり、これに写真による自然の再現が続くことになる。空想の産物が商業グラフィックとして実用的なものになる兆しが見え始める。文学は新聞の文芸欄にふさわしい形に切り刻まれる憂き目を見る。こうした生産物はすべて、商品

として市場に出ようとしているが、まだ敷居のところでためらっている。パサージュと室内空間、博覧会場とパノラマ館はこのためらいの時代の産物である。それらは夢の世界の残滓なのである。目覚めるときに夢の諸要素を活かすのが、弁証法的思考の定石である。それゆえ、弁証法的思考は歴史的覚醒の器官《オルガーン》なのである。というのも、いつの時代も、次に続く時代を夢見るものだが、それだけでなく、夢見ながら覚醒を目指して進むものだからである。いつの時代も、己の終焉を内に秘め、その終焉を――すでにヘーゲルが認識しているように――狡智をもって実現する。商品経済が揺らぎ始めるとともに、ブルジョワジーの打ち立てた記念碑は、それが実際に崩壊する以前にすでに廃墟と化しているのをわれわれは見抜き始めている。

パリ――一九世紀の首都〔フランス語草稿〕

序章

「歴史はヤヌスと同じであり、二つの顔を持つ。
過去を見ていても、現在を見ていても、歴史は同じものを見ている。」
マクシム・デュ・カン『パリ』Ⅵ、三一五ページ

本書が対象にするのは、歴史の本質をつかむためにはヘロドトスと朝の新聞を比べさえすればよい、という言い方でショーペンハウアーが表現してみせた一つの錯覚である。* これは、前世紀が抱いていた歴史観を特徴づける眩暈のような感覚の表現である。この歴史観は、物のかたちに凝固した事実の無限の連鎖として世界の経過を構成する視点に照応する。この歴史観が固有に残すものは、《文明史》と呼ばれ、人類の生活形態や創造を一つ一つ目録に収めてゆく。そのようにして、文明の宝物殿の中に収蔵された財宝の数々は、以後はいつまでも身元を保証されたものになる。この歴史観では、これらの財宝は、存在していることだけでなく、継承されてゆくことも社会の恒常的な努力のお

陰であるという事実を軽視しているが、この努力によってこれらの財宝はさらに奇妙に変質するのである。本書の調査は、文明のこの物体化的《ショジスト》な表象によって、われわれが前世紀から受け継いだ新しい生活の諸形態や経済的技術的基盤に立つ新しい創造が、いかにして一つのファンタスマゴリー〔fantasmagorie 魔術幻灯(劇)の意。訳語は他に幻像(空間)、夢幻など〕の宇宙に突入するのであるかを示したいのである。これらの創造はこの「天啓／照明《イリュミナシオン》」をイデオロギー的置換によって理論的に受けるだけではなく、感覚的現前の直接性においてこそ受けるのである。これらの創造は、ファンタスマゴリーとして顕在化するのである。鉄骨建築の最初の活用である「パサージュ」はそのようにあらわれるし、娯楽産業との結びつきがはっきり在り方を語る万国博覧会もそのようにあらわれる。同じ類いの現象の内に、市場のファンタスマゴリーに身をまかせる遊歩者《フラヌール》の体験が挙げられる。人間たちが類型的な様相のもとでしかあらわれない、市場のこういったファンタスマゴリーに対応して、住んでいる部屋に、自らの個人的私生活の跡を是非残したいという人間の強烈な傾向によってつくられる室内のファンタスマゴリーがある。文明そのもののファンタスマゴリーはと言えば、オースマンという代表選手《チャンピオン》を得て、パリの変貌にその顕在化した表現を見せたのである。——しかしながら、商品生産的社会がそうしてかもし出すその輝きやその豪華さにしても、その社会の安全という錯覚にしても、脅威から守られてはいない。第二帝政の崩壊とパリ・コミューンはそのことをその社会に思い起こさせてくれる。同じ頃に、その社会にもっとも恐れられた敵ブランキ〔19世紀仏の革命家〕は、最後の著書〔『天体による永遠』〕でこのファンタスマゴリーの恐怖の顔つきを社会に明示した。書中、人類は劫罰に処せられているかのように見える。人類が新しいものとして期待できるすべてのものは、常に存在した現実であったことがあばかれる。さらにその新しいものは、新しい流行が社会を刷新できないのと同様、人類にたいして解放に向かう解決策を与えることができない。ブランキの天体的思索は、ファンタスマゴリーが一つの場を持つかぎり、人類は神話的不安にさいなまれるという教えを含んでいる。

＊ ショーペンハウアーにはこのような表現はない〔編纂者注〕

A　フーリエあるいはパサージュ

I

「こんな宮殿の魔法の円柱が

買い物客に至るところから告げている、
柱廊に陳列の品物を見れば、
産業が芸術と張り合っているのだと。」
「新歌謡」『新パリ風景、あるいは一九世紀初頭パリ人風俗習慣観察』
パリ、一八二八年、I、二七ページ

パリのパサージュの多くは、一八二二年以降の一五年間に作られた。パサージュが栄えた第一の条件は、織物取引が絶頂期に達していたことである。大量の商品在庫を店に常備する最初の店舗であった流行品店が登場し始める。それらは百貨店の先駆である。バルザックが次のように書くとき、彼が示唆しているのもこの時期である。「マドレーヌ教会広場からサン＝ドニ門まで、陳列された商品の大いなる歌が色とりどりの詩句を歌っている。」パサージュは贅沢品商売の中心地である。パサージュを飾り立てるために、芸術は商人に奉仕する。同時代の人々は飽きもせずパサージュを褒め讃える。今後も久しい間、パサージュは旅行者を魅きつけてやまないだろう。『絵入りパリ案内』は言う。「産業による贅沢の生んだ新しい発明であるこれらのパサージュは、いくつもの建物をぬってできている通路であり、ガラス屋根に覆われ、壁には大理石がはられている。建物の所有者たちが、このような大冒険をやってみようと協同したのだ。光を天井から受けているこうした通路の両側には、華麗な店がいくつも並んでおり、このようなパサージュは一つの都市、いやそれどころか縮図化された一つの世界とさえなっている。」最初のガス灯がともったのはこれらのパサージュにおいてである。

パサージュの発展にとって必要な第二の条件は、鉄骨建築の開始によって用意される。第一帝政期では、この建築技術はギリシア風古典主義に向かって建築術の革新に役立つと考えられた。建築理論家ベッティヒャーが次のように書くとき、彼は当時の一般的意見を表明しているのである——「新しい体制の芸術形式に関しては、ギリシア的な形式原理《スティル》」が実行に移されなければならない。アンピール様式〔第一帝政の様式〕は、国家を自己目的とするような革命的テロリズムの様式である。ナポレオンがブルジョワジーのための権力手段としての国家の機能性を理解しなかったのと同様に、当時の建築家たちは、構成原理〔建設技術〕が建築において優位を占める鉄の機能性を理解しなかった。この建築家たちは柱を作るにあたってポンペイ風の円柱を、また工場を作るにあたって住宅を模倣した。それは後になって最初の鉄道駅がシャレー〔スイス風の山小屋〕の外観をとるのと似ている。構造は下意識の役割を演ずる。それにもかかわらず、革命戦争期に発する技師という概念は強固になり始める。そしてそれは、建設家と装飾家、理工科学校《エコール・ポリテクニク》と美術学校《エコール・デ・ボザール》との競争の始まりでもある。

ローマ以来はじめて、新しい人工建築材料たる鉄が出現する。これは進化をとげるが、その進化のリズムは一九世紀を通じて加速していく。蒸気機関車――一八二八―二九年以来実におびただしく試作されてきた――が鉄の線路の上でのみうまく走ることが確認されたときに、鉄の進化は決定的な刺激を受ける。鉄の線路は、鉄で組み立てられた最初の部品であり、それが鉄桁の先駆となる。建物のための鉄の利用は避けられるが、パサージュ、博覧会場、駅――これらはすべて通過移動《トランジトワール》のための建物である――のための利用が勧められる。

II

「大衆の利害関心は、ひとたびそれが歴史の舞台に登場するにおよぶと、大衆について人が抱く理念や表象のなかでその真の限界をはるかに乗り越えるのも、何ら驚くにあたらない。」

マルクス／エンゲルス『聖家族』〔『マルクス・エンゲルス全集』第二巻、八二ページ参照〕

フーリエ主義のユートピアの最深部に与えられた推進力は、機械の出現のなかに見なければならない。協働生活体《ファランステール》は、道徳性がもはや何の効力もない関係の体系に人間を連れ戻すはずであった。そこではフェヌロン〔17世紀仏の聖職者・作家〕よりもネロのほうが社会に役立つメンバーになるだろう。それだからフーリエは美徳ではなく、情念が原動力となる社会の効果的機能をあてにしようと考えていた。諸情念の歯車装置、機械情念と陰謀情念との錯綜した結合によって、フーリエは集団心理をあたかも時計仕掛けのように考える。フーリエ主義的調和は、この歯車状に連結された運動の必然的産物である。

フーリエは、帝政時代のいかめしい形式をもった世界のなかに、三〇年代様式の色彩豊かな田園詩を導き入れる。彼は、彼の色どり豊かな構想の産物と暗号好きの特異体質の産物とが混ぜ合わせられた体系を仕上げる。フーリエの「調和《アルモニー》」は、数字神秘学のいかなる伝統ともまったく無縁である。事実、これらの調和は直接に彼自身の意志から出たものである。――つまりそれらは組織的な想像力の苦心の産物であって、その想像力は彼にあっては極端なまでに発展させられた。例えば、彼は出会いの場所が都会人にとってもつ意義を予見した。協働生活体《ファランステール》の住民の一日は、彼らの自宅においてではなくて、さまざまの出会いが仲買人によって手配される取引所のホールに似た大ホールのなかで組織される。

フーリエは、パサージュのなかに協働生活体《ファランステール》の建築上のカノンを認めた。それは彼のユートピアの「帝政時代《アンピール》」的性格を際立たせるもので、彼自身もそれを素直に認めている。「協働状態は、そもそもの初めから、久しい間遠ざけられていただけに一層輝かしいものになるだろう。ソロンとペリクレスの時代のギリシアはすでにそれを企てることができた。」もともと商業的に役立たせられたパサージュは、フーリエにあっては居住用建物になる。協働生活体《ファランステール》はパサージュからできた都市である。この「パサージュの都市」のなかでは技師による建築の仕方は夢幻《ファンタスマゴリー》の性格を帯びる。「パサージュの都市」は、一九世紀第二半期に入るまでパリ人たちの目を楽しませる一つの夢である。一八六九年になってもまだ、フーリエの「街路－回廊《リュー・ギャルリ》」は、モワランの『二〇〇〇年のパリ』のユートピアの下絵になっている。そこでも都市は、店舗やアパルトマンとともに都市を遊歩者のための理想的書き割りにする構造を採用している。

マルクスはカール・グリューンに対抗してフーリエをかばい、彼の「人間についての巨大な想念」を賞賛する。マルクスはフーリエを、小ブルジョワ的原理の凡庸さを赤裸々に暴き出した、ヘーゲルと並ぶ唯一の人だと評価した。ヘーゲルにおける小ブルジョワ的原理の体系的乗り越えに照応するものは、フーリエにあってはこの原理のユーモアによる無効化である。フーリエ主義的ユートピアのもっとも注目すべき特徴の一つは、後の時代にかなり流布した人間による自然の搾取の観念がフーリエには無縁であるという事実である。技術はフーリエにとってむしろ、自然の火薬に点火する火花のようなものである。おそらくそれこそは、協働生活体《ファランステール》が「爆発によって」伝播するという彼の風変わりな考え方の鍵であろう。人間による自然の搾取という後代の考え方は、生産手段の所有者による人間の事実上の搾取の反映である。社会生活のなかへの技術の統合が挫折したとすれば、その失敗の原因はこの搾取にある。

B　グランヴィルあるいは万国博覧会

I

「そうです、神聖なるサン゠シモンよ、あなたの教理に、
パリから中国まで全世界がしたがうとき
黄金時代は輝かしく甦ることでしょう、
河川には紅茶とココアが流れ、

平野にはすっかり焼き上がった羊が跳びはねて、
セーヌ河には、クールブイヨン煮のカワカマスが泳ぐでしょう。
ほうれん草は砕いた揚げクルトンをまわりに
あしらい、調理《フリカセ》した姿で世にあらわれる、
果樹にはコンポート煮の林檎が実り、
幅の広い外套やブーツを収穫するようになる。
葡萄酒が雪となり、鶏が雨となって降ってくる
天から、かぶらの添えものの上に鴨が落ちてくるでしょう。」
ラングレ／ヴァンデルビュルク作『青銅王ルイとサン＝シモン主義者』
（パレ＝ロワイヤル劇場　一八三二年二月二七日）

万国博覧会は、商品という物神への巡礼の中心地である。「全ヨーロッパが商品を見るために移動した」と、一八五五年にテーヌは述べている〔三五ページの訳注参照〕。万国博覧会の前身は、全国産業博覧会であり、最初のそれは、一七九八年にシャン・ド・マルスで開催されたが、「労働者階級を楽しませたい」という望みから生まれたもので、「彼らにとっては解放の祝祭となった」。一番の顧客は労働者たちだ。娯楽産業という枠

組みは、まだ確立しておらず、民衆の祭りが、そうした枠組みを提供していた。産業についての、シャプタルの有名な演説によって、この博覧会は幕を開けた。——地球全体の産業化を企てていたサン＝シモン主義者たちは、万国博覧会というアイディアに飛びついた。この新分野での最初の権威であるシュヴァリエは、アンファンタンの弟子であり、サン＝シモン主義者の新聞『グローブ』紙の発行人だった。サン＝シモン主義者たちは、世界的な産業の発展を予測していたが、階級闘争は予測していなかった。したがって、彼らが一九世紀中頃に、あらゆる商工業的企業へ参加したのとは対照的に、プロレタリアートに関する諸問題においては無力であったことを認識しておかねばならない。

万国博覧会は、商品の交換価値を理想化し、商品の使用価値が二次的な位置に退くような枠組みを創り出す。万国博覧会は、消費から力ずくで遠ざけられていた群衆が、商品の交換価値と一体化するほどまで、交換価値に確信を持つようになる学校なのだ。「展示品に触れることは禁止されています。」こうして、万国博覧会は、ひとびとが気晴らしのために中に入ることのできる幻像空間《ファンタスマゴリー》への道を開く。個人は、娯楽産業という枠内でさまざまな気晴らしにふけるが、その内部で、彼は密集した大衆の一構成要素でありつづける。この種の大衆は、遊園地のモンターニュ・リュス〔「ロシアの山並み」の意でジェット・コースターの原型〕や「回転装置」や「芋虫」に乗って、すっかりはしゃいで楽しんでいるが、そのことによって、産業的あるいは政治的プロパガンダの側が期待をよせることのできそうなまったく反動的な服従への訓練を受けているわけだ。――商品の至上権の確認と商品をとりまくさまざまな気晴らしの輝き、これこそはグランヴィルの芸術のひそかな主題である。彼のユートピア的要素とシニカルな要素との不均衡は、ここから生じる。生命のない物体の描写における彼の巧妙な技巧は、マルクスが商品の「神学的気まぐれ」と呼んだものに対応している。この技巧の具体的な表現は「スペシアリテ」〔特産品、特選品〕――この時期に、贅沢品産業中に出現した商品の呼称――のうちに、はっきりと見出される。万国博覧会は「スペシアリテ」からなる世界を築き上げるが、グランヴィルの幻想的《ファンテジー》作品も同じことを実現する。それは宇宙を近代化するのだ。彼の手にかかると、土星の輪は、土星の住人たちが夕方散歩にやって来る鋳鉄のバルコニーとなる。これと同じやり方で、万国博覧会の会場では、鋳鉄のバルコニーが土星の輪となり、そこを歩く人々は、自分が土星の住人に変身したと感じられる魔術幻灯《ファンタスマゴリー》の中に入りこんだとも言えそうである。この〔グランヴィルの〕グラフィックなユートピアに文学において対応するのが、フーリエ派の学者トゥスネルの作品だ。トゥスネルは、モード雑誌に自然科学に関する記事を書いていたが、彼の動物学によれば、動物の世界はモードの支配下に置かれており、彼は女性を男性と動物との仲介者と見なしていた。女性は、いわば動物の世界の装飾家であり、動物は、その代償として、彼らの羽根や毛皮を女性の足下に捧げるのである。「雄ライオンは、爪きり鋏をもつのが美しい娘なら、よろこんで爪を切られるだろう。」

Ⅱ

「モード「死神さま！　死神さま！」」

レオパルディ『モードと死の対話』

モードは、商品という物神が崇拝されるべき儀礼を定める。グランヴィルは、日用品にたいしても、宇宙にたいしても、モードの支配を拡大する。極端な結果をもたらすまで、モードの支配を徹底させ、モードの本性をあらわにする。モードは生きた肉体を無機的な世界に結びつける。生者にたいして、それは屍体の権利を擁護する。こうして、非・有機的なもののセックス・アピールに従属したフェティシズムが、モードの生命力となる。グランヴィルの幻想的作品《ファンテジー》は、モードのこの精神に対応するものであり、それはアポリネールがもっと後になって描いて見せたようなイメージを持つのである。「自然界のさまざまな領域の、ありとあらゆる素材が、今では女性の衣服の構成要素となることができる。私は、コルクの栓でできた魅力的なドレスを見たことがある。……磁器、炻器、陶器が服飾芸術中に突然出現した。……ヴェネチアン・ガラスで靴が、バカラのクリスタル・ガラスで帽子が、作られている。」

C　ルイ＝フィリップあるいは室内

I

「私は信じる……私の魂を。大事な物のように。」

レオン・ドゥーベル『作品集』パリ、一九二九年、一九三ページ

ルイ＝フィリップの治世〔一八三〇—四八〕に、私人〔le particulier〕が歴史に登場する。私人にとってはじめて、居住のための場所が労働のための場所と対立する。居住のための場所が室内となり、事務所がその補完物となる。（といっても、事務所は、地球儀や壁の掛け地図や手すりによって、居住用の部屋以前のバロック的な形態の生き残りという

印象をあたえる勘定場とは、はっきりと区別される。）事務所内では現実的なことがらしか考慮しない私人は、彼の室内においてさまざまな幻想を抱き続けることを求める。この欲求は、彼が自分の事業の関心に、自分の社会的機能についての明晰な意識を結びつけようとは思わないだけに、なおさらさしせまったものとなる。自分を囲いこむ私的な環境の整備にあたって、彼はこれら二つの気がかりを退ける。室内という魔術幻灯《ファンタスマゴリー》の世界は、ここから生じる。私人にとって、室内は宇宙そのものとなる。彼は、そこに遠く離れた地方や過去の思い出をよせ集める。彼のサロンは、世界という劇場のボックス席なのだ。

室内は、芸術が逃げこむ避難所である。蒐集家は、室内の真の占拠者となる。彼は物の理想化という彼のお得意のことを行う。物から商品としての性格を剝奪する（なぜなら、彼はそれらを所有しているのだから）というシジフォス的任務を、彼は負わされている。だが、彼は、使用価値の代わりに、愛好家にとってそれらが有する価値を物に授けることしかできないだろう。蒐集家は、はるか彼方の、死滅した世界だけでなく、それと同時により良い世界を呼び起こすことを好む。そこでは人間が、現実世界においてそうであるように、自分の必要とする物はわずかしか持ち合わせていないが、物が有用性という隷属から解放されているような世界だ。

Ⅱ

「その頭は……
ナイト・テーブルの上で、キンポウゲのように
休らっている。」
ボードレール「女の殉教者」

室内は私人の宇宙であるだけでなく、彼が閉じこもる容器でもある。ルイ＝フィリップ以来、ブルジョワのなかには、大都市での私的な生活の形跡の不在を埋め合わせたいという傾向が見られる。この種の埋め合わせを、彼は自分のアパルトマンの壁の中に見出そうとする。自分がよく使っている物やアクセサリー類の形跡をなくさないように気を配ることが、彼の名誉にかかわることでもあるかのように、すべての事態が進行していく。彼は、飽きることなく、たくさんの物の型取りをつづける。スリッパや時計、スプーンとナイフとフォーク、雨傘のために、彼はカバーやケースを考案する。あらゆる接触の跡を残すビロードやフラシ天〔毛長ビロード〕の布を、彼はとくに好む。第二帝

政様式において、アパルトマンは一種のキャビンとなり、その居住者の痕跡が室内に型として残る。これらの痕跡を調べ、跡をたどる探偵小説は、ここから生まれてくる。エドガー・ポーは『家具の哲学』と「探偵小説」で、室内を対象とする最初の観相家となるのだ。初期の探偵小説では、犯人は紳士でもごろつきでもなく、ブルジョワジーの単なる私人にすぎない（『黒猫』『告げ口心臓』『ウィリアム・ウィルソン』）。

Ⅲ

「私の住まいの探求は……私の試練であった。……私の住まいはどこにあるのか。それこそは私が問い、探し求めるものであり、探し求めたけれど見つからなかったものだ。」

ニーチェ『ツァラトゥストラはこう語った』

室内の清算がなされたのは、一九世紀の最後の十数年のことで、「モダン・スタイル」〔モデルン・スティール。仏特有のアール・ヌーヴォーの英語名称。独ではユーゲントシュティール〕によってなされたのだが、この清算は長年かかって準備されたものだった。室内の芸術は風俗《ジャンル》の芸術だったのだが、「モダン・スタイル」はこのジャンルの弔鐘を鳴らすのである。それは、世紀の病、つまりつねに何でも受け入れたいという渇望の名のもとに、ジャンルの自己満足に抗して立ち上がる。「モダン・スタイル」は、ある種の建築構造的形態をはじめて取り上げ、そうした形態を機能的諸関係から切り離すとともに、それらを自然の定数として提示しようとする。要するに、それらの様式化を試みるのだ。鉄骨構造の新しい諸要素や、とりわけ「支柱」という形態が「モダン・スタイル」の注意を引く。装飾の領域では、このスタイルはこうした形態を芸術に組みこもうとする。コンクリートは、建築における新しい可能性を引き出す。ヴァン・デ・ヴェルデの場合、家は個性の造形的表現として立ち現れ、この家では、装飾的モチーフが絵画の場合の画家の署名の役割を果たすことになる。このモチーフは、霊媒術めいた、線で示される言語を語ることに喜びを見出すが、そこでは植物的生命の象徴である花が、建築物の線そのもののなかに入りこんでいる。(「モダン・スタイル」の曲線は、『悪の華』という題名にも、すでに現れている。ある種の花輪模様《ギルランド》は、オディロン・ルドン〔仏の画家〕の「花々の魂」を経て、スワン〔プルーストの小説の登場人物〕の「カトレアする〔性的関係を持つことの隠喩〕」へといたる『悪の華』の絆を、あきらかにするものだ。)――フーリエがすでに予見していたように、市民の生活の真の枠組みは、事務所やビジネス・センターの中に求められる傾向がますます強くなっているが、その生活の虚構としての枠組みは、個人の家の中に構築される。こうして、『建築家ソルネス』は「モダン・スタイル」を決算する作品となる。すなわち、内面の飛躍に依拠しながら、技術に立ち向かおうとする個人の試みは、個人を破滅に導くのである。建築家ソルネスは、自分の塔の上から飛び下りて自殺する。

D ボードレールあるいはパリの街路

I

「すべては僕にとってアレゴリーになる。」
ボードレール「白鳥」

ボードレールの創造の天分は、憂鬱を糧とするが、それはアレゴリーの天分である。ボードレールにおいて初めてパリが抒情詩の主題となる。この詩は、地域的なものではあっても、郷土詩とは全く反対のものだ。この都市を見すえるアレゴリーの天才の視線はむしろ、深い疎外感をあらわしている。それは遊歩者の視線なのだが、遊歩者の生活様式は、心地よい幻影の裏に大都会の未来の住民の悲惨を隠すものだ。遊歩者は群衆の中に逃げ場を求める。群衆とはヴェールであって、これを通して見ると、遊歩者には見馴れた都会が、魔術幻灯《ファンタスマゴリー》で動いているように思われるのである。都会が風景として現れたり、部屋として現れるこの魔術幻灯《ファンタスマゴリー》は、後に百貨店の装飾のもとになったようだ。百貨店はこうして遊歩というものを売り上げにまで利用するのである。ともかく、百貨店とは、遊歩に最後に残された場所だ。

遊歩者の姿をとって知性が市場に馴染んでいく。知性は、市場をひと回りするつもりでそこへ出かける。が実はもう、そこに買い手を見つけに行くのだ。まだパトロンが付いているものの、知性がすでに市場の命ずるところに従い始めるこの中間段階では、知性は(連載小説の姿で現れて)ボヘミアンを形成する。経済面での知性の立場の不明確さに対応するのが、その政治的機能の曖昧さである。この曖昧さは職業的陰謀家たちの姿に大変明確に現れている。そうした陰謀家たちはボヘミアンたちの中から集められるのだ。ブランキはその階層を代表するもっとも傑出した人物である。一九世紀に彼の威厳に匹敵するような革命的威厳を持った者はだれもいなかった。ブランキのイメージが、「魔王への連禱」(『悪の華』)の中で稲妻のように過ぎる。それでもやはりボードレールの反逆が相変わらず、非社会的人間の性格を失わなかったことに変わりはない。彼の反逆には出口がないのだ。生涯で唯一の性的共同体を彼は一人の娼婦と実現したのである。

Ⅱ

「どことして見分けがつかない、同じ地獄からやって来た、
この百歳の双子は。」
ボードレール「七人の老人」

遊歩者は、市場の斥候といった風だ。斥候と言うのであれば、遊歩者は同時に群衆を探査する者でもある。群衆は、打ち解けて入り込んで来る人に一種の陶酔を生じさせるが、この陶酔には大変特殊な思い込みが伴うため、その人は、通行人が群衆に混じって押し流されるのを見て、その外観に基づいて、その通行人を類別し、心の襞のすべてに至るまで正体を見分けたと自惚れることになる。当時の生理学ものには、そうした奇抜な考え方についての証拠資料が豊富にある。バルザックの作品はすぐれた証拠資料を提供してくれる。通行人たちの間に認められる類型的な特徴があまりに明白なので、そう

した特徴をこえて人物に固有な特異性を捉えたいという好奇心がそそられても不思議ではないだろう。ところが、先に述べた人相学者の思い込みの洞察力に対応する悪夢というのがあって、それは、人物に固有な、他の人とは異なるそうした特色が、今度は、新たな類型の構成要素にほかならないことが判明することだ。したがって、結局この上なく明確な個性が、ある類型の特定の見本ということになるのである。遊歩のさなか不安を掻き立てる幻想が出現するのはそのようなときだ。ボードレールは、「七人の老人」〔『悪の華』〕の中でこの幻想をほしいままに展開してみせた。この詩では、ぞっとするような姿の老人が繰り返し七回現れるのである。このようにいつも同じものとして増殖してくる個人が描かれるということは、都会人がいくら奇抜な特異性を動員しても、もはや類型の魔法の環を断ち切ることができなくなってしまったことに対する不安の証拠である。ボードレールはこの行列の様を地獄的だと言っている。ところが彼が生涯狙ってきた新しいものとは、他ならぬこの「いつも同じもの」の幻想が素材となってできているのだ。（この詩はハシッシュ吸飲者の夢を書きとめたものだということが立証されるかも知れないが、それは以上の解釈を少しも覆すことはない。）

Ⅲ

「未知なるものの奥底に新しいものを見つけ出すには！」
ボードレール「旅」

ボードレールにおけるアレゴリー的形式の核心は、商品がその価格のゆえに帯びる独特の意味と厳密につながっている。事物がその意味によって奇妙に卑賤になるというのが一七世紀のアレゴリーに特有だが、これに呼応するのが、事物が商品としてのその価格によって奇妙に卑賤になることである。ボードレールにおいては、商品として価格を決定することができるがゆえに事物がこのように卑賤になるということに、新しさというものの値踏みできない価値が拮抗している。新しさとは、もはやいかなる解釈も、いかなる比較もできないあの絶対に相当するのである。新しさは、芸術の最後の砦となる。『悪の華』の一番終わりの詩「旅」。「おお《死》よ、老いたる船長よ、今や出帆のとき！錨を揚げよう！」遊歩者の最後の旅とは《死》なのだ。その目指すものとは《新しいもの》だ。新しいものとは、商品の使用価値から独立した性質のことだ。それは、流行がどんどん送り込んでくるあの錯覚のもとである。芸術の最後の防御線が商品の攻撃の最前線に一致していることは、ボードレールには見えない定めだった。

「憂鬱と理想」――『悪の華』のこの第一詩群の表題で、フランス語で一番古い外来語〔理想《イデアル》〕が、一番新しい外来語〔憂鬱《スプリーン》〕と組み合わされた。ボードレールにとっては、この二つの概念の間に矛盾はない。彼は、憂鬱に、理想の変貌の最終過程を見て取るのである。――理想は憂鬱の現われ方の最初のものと彼には映るのだ。最高度に新しいものが「最高度に古いもの」として読者に示されるこの表題の中で、ボードレールは、自分のモダンの概念にもっとも力強い形を与えた。彼の芸術理論全体が、「モダンな美」を軸としていて、彼には現代性《モデルニテ》の基準とは、次のようなものだと思われるのである。すなわち、現代性とは、いつの日にか太古的なものとなる宿命を刻印されたものであること、そして現代性はその誕生に立ち会う者に以上のことを明らかにするものだということである。これが思いがけないものの本質であり、これは、ボードレールにとって、美の奪い去ることのできない性質としての価値を持つのだ。現代性そのものの顔が、太古の視線でわれわれを射すくめるのである。ギリシア人にとってメドゥーサの視線がそうであったように。

E　オースマンあるいはバリケード

I

「私は崇拝する、美と、善と、偉大な事柄とを、
耳を悦ばせるにもあれ、目を魅了するにもあれ、
大芸術に霊感を与える美しい自然とを。
私は花咲く春――女人と薔薇と――を愛する！」
（オースマン男爵）『年とったライオンの告白』

オースマンの活動は、金融資本主義を優遇するナポレオン三世流の帝国主義の中に組み込まれてゆく。パリでは投機は頂点に達する。オースマンの行った収用は、詐欺すれすれの投機を引き起こす。破毀院〔最高裁判所〕の下す決定は、ブルジョワジーとオルレアン派からなる野党の意を汲んでいるので、オースマンの政策にともなう財政的なリスクを大きくする。オースマンは、パリを特別行政区にすることによって、自らの独裁にしっかりした基盤を与えようとするのである。一八六四年には、議会で演説し、大都市の不安定な住民層にたいする彼の憎悪を思い切り爆発させる。この住民層は、彼の事業

が原因となって増大の一途を終始たどっている。家賃の値上がりは、プロレタリアートを郊外に追い出す。そのため、パリの街はそれぞれがもっていた独自の表情を失い、「赤いベルト地帯」〔労働者居住地域〕ができてゆく。オースマンは、「取り壊し専門芸術家」の肩書きを自分に与えた。企てた事業に自ら使命を感じていたのであり、自伝の中でこのことを強調している。中央市場《レ・アル》は、オースマンが建設させたものの内で最高の傑作とされているが、そこに興味深い兆候が見てとれる。パリ揺籃の地シテ島について、人々はこんなことを言った。オースマンの手にかかった後は、教会と病院と役所と兵営しか残っていない、と。ユゴーやメリメは、オースマンのもろもろの改造は、パリ市民の目にはナポレオン三世の専制政治の記念碑に見えたと文章でほのめかしている。パリ市の住人たちは、もはや居心地悪くなっている。大都市の非人間性を認識し出すのである。マクシム・デュ・カンの大著『パリ』は、この認識のおかげで成立している。メリヨン〔仏の版画家〕のエッチング（一八五〇年頃）は、古きパリのデスマスクになっている。

　オースマンの工事の真の目的は、内乱が起こった場合に備えておくことだった。彼はパリの市街でバリケード建設を永久に不可能なものにしたかった。同じ目的を掲げて、ルイ＝フィリップ王はすでに舗装用の木煉瓦を導入していた。それにもかかわらず、二月革命の際、バリケードは重要な役割を演じた。エンゲルスは、バリケード戦における戦術の問題に取り組んだ。オースマンは二つの方法をつかって、バリケード戦の防止に努めた。道路の広さはバリケード建設を不可能にするだろうし、新しい道路は兵営と労働者街とを直線で結ぶことになる。同時代の人々は、彼の事業を「戦略的美化」と名づけた。

Ⅱ

「装飾の花咲く国、
風景の魅力、建築の魅力、
ありとあらゆる舞台装置の効果は
ひとえに遠近法の法則に基づく。」
フランツ・ベーレ『劇場‐教理問答』ミュンヘン、七四ページ

都市計画者としてのオースマンの理想は、延々とつながってゆく道路が、広い展望《パースペクティヴ》の開かれるところに突き当たることだった。この理想は、技術的な必要性に箔を付けるために芸術的疑似目的を掲げるという、一九世紀の一般的傾向に相当する。ブ

ルジョワジーの精神的および世俗的権力の殿堂は、延々とつながった道路の枠の中で、華麗な列神式を迎えるのでなければならなかった。開通式の前は、これらの展望を幕で隠して、記念碑の除幕を行うように、その幕を持ち上げるのだったが、そのとき、教会か、駅か、騎馬像か、または何かほかの文明の象徴が視野に現れた。オースマンによるパリ改造において、ファンタスマゴリーが石と化した。一種の永続性が宿命だったので、ファンタスマゴリーは同時にその微細な性格をのぞかせるのである。当時は、オペラ座通りから見える展望は、オテル・デュ・ルーヴル〔百貨店・ホテル〕の門番室であるといたずらっぽく表現したものだが、それは、知事オースマンの誇大妄想もわずかなことに満足していたことを示す。

III

「見せてやれ、策略を打ち破り、
おお、共和国よ、悪徳の輩に
メドゥーサのような君の大きな貌を、
赤い稲妻のただなかで。」

コミューンはバリケードを蘇らせた。今までになく丈夫であり、巧みに構想されていた。バリケードはグラン・ブールヴァール〔繁華街を取り巻く並木のある大通り〕を遮って、高さが建物の二階にまで達することもしばしばあり、内側には塹壕を隠している。『共産党宣言』が、職業的陰謀家の時代を終わらせるように、コミューンも、プロレタリアートの初期の願望を支配するファンタスマゴリーに終止符を打つ。プロレタリアート革命はブルジョワジーと密接に協力しながら一七八九年の大事業を完成させてゆくという幻想は、コミューンのお陰で消える。リヨンの暴動からコミューンまでの、一八三一年と一八七一年の間の時代はこの夢物語に特徴づけられたのだった。ブルジョワジーのほうは、一度としてこの思い違いをしなかった。プロレタリアートの社会的権利に反対するブルジョワジーの闘争は、大革命の頃から行われた。それを隠蔽する博愛主義運動と一致したが、この運動はナポレオン三世治下に最盛期に達した。この運動の記念碑的作品であるル・プレーの著書『ヨーロッパの労働者』は、ナポレオン三世の政権下に生まれた。

ブルジョワジーは、公然とした立場では博愛主義を唱え、その傍らで、隠れた立場では階級闘争を受け入れた。すでに一八三一年に『ジュルナル・デ・デバ』紙上に、「どんな工場主も、自分の工場の中では、プランテーションの所有者が奴隷に囲まれて暮らすように暮らしている」ことを認めている。過去におきた労働者の暴動にとって、いかなる革命理論にも道を示してもらえなかったことは致命的であったが、それはまた直接的な力と熱狂のための必要条件であったし、その熱狂の中で、労働者の暴動は新しい社会の実現にとりかかった。この熱狂はコミューンにおいて絶頂に達したが、ブルジョワジーの最良の分子をときには労働者の味方につかせたものの、結局はブルジョワジーのもっとも卑劣な分子の前で労働者を屈服させることになった。ランボーとクールべはコミューン側についた。パリの大火は、オースマン男爵の破壊事業にふさわしい終幕である。

結論

「一九世紀の者たちよ、われわれの出現する時刻は永久に定められていて、
つねに同じままであるわれわれを連れ戻す。」

オーギュスト・ブランキ『天体による永遠』パリ、一八七二年、七四―七五ページ

パリ・コミューンの間、ブランキはトロー城塞〔ブルターニュ半島の小島〕に監禁されていた。『天体による永遠』はそこで著された。この本は、一九世紀のもろもろのファンタスマゴリーの星座に、宇宙的性格をそなえた最終のファンタスマゴリーを加えて完結させているが、これは他のすべてのファンタスマゴリーに向けられたもっとも辛辣な批判を暗に含んでいる。この書物の主要部分をなしている一人の独学の徒の無邪気な考察は、ある思索への道を切り開き、それは著者の革命的高揚に残酷な反駁を加えるのである。ブランキがこの本の中で展開する宇宙観は、その素材《データ》を機械論的自然科学から借用しているのだが、やがてそれは地獄のヴィジョンであることが明らかになる。さらには、晩年のブランキが彼自身に対しても勝利したと認めざるを得なかったあの社会というものへの補完《コンプレマン》をなしている。この組み立ての皮肉、おそらくは著者自身にも隠されていた皮肉は、何をもたらすかと言えば、社会にたいして著者の行っているおそろしい論告が諸結果に全面的に従うという形を取っているということである。この書物には、『ツァラトゥストラ』より一〇年早く、事物の永劫回帰の理念が提出されている。〔『ツァラ

トゥストラ』より〕悲壮感はわずかばかり少なく、非常に大きな幻覚誘導力をもっている。

この宇宙観には勝ちほこった気配は一切なく、むしろ息苦しい気分さえ心に残す。ブランキが、そのなかで懸命になって描こうとしているのは、歴史自体のファンタスマゴリーであることが明白となる進歩の像《イマージュ》――最新流行に身を飾って偉そうに歩く、記憶に残っていないほどの太古――である。次がもっとも重要なくだりである。

「宇宙全体は、諸々の恒星の系から成り立っている。それを創り出すために、自然は一〇〇種類の元素しか持ち合わせていない。この資源を見事に生かしているにもかかわらず、また、その資源が自然の繁殖力に許す無数の組み合わせにもかかわらず、結果は、元素そのものの数が有限であるように、必然的に有限である。したがって自然は広がりを埋め尽くすために原初の組み合わせ(または類型)の一つ一つを無限に反復しなければならない。だからして、いかなるものであれ、すべての天体は、時間と空間の中で、無限な数として存在する。数々の相の内の一つの相のもとにだけではなく、誕生から死滅までの、存続している間の毎秒ごとにおいて在るその姿のもとに存在する。……地球はこのような天体の一つである。すべての人間はすなわち、生存中の毎秒ごとにおいて永遠である。私がちょうど今、トロー城塞の牢の中で書いている文章は、永遠にわたって、卓上でペンを使って、まったく同一の服装と状況で書いてきた文章であり、書くであろう文章である。各人もそうである。……われわれの瓜二つの人《ソジー》〔分身〕は、時間と空間の中に、無数にいるのである。良心に誓って、それより多くを求めることはできまい。これらの瓜二つの人《ソジー》は、肉も骨もあり、ズボンや外套《コート》、または、張り骨入りスカート《クリノリン》に束髪《シニヨン》といったいでたちである。これらは幽霊ではけっしてない、永遠化された現在《アクチュアリテ》なのである。しかしながら、大きな欠点がここにある。進歩がない、ということだ。……われわれが進歩と呼んでいるものは、各々の地球に閉じ込められ、その地球とともに消え去る。常に、そして、いたるところで、地球という基地においては、同じ狭い舞台の上で同じ悲劇《ドラマ》、同じ舞台装置である。自らの偉大さに自惚れた騒々しい人類。自らを宇宙と思い込み、はてしない広がりに住んでいるかのように自らの牢の内に住み、やがては、深い侮蔑のうちに人類の高慢さの重荷を背負ってきた地球を道連れに破滅するであろう。よその天体も同じような単調さ、同じような退嬰。宇宙はかぎりなく反復を行い、その場で足踏みをする。永遠は、無限に同じ芝居の上演を恒常不変に行うのである。」

　この希望のない諦観こそ、偉大な革命家ブランキの最後のことばである。世紀は、技術的な新しい潜在性にたいして新たな社会秩序をもって応ずることができなかった。そうであるからこそ、これらのファンタスマゴリーの中心にあり、人を惑わしつつ新と旧を仲介するものの勝利となったのである。自らのファンタスマゴリーに支配される世界、それは――ボードレールの表現をわれわれが使うならば――現代性《モデルニテ》である。ブランキのヴィジョンは――七人の老人がその予告者であるかのように見える――現代性の中に全宇宙を突入させる。最終的には、斬新であることは劫罰を受けるべきものの属性のごとく彼には見えてくる。少し昔にはやった『天国と地獄』〔ダニエル作、一八四六年初演〕というヴォードヴィルでは、地獄の懲罰がいかなる時代にあっても最新のもの、「永遠であり、常に新たな刑罰」として描かれている。ブランキがあたかも幽霊に対するかのように声をかけている一九世紀の人たちは、まさにこの地獄を出身地とする。

覚え書および資料

ABCDEFGHI
JKLMNOPQR
STUVWXYZ
ab d g i
klm p r

A

パサージュ、流行品店、流行品店店員

「こんな宮殿の魔法の円柱が
買い物客に至るところから告げている、
柱廊に陳列の品物を見れば、
産業が芸術と張り合っているのだと。」
「新歌謡」『新パリ風景、あるいは一九世紀初頭パリ人風俗習慣観察』
パリ、一八二八年、I、二七ページに引用

「《肉体》と声の大売り出しだよ、申し分なしの豪奢だよ、もう二度と売りには出ないよ。」

ランボー〔『イリュミナシオン』〕

一八五二年の『絵入りパリ案内』はセーヌ河畔の町パリおよびその周辺の細大漏らさぬ見取図であるが、そこには次のようにある。「都心の大通り《ブールヴァール》との関連で繰り返し思い出されるのは、この大通りから入ったところにあるパサージュのことである。産業による贅沢の生んだ新しい発明であるこれらのパサージュは、いくつもの建物をぬってできている通路であり、ガラス屋根に覆われ、壁には大理石が貼られている。建物の所有者たちが、このような大冒険をやってみようと協力したのだ。光を天井から受けているこうした通路の両側には、華麗な店がいくつも並んでおり、このようなパサージュは一つの都市、いやそれどころか縮図化された一つの世界とさえなっている。■遊歩者■　この都市で買い物好きは必要なものはなんでも手に入れることができよう。にわか雨に襲われたときには、パサージュは混み合って狭くなるが、逃げ場として安全な遊歩道を提供してくれる。そういうときは売る側もそれなりに儲けに浴することになる。」■天候■

これは、パサージュを描いた古典的な名文〔locus classicus〕である。この文章から出発して遊歩者や天候についてのさまざまな思いが解きほぐされてくるが、それだけではない。パサージュの建築のあり方について経済的および建築上の観点から言えるさまざまなこ

とにとってもうってつけの箇所となろう。　[A1, 1]

流行品店《マガザン・ド・ヌヴォテ》の名前。付き添いの少女／巫女／不実な小姓／鉄仮面／赤頭巾／少女ナネット／ドイツの農家／マムルーク騎兵／街の角。こうした名前はたいていの場合、成功したヴォードヴィルに由来している。■神話■　ある手袋屋の名前が「もと若衆」。ある菓子屋の名前が「ヴェルテル屋」という具合。

「宝石屋の名前は、いかにも本物そっくりに偽造された大きな宝石を使って店のドアの上にはめこまれた文字で書かれている。」エードゥアルト・クロロフ『パリの情景』Ⅱ、ハンブルク、一八三九年、七三ページ。「ヴェロ＝ドダのギャルリに食料品店があるが、そのゲートの上に書いてあるコスモポリット料亭〔Gastronomie cosmopolite〕という文字は、その綴り字の一つ一つが、鴫《しぎ》、きじ、兎、鹿の角、海老、魚、鳥の腎臓などがきわめて奇妙に組み合わせられてできている。」クロロフ『パリの情景』Ⅱ、ハンブルク、一八三九年、七五ページ■グランヴィル■　[A1, 2]

商売が順調に伸びていくと、店の持ち主たちは一週間分の在庫品を仕入れ、商品をしまっておく場所を中二階にまで広げた。それによってこれまでのブティック〔boutique〕が

マガザン〔magasin〕になった。 [A1, 3]

それはバルザックがこう書きえた時代であった。「マドレーヌ教会広場からサン＝ドニ門まで、陳列された商品の大いなる歌が色とりどりの詩句を歌っている。」『パリの悪魔』Ⅱ、パリ、一八四六年、九一ページ（バルザック「パリの大通り」） [A1, 4]

「フランスとその周辺地域の女王《産業女王陛下》によって、《スペシアリテ〔特産品〕》が発見されたまさにその日に、人の言うところによると、商人や他のいくつかのスペシアリテ〔専門業種〕を司る神メルクリウスは、証券取引所のペディメントをその杖で三度たたき、プロセルピーナ〔ギリシア・ローマの女神〕の髭にかけて、その言葉がかわいいと思っていると断言した。」■神話■ もっともこの《スペシアリテ》という言葉は最初は贅沢品に関してのみ使われた。『大都市――新パリ風景』Ⅱ、パリ、一八四四年、五七ページ（マルク・フルニエ「パリの特産品」） [A1, 5]

「オペラ座周辺の通りが狭いことと、この劇場にはいつも馬車が殺到して、歩行者がここから出る際に危険にさらされることから、一八二一年、ある投機家たちの一団に、目抜き通りと新劇場とを遮っている建物の一部を活用しようというアイディアが生まれた。／この計画は、その発起人たちにとっては収入源となるとともに、公衆にとっても大いに利益となった。／実際、木造で屋根付きの狭い小パサージュによって、オペラ座の玄関からその歩廊《ギャルリ》へ、そこからまた目抜き通りへ、簡単かつ安全に通行できるのだ。……各店舗を分けるドーリア式付け柱のエンタブラチュアの上に二層のアパルトマンが建ち、それらのアパルトマンの上には、歩廊全体にわたって大きなガラスが張りめぐらされるのである。」J・A・デュロール『一八二一年より今日までのパリの自然、市民、精神の歴史』II、パリ、一八三五年、二八―二九ページ　[A1, 6]

一八七〇年までの道路では馬車が中心的存在だった。舗道は細くて体を寄せ合わねばならなかった。それゆえに遊歩の場は主としてパサージュであった。パサージュは悪天候からもまた馬車の交通からも守ってくれたからである。「今日、通りは広くなり、歩道もゆったりとしてきたから、パサージュ以外でも、われわれの父の時代には不可能だった快い散策が容易になった。」■遊歩者■　エドモン・ボールペール『パリ今昔、街路歴代記』パリ、一九〇〇年、六七ページ　[A1a, 1]

パサージュの名。「パノラマ」「ヴェロ＝ドダ」「欲望《デジール》（かつては遊廓に通じていた）」「コルベール」「ヴィヴィエンヌ」「新橋《ポンヌフ》」「ケール〔カイロ〕」「レユニヨン島」「オペラ座《ロペラ》」「三位一体《トリニテ》」「白い馬《シュヴァル・ブラン》」「プレシエール〈ベシエールのことか〉」「ブローニュの森」「グロッス・テート」。（初めの頃、パサージュ・デ・パノラマは「パサージュ・ミレス〔19世紀の金融家〕」と呼ばれていた。）

[A1a, 2]

（ブーロワ街とグルネル＝サン＝トノレ街との間に建設された）パサージュ・ヴェロ＝ドダの「名は、二人の裕福な豚肉業者ヴェロ氏とドダ氏に由来する。二人は、一八二三年パサージュの開通とこれに付属する巨大な建物の建設に取りかかったのである。このため、当時このパサージュは、両地区の間に獲得された美しい芸術品と言われた」。J・A・デュロール『一八二一年より今日までのパリの自然、市民、精神の歴史』Ⅱ、パリ、一八三五年、三四ページ

[A1a, 3]

パサージュ・ヴェロ＝ドダには大理石が敷きつめられていた。かの女優ラシェル〔19世紀仏の古典劇の名優〕もしばらくそこに住んでいた。

[A1a, 4]

ギャルリ・コルベール二六番地。「そこでは、表向きは手袋屋の、気さくな美人が一際目立っているのだったが、彼女は若さといえば、重視するのは自分の若さだけだった。彼女が一番贔屓にしている男たちに装身具を買ってくれるよう迫るのであり、これで一財産期待していたのである。……この額に入った若い美人はラプソリュ〔絶対〕と呼ばれていたが、哲学が彼女を捜し求めようとしても、駆け回るだけですっかり時を無駄にしたことだろう。実は手袋を売っていたのは彼女の女中で、彼女と付き合うには手袋が必要というわけだった。」■人形たち■娼婦たち■　ルフーヴ『パリの古い家』Ⅳ、〈パリ、一八七五年〉、七〇ページ　[A1a, 5]

コメルス小路。「ここでギロチンの初めてのテストが羊を用いて行われた。この器械の発明者は、コメルス小路にもアンシエンヌ＝コメディ街にも住んでいたのである。」ルフーヴ『パリの古い家』Ⅳ、一四八ページ　[A1a, 6]

「パサージュ・デュ・ケールは、主な業種は石版印刷業であるから、ナポレオン三世が取引関係の案内状に対する印紙税を廃止したときには、お祝いの照明をあしらうべきだったろう。この自由化でパサージュは裕福になり、そのお返しに美化に努めたのである。

それまでは、ここの歩廊では、ガラスの覆いのないところが何箇所かあったので、雨が降ると傘をひろげて歩かなくてはならなかった。」ルフーヴ『パリの古い家』II、二三三ページ■夢の家■天候■（エジプト式の装飾）　[A1a, 7]

かつてはアンボワーズ小路であったモーベール小路。一七五六年頃には四番地と六番地には女の毒薬調合人が二人の女助手とともに住んでいた。ところが三人とも毒のガスを吸ったために、ある朝死体で発見された。　[A1a, 8]

ルイ一八世のもとでの泡沫会社乱立時代。流行品店《マガザン・ド・ヌヴォテ》という芝居がかった看板が出るに及んで、芸術は商人に奉仕するようになる。　[A1a, 9]

「パサージュ・デ・パノラマは、一八〇〇年の建設で、社交界での評判も確かであったが、これの次に、一八二六年に豚肉業者ヴェロとドダによって開設されたパサージュを例に挙げよう。これは一八三二年のアルヌーの石版画に描かれている。一八〇〇年以後再び新たなパサージュが建設されるのは一八二二年になってからである。この年から一八三四年までの間に、こうした大変特殊な道の大部分が引き続いて建設されたのである。

それらのうちのもっとも大規模なものは、南はクロワ＝デ＝プティ＝シャン街、北はラ・グランジュ＝バトリエール街、東はセバストポール大通り、西はヴァンタドゥール街に囲まれた地区に集中している。」マルセル・ポエト『中心街の生活』パリ、一九二五年、三七三―三七四ページ　[A1a, 10]

パサージュ・デ・パノラマの店。レストラン・ヴェロン、貸本屋、楽譜屋、マルキ〔チョコレートの店〕、酒屋数軒、メリヤス屋、小間物屋数軒、仕立て屋数軒、靴屋数軒、メリヤス屋数軒、戯画本屋数軒、ヴァリエテ座。他方、パサージュ・ヴィヴィエンヌは、質素なパサージュであった。そこには高級店はなかった。■夢の家――たくさんの小聖堂のある教会の身廊としてのパサージュ■　[A2, 1]

人は、ひとまとめにして「ジャコバンと企業家の守護神」という言い方をした。しかしまた、ルイ＝フィリップも「神もたたえられんことを。またわが数々の店もたたえられんことを」という言葉を言ったとされてしまった。商品資本の殿堂としてのパサージュ。　[A2, 2]

シャンゼリゼにあるパリ最新のパサージュは、アメリカの真珠王によって建てられた。もうそこには店はなかった。■頽落■　[A2, 3]

「アンシアン・レジーム末期頃にはパリに初期型の、定価販売の店があった。王政復古期、ルイ=フィリップ治下で、ル・ディアブル・ボワトゥー、レ・ドゥー・マゴ、ル・プティ・マトロ、ピュグマリオンといった何軒かの流行品百貨店がすでに創業していた。しかし、今日の店と比べると、これらの店はまったくの小規模店だった。実際、デパートの時代は、やっと第二帝政期に始まるのである。デパートは、一八七〇年以降大発展したのであり、発展し続けている。」E・ルヴァスール『フランス商業史』Ⅱ、パリ、一九一二年、四四九ページ　[A2, 4]

百貨店の起源としてのパサージュ？　前記の店のどれがパサージュにあったのだろうか？　[A2, 5]

スペシアリテ〔特産品、専門業種〕の支配は――ついでに言えば――一八四〇年代における風俗画の隆盛を解く歴史的‐唯物論的な鍵ともなる（風俗画の発生までは解けなくとも）。

ブルジョワジーが芸術において占める割合が高まるにつれて、この階層のとりあえずお粗末な芸術理解に相応するかたちで、風俗画が対象別、描かれたもの別に専門分化していった。歴史的情景、動物画、子どもの情景、修道僧や家庭や村の生活を描いた絵などが、明確な定義をもった風俗ジャンルとして現れてきた。■写真■ [A2, 6]

商業がロートレアモンとランボーに及ぼした影響を跡づけてみることが必要である！ [A2, 7]

「特に総裁政府時代以降（おそらく一八三〇年頃まで）のもう一つの特徴は、布地の軽さということになろう。厳しい寒さの期間中でも、毛皮や暖かい綿入れ外套はごくまれにしか現れなくなる。肌を寒さにさらす危険をおかして、女性たちは、まるで冬の厳しさというものがないかのような、まるで自然が突然、永遠の楽園に姿を変えたかのような服装をすることになるのだ。」グラン＝カルトレ『装いのおしゃれ』パリ、XXXⅣページ [A2, 8]

その他にも当時は劇場が、モードに関わることがらにたいして語彙を提供した。タラール風の帽子、テオドール風、フィガロ風、巫女風、イフィゲーニア風、カルプルナード風、ヴィクトワール風の帽子。バレエに現実の起源を求めようとするのと同じばかばかしさが、一八三〇年頃のある新聞に「ル・シルフ〔風の精〕」という名がつけられたことにも露呈している。■モード■　[A2, 9]

マティルド皇女の邸で催されたある夜会でアレクサンドル・デュマが詠んだ詩。この詩はナポレオン三世に向けられている。

「皇帝としての豪奢ということなら
　伯父も甥も対等、
　伯父のナポレオンが諸国の首都《カピタル》をとれば、
　甥のナポレオンはわれらの資本《カピタル》をとる。」

冷えついた沈黙がそれに続いた。『オラス・ド・ヴィエル＝カステル伯のナポレオン三世の治世についての回想録』Ⅱ、パリ、一八八三年、一八五ページに伝えられている。　[A2, 10]

「株の取引が昼夜をわかたず行われていることが背景にある。ここには終業というものがない。夜さえほとんどないのだ。カフェ・トルトーニがしまれば、たくさんの人が大通りに出てきて、そこがごった返す。一番混み合うのはパサージュ・ド・ロペラの前で、みな右往左往する。」ユリウス・ローデンベルク『陽光と燭光のもとのパリ』ライプツィヒ、一八六七年、九七ページ

[A2, 11]

ルイ゠フィリップ治下での鉄道株への投機。

[A2, 12]

「同じ家系から[すなわちロスチャイルド家から]さらにミレスが出ている。彼は大変に口のうまい男で、債権者たちを納得させるのに、損は得というだけでよかった。――にもかかわらず彼の名は、スキャンダラスな訴訟の後「パサージュ・ミレス」から抹消され、「パサージュ・デ・プランス」(素敵なレストラン・ペテルスのあるところ)に変わった。」ローデンベルク『陽光と燭光のもとのパリ』ライプツィヒ、一八六七年、九八ページ

[A2a, 1]

通りで株式相場表を売っている連中の叫び声。騰貴しているときは、「株が上がった」。下落しているときは、「株が乱れている」。「下落」という用語は警察が禁止していたのである。

[A2a, 2]

パサージュ・ド・ロペラは、取引所外市場の店にとってはベルリンのクランツラーの角と比較しうる意味を持つ。「普墺戦争〔一八六六年〕の勃発に先立つ頃の」相場師の隠語を挙げてみれば、「三%の利子預金は「アルフォンシーヌ」、不動産銀行は……「太ったエルンスト」、イタリアの公債は……「あわれなヴィクトール」、動産銀行は……「小さなジュール」と呼ばれていた」。ローデンベルク、〈ライプツィヒ、一八六七年〉、一〇〇ページに引用　[A2a, 3]

両替商になるための権利金は、二〇〇万〔二〇万の誤りか〕から一四〇万フラン。[A2a, 4]

「パサージュはほとんどすべてが王政復古期に建設された。」テオドール・ミュレ『演劇を通して見た歴史』Ⅱ、パリ、一八六五年、三〇〇ページ　[A2a, 5]

スクリーブとルージュモン〔ともに19世紀仏の劇作家〕の『前と間と後』についてのいくつかのこと。初演は一八二八年六月二八日。この三部作の第一部はアンシアン・レジームの社会を、第二部は恐怖政治を描き出し、第三部は王政復古期が舞台になっている。その主人公は将軍であって、彼は平和な時代になると工場主に、しかも有力な工場主になった。「工場制手工業がここでは、ソルダ＝ラブルール〔兵士＝農夫〕が育て〔耕し〕た領域〔畑〕にすっかり取って代わるのである。産業は、兵士や栄誉〔月桂樹〕にほとんど劣ることなく、王政復古期のヴォードヴィルによって謳歌された。ブルジョワ階級が、そのさまざまな階層に応じて、貴族階級に比べられたのである。労働によって得た財産が、年経る紋章に、古い館の小塔に対比されたのだ。この第三身分が支配勢力となって、今度はこれにへつらう者たちがいたのである。」テオドール・ミュレ『演劇を通して見た歴史』Ⅱ、三〇六ページ　[A2a, 6]

「跡地にギャルリ・ドルレアンを建設するために一八二八年から一八二九年にかけて取り壊された」ギャルリ・ド・ボワは、「贅沢とは言えぬブティックが三列に並び、平行して走る二本の遊歩道から成っていて、この遊歩道は、テント地と板の覆いがかかり、あかり取りのためのガラスがいくつか嵌めてあった。そこは地面を踏み固めただけのところを歩くので、にわか雨になると時にはぬかるみになった。ところがどうだろう、いたるところから人が、まさしくこの立派な場所へやって来て、並んだ店の間でひしめくのだったが、そうした店も後につくられた店と比べれば露店のようなものだった。それらの店を主に占めていたのは二つの業種で、それぞれに人を惹きつけていた。多くのお針子がいて、外部との仕切りガラスがまったくないところで、高いスツールに掛けて、外の方を向いて仕事をしており、ある散策者たちにとっては、働く女性たちの大変はつらつとした顔が、そこのなかなかの魅力となっていた。ギャルリ・ド・ボワは、また新しい書籍業の中心でもあった」。テオドール・ミュレ『演劇を通して見た歴史』Ⅱ、二二五―二二六ページ　　[A2a, 7]

ユリウス・ローデンベルク〔独の作家〕はパサージュ・ド・ロペラの〔貸本屋の〕小さな読書室について書いている。「この薄暗い小部屋は私の記憶の中でなんと好ましいものだろう。そこには高い書棚と、緑色のテーブルと、赤髭の係員(彼は大いなる愛書家で、他人に本を運ぶ代わりにいつも自分で小説を読んでいた)と、毎朝ドイツ人の心を喜ばせるドイツの新聞(例外は『ケルン新聞』で、平均して一〇日に一回しか来なかった)とがあった。そしてパリに何か新しいことがあると、ここで情報を手に入れることができた。ここでわれわれは情報を入手したのだ。それは微かなささやき声で(というのも例の赤髭君が、そうした声で自分や他人が妨げられぬよう厳しく監視しているからだ)口から耳へと伝わっていく。あるいはほとんど音をたてぬようにペンから紙片へ、文机から隣の郵便箱へと伝わる。事務所の親切な女性はだれにもにこやかに微笑む。特派員用のレターペーパーと封筒が用意されている。最初の便を無事発送する。ケルンとアウグスブルクの連中にニュースが行く。で、一二時だ！　さあメシだ！」ローデンベルク『陽光と燭光のもとのパリ』ライプツィヒ、一八六七年、六一七ページ [A2a, 8]

「パサージュ・デュ・ケールは、規模はもっと小さなものだが、かつてモンマルトル街にあったパサージュ・デュ・ソーモンを彷彿とさせる。パサージュ・デュ・ソーモンは今日バショーモン街になっている。」ポール・レオトー「古きパリ」『メルキュール・ド・フランス』一九二七年、五〇三ページ(一〇月一五日) [A3, 1]

「そこにしか見られない商売を営む古いタイプの店には、昔式の小さな中二階があって、それらの窓の各々に、それぞれの店を示す番号が楯型プレートで表示されている。ところどころにドアがあって廊下に通じており、廊下の先には、そうした中二階へ行く小階段がある。それらのドアのうちには、ノブのところに、次のような手書きの貼り紙をしたものがある。

そばで仕事をしている職人が
おりますので
ドアを
静かに
閉めて下さい。

そこには〈レオトー「古きパリ」『メルキュール・ド・フランス』一九二七年、五〇二―五〇三ページ〉、もう一つの貼り紙も引用されている。　[A3, 2]

アンジェラ
二階右

[A3, 3]

百貨店の古い呼び方「廉価《ボン・マルシェ》倉庫」。ギーディオン『フランスにおける建築』〈ライプツィヒ／ベルリン、一九二八年〉、三一ページ　[A3, 4]

パサージュの倉庫が百貨店へと発展すること。百貨店の原理。「各々の階がいっしょになって一つの空間を形づくる。それは《いわば一目で全体が見わたせる》のだ。」ギーディオン『フランスにおける建築』、三四ページ [A3, 5]

ギーディオン〔スイスの美術史家・建築評論家〕は「群衆を歓迎し、その心をとらえ引き止める」(『科学と産業』一九二五年、一四三号、六ページ)という根本法則がどのようにしてプランタン百貨店の建物(一八八一―一八八九年)における堕落した建築形態につながっていったかを示している(『フランスにおける建築』三五ページ)。商品資本の機能! [A3, 6]

「証券取引所への立ち入りが禁じられている女性たちも、出入り口に集まって、格子越しに相場の情報を収集し、仲買人たちに注文する。」『第二帝政下のパリの変貌』(ポエト、クルゾ、アンリオ著)〈パリ、一九一〇年〉、「パリ市図書館および歴史記念建造物事業局」展に際して刊行、六六ページ [A3, 7]

「スペシアリテは扱いません〔よろず買いつけ販売〕」と、有名な古道具屋の親爺「白髪頭」のフレマンはアベス広場にある彼の店の看板に書いていた。ここにあるがらくたには、前世紀の最初の数十年において「スペシアリテ〔特選品〕」の支配によって抑圧され始めた古い商売の表情が再び現れている。この「大解体作業場」に店主フレマンは「哲学者亭」という名をつけた。――なんという形でストイシズムが破壊・解体されることだろう！「紙を裏返しにみないでください〔まがい物注意〕！」と彼の店の貼り紙にはあった。そして「月あかりでは何も買いつけません〔あやしいもの買いません〕」。　［A3, 8］

明らかにパサージュではもうすでに煙草が吸われていた。それ以外の街路ではまだ一般化していなかったのにである。「私はここでパサージュでの生活についてもう一言付け加えておかねばならない。パサージュは、散歩者と喫煙家のお気に入りの場所であり、ありとあらゆる小規模な商売の場〔空間〕である。どのパサージュにも少なくとも一軒クリーニング・サロンがある。そこには小部屋があり、室内は条件の許すかぎり精いっぱいエレガントにしつらえられている。紳士諸公は高い壇座にすわり、のんびりと雑誌を読んでいる。その間に彼らの洋服とブーツのよごれにブラシがかけられるのだ。」フェルディナント・フォン・ガル『パリとそのサロン』II、〈オルデンブルク、一八四五年〉、二二―二三ページ　［A3, 9］

最初のサン・ルーム――花壇のあるガラス張りの空間、格子垣、噴水、一部は地下になっている。パレ＝ロワイヤルの庭園のその場所に一八六四年には噴水池があった（いまでもまだそうなのだろうか？）。つくられたのは一七八八年である。　［A3, 10］

「レ・ヴェプル・シシリエンヌ、ル・ソリテール、ラ・フィユ・マル・ガルデ、ル・ソルダ・ラブルール、レ・ドゥー・マゴ、ル・プティ・サン＝トマ、ル・ガニュ＝ドゥニエといった流行品店《マガザン・ド・ヌヴォテ》のはしりができたのは、王政復古期の末である。」デュベック／デスプゼル『パリの歴史』パリ、一九二六年、三六〇ページ　［A3, 11］

「一八二〇年、ヴィオレとドゥー・パヴィヨンの両パサージュが……開設された。これらのパサージュは、当時のファッションの一つだった。これは、民間主導の屋根付き歩廊で、そこには店が開店し、モードがこれらの店を繁栄させたのである。もっとも有名だったのがパサージュ・デ・パノラマで、その人気は一八二三年から一八三一年まで続いた。日曜日に、群衆は「パノラマか目抜き通りにあり」、とミュッセは言うのだった。少々場当たり的にシテがつくられたのもやはり民間主導によるものだが、このシテというのは家主組合の共同経費負担で建設された短い通りあるいは袋小路のことである。」リュシアン・デュベック／ピエール・デスプゼル『パリの歴史』パリ、一九二六年、三五五―三五

六ページ　[A3a, 1]

一八二五年、「ドーフィーヌ、ソーセード、ショワズールの各パサージュ」とシテ・ベルジェールの開設。「一八二七年……コルベール、クリュソル、ランデュストリ〔産業〕の各パサージュ……。一八二八年には、……ブラディとグラヴィリエの両パサージュが開設され、パレ＝ロワイヤルに、この年焼失したギャルリ・ド・ボワのあとにギャルリ・ドルレアンの建設が開始された。」デュベック／デスプゼル『パリの歴史』三五七―三五八ページ　[A3a, 2]

「百貨店の先駆ラ・ヴィル・ド・パリが、一八四三年、モンマルトル街一七四番地に出現した。」デュベック／デスプゼル『パリの歴史』三八九ページ　[A3a, 3]

「土砂降りの雨が私に意地悪をする。雨の折りに私はパサージュでそれをやり過ごした。たくさんあるこの小路は天井がすべてガラスで覆われており、いくえにも枝わかれして家並を縦横に貫いていて、それぞれ好きな方向へ行けるようになっている。そうした小路の一部は建物をとてもエレガントにしつらえ、悪天候や晩の折にはこうこうと照らされて、素敵な店の並びをそぞろ歩く散策へと多くの人を誘うのである。」エードゥアルト・デフリーント『パリからの手紙』ベルリン、一八四〇年、三四ページ

[A3a, 4]

「ギャルリ型街路《リュー・ギャルリ》。——ファランジュ〔フーリエの提唱する共同体〕のギャルリ型街路は、調和宮の主要な部屋であり、これは文明の中にはまったく思い当たらない。これは冬は暖房され、夏は涼風が入る。連続列柱回廊型の屋内式ギャルリ型街路は、ファランジュの宮殿の二階に設置されるのである。（ルーヴルの歩廊をモデルと見なすことができる。）」フーリエ『普遍統一論』一八二二年、四六二ページ、および『産業・組合新世界』一八二九年、六九、一二五、一二七二ページによる。E・シルベルラン『ファランステール社会学事典』パリ、一九一一年、三八六ページ。さらに、「ギャルリ。——屋根付きで暖房されたギャルリが協働生活体《ファランステール》の住居のさまざまな部分を結び、そこではギャルリ型街路を形成する」。E・シルベルラン、前掲書、一九七—一九八ページ。フーリエ『折衷論あるいは思弁論および組織化の旧習的概括』一四ページによる。E・シルベルラン、前掲書、一九七—一九八ページ

[A3a, 5]

パサージュ・デュ・ケールは、往年のミラクル小路の隣にあり、一七九九年にかつての看護修道会の庭の跡地につくられた。

[A3a, 6]

商売と交通は街路の二大構成要素である。ところで、パサージュにおいては後者の要素は死に絶えてしまった。交通はパサージュに痕跡としてしか残っていない。街路は商売に対してのみ色目を使い、欲望をかきたてることにしか向いていない。こうした街路では交通という体内循環が滞っているため、商品がパサージュの両側の縁にはみ出し、ちょうど潰瘍にかかった生体のように独特な結びつきを示しているのである。――遊歩者は交通を滞らせる。彼はまた買い手でもない。彼は商品なのだ。
[A3a, 7]

百貨店の創立とともに、歴史上はじめて消費者が自分を群衆と感じ始める。（かって彼らにそれを教えてくれたのは欠乏だけであった。）それとともに、商売のもっている妖婦めいた、人目をそばだたせる要素が途方もなく拡大する。
[A4, 1]

大量生産品の製造とともにスペシアリテ〔特選品〕という概念が現れる。この概念の、オリジナリティーという概念に対する関係が究明されねばならない。
[A4, 2]

「パレ＝ロワイヤルの商業に危機的な時期があったことを私は認めるが、その原因は娼婦がいなくなったことにあるのではなく、新しいパサージュの開通、他のいくつかのパサージュの拡張・美化にあったと考えなくてはならないと思う。オペラ、グラン＝セール、ソーモン、ヴェロ＝ドダ、ロルム、ショワズール、パノラマの各パサージュをその例に挙げておこう。」F・F・A・ベロー『パリの娼婦とその取り締まり』I、パリ／ライプツィヒ、一八三九年、二〇五ページ　[A4, 3]

「パレ＝ロワイヤルの商業が、本当に売春婦がいなくなったことで被害を受けたかどうか私は知らないが、確かなのは、そこでは公衆の慎み深さが大いに広まったということである。……私にはしかも、今や立派な女性たちが、ギャルリの商店へ進んで買い物に行っているように見える。これは商人たちにとって有利な埋め合わせのはずである。というのは、パレ＝ロワイヤルが裸同然の売春婦の群れで溢れていた頃、群衆の視線は彼女たちに向けられていたのであるが、地区の商業を繁栄させるのは、こうした光景を喜ぶような人々ではなかったからだ。そこに来ていた群衆というのは、ふしだらのためにすでに破産しているか、放蕩の誘惑に負けてしまって、何か品物を、自分にすぐ必要な品物さえ買うことなどまったく考えもしない連中だったのである。私は、そうした過度な寛容の時代にも、パレ＝ロワイヤルの店のいくつかは閉店していたし、他の店も客足はほとんどなかったのだ……と断言できると思う。したがって、ここの商業は繁栄していなかったのであって、今日その不振を娼婦がいなくなったことのせいにするよりはむしろ、当時娼婦が自由に歩きまわっていたことに原因があったといったほうが正しいであろう。娼婦がいなくなったことで、商人たちには売春婦や放蕩者たちよりも都合のいい多数の散策者がこのギャルリと庭園に戻ってきたのである。」F・F・A・ベロー『パリの娼婦〔とその取り締まり〕』I、パリ／ライプツィヒ、一八三九年、二〇七―二〇九ページ

［A4, 4］

「カフェはいっぱい
グルメとスモーカーで、
劇場は満員
陽気な観客たちで。
パサージュにひしめく
やじ馬と客が、
すりがうごめく、
遊歩者たちのうしろに。」

エヌリ／ルモワーヌ「夜のパリ」、H・グルドン・ド・ジュヌイヤック『一八三〇年から一八七〇年までのはやりうた』パリ、一八七九年、四六―四七ページに引用。――ボードレールの「夕べの薄明」と対比せよ。
[A4a, 1]

「では、そうした寝床に払う金のない者は？　警察や所有者が邪魔せずに眠らせてくれるところであれば、パサージュであれ、アーケードであれ、どこかの片隅であれ、場所を見つけたところで眠るのである。」フリードリヒ・エンゲルス『イギリスにおける労働者階級の状態』第二版、ライプツィヒ、一八四八年、四六ページ（大都市）
[A4a, 2]

「どの店でも、一様にと言ってよいほど、オーク材のカウンターにあらゆる金属と寸法の偽造貨幣が無情に釘付けされて飾られ、また、ドアには猛禽の装飾がついて商人の律義な誠実さのしるしになっている。」ナダール『私が写真家だった頃』パリ、〈一九〇〇年〉、二九四ページ（「一八三〇年ころ」）
[A4a, 3]

ギャルリ型街路《リュー・ギャルリ》についてフーリエはこう述べている。「このように容易に、外気にさらされずにどこへでも行け、氷霧の時でも、泥や寒さの心配もなく、薄着で、色物の靴を履いて舞踏会や芝居に行けるということは、たいへん新しい魅力で、それだけでも、協働生活体《ファランステール》の中で冬の一日を過ごした人は誰でも、わが国の都会や城が、不快なものだと思うことになるだろう。この建造物が、文明の諸用途にあてられたとしたら、風雨が避けられ、ストーブと換気装置で気温調節されたところを通行できるという便利さだけでも、これにきわめて大きな価値が認められることになろう。これの賃貸料は……他の建造物の二倍でも需要があるだろう。」E・ポワソン『フーリエ〔選集〕』パリ、一九三二年、一四四ページ　　　　　　　　　　　　　　　　　　　　　　　　　　　　　　　〔A4a, 4〕

「ギャルリ型街路とは、屋内通行方式であり、これだけでも、宮殿や美しい文明都市も軽蔑すべきものと映ることになろう。……フランス王は、文明君主の最たる者の一人である。〔そうであるのに〕彼のテュイルリー宮にはポーチがまったくないのだ。王や王妃や王家の者たちは、馬車に乗るにしても、馬車から降りるにしても、店に辻馬車を来させる小市民たちと同じく、雨が降れば濡れないわけにはいかない。なるほど、雨の場合は、《君主》に傘をさしかける従僕やら廷臣やらがたくさんいることはいるだろう。しかし、とにかくポーチと雨避けはないのだし、屋外になってしまうのだ。……調和宮のもっとも貴重な魅力の一つであるギャルリ型街路の描写に移ることにしよう。……ファランジュには、露天の街路、あるいは屋根のない外気にさらされた道はまったくない。名称の上での建造物のすべての区域は、二階と建物のすべての部分をめぐっている広いギャルリを通って歩き回ることができる。この道の末端には、円柱のある通路あるいは装飾のある地下道があり、これによって、宮殿のすべての部分と付属施設内を、風雨から守られて、優雅に、また、どの季節でもストーブあるいは換気装置によって気温調節された中を通行できるのである。……ギャルリ型街路あるいは「連続列柱回廊」は、二階に設置される。これは一階には合わないのである。一階には何箇所も馬車用アーケードを通さなくてはならないからだ。……ファランジュのギャルリ型街路は、両側採光とはならない。それは、居住部の各々に接しているのである。それらの居住部には部屋が二列に並び、一列は畑に、もう一列はギャルリ型街路側に窓が開く。ギャルリ型街路は、三階分の高さになり、それらの階の窓がギャルリ型街路側につくことになる。……一階は、何箇所かに、公共ホールと厨房が設置されるはずで、それらは中二階の分も含む高さになる。厨房には、二階のホールに料理を持ち上げるために、あちこちに揚げ戸をつける。この穴は、祝日や、団体、大集団が立ち寄った場合、この人たちは公共ホールつまりセリステール〔職務によって分けられた労働者のグループであるセリに割り当てられたホール〕には収まりきらず、ギャルリ型街路で二列に並べたテーブルで食事することになるので、大変役に立つことだろう。公共交流ホールすべてを一階に設置するのは、二つの理由で避けなくてはならない。第一の理由は、一階の低いほうに長老たちの住まいを、中二階に子どもたちの住まいを用意する必要があることだ。第二の理由は、壮年の者たちの非産業的交流から子どもたちを普段隔離する必要があることである。」ポワソン『フーリエ［選集］』パリ、一九三二年、一三九―一四四ページ　［A5］

「そう、その通りなのです、チベットの力はあなたもご存じです。
気高い無邪気さの執拗な敵でありまして、
これが姿をあらわすや、みな魅惑してしまうのです、
店員の妻も、ブルジョワの娘も、
厳格な貞女も、冷淡なおしゃれ女も。
恋する男たちにとってこれは心をつかむきっかけということでして、
これの支配力に立ち向かう厳しさなんてまったくありはしません。
そうした厳しさを持っていないのは本当に恥ずべきことなのです。
それにこれの織物が、流布している機知のある言葉に立ち向かって
その襞の中で、物笑いの言葉の切れ味を鈍らせてしまうのです。

これを見たらまるで勝ち誇ったお守りといった風です。それは人の気持ちを自分へと向け、心を魅了するのです。これにとって、やって来ることは征服することで、勝利を収めることは現れることです。それは、征服者として、君主として、主人として、支配するのです。矢筒を無用の重荷あつかいして、愛の神はカシミアで自分の目隠しを作ったというわけです。」

エドゥアール〔・ダングルモン〕『カシミア』一幕韻文喜劇、一八二六年一二月一六日、パリ、オデオン王立劇場で初演、パリ、一八二七年、三〇ページ

[A5a, 1]

デルヴォー〔仏のジャーナリスト・雑文家〕はコドリュック＝デュクロ〔19世紀初頭の王党派の人物〕についてこう述べている。「彼は……彼には何の借りもないルイ＝フィリップの治世に、彼にかなりの借りのあったシャルル一〇世の治世にやったことを、やったのである。……彼の名が人々の記憶から消えるのにかかったよりも、彼の骨が腐るのに時間がかかった。」アルフレッド・デルヴォー『時のライオン族』パリ、一八六七年、二八―二九ページ

[A5a, 2]

「ギリシア生まれの女性がパリに紹介したカシミアの貴重な織物を、フランスでもっと普及させることがようやく考えられたのは、エジプト遠征の後である。テルノー氏は……ヒンドゥスタンの山羊をフランスに馴化させるというすばらしい構想をたてた。それからというものは……数世紀も前から名声を博している製品と有利に張り合うには、何と多くの織工を養成し何と多くの織機を設営しなければならなかったことか！　わが国の製造業者も、フランス製のショールに関する女性たちの偏見に対して……勝利をおさめ始めた。……われわれの花壇の花の輝きと鮮やかな調和を手際よく再現して、インド人たちのおかしげな図案を彼女たちに一瞬忘れさせることに成功したのである。面白く優雅な文章でこれらの題材をすべて扱った一冊の書物がある。レイ氏によるショールの歴史は、パリのショール製造業者たちに捧げられてはいるが、女性の注意をひきつけるだろう。……この本は、たぶん、その著者がつくる豪華な製品と同じときに、外国人の仕事に対するフランス人の熱をさますことに貢献することだろう。毛やカシミアのショールの製造業者であるレイ氏は、一七〇フランから五〇〇フランまでの値段のカシミア織を数点ほど展示している。氏による諸改良の内に……オリエントの奇異なヤシの葉にとってかわる自然花の典雅な模倣があげられる。長期にわたる研究と自分の才能の賜物であり、この工場主兼文筆家が好評を博し、数々の栄誉のしるしを受けられたのは、……その後に私どもが賛辞を述べても、あまりにも影の薄いものになることであろう。私どもとしては、氏の名を挙げるだけにした。」シュヌー／H・D『一八二七年ドゥエー市にて開催の産業・工芸物品展の手引』ドゥエー、一八二七年、二四―二五ページ　[A6, 1]

一八五〇年以降。「ル・ボン・マルシェ、ル・ルーヴル、ラ・ベル・ジャルディニエールといった百貨店が創業するのはこの時期である。一八五二年の「ボン・マルシェ」の総売上高は四五万フランにすぎなかったが、一八六九年には二一〇〇万フランに達した。」ギゼラ・フロイント『社会学的視点から見た写真』(手稿、八五―八六)、ラヴィス『フランス史』に引用　[A6, 2]

「印刷業者たちは……一八世紀末ごろ、広大な用地を獲得していた。……パサージュ・デュ・ケールとその周辺。……しかし、パリの拡大にともなって、印刷業者たちは……市の全域に散らばったのである。……何たることか、サン＝ドニ街とミラクル小路の間に、自分たちの本当の守護神たちが忘れられたままにひそんでいる煤けた長いギャルリが依然として存在することを、……今日では投機根性で堕落して労働者に成り下がった印刷業者たちの多くは、思い出さなくてはならないのだ。」エドゥアール・フーコー『発明家パリ』パリ、一八四四年、一五四ページ　[A6, 3]

パサージュ・デュ・ソーモン〔鮭〕の描写。「三段の石階段でモントルグイユ街に通じている。それは、アーチ形のガラスの大屋根を支える付け柱で装飾された狭い通路だった。隣家から捨てられるごみで汚れていた。入り口の前にあるブリキの鮭の看板がその場所の主だった性質を示していて、魚のにおい……それににんにくのにおいがあたりに漂っていた。というのは、南フランスがパリに運ばれてここに集合するからだ。……店の出入り口ごしに薄暗い小部屋が見え、そこには時として当時ありふれたマホガニーの家具が、どうにか見分けられるのだった。さらに先へ行くと、パイプの煙ですっかりかすんでいる飲み屋、ハーブやスパイスや外国産果物の不思議な香りが洩れてくる植民地物産店、ダンスをする者たちのために日曜日と平日の夜に開かれるダンスホール、それから、チェッケリーニとかいう人物の貸本屋があって、客に新聞や本を提供していた。」J・リュカ＝デュブルトン『アリボー事件あるいは追いつめられたルイ＝フィリップ（一八三六年）』パリ、一九二七年、一一四―一一五ページ　[A6a, 1]

パサージュ・デュ・ソーモンはバリケード闘争の舞台となったことがある。そこでは――一八三二年六月五日に行われたラマルク将軍の埋葬の際に起こった騒乱が引き金となって――二〇〇人の労働者たちが軍隊と対峙しあったのである。 [A6a, 2]

「マルタン――旦那さん、商業はですね、……世界の王様ですよ！
デジュネ――マルタンさん、ぼくもあなたと同じ意見です。でも、王様だけじゃ足りない、臣下《シュジェ》〔主題、題材〕も必要だ。ほら、絵とか、彫刻とか、音楽とか……
マルタン――そりゃ、少しは必要だ。……この私だって、芸術を応援しましたよ。最近開いたばかりの私の店、カフェ・ド・フランスには、油絵、アレゴリー的な画題《シュジェ》をたくさん置きましたよ。……しかも、夜になれば、楽器の演奏者を入らせてやりました……家にでもおいで頂いたら、……ご覧になれますよ、列柱の下に、ほとんど着物を着ていないかなり大きな立像が二つあり、それぞれ頭の上に角灯《ランターン》が載っています。
デジュネ――角灯ですって？
マルタン――わたしは彫刻をそんな風に理解するんです、何かの役に立つというのでね。……でも、脚だの、腕だのを上げて突っ立っている像なんかは、何の役に立つのでしょう、中にガスの通る管も作っていないのだとね……何の役に？」

テオドール・バリエール『パリの人たち』パリ、一八五五年〔ヴォードヴィル劇場　一八五四年一二月二八日〕、二六ページ〔劇は一八三九年という時代設定〕　[A6a, 3]

パサージュ・デュ・デジール〔欲望のパサージュ〕というのがあった。　[A6a, 4]

コドリュック＝デュクロ――パレ＝ロワイヤルの端役。彼は王党派で、ヴァンデ地方の反乱に参加して闘った。彼がシャルル一〇世のもとでしかるべく扱ってもらえなかったことに不満を抱いたとしてもおかしくない。彼は、公然とボロを身にまとい、髭をたくわえることで、抗議した。　[A6a, 5]

パサージュ・ヴェロ＝ドダの店のファサードを描いた版画について。「外部の端正さと、ガス照明に用いられている球形のランプが生み出す一風変わったきらきらした効果というこの組み合わせは、あまり褒められたものではない。これらの球形のランプは、各ブティックを仕切る二本組み付け柱の柱頭と柱頭の間に設置されて、それらの間には、反射鏡の装飾が付いているのである。」パリ国立図書館版画室　[A7, 1]

パサージュ・ブラディ三二番地にドライクリーニング屋メゾン・ドニエがあった。そこは、「巨大な作業場」と「働いている人の数の多さ」〈で有名であった〉。同時代の版画に、小さな屋根裏部屋《マンサルド》の屋根を頭に頂いた三階だてのこの店の姿が見られる。窓越しに少女たち――たくさんの数の――を見ることができる。天井には洗濯物がぶら下がっている。
[A7, 2]

第一帝政時代の版画――『国王《スルタン》の三人の妃』のなかのショールの舞い。パリ国立図書館版画室
[A7, 3]

オートヴィル街三六番地のパサージュ立面図と平面図。証印を押した紙に黒、青、桃色で描かれており、一八五六年のものである。それといっしょに商館も描かれている。そこには太字で「賃貸物件」と印刷されている。パリ国立図書館版画室、〈図1〉
[A7, 4]

最初の百貨店は東方《オリエント》のバザールに倣っていたように思われる。銅版画でみると、採光吹き抜けに面した階の手すり壁に絨毯をかぶせるのが流行になっている。「ヴィル・ド・

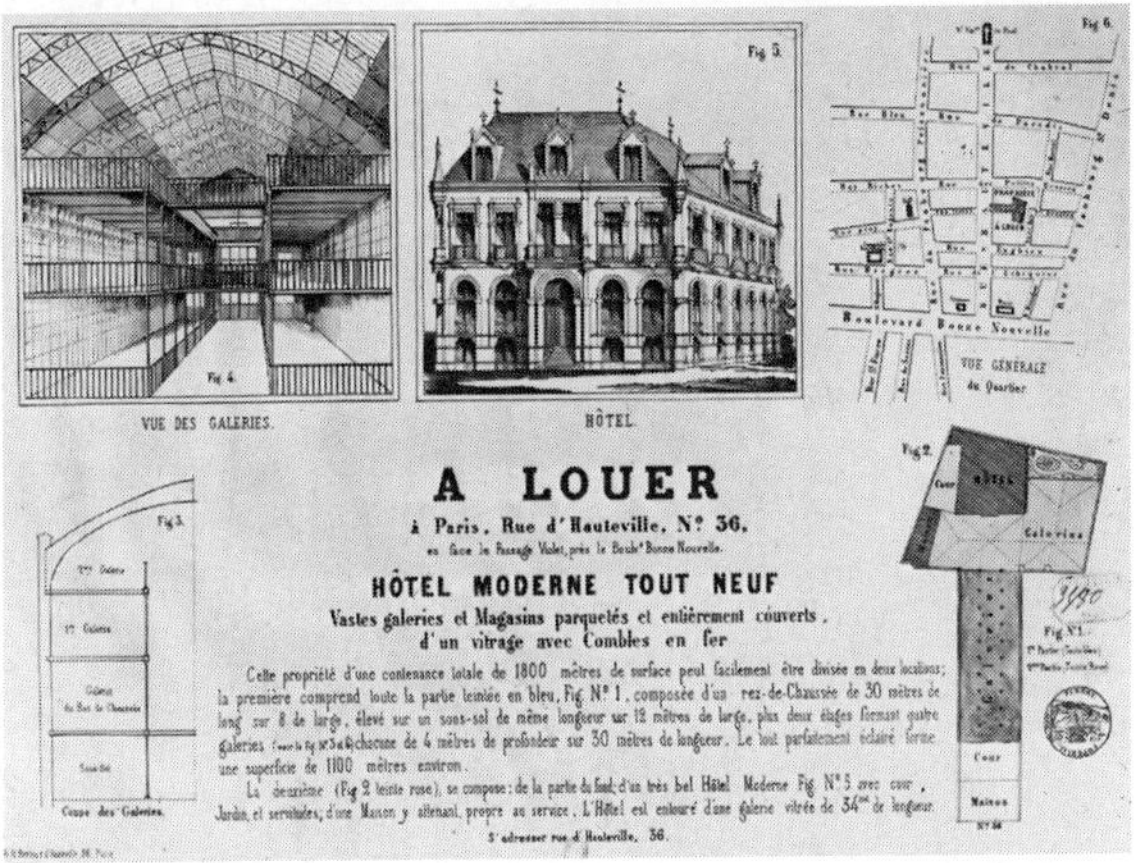

図1　オートヴィル街36番地，1856年（パリ国立図書館）

サン＝ドニ」店はそうである。パリ国立図書館版画室　[A7, 5]

「通称オルロージュ〔大時計〕とバロメートル〔気圧計〕の両ギャルリのあるパサージュ・ド・ロペラ……。一八二一年の、ル・ペルティエのオペラ座のオープンでここが人気を惹くこととなり、一八二五年にはベリー公爵夫人自らが、ギャルリ・デュ・バロメートルに、「ウーロパマ」というパノラマの落成式を行いにやってくる。……王政復古時代のグリゼット〔お針子などをしている尻軽娘〕たちが、地下に開業したイダリー・ダンスホールで踊った。……その後「ディヴァン・ド・ロペラ」というカフェがパサージュに開店した。……また、パサージュ・ド・ロペラでは、カロン武器店、マルグリック楽譜出版社、ロレ菓子店、それにオペラ香水店も注目された。「ヘアー・アーティスト」すなわち、頭髪によるハンカチの角飾り、形見入れ、遺髪記念品の製造元ルモニエ……も付け加えておこう。」ポール・ダリスト『目抜き通りの生活と人々（一八三〇―一八七〇年）』パリ、〈一九三〇年〉、一四―一六ページ [A7, 6]

「パサージュ・デ・パノラマは、入り口の両側に建っていた二つのパノラマを記念してこう名づけられたのだが、これらのパノラマは一八三一年にはなくなった。」ポール・ダリスト『目抜き通りの生活と人々（一八三〇―一八七〇年）』パリ、一四ページ [A7, 7]

「インドのショールの不思議さ」についてのミシュレの美しい賛美。それは、彼の『人類の聖書』（パリ、一八六四年）のインド芸術の章にある。 [A7a, 1]

「イェフーダ・ベン・ハレヴィ〈11―12世紀、スペインに生きたユダヤ詩人〉は、と、彼女はいった、十分に

恭しく　美しい

ボール紙のケースのなかにしまわれている
それには中国風のエレガントな
アラベスク模様がついている　ちょうど
パサージュ・デ・パノラマにあるマルキ屋〔チョコレートの店〕の
可愛いボンボン入れのように。」

ハインリヒ・ハイネ『ヘブライ風の旋律』「イェフーダ・ベン・ハレヴィ」『ロマンツェーロ』第三巻の四〔ヴィーゼングルント〔・アドルノ〕の手紙からの引用〕　[A7a, 2]

看板。判じ絵が流行したあとに、文学や戦争をあてこすったものの流行が続いた。「ヴェズヴィオ火山がポンペイを呑み込んだように、モンマルトルの丘の爆発がパリを呑み込むことにでもなったら、一五〇〇年後に、われわれの看板に、わが国の戦勝の歴史とわが国の文学史を見いだすことができるであろう。」ヴィクトール・フールネル『パリの街路に見られるもの』パリ、一八五八年、二八六ページ〔「看板とポスター」〕　[A7a, 3]

産業における製造者名の保護に関するシャプタルの演説。「消費者が布地の品質の程度を正しく識別できるだろうと言ってはなりません。いいえ、皆様、消費者はそれが見分けられないのです。消費者は、理解できるものしか判断しないのです。染料の耐久性に判断を下し、布地のきめの細かさ、仕上げ加工の性質と良さを正確に測るのに、眼と触覚だけで十分でありましょうか。」シャプタル『製品の贋造と製品に対する偽名使用に関する法案検討特別委員会名による報告』〔フランス貴族院一八二四年会期、一八二四年七月一七日〕、五ページ。——商品に関する知識が専門化するにつれて、信用が重要な意味を持つようになる。

［A7a, 4］

「ところでこの株式の闇取引〔舞台裏〕についてはどう言ったらよいだろう。証券取引所で二時間不法立ち会いをするだけでは足りず、かつては、さらに一日に二回、ブールヴァール・デジタリアンのパサージュ・ド・ロペラの正面のところで、取引〔上演〕を野外で行っていたのである。そこでは五〇〇〜六〇〇人の賭け好きたちがぎっしりと一団を成し、四〇人ばかりのもぐりの仲買人のあとについて陰謀家のようにひそひそ話しながら、だらだらと進んで行くのだった。その間、太った疲れた羊を追い立てて畜殺場へ連れて行くように、警官たちが彼らを後ろから追い立てて、立ち止まらないようにしていた。」M・J・デュコ（・ド・ゴンドラン）『証券取引所でいかに破産するか』パリ、一八五八年、

一九ページ　[A7a, 5]

サン＝マルタン街二七一番地。パサージュ・デュ・シュヴァル・ルージュでラスネール〔19世紀仏の犯罪者〕が殺人を行った。　[A7a, 6]

看板「エペ〔剣〕＝シエ〔切られた〕」〔食料品店《エピシエ》の看板か〕　[A7a, 7]

「ボールガール街、ブルボン＝ヴィルヌーヴ街、ケール街およびミラクル小路の住民各位」「ケール広場よりボールガール街に至り、サント＝バルブ街正面に達し、ブルボン＝ヴィルヌーヴ街とオートヴィル街を結ぶ二つの屋根付きパサージュの計画」からの抜粋。「拝啓、久しい以前より私たちは、本地区の将来に腐心して参りましたが、目抜き通りにかくも近い地所が、本来有すべき価値をまったく持つに至っていないことを憂慮しております。こうした事態は、連絡路をつければ、変わっていくでありましょうが、土地の高さが余りに喰い違うため、ここに街路を建設するのは無理であって、唯一実施可能な計画というのが、私たちが皆様に謹んで提案申し上げている計画であり、したがいまして、皆様が、地主として……ご協力ならびにご賛同下さいますことを期待致す次第であります。……各賛同者の義務は、設立される会社の額面二五〇フランの株一株に付き五フラン払い込むことであります。三〇〇〇フランの資本が達成され次第、当座の出資申し込みは打ち切りと致します。今のところ、以上の金額で十分と判断されるからであります。」「パリ、一八四七年一〇月二〇日」印刷された申込勧誘書
[A8, 1]

「パサージュ・ショワズールでは、「王室自然学者」コント氏が、自分も出演する二回の奇術ショーの合間に、氏の主宰する有名な児童劇団を披露しているが、この劇団の子どもたちは、見事な役者である。」J - L・クローズ「一八三五年夏季のパリのショー」(『ル・タン』紙、一九三五年八月二二日号)
[A8, 2]

「歴史上の転換期と言えるこの時期に、パリの商人は、モード界を一変させるようなことを二つ発見する。すなわち陳列と男性従業員である。陳列を行うこととなって、店を一階から屋根裏まで満艦飾にし、店の正面を旗艦のように飾り立てるのに三〇〇オーヌ〔約三六〇メートル〕もの布を使うのである。男性従業員の採用によって、アンシアン・レジームの商店主が考えていた女性による男性の誘惑が、これよりもはるかに心理的な、男性による女性の誘惑に変わるのだ。さらに、固定価格すなわち、定価の採用を付け加

えておこう。」H・クルゾ／R‐H・ヴァランシ『人間喜劇のパリ（バルザックと彼の贔屓の業者たち）』パリ、一九二六年、三一―三二ページ（「流行品店」）　[A8, 3]

バルザックは、ある流行品店が、かつて『人間喜劇』の出版者だったエッツェルの部屋を借りたときこう言った。「『人間喜劇』はカシミア喜劇にその座を明け渡したと言うわけだ。」（クルゾ／ヴァランシ『人間喜劇のパリ』三七ページ）　[A8, 4]

パサージュ・デュ・コメルス＝サン＝タンドレ――貸本屋一軒。　[A8a, 1]

「社会主義政府がパリすべての建物の法的所有者となるとすぐに、同政府はそれらすべての建物を建築家たちに委ねて、そこにギャルリ型街路を建設するよう……命じた。……建築家たちは、託された使命を完璧に果たした。彼らは、各建物の二階の、街路に面した部屋をすべて接収し、それらの間の仕切り壁を取り壊し、次いで、街路との境壁に大きな窓を設置して、ギャルリ型街路を完成させたのである。このギャルリ型街路は、普通の寝室と幅も高さも同じで、一区画分の建築物全体と同じ長さになる。隣接した建物の各階がほぼ同じ高さになっている新しい地区では、ギャルリの床は、十分一定した高さになった。……しかし、古い通りでは……床の高さを上げたり下げたりしなくてはならないことが多く、あるいはあきらめて、床に少々急な勾配を付けたり、途中何段か階段を付けなくてはならないこともたびたびだった。すべての区画に建物の二階部を……占めるギャルリが貫通すると、あとは、それらを市全体に広がる……ギャルリ網とするために、これら各区間を相互に結ぶだけである。これは、各街路間に屋根付きの橋を建設することによって簡単に実現した。……まったく同様の、しかしこれらよりはるかに長い橋が、同じくさまざまな大通りや広場、セーヌ河を渡っている橋の上にも架けられたので……散策者は、まったく露天を通ることなく全市を歩き回ることができるようになった。……パリジャンたちは、新しいギャルリの味を知るや、古い街路にはもう足を踏み入れようとはしなくなった。古い街路は、もう犬でもなければ歩かなくなったと彼らは言うのだった。」トニー・モワラン『二〇〇〇年のパリ』パリ、一八六九年、九一一一ページ　[A8a, 2]

「二階はギャルリ型街路が占める。……大きな道に沿ったところでは……ギャルリ型街路はサロン型街路となる。……これよりずっと狭いほかのギャルリは装飾がより質素である。これには小売業が当てられ、そこには、通行人が店舗の前ではなく、その内部そのものを往来する形になるよう商品が陳列された。」トニー・モワラン『二〇〇〇年のパリ』一八六九年、一五―一六ページ(「モデル・ハウス」)　[A8a, 3]

流行品店店員。「パリには少なくとも二万人いる。……流行品店店員の大多数は高等学校《リセ》の古典課程の修了者である。……なかにはアトリエと縁を切った画家や建築家さえ見られ、こうした者たちは、陳列のアレンジ、流行品のデザイン決定、モード創案の指揮のために、芸術のこの二部門の……身につけた知識を見事に活用しているのである。」ピエール・ラルース『一九世紀万有大辞典』Ⅲ、パリ、一八六七年(「流行品店店員」の項目)、一五〇ページ　[A9, 1]

「『風俗の研究』の著者が、創作のなかに、同時代の有力な商人の名をそのまま書き込んだのはどんな動機に従ってのことだろうか。まず、自らが楽しんでみたいということは疑う余地がない。……描写の類いはそれによって説明される。直接引いている名には、別の理由を探す必要がある。そこでは、非常にはっきりした宣伝の意図以上の理由がわれわれには見当たらない。バルザックは、広告の、特に偽装広告の力を初めて見抜いた人の一人である。その当時、……新聞は自分の力を知らずにいた。……夜中の一二時になって、印刷工が本組みを終えようとする時に、広告を出す人は「ルニョー膏薬」あるいは「ブラジル風水薬」をうたった数行を段下にひそかに滑り込ませるのだった。宣伝＝短評は未知のものだった。もっと未知のものだったのは、小説中に取り上げるというもっと巧妙な手法である。……バルザックが〔作中に〕選んでいる業者は、……彼の贔屓の業者であると言い切っても間違いの心配はない。……『セザール・ビロトー』の作者ほど広告の無限の力を見抜いていた人はいない。……意図を疑って言うのであれば、……彼が、自分の使っている業者やその品物に付けている形容語をあげてゆくだけで歴然とする。彼は恥も外聞もなく次のように書き記す。有名なヴィクトリーヌ、名高い理髪師プレジール、今の時代のもっとも有名な仕立て屋のスタウブ、ラ・ミショディエール街の(住所まで書いている)高名な靴屋のゲー、……「パリにおいて……すなわち世界において一番のレストラン……ロシェ・ド・カンカールの料理。」」H・クルゾ／R‐H・ヴァランシ『人間喜劇のパリ(バルザックと彼の贔屓の業者たち)』パリ、一九二六年、七—九ページおよび一七七—一七九ページ　[A9, 2]

パサージュ・ヴェロ＝ドダは、クロワ＝デ＝プティ＝シャン街とジャン＝ジャック＝ルソー街を結んでいる。一八四〇年ころカベ〔19世紀仏の著述家・ユートピア主義者〕は、そのジャン＝ジャック＝ルソー街にある彼のサロンで何度か集まりをもった。その集まりの空気について、マルタン・ナドー〔仏の労働者出身の政治家〕の『もと石工見習いレオナールの回想録』が次のように伝えている。「彼は使ったばかりのタオルと剃刀をまだ手に持っていた。〔労働者の〕われわれがきちんとした服装をし、堅実な様子なのを見てすっかり喜んでいるようだった。彼はこう言うのだった。「ああ、殿方《メシュー》（市民同志諸君《シトワイヤン》とは言わなかった）、政敵がみなさま方を知ったなら、とやかく言う気持ちが挫けてしまうでしょう。みなさま方の身なり、物腰は、この上なく育ちのいい人たちのものです。」」シャルル・ブノワ「一八四八年の人」Ⅱからの引用（『両世界評論』一九一四年二月一日、六四一―六四二ページ）。カベを特徴づけているのは、労働者は執筆活動する必要はないという意見をもっていたことである。　［A9, 3］

サロン型街路。「それら［すなわちギャルリ型街路］の内のもっとも広くもっとも良い場所を占めるものは、入念に装飾され、贅沢な家具が備えられた。壁と天井には……珍しい大理石、金箔……鏡が張られ、絵が飾られ、窓には豪華な幔幕と見事な絵の刺繍のあるカーテンが掛けられ、疲れた散策者が容易に腰掛けられるよう、……椅子、肘掛け椅子、ソファが備えられ、また、芸術的な家具、古代風の長持ち……骨董品をたくさん飾った陳列窓……生花を生けた花瓶、生きた魚をはなした水槽、珍しい鳥を入れた大鳥籠が、夜ともなると……金めっきした燭台型照明器具とクリスタル・ガラスのシャンデリアで照明されるこうしたギャルリ型街路の装飾を、さらに充実させたのである。政府は、パリの民衆に所属する街路が、このうえなく強大な君主たちのサロンをも壮麗さの面で凌ぐことを望んだのだ。……朝から、ギャルリ型街路は、雑役夫たちに委ねられて、換気が行われ、念入りにふき掃除され、ブラシがけされ、塵が払われ、家具のふき掃除が行われ、この上なく丹念に清潔さが維持される。次いで、季節によって、窓を閉めるか、明け放したままにし、火をおこすか、日除けを降ろす。……九時から一〇時までの間に、こうした清掃作業はすべて終了し、それまで少なかった通行人の往来が多くなり始めるのである。不潔な人物あるいは大きな荷物を持ったものは、ことごとく、ギャルリへの立ち入りが厳禁され、そこで喫煙すること、唾を吐くことも同じく禁止されている。」
トニー・モワラン『二〇〇〇年のパリ』パリ、一八六九年、二六―二九ページ（「ギャルリ型街路の外観」）

[A9a, 1]

流行品店《マガザン・ド・ヌヴォテ》はナポレオン一世が与えた営業の自由に基づいている。「一八一七年には有名だったラ・フィユ・マル・ガルデ〔野放し娘〕、ル・ディアブル・ボワトゥー〔跛行の悪魔〕、ル・マスク・ド・フェール〔鉄仮面〕、レ・ドゥー・マゴ〔中国人を模した陶製人形〕などという名のああした店は、一つも残っていない。ルイ＝フィリップ治下でそれらの後釜にすわった店の多くも、ラ・ベル・フェルミエール〔美しき農婦〕やラ・ショーセ・ダンタンのように後に消えてしまったか、ル・コワン・ド・リユ〔街角〕やル・ポーヴル・ディアブル〔あわれなやつ〕のように業績が思わしくなくなってしまった。」G・ダヴネル子爵「現代生活のメカニズムI　百貨店」(『両世界評論』一八九四年七月一五日、三三四ページ)

[A9a, 2]

フィリポン〔19世紀仏の風刺画家〕の漫画新聞『カリカチュール』紙の発行所は、パサージュ・ヴェロ＝ドダにあった。

[A9a, 3]

パサージュ・デュ・ケール〔カイロ〕。ナポレオンがエジプトから帰った後につくられた。レリーフの中にはいくつかエジプトを思い起こさせるものがある。——入り口の上にあるスフィンクス風の頭部など。「パサージュは陰気で暗く、交差する様がどれもこれも見るからに不愉快である。……それらのパサージュは……石版印刷工房と製本屋専用といった風に見えるし、また隣の通りには専ら麦藁帽子製造所が軒を列ねている。通行人もそこはまばらだ。」エリー・ベルテ「ケール街とパサージュ・デュ・ケール」(『わが町パリ』パリ、〈一八五四年〉、三六二ページ)　[A10, 1]

「一七九八年と一七九九年、エジプト遠征がきっかけでショールがすさまじく流行することになった。遠征軍の将軍たちのなかには、インド近くまで行った機会に、妻や女友だちに……カシミールのショールを送った者たちがいたのである。このとき以来、カシミア熱とでも呼んでいいような病気が著しい広がりを見せ、これが執政政府時代に成長し、帝政下でも成長し、王政復古時代には巨大になり、七月政権下では途方もなく大きくなって、ついに二月革命以降はスフィンクスのようになった。」『わが町パリ』パリ、一三九ページ(A・デュラン「ショール――インドのカシミアとフランスのカシミア」)リシュリュー街三九番地の「印度亭」の主人であるマルタン氏とのインタビューを含む。そこでは、かつて一五〇〇フランから二〇〇〇フランしたショールが八〇〇ないし一〇〇〇フランになっていることが報告されている。　[A10, 2]

ブラジエ、ガブリエル、デュメルサン作『パサージュと街路〔あるいは戦いは始まった〕』(一幕ヴォードヴィル、一八二七年三月七日、パリのヴァリエテ座で初演、パリ、一八二七年)よ

り――株主デュランゴの小唄の冒頭、

「パサージュと言うと俺は期待をかける、
　この期待はいつもぶり返すもの、
　それでパサージュ・ドロルムに
　俺は一〇万フラン投資したのさ。」(五―六ページ)

「御理解いただきたいのですが、パリのすべての街路をガラス屋根で覆わせたいのでありまして、そうするときれいな温室になります。その中でわれわれはメロンのように暮らすというわけです。」(一九ページ)　[A10, 3]

ジラール『墓碑、あるいは、埋葬制度の風俗への影響について』(パリ、一八〇一年)より。「サン＝ドニ街のそばに新しくできたパサージュ・デュ・ケールは、……一部が、ゴシック書体の碑名も紋章も消してさえいない墓石で舗装されている。」著者はここで敬虔な信仰が崩れているさまを示そうとしている。エドゥアール・フルニエ『パリの街路の記録と伝説』パリ、一八六四年、一五四ページに引用　[A10, 4]

ブラジエ、ガブリエル、デュメルサン作『パサージュと街路、あるいは戦いは始まった』(一幕ヴォードヴィル、一八二七年三月七日、パリのヴァリエテ座で初演、パリ、一八二七年)——パサージュ反対派は、雨傘商デュペロン氏、貸馬車業者の妻デュエルデール夫人、帽子製造業ムフタール氏、木靴製造販売業ブランマントー氏、金利生活者デュバック夫人から成っている。——この人々はみなそれぞれ別の地区の住人である。パサージュ派の味方についたのはデュランゴ氏である。というのも、彼はパサージュの株に自分の金を投資したからである。デュランゴ氏の弁護士はプール〔賛成〕氏であり、反対派の弁護士はコントル〔反対〕氏である。最後から三番目のシーン(第一四場)では、コントル氏がさまざまな街路の代表者たちの先頭に現れる。彼らは、自分の街路の名にちなんだ旗をかかげている。それらの中には、ウルス〔熊〕街、ベルジェール〔女羊飼い〕街、クロワッサン〔三日月〕街、ピュイ＝キ＝パルル〔おしゃべり井戸〕街、グラン＝ユルルール〔大わめき男〕街といった名がみられる。それとちょうど対応するように次のシーンではパサージュ派が自分たちの旗をかかげて行進をする。それはたとえばパサージュ・デュ・ソーモン〔鮭〕、パサージュ・ド・ランクル〔錨〕、パサージュ・デュ・グラン＝セール〔大鹿〕、パサージュ・デュ・ポン＝ヌフ〔新橋〕、パサージュ・ド・ロペラ、パサージュ・デュ・パノラマといったパサージュである。それに続く最後のシーン(第一六場)では、ルテティア〔パリの古名〕が大地のふところから出現する。はじめは老女の姿をしている。彼女の前でコントル氏は、街路派の立場からパサージュ派を攻撃する弁論を行う。「一四四のパサージュが大きく口を開けて、われわれの常客を呑み込み、われわれのところに遊びと仕事で集まって来た群衆から絶えず人波が出ていって、そちらへ流れてしまうのですよ。われわれパリの街路が、われわれの古くからの権利の侵害に無関心でいろとでもおっしゃるのですか。いや、そうはしていられません、われわれは……われわれの一四四の商売仇の営業禁止と、一五五〇万フランの損害賠償を請求します。」（二九ページ）プール氏が述べるパサージュ支持の弁論は、唄の形式をとっている。その一部を引用しておこう。

「皆様禁止を迫るけど、われらも結構役に立つ、
われらのこのあで姿、これで流行った
パリ中に、オリエントの国々で、
噂も高きバザールが、
…………
人が集まり眺めいるみごとな壁はどうだろう。
この飾りつけ、円柱は。
まるでアテネにいるようで、趣味で商売祭るため、

この神殿は建てられた。」(二九―三〇ページ)

ルテティアはこの抗争を調停して次のように言う。「言い分は分かった。光の精たちよ、わが声に従え。(この時、全ギャルリがガスで照明される)」(三一ページ) そして、パサージュ派と街路派が一つになって舞踏をして、このヴォードヴィルは幕を閉じる。

[A10a, 1]

「私は少しもためらわずに書くが、真面目な美術評論家にはどれほどばかげて見えるにしても、石版画を大いに広めたのは流行品店店員だった。……ラファエッロ風の人物やルニョー〔18―19世紀仏の新古典派の画家〕のブリーセーイス〔アキレウスの婢となったミネスの美しい妻〕像を扱うことを余儀なくされていたとしたら、石版画はおそらく滅びてしまったことだろうが、これを流行品店店員が救ったのである。」アンリ・ブショ『石版画』パリ、〈一八九五年〉、五〇―五一ページ

[A11, 1]

「パサージュ・ヴィヴィエンヌで、
彼女はぼくに言った　ヴィエンヌ地方の生まれよ。
さらに彼女は加えて言った、

伯父さまの家に住んでるの、
父《パパ》の兄弟よ。
伯父《オンクル》の面疔《フュロンクル》を手当てしているの、
魅力に富んだ境遇だこと。
パサージュ・ボンヌ＝ヌヴェルで
娘さんとまた落ち合うことになっていた、
でも、パサージュ・ブラディで
待ちぼうけくらった。
……
こんなものさ、通りすがり《パサージュ》の恋は！」(ナルシス・ルボー作詞)
レオン＝ポール・ファルグ「パリのカフェII」[『ヴュ』九号、四一六ページ、一九三六年三月四日]
に引用　[A11, 2]

「なぜ、この物語に『骨董屋』という題がつけられたのか、一見したところ……特に理由はないように思われる。人物たちのうちでこの種の店に何か関係があるのは二人だけだし、しかも二人とも物語が始まって間もなく骨董屋を出てしまって戻ることはないのだ。……しかし、もっと辛抱強く問題を検討すれば、この表題は、ディケンズの全小説の一種の鍵なのだと分かるのである。彼の物語はいつも街路で見た何かの思い出が出発点だった。店舗というのは、おそらくあらゆるもののうちで一番詩的なものだが、これがたびたび彼の想像力をつき動かし解き放したのである。実際、どの店も彼には小説の構想のきっかけとなるのだった。すでに述べた一連の多様な構想のうちでも……、『街路』という題の、尽きることなき構想の実現に着手して、店の一つ一つに一章を当てるということをしなかったのは不思議と言ってよい。ことごとく『骨董屋』と対になる『パン屋』『薬局』『油屋』といった魅力的な小説を彼は書くことができたはずなのだ。」G・K・チェスタートン『ディケンズ』ロラン／マルタン＝デュポン訳、パリ、一九二七年、八二―八三ページ　[A11, 3]

「もちろん、フーリエがこうした空想の産物を彼自身どの程度信じていたのか怪しいと思ってよい。彼は原稿では、批評家が比喩を真に受けて困ると書いてもいるし、また他では「突飛さをわざと」求めたと述べてもいるのである。そこには少なくとも、意図した香具師的態度といった面、自分の説を売り込むのに、発展し始めていた商業広告の手法を応用したところがあると考えて差し支えない。」F・アルマン／R・モブラン『フーリ

エ』I、パリ、一九三七年、一五八ページ■陳列■　[A11a, 1]

プルードンの、生涯の終わり頃の告白(『正義』における告白――これを協働生活体《ファランステール》というフーリエのヴィジョンと対照してみること)。「私はなるほど文明人にならなくてはならなかった。しかし、白状しようか、そのことで得たわずかなことに私はもううんざりなのだ。……社会階層制とは逆に、下層の者たちが上に住み、上流の者が地面に近いほうに居を定めている、三階建て以上の建物が私は大嫌いである。」(アルマン・キュヴィリエ「マルクスとプルードン」『マルクス主義に照らして』II、第一部、パリ、一九三七年、二一一ページに引用)　[A11a, 2]

ブランキ。「私は一八三〇年の三色帽の第一号を被ったが、これはパサージュ・デュ・コメルスのボダン夫人が作ってくれた、と彼は言った。」ギュスターヴ・ジェフロワ『幽閉者』パリ、一八九七年、二四〇ページ　[A11a, 3]

さらにボードレールはこう書いている。「インドのハンカチかショールのように輝かしい書物。」ボードレール『ロマン派芸術』パリ、一九二ページ(「ピエール・デュポン」)　[A11a, 4]

クロザのコレクションには、一八〇八年のパサージュ・デ・パノラマを描いた美しい作品がある。そのコレクションには、くつずみ屋の宣伝パンフレットもあって、そこでは主に「長靴をはいた猫」に触れている。
[A11a, 5]

ボードレールは、一八六一年一二月二五日、自分が試みたこと、つまりショールを質入れしようとしたことについて母宛てにこう書く。「元日が近くなって、〔質屋の〕事務所にはカシミアが山ほどあり、客がカシミアを持ってくるのがいやになるようにしているのだということでした。」シャルル・ボードレール『母宛ての手紙』パリ、一九三二年、一九八ページ
[A11a, 6]

「われわれの世紀は、独創的な創造に富んだ孤立した力の世界が画一的な力の世界に結びつくことになろう。ところがこの画一的な力は、物事を平均化し、製品を均一化して大量に放出し、社会というものの最終的な表現たる統一思考に従うのである。」H・ド・バルザック『名高きゴーディサール』パリ、カルマン＝レヴィ版、一ページ(一八三七年)
[A11a, 7]

オ・ボン・マルシェの売り上げは、一八五二年から一八六三年までに四五万フランから七〇〇万フランへと伸びた。利潤の伸びはパーセンテージの上ではそれよりずっと少なかったことであろう。薄利多売こそが、大量の買い物客と大量の在庫の生み出す結果に適合した新しい原理なのである。一八五二年にブーシコー〔百貨店経営者・博愛主義者〕は、流行品店オ・ボン・マルシェの所有者ヴィドーと共同経営することになった。「斬新だったのは、保証付きの商品を安物並みの価格で売ることだった。定価の採用がもう一つの思い切った革新であったが、このお陰で値切りや「ふっかけ売り」つまり買い手の顔を見て品物の値をつり上げることがなくなった。――客が思いのままに取引をキャンセルできる「返品」――それに、従業員の歩合賃金制のほぼ全面的採用、こう言ったところが、新しい経営法の構成要素だった。」ジョルジュ・ダヴネル「現代生活のメカニズムI 百貨店」(『両世界評論』一二四巻、パリ、一八九四年、三三五―三三六ページ)

[A12, 1]

百貨店の当初の目論見では、値引きの交渉に応じないことで小売店に比べて時間を節約するということが、重要な役割を演じるはずだった。

[A12, 2]

ベルネの『ルーヴル産業博覧会』の中の「ショール、カシミア」の章。ルートヴィヒ・ベルネ『全集』Ⅲ、ハンブルク／フランクフルト・アム・マイン、一八六二年、二六〇ページ

[A12, 3]

パサージュの相貌は、ボードレールの「気前のよい賭博者」の冒頭の一文に現れている。「今まで何度となくこの豪華な巣窟のわきを通って来たのに、その入り口に気がつかなかったのは不思議に思われた。」〈ボードレール『作品集』Y-G・ル・ダンテック校訂・注、パリ、一九三一年〉、Ⅰ、四五六ページ

[A12, 4]

百貨店の特質。客はそこで自分を群衆と感じる。彼らは陳列された商品の山と対峙する。彼らはすべての階を一目で見わたせる。彼らは定価の金額を支払い、商品の「お取り替え」ができる。

[A12, 5]

「劇場や、公共の散歩道……がある都市の区域、それゆえ、ほとんどのよそ者が住んでいたり、うろつきまわっている区域では、たいていどの家も商店になっている。人を引きつける魅力を発揮させるためには、一分が肝心であり、一歩が肝心である。というの

も一分余計にかかったり、一歩先に行ってしまうだけで通行人はよその店へ入ってしまうからだ。……人からその眼だけがいわば無理やり誘拐される。そこで人はまなざしがもどってくるまで〔我にかえるまで〕見上げ、そこにくぎづけにならざるをえない。店主や商品の名前が十遍も、扉や窓の上の看板に縦横に書かれていて、それが店の外から見るとまるでお手本の僅かな言葉を繰り返しおさらいする幼い学童の書き取り帳のように見えるのである。布地は見本だけではなく、全体が完全に広げられた状態で、扉や窓の前にぶら下げられている。しばしばそれははるか四階のところに固定され、その端はさまざまにもつれあいながら舗道までのびている。靴屋は自分の店の外側全体をありとあらゆる色の靴で塗りたくる。それらはまるで一個大隊のようにまとまって見える。錠前屋の目印は、六フィートの高さの金メッキの鍵である。天国の門といえどもこれ以上大きな鍵はいらないであろう。ストッキング屋の店の前には四エレ〔一エレは五五―八〇センチ〕の高さの白いストッキングが描かれており、暗いときには白い幽霊が出たかと思い、ぎょっとさせられる。……もっと品のよい、優雅なやりかたで足や眼が多くの商店に掛けられている絵にくぎづけになる場合もある。……こうした絵がほんものの芸術作品であることも稀ではない。その絵がもしルーヴル美術館に掛かっていたら、鑑識眼のある人たちは、その絵を前にして感動はしないまでも、楽しげに足をとめるだろう。あるかつら屋の店には一枚の絵が[掛かっている]。それは拙劣な絵かもしれないがある滑稽なイメージを含んでいる。ダビデ王の子アブサロムが髪の毛で木にぶら下げられ、敵の槍でくしざしにされているのである。その絵の下には次のような詩がある。「アブサロムの哀れな最期を見よ／かつらをつけていれば死を免れたものを。」別の絵……は、ひざまずいて騎士の手から花輪を受け取る薔薇娘を想い起こさせるもので、あるアクセサリー屋の店の扉を飾っているものである。」ルートヴィヒ・ベルネ『パリ描写(一八二二年と一八二三年)』Ⅵ、「商店」(『全集』Ⅲ)、ハンブルク／フランクフルト・アム・マイン、一八六二年、四六—四九ページ　[A12a]

ボードレールの「大都会の宗教的陶酔」について。百貨店とはかかる陶酔に捧げられた寺院である。　[A13]

B

モード

「モード「死神さま！　死神さま！」」

ジャコモ・レオパルディ『モードと死の対話』

「死滅するものは何もない、すべては形を変えるだけだ。」
オノレ・ド・バルザック『思想、主題、断片』
パリ、一九一〇年、四六ページ

そして倦怠は、娼婦がその前で死を愚弄している格子窓だ。■倦怠■　[B1, 1]

パサージュは、かつて人々が自転車に乗るのを覚えた屋内広場に似ている。こうした広場で自転車に乗った女性は、ひどく魅惑的であった。当時のポスターにはそんな女性の姿が描かれている。シェレは女性のこのような美しさを捉えた画家である。自転車に乗るときの女性の服装は、後のスポーツ服を無意識のうちに先取りしていて、その服装はこれとほぼ前後して工場や自動車に関して登場してくる夢のような初期形態と事情が似ている。つまり初期の工場建築が、伝来の住宅建築の形態に倣おうとし、また自動車の車体が、馬車の形態を真似したのと同じように、女性が自転車に乗るときの服装には、スポーツにふさわしい表現と、伝来のエレガンスの理想像との相克がまだ見られるのである。その相克から生まれたのが、あのしかつめらしい、しかもサディスティックにくびれたタックである。これこそが、当時の男性たちにとって女性の自転車服をあれほど挑発的なものにしたのである。■夢の家■　[B1, 2]

「この頃〔一八八〇年頃〕には、ルネサンス趣味のばかげた流行が始まっていたが、そればかりか他方では、女性の間にスポーツ、特に乗馬を楽しむという新しい喜びが目覚め始めた。この二つはまったく別の方向からモードに影響を与えた。たとえば一八八二年から一八八五年の間には、女心をあれこれ思い惑わす二つのモード感覚を調停しようとする試みがあったが、それは奇抜な感を与えはしても、決して美しいとはいえないものだった。衣服のウエストをできるだけ体にぴったりとフィットする簡素なものにし、その代わりにスカートはロココ調を一層採り入れたのも、そうした試みの一つである。」『ドイツ・モードの七〇年』一九二五年、八四―八七ページ　[B1, 3]

ここではモードは、女と商品の間に――快楽と死体の間に――弁証法的な積み替え地を開いた。モードに長く仕えているなまいきな手先である死は、世紀を物差しで測り、節約のためにマネキンを自分で作り上げ、自分の手で在庫一掃をはかろうとする。このことをフランス語では「革命《レヴォリュシオン》〔＝回転〕」と言う。というのもモードはいままで、色とりどりの死体のパロディー以外の何ものでもなかったからだ。モードとは、女を使った死の挑発であり、忘れえぬかん高い笑いのはざまで苦々しくひそひそ声で交わされる腐敗との対話にほかならない。これこそがモードである。それゆえにモードは目まぐるしく変わる。モードは死をくすぐって、死がモードを討ち倒そうとしてそちらを振り返ると、とたんに別の新たなモードに変わってしまっている。だからモードはこの一〇〇年の間、死と対等に渡り合ってきた。いまようやくモードは撤退を始めようとしている。しかし死のほうは、パサージュを通りぬけるアスファルトの河を流れる新たな冥府の河の岸に、戦利品である娼婦たちを配備する。■革命■愛■　[B1, 4]

「広場よ、パリの広場よ。限りなき見世物場。
流行デザイナーたる死夫人《マダム・ラモール》はそこで
地上の安らぎなき幾多の道、このはてしなきリボン紐を、
絡みあわせ、結びつけ、そこから新たな
結び方を発明する、さらに、フリルや造花や、帽章、模造の果実は――」

R・M・リルケ『ドゥイノの悲歌』ライプツィヒ、一九二三年、一二三ページ　[B1, 5]

「まったくふさわしい場所にあるものなどはないのであって、モードがすべてのものの場所を決めるのだ。」『アルフォンス・カールの警句《エスプリ》』パリ、一八七七年、一二九ページ。「センスのいい女性が、夜、服を脱ぐときに、自分が実は一日中装っていたとおりの人間だと

分かったら、彼女は翌朝悲嘆にくれるだろう、と私は思いたい。」アルフォンス・カール、F・Th・フィッシャー『モードとシニシズム』シュトゥットガルト、一八七九年、一〇六―一〇七ページにおける引用 [B1, 6]

カル〔19世紀仏のユーモア作家〕の著作には、モードについての合理主義的な理論が見られる。それは宗教の起源に関する合理的な理論と、きわめて近い関係にある。丈の長いスカートが生まれたのは、醜い「足」を隠そうとした女たちがいたからだと彼は考えている。あるいはある種の帽子の形と髪型の起源が、乏しい髪の毛を見栄えよくしたいという望みにあることを暴いてみせている。 [B1, 7]

前世紀の最後の一〇年間に女性たちが男たちにそのもっとも魅惑的な姿をさらし、その姿が男たちを大いに期待させたのはどこであったのかを、いまでは誰が知っていよう。それは、人々が自転車に乗るのを覚えた、あの屋根つきのアスファルト舗装のされた広場でのことだ。自転車に乗った女性は、絵入りポスターでシャンソン歌手と張り合うようになり、モードの進むべきもっとも大胆な方向を示した。 [B1, 8]

哲学者がモードに熱烈な関心をそそられるのは、モードがとてつもなく未来を予感させてくれるからである。たしかに芸術が、たとえば絵画の場合がそうであるように、現実をわれわれが実際に知覚するよりも何年も前に先取りして捉えていることはよく知られている。ネオンサインやその他の仕掛けの技術が、通りやホールをありとあらゆる多彩な光で照らし出すよりはるかに早く、芸術ではそうした多彩な色に輝く通りやホールを見ることができた。また未来を感じ取る芸術家一人一人の感知力は、きっと上流のご婦人のそれよりも優れているにちがいない。にもかかわらずモードは来たるべきことがらに対して、芸術よりもはるかに恒常的でかつ精緻な関係を保ち続けている。それは未来に待ち構えているものを感知する女性集団のたぐいまれなる嗅覚のためである。新しいシーズンが来れば、その最新の服飾のうちには来たるべきものを告げるなんらかの秘密の旗印が必ず含まれている。その信号を読む術を心得ている者ならば、芸術の最新の傾向ばかりでなく、新しい法典や、戦争や革命のことまで予め先取りして分かってしまうことだろう。――ここにこそ、モードのもっとも大きな魅力があることは間違いない。だがそれと同時に、その魅力をうまく使いこなす難しさもまたここにある。　[B1a, 1]

「ロシアの民話も、スウェーデンの家族小説も、イギリスの悪漢小説も翻訳してみるがいい。だが大衆の動向の音頭をとっているのは何かということになると、われわれはつねにフランスに戻ってくることになる。というのも、大衆を動かしているものがいつも真理ではなく、つねに流行であると思われるからだ。」グッコウ『パリからの手紙』Ⅱ、〈ライプツィヒ、一八四二年〉、二二七―二二八ページ。大衆の音頭をとるのはつねに最新のものである。だが最新のものが大衆の音頭をとれるのは、実はそれがもっとも古いもの、すでにあったもの、なじみ親しんだものという媒体を使って現われる場合にかぎってなのである。そのつど最新のものが、すでにあったものを媒体として出来上がるというこの劇こそは、モード本来の弁証法的な劇なのである。そう考えることによってのみ、つまりこの弁証法の壮大な演出としてのみ、前世紀半ばに大当たりをしたグランヴィルの奇妙な本は理解することができる。彼は新しい扇子のことをイリス〔虹の女神〕の扇子だといって紹介した。そしてその新しいデッサンは虹を表わし、また銀河はガス灯で照らされた夜の大通りであり、あるいは、雲の上にかかる月の代わりに最新流行のフラシ天〔毛長ビロード〕のクッションの上に「映った月」があるという。こうしてみると、きわめて味気ない、ファンタジーにまったく欠けたこの世紀であるからこそ、社会の中にあるすべての夢のエネルギーが二倍の激しさを蓄えて、モードというこの不可解な、霧の立ちこめた音なき領域へと逃げ込んでしまったことが分かるだろう。悟性はその領域に

までついて行くことはできなかった。モードはシュルレアリスムの先駆者、いやその永遠の代理人なのである。 [B1a, 2]

シャルル・ヴェルニエの二つの猥褻な絵は対をなしており、「自転車に乗っての結婚式」の行きと帰りを表わしている。自転車は裾のまくれを表現するうえで、思いもよらない可能性を開いた。 [B1a, 3]

モードについての最終的な展望がひらけるとしたら、それは、どの世代にとっても過ぎ去ったばかりの世代が、もっとも効き目の強い抗催淫剤として作用するさまを観察することによってのみ可能となろう。前の世代にこうした判決を下すことは、一般にそう思われているほど、まったく不当というわけではない。どのようなモードにも愛に対する痛烈な皮肉が多少ともある。どのようなモードにもあらゆる性的な倒錯の芽が、きわめて容赦ない形で埋め込まれている。そしてどのようなモードも、愛への密やかな抵抗に満ちているのだ。その点で次のグラン＝カルトレ〔19―20世紀仏のジャーナリスト・著述家〕の観察は、きわめて表面的ではあるが、考察してみるには値する。「色恋の場面《シーン》でいよいよ、ある種のモードが実際にきわめて滑稽に感じられてくる。それ自体ですでに突飛な前髪やシルクハットや胴《ウエスト》でしぼったコート、それに婦人もののショールや大ぶりなパメラ帽や布製の小さな半長靴などによって〔少しも美化してくれはしない〕身の動きや姿勢をする男女はグロテスクではないだろうか。」過去の世代のモードの問題と取り組むことには、したがって一般にそう思われているよりもずっと重要な意味がある。歴史的な衣装のもっとも重要な側面の一つは、特に演劇の分野において過去のモードの問題と取り組んでいることである。劇場を通じて衣装の問題は芸術と詩の活動のなかに入り込んでくるのであり、こうした芸術や詩のなかで、モードは維持されると同時にまた乗り越えられるのである。　［B1a, 4］

同じような問題は、生活に今までとはちがったリズムをもたらした新しい速度に関しても起きてきた。この新しいリズムも、最初は多少とも遊び半分で試されたのである。ロシアの山《モンターニュ・リュス》〔ジェットコースター。ロシアのそり遊びに由来する〕が登場し、パリの人々はとりつかれたようにその楽しみをむさぼった。一八一〇年頃にある記録者の記しているところによると、ある婦人が夕方、当時この空中乗り物のあったモンスーリ公園で、いくどもそれに乗って七五フランも浪費したという。新しい速度は予想もしなかったような形で現れることが多かった。たとえばポスターである。「一日だけの、また一時間だけのこうしたイメージ。驟雨に洗われ、浮浪児たちの手で真っ黒に汚され、日の光に焼かれ、ときには糊が乾く前に他のイメージをその上に貼られてしまうこうしたポスターたちは、われわれを押し流していく速度の生活、激動の生活、多様な形態をもった生活のあり方を新聞よりももっと強く象徴している。」――モーリス・タルメール『血の都市』パリ、一九〇一年、二六九ページ。ポスターが登場した初めの頃は、ポスターの貼り方やポスターの保護や、ポスターを貼られないようにする方策を決めた法律はまだなかった。それゆえに、ある朝起きてみると窓がポスターでふさがっていたこともあった。センセーションを求めるこの不思議な欲求は、昔からモードにおいて満たされていた。しかしその真の原因については、神学的な研究のみが明かすことができる。なぜならまさにその欲求は、歴史に対する人間の深い情動的態度を語り出しているからである。もしかしたらこのセンセーションへの欲求は七つの大罪の一つに加えられるかもしれない。それゆえに記録者が、いつの日か人間は過剰な電光で盲目になり、ニュースの伝達があまりに速いために気が狂ってしまう時がくるだろうという黙示録的な予言をしても、別に驚くことはない。（ジャック・ファビアン『夢の中のパリ』パリ、一八六三年より）　［B2, 1］

「一八五六年一〇月四日、ジムナズ劇場で「けばけばしい装い」という題の劇が上演された。その頃は張り骨入りスカート《クリノリン》の全盛期で、ふくらんだ服の女性が流行だった。主役を演じた女優は、作者の風刺的な意図を理解していたので、滑稽で、ほとんどばかばかしいほど、わざと誇張して腰から下をふくらませたドレスを着た。ところが、初演の翌日、彼女のドレスは、型見本として、二〇人を超える貴婦人たちの引き合いがあり、一週間後には、張り骨入りスカートのふくらみは二倍になった。」マクシム・デュ・カン『パリ』VI、一九二ページ [B2, 2]

「モードは、理想的で高級な美しさの、つねに虚しく、しばしば滑稽で、時には危険な、探求である。」デュ・カン『パリ』VI、二九四ページ [B2, 3]

バルザックのエピグラフ〔一五八ページ参照〕は、地獄の時間を説明するのに非常に適している。つまりなぜこの時間は死を認めようとしないのか、そしてなぜモードは死を愚弄するのか、どうして交通の加速化と、次々に版を重ねる新聞のニュース伝達の速さが、いかなる中断も突然の終わりもなくしてしまうことになるのか、そして区切りとしての死が神の司る時間の直線的連続とどのように関係しているのか、ということを説明してくれる。――古代にはモードなるものがあったのだろうか。あるいは古代の持つ「枠の

力」がそれを不可能にしていたのだろうか。　[B2, 4]

「彼女は世間のあらゆる人と同時代人だった。」ジュアンドー『プリュダンス・オートショーム』パリ、一九二七年、一二九ページ。世間のあらゆる人と同時代人である――これはモードが女性に与えるもっとも熱狂的で、もっとも秘めやかな充足である。　[B2, 5]

パリの街におよぼすモードの巨大な力は、次の文に象徴的に表わされている。「私はパリの地図を買った。それはハンカチに印刷されている。」グッコウ『パリからの手紙』I、〈ライプツィヒ、一八四二年〉、八二ページ　[B2a, 1]

張り骨入りスカート《クリノリン》についての医学的な議論には次のようなものがある。張り骨入りスカートは、ロココ調の張り骨入りスカートと同じように、「スカートの下で肢体が心地良い涼しさを味わうことができ、目的にかなったいいものと認められると考えられてきた。……だが医者の立場からは、このように誉めそやされた涼しさのために、実はもう人々は何度も感冒にかかり、それを隠すのが張り骨入りスカートの本来の目的である身体の線をあまりにも早く台無しにしている、ということを知っておかねばならない」。

F・Th・フィッシャー『批判の道』〈新版〉第三巻、シュトゥットガルト、一八六一年、一〇〇ページ［「今日のモードに関する分別ある考え方」］　[B2a, 2]

「革命期および帝政初期のフランスにおけるモードが、モダンな裁ち方と縫い方を使いながらギリシア時代の様子を真似しているのは、ばかげたこと」である。フィッシャー「今日のモードに関する分別ある考え方」、九九ページ　[B2a, 3]

インド縞のカシュ・ネ〔鼻かくし〕という見栄えのしない色の編物のマフラーを、男性も使っている。　[B2a, 4]

手首をおおう幅広の袖がついた男性衣服のモードについてのF・Th・フィッシャー〔19世紀独の美学者・作家〕の見解。「それはもはや袖ではなくて、鳥の翼のなごり、ペンギンの短い翼、魚のひれである。歩いているときのこの不恰好な付帯物の動きは、物を振り回したり、ひきずったり、うずうずしたり、ボートをこぐような愚直でばかげた仕種と似ている。」フィッシャー「今日のモードに関する分別ある考え方」、一一一ページ　[B2a, 5]

モードについて市民階級の観点からなされた重要な政治的批判。「この『今日のモードに関する分別ある考え方』の著者が、最新流行の襟《カラー》のついたシャツを着て列車に乗り込もうとしていた若者を初めて見たときには、カトリックの神父を見たと本気で思ったものだ。というのも、その白い襟はちょうどカトリックの聖職者のあのおなじみの襟と同じ高さだったし、そのうえ長い上着も黒だったからだ。その若者が最新流行をまとった世俗の人間だということが著者に分かったとき、著者にはそのシャツ襟がどういう意味を持っているのかということがはっきりした。ああ、われわれにとってはすべてが、すべてが同じものになってしまった。宗教協約《コンコルダート》すらもだ。それがなぜいけないのだ。われわれは志操高い若者たちのように啓蒙を熱狂的に支持すべきだとでもいうのか。もしかすると階層序列のほうが、足が地についていない精神の陳腐な解放運動よりも高貴なのではなかろうか。そうした解放運動は結局のところ高貴な人間たちの悦楽を破壊してしまうだけではないのか。――そのうえにこの襟は、首のところをまっすぐな鋭い線で縁取っていて、ちょうどすっぱりと切り落とされたばかりの首のように見えるので、お高くとまった人間の性質にお似合いというものだ。」その後には、紫色〔聖職者の色〕への激しい反発が続く。フィッシャー「今日のモードに関する分別ある考え方」、一一二ページ

［B2a, 6］

一八五〇—六〇年代の反動について。「旗色を鮮明にすることなどお笑いぐさと思われ、筋をきちんと通すことは子どもじみたこととされている。それならば服装のほうも生彩なく、だらりとしていながら、しかも同時に締め付けのきついものであってもいいではないか。」フィッシャー、一一七ページ。このような観点から、彼は張り骨入りスカートを帝国主義の強化との関連で論じている。「このスカートのように中身は空っぽだが幅広く広がった帝国主義は、一八四八年という年のあらゆる潮流が寄せ戻してきた時代の最後にしてもっとも強烈な表現であって、革命の良い面も悪い面も、正当なところも不当なところも、ちょうど釣り鐘形のスカートのように包みこんでその上に力を広げていった。」一一九ページ　［B2a, 7］

「つまるところ、これらのものは自由でもあり、また不自由でもある。それは光と影の交錯であり、そこでは強制とユーモアとが入り交じっている。……形式が突拍子もないものになるにつれて、拘束された意志を横目に、明晰でアイロニカルな意識もますます強く現れてくる。そしてこの意識こそが、愚劣なことは長くは続かないということを保証してくれるのである。そうした意識が発達すればするほど、その意識が実際に力を持

ち、行為へとつながり、軛を外す日も近づいてくる。」フィッシャー、一二二―一二三ページ

[B2a, 8]

アポリネールの『虐殺された詩人』（パリ、一九二七年、七四ページ以下）におけるモードの章は、モードが持っているエキセントリックで、革命的な、そしてかつ、シュルレアリスム的な可能性を明かしてくれる重要な箇所である。またこの箇所は、シュルレアリスムとグランヴィルとの関連を明らかにしてくれる。

[B2a, 9]

モードがいかに何にでも追従するものであるか。最新のシンフォニー音楽に表題がつけられているように、女性の夜会服にもさまざまな表題がつけられた。一九〇一年に、ヴィクトール・プルヴェ〔アール・ヌーヴォーのデザイナー〕はパリで、「春の川岸」という題で優雅なドレスを発表した。

[B2a, 10]

当時のモードの特性。それは完全な裸体を知ることの決してない身体を暗示することだ。

[B3, 1]

「一八九〇年頃になると、もう絹は女性の外出着の一番上品な素材とはみなされなくなった。その代わりに、絹には裏地素材としての、それまで知られていなかった意味が認められるようになった。一八七〇年から一八九〇年まで、衣服はきわめて高価なものであった。そのためにモードの変化も非常に用心深く、古い服を縫い直して、見ようによってはなんとか新しい服が作れるようなアレンジに限定されていた。」『ドイツ・モードの七〇年』一九二五年、七一ページ　[B3, 2]

「一八七三年……おしりの後ろに結びつけたクッションを覆って大きく広がったこの年のスカートには、ひだをつけたカーテンのようなものや、プリーツしたひだ飾りや、裾飾りや、リボンがついていて、それは仕立て屋の仕事場でできたものというよりは室内装飾職人の仕事場で作られたように思えた。」J・W・サムソン『現代の女性モード』ベルリン／ケルン、一九二七年、八―九ページ　[B3, 3]

永遠化の方法のうちでも、蠟人形館がわれわれに残してくれているモードのさまざまな形態の永遠化、はかなく過ぎゆくものの永遠化ほど衝撃的なものはない。それを一度でも見学すれば、グレヴァン蠟人形館《ミュゼ》のコーナーで靴下止めを直している女性の蠟人形の

姿に、アンドレ・ブルトンのように心を奪われるにちがいない。(『ナジャ』〈パリ、一九二八年〉、一九九ページ)
[B3, 4]

「長い葦をあしらった大きな白い百合やスイレンの花飾りは、どのような髪飾りの場合でも優美に見える。それははからずも繊細な、軽やかにたゆたう空気の精や泉の精を思い起こさせる。――また、たとえば燃えるようなブリュネットの髪は、優美な枝に絡ませた果実で飾るのが一番魅力的である。サクランボやフサスグリ、ツタや野の花をあしらったブドウ、あるいは、燃え立つような赤いビロードで作った長いツリウキソウ――その赤い葉脈のついた、露をほのかに受けた葉は王冠になる――などである。またこの王冠には美しいサボテン〔Cactus Speciosus〕とその長くて白い羽根の花糸をそれにつけてもいい。一般的に髪の装飾用には花が非常に好まれる――かつて白いセンティフォリア・ウニカ種のセイヨウバラを、大きなスミレとツタの茎、というよりは枝といっしょに絵のように美しく絡み合わせた髪飾りを見たことがある。その節のある絡み合った枝は、自然そのものが入り込んでいるかと見まがうばかりであった――そっと触ると、つぼみのついた長い枝や茎が両側でゆらゆら揺れた。」『バザール』誌、第三年度、ベルリン、一八五七年、一一ページ(ヴェロニカ・フォン・G「モード」)
[B3, 5]

流行遅れという印象が起きるのは、それがもっともアクチュアルなものとある特定な仕方で触れ合う場合だけである。パサージュの中にある近代建築初期のもっともモダンなものが、現代の人間には流行遅れと映るのは、ちょうど父親が息子に骨董品のように映るのと同じである。　[B3, 6]

私は次のように言ったことがある。「永遠のものとはどのみち、理念というよりは、むしろ服の裾についたひだ飾りである。」■弁証法的形象《ビルト》■　[B3, 7]

フェティシズムにおいて、性は有機的世界と無機的世界の間の障壁を取り払う。服装と装飾は性と結託している。性は死せるものをも生ける肉をも棲家としている。そのうえ生ける肉は性に対して、死せるものの中に居を構えるための道を示してやりさえする。髪はこの性の両方の領域の間にある境界である。これとは別にもう一つ、激情の陶酔のさなかに性に開かれてくるものがある。それは肉体のさまざまな風景である。そうした風景は、もはや生けるものではないが、まだ目で見ることはできる。とはいえ、この風景の奥深くに進むにつれてこの視覚はむしろ触覚や嗅覚に、この死の領域の案内役を委ねることになる。それだからこそ夢の中では、乳房が大きくふくらんで、地球のように森や岩に一面包まれているようなことも珍しくはない。そうしたときに視線はその生命を、谷底に微睡《まどろ》む水面の底深くに沈めこむ。このような風景は、性を無機的な世界へと導いていく道端にずっと続いている。モードというものはそれ自体としては、性をもっと深く物質の世界へと誘い出すもう一つ別の手段にすぎない。　[B3, 8]

「今年、とトリストゥーズは言った。モードは奇妙で、それでいて馴染みのあるものよ。単純だけど、気まぐれが溢れてるのね。自然界のさまざまな領域の、どんな物質でも、今では、女性の服装の構成部分になれるってわけ。コルクの栓でできた魅力的なドレスを見たことがあるわ。……どこかの一流デザイナーは、子羊の革で装丁した古い本の背表紙を使ったテイラード・スーツを売り出そうと思案中よ。……お魚の骨は、帽子によく付けられてるわ。素敵な若い娘が、サンティアーゴ・デ・コンポステラ〔スペイン北端の聖地、フランス語ではサン゠ジャック・ド・コンポステル〕詣での巡礼みたいな服を着ているのは、よく見かけるでしょう。あの娘たちの服には、サン゠ジャックの貝〔帆立貝〕がちゃんとちりばめてあるのよ。磁器や炻器や陶器も、急に服飾芸術の仲間入りね。……鳥の羽根は、今では帽子だけじゃなくて、靴や手袋の飾りにも付くことになるわね。来年はパラソルにも付けられるんですって。ヴェネチアン・ガラスの靴とか、バカラのクリスタル・ガラスの帽子とかも作ってるわ。……それから、忘れてたけど、この前の水曜日、グラン・ブールヴァールで小さな鏡をたくさん貼りつけた服を着た奥様っぽい御婦人を見たの。日の光が当たると、それは豪華なものだったわ。金鉱がお散歩って感じね。でも、あとで雨が降り出して、御婦人は銀鉱になったけど。……モードは実用的になって、もう何かを見下すようなことはないわね。すべてを高貴なものにしてくれるのよ。ロマン主義者たちが言葉に対してしたことを、モードは物質に対してしているんだわ。」ギヨーム・アポリネール『虐殺された詩人』新版、パリ、一九二七年、七五―七七ページ

[B3a, 1]

ある戯画作家は――一八六七年頃に――張り骨入りスカート《クリノリン》のフレームを鳥籠に模して描いている。そして、この鳥籠の中で若い娘が何羽かの鶏と一羽のオウムを飼っている、そんな絵である。ルイ・ソノレ『第二帝政下のパリ生活』パリ、一九二九年、二四五ページ参照

[B3a, 2]

「海水浴は……あのおおげさで場所ふさぎな張り骨入りスカート《クリノリン》に最初の打撃を与え

た。」ルイ・ソノレ『第二帝政下のパリ生活』パリ、一九二九年、二四七ページ　[B3a, 3]

「モードは、極端なものだけから成り立っている。しかしモードはその本性からして極端を求めているので、ある特定の形式を捨てるとそのちょうど反対に身を任せるほかにしようがないのである。」『ドイツ・モードの七〇年』一九二五年、五一ページ。モードにおけるもっとも極端な対は、軽佻と死である。　[B3a, 4]

「われわれは、張り骨入りスカート《クリノリン》はフランスの第二帝政の象徴であると思っていた。その誇張された嘘と、軽佻浮薄で思い上がった傲慢さの象徴であると。第二帝政は崩壊した。……しかし……パリの社会は、まさに帝政の崩壊寸前に女性のモードにあった雰囲気の別の側面を前面に押し出すだけの時間的余裕があった。だが共和政はその傾向を受け継ぎ、維持するに十分ではなかった。」F・Th・フィッシャー『モードとシニシズム』シュトゥットガルト、一八七九年、六ページ。フィッシャーはここでほのめかしている新しいモードについて、次のように説明している。「その服は体を斜めに横切るような裁ち方で、腹部にぴったりと張りつめたようになっていた」(六ページ)。その少し後では、彼はそうした服を着た女性を「服を着ているのに裸のような」(八ページ)身なりをしていると

表現している。　　　　　　　　　　　　　　　　　　　　　　　　［B3a, 5］

フリーデル〔独の劇作家・文化史家〕は女性に関して次のように言っている。「女性たちの服装の歴史には驚くほどわずかなヴァリエーションしかない。それはニュアンスの異なったいくつかのものが循環しているだけのことである。ただそれが、すばやく入れ代わると同時に何度も繰り返されているだけのことなのである。たとえば裾の長さであるとか、髪型の高さ、袖の長さ、スカートのふくらみ、胸の開き具合やウエストの位置などのニュアンスの違いである。今日見られる男児風の髪型のようにきわめて革命的な変化でさえ、「同一のものの永遠回帰」にほかならない。」エーゴン・フリーデル『近代の文化史』Ⅲ、ミュンヘン、一九三一年、八八ページ。著者によれば、女性のモードが男性のそれと異なるのは、男性のモードがもっと多様であり決定的な変化をしているという点にある。　　　　　　　　　　　　　　　　　　　　　　　　［B4, 1］

「カベの小説『イカリアへの旅』で未来に約束されていることがらのうち、少なくとも一つは実現された。つまり、カベの小説は彼の思想体系に含まれるものであるが、その中で彼は未来の共産主義的な国家は空想の産物を抱えていてはならないし、またいかなる点においてもなんら変化を被るものであってはならないことを証明しようとしているのである。それゆえに彼はいっさいのモードと、そしてことにモードの気まぐれな司祭であるデザイナー、さらに金細工職人、その他奢侈に奉仕するすべての職業をイカリアから追放し、服装や道具などは決して変化してはならないと要請している。」ジグムント・エングレンダー『フランス労働者アソシアシオンの歴史』Ⅱ、ハンブルク、一八六四年、一六五—一六六ページ　［B4, 2］

一八二八年、オペラ『ポルティチの唖娘』が初演された。これは、波状にうねる音楽、台詞に乗って上に下に波打つ優雅な襞《ドラペリー》でできたオペラであって、ドラペリーが勝利の行進を始めた頃(当初はトルコ風ショールとして流行した)、一時大当たりをとったのもうなずけるものであった。王様を守って安全な場所に移すことをその第一の使命とするこの反乱は、一八三〇年の反乱——何といってもこの革命は、それが支配階層内での配置換えであることを蔽い隠すドラペリーにすぎないものだった——の前奏曲であった。　［B4, 3］

モードが死ぬのはおそらく——たとえばロシアにおいては——テンポに追いつけないいた

めではなかろうか。少なくともある種の領域においては。 [B4, 4]

グランヴィルの作品は、モードに関する真の宇宙進化論《コスモゴニー》である。彼の作品の一部には、モードと自然の戦いという表題をつけることもできよう。ホガース〔英国の画家・版画家〕とグランヴィルの比較。グランヴィルとロートレアモンの比較。――グランヴィルにおけるエピグラフの肥大は、何を意味するのか。 [B4, 5]

「モードは……たしかに証人だが、それは上流社会の歴史の証人であるにすぎない。というのも、どの民族においても……貧しい人々は、歴史をもたないのと同じように、モードをもたないからであり、彼らの考え方も趣味も、彼らの生活も、ほとんど変化しないのである。なるほど……公的な生活が庶民の暮らしにも浸透し始めてはいるが、なお多くの時間が必要だろう。」ウジェーヌ・モントリュ『二人のフランス人が生きた一九世紀』パリ、一二四一ページ [B4, 6]

次の言葉を見ると、モードが支配階級の特定の関心の偽装としてどのような意味をもっているのかを知ることができる。「支配者たちは、大きな変化に対しては強い反感をもっている。彼らは、すべてがそのままであってほしいと思っている。できれば千年も。月はいつまでも空にかかり、太陽も沈まないのが一番なのである。そうなれば、誰も空腹にはならないし、夕食をとる気にもならないだろう。彼らが鉄砲を撃っても、敵は撃ち返してはならない。彼らの弾が最後の一発とならねばならないのである。」ベルトルト・ブレヒト「真実を書く際の五つの困難事」(『われらの時代』Ⅷ、二—三ページ、一九三五年四月、パリ／バーゼル／プラハ、三二ページ)　[B4a, 1]

マッコルラン〔仏の作家〕は、グランヴィルに見られるシュルレアリスムとの類似性を読み取って、この関連でウォルト・ディズニーの作品に目を向けるよう促して、こう言っている。「それは、死を思わせる苦行のきざしをまったく含んではいない。この点で、それは、死のかかわりをつねに内包するグランヴィルのユーモアとはかけ離れている。」マッコルラン「先駆者グランヴィル」(『グラフィック技術工芸』誌、四四号、一九三四年一二月一五日、〈二四ページ〉)　[B4a, 2]

「大きな新作発表会でのショウは、およそ二時間か三時間続く。ファッション・モデルが身につけさせられたテンポによってその長さは異なるが。最後に、これが昔からの習慣なのだが、ヴェールを被った花嫁が現れる。」ヘレン・グルント『モードの本質について』一九ページ(私家版、ミュンヘン、一九三五年)。この習慣に従うことで、モードは現在のしきたりを尊重しているのだが、同時に、しきたりの前に立ち止まるのではないことを、しきたりに分からせようとする。

[B4a, 3]

現在のモードとその意味。一九三五年の春頃、ご婦人のモードに、中位の大きさの当世風の金属製のバッジに自分の名前の頭文字を刻んでジャンパーやコートに付けるのが流行した。男性たちのクラブでは前々から流行していたバッジが、こうしてモードとして女性にまで流行することになったのである。しかし他方でこれは、個人的領域が一層制限されるようになったことの現われである。見知らぬ人の姓名、とくに洗礼名が、バッジの端についていて、公の目に晒されるからである。これで見知らぬ女性との「知り合いになるきっかけ」が容易に見つかることはあっても、それは二義的なことである。

[B4a, 4]

「モードの創造者は……社交界に出入りし、その状況から総体的印象を得、芸術の世界を見聞し、芝居とか音楽会の初演や展覧会を見、話題になっている本を読む。――言い替えると、波瀾万丈の現実《アクチュアリティー》が提示する……さまざまな刺激……によって、彼らのインスピレーションは掻き立てられる。しかし現在は過去から完全には切り離されることはないので、過去からも刺激を受ける。……しかしそこでもモードの響きと調和するものだけしか用いられない。マネの展覧会で見た絵からヒントを得た目深に被る小さな帽子は、われわれが前世紀末と対決する新しい覚悟をもっていることの証明以外の何ものでもない。」ヘレン・グルント『モードの本質について』〈ミュンヘン、一九三五年〉、一三ページ

[B4a, 5]

婦人服飾専門店の宣伝合戦とモード担当記者について。「われわれの望みが一致していると彼の仕事（服飾担当記者のそれ）は、やりやすくなる。しかし新聞も雑誌も他紙がすでに紹介しているものを新しいものとは見ようとしないために、彼の仕事は難しくもなる。このジレンマから彼を、そしてわれわれを救い出すことができるのは、写真家とデザイナーである。彼らは、ポーズや照明の具合で衣装からさまざまな相を引き出すからである。有力な大雑誌は……技術的・芸術的に洗練されている写真スタジオを自前でもっていて、有能な専門の写真家がこれを取り仕切っている。……しかしこうしてできた写真は、ご婦人の顧客がその新製品をお買い上げになった時点以前には、つまり初めて

お披露目があってから普通四ないし六週間後にならなければ、発表することは禁じられている。こうした措置がなされる理由は何か。——そのご婦人にしても、この新しい衣装を着てパーティーに出たときに、アッと驚かせる効果を何としても持ちたいからなのである。」ヘレン・グルント『モードの本質について』二一—二二ページ(私家版、ミュンヘン、一九三五年)

[B5, 1]

ステファヌ・マラルメが編集した『最新流行《ラ・デルニエール・モード》』誌(パリ、一八七四年)の六号めまでの概要目次には、「すばらしい博物学者トゥスネル(19世紀のフーリエ主義者・博物学者)との会話の結果である、魅力的なスポーツのスケッチ」があるとなっている。この概要目次は、『ミノトール』誌(Ⅱ)、六号(一九三五年冬、〈二七ページ〉)に転載されている。

[B5, 2]

モードの生物学的理論。『ブレーム事典普及版』七七一ページに載っているシマウマから馬への進化に即して。「これは何百万年もかかって起こったものである。……馬には、速さでは誰にも負けまいとする向上心がある。……現代におけるもっとも原始的なこの動物は、ひどく目立つ縞模様をつけている。それにしても極めて奇妙なのは、シマウマの縞模様が身体の内部の肋骨や背骨の配列にある程度沿って走っていることである。また、上腕や大腿部の独特の縞模様によってこの部分の状態が外部からも判断できるのも奇妙である。この縞模様は何を意味しているのか。保護色の働きをしているのではないことは確かである。……縞模様は……「役に立たない」にもかかわらず、保持されているところを見ると、何か特別の意味をもっているにちがいない。交尾期にとくに活発になるにちがいない内的な動きを触発する外的な性的魅力と関係づけることはできないだろうか。こうした理論からわれわれのテーマに何を取り上げることができるのか。――そこには何か根本的に重要なものがあると私には思える。――「理屈に合わない」モードは、人類が裸体でいるのをやめて衣服をまとうようになって以来、賢明な自然の役割の肩代わりをしているのである。……つまり、モードは変遷しながら……体型のあらゆる部分を絶えず修正するからこそ、ご婦人に美への絶えざる努力を強いるのである。」ヘレン・グルント『モードの本質について』〈ミュンヘン、一九三五年〉、七―八ページ　[B5, 3]

一九〇〇年のパリの万国博には、衣装館があって、諸民族の衣装や各時代のモードを着せた蠟人形が、それらしくしつらえた背景の前に展示されていた。　[B5a, 1]

「われわれは、自分たちの周囲に……近代世界の無秩序な運動がわれわれに押しつける混乱と浪費の結果を見ている。芸術は、あわただしさとは折り合わないものだ。われわれの理想が続くのは一〇年だとは！　新しいものに対するばかげた迷信は――それは、後世の審判への古き良き信頼に、残念ながら取って代わってしまった――この上なく虚しいことを努力目標に設定し、この上なく移ろいやすいものの創造に、これらの努力を集中させているのだ。本質的に長続きしないもの、すなわち新奇なもののセンセーション……ところが、ここに見られるものはすべて、数世紀にわたって鑑賞され、人々を誘惑し、魅了してきたものであり、その誇りのすべてが、冷静な態度で、われわれにこう語りかける――**私はちっとも新奇ではない**、と。時が、なるほど私の用いた画材《マチエール》を損なうことがあるかもしれないが、時が私を破壊しつくさないかぎり、私は、人間と呼ばれるにふさわしい誰かの無関心や軽蔑の結果として、破壊されてしまうことはないのだ。」ポール・ヴァレリー「序の言葉」(『チマブエからティエポロまでのイタリア芸術展』プチ・パレ、一九三五年)、Ⅳ、Ⅶページ　[B5a, 2]

「ブルジョワジーの勝利は女性の服装を変えている。衣服と髪型は、横にひろがり……肩はつけ根がふくらんだ袖《ジゴ》で広くなるのである。そして……やがて昔の輪骨入りペチコート《パニエ》が再流行し、ふっくらしたアンダー・スカートも流行した。こんな身なりをして、女性たちは、座りがちに、家庭で生活するように決められているように見えたものだ。なぜなら、彼女たちの服装には、動くことを考えさせたり、動きを助けるように思われるところが何もなかったからである。第二帝政が成立すると、事態はまったく逆になった。家族の絆が緩み、贅沢がどんどん進んで風俗を堕落させ、ついに、服装だけでは、堅気の女性と高級娼婦を見分けることが困難になってしまった。この時代に、女性の装いが頭のてっぺんからつまさきまで、すっかり変わったのである。……パニエは後方にもっていかれ、尻が強調されるようになった。女性が座っていられないようにするためのものは何でも発達したし、女性の歩行を困難にするようなことはすべて退けられた。女性たちは、横から見られたいかのような髪型と服装をした。ところで、横から見た姿とは……通り過ぎ、去っていく人の姿である。装いは、世界を押し流す運動のイメージになった。」シャルル・ブラン「女性の服装についての考察」(『フランス学士院誌、一八七二年一〇月二五日)、一二一一一三ページ　[B5a, 3]

「今日のモードの本質を理解するためには、変化を求める気持ち、美的感覚、おしゃれ癖、模倣本能など……といった個人的な動機にこだわってはならない。こうした動機がそれぞれの時代に……衣装の型を決めるのに……かかわったのは疑いない。だが、今日の意味でのモードには、個人的な動機はなく、あるのは社会的な動機であって、このことを正しく認識しなくてはその本質全体を理解することはできない。それは、上流階級が自分より下の階級から、より正しくは中流階級から区別されようとする努力なのである。……モードは、絶えず新たに取り払われるがゆえに常に新たに誇示される障壁であって、これによって上流階級は中流社会から隔絶していようとする。これは身分上の虚栄心のいたちごっこであって、同じような現象が絶えず繰り返されている。一方は、後から追っ掛けて来るものよりわずかでもリードを保とうと努力し、他方は、新しいモードを早速に真似て追いつこうと努力する。このことから今日のモードに特徴的な様相が説明される。第一に、まず上流社会でモードが生まれ、それが中流階層で真似られるのである。モードは、上から下へ広がっていくのであって、決して下から上にはいかない。……中流階層が新しいモードを流行らせようと試みても、……決してうまくはいかない。上流階級にとっては、中流階級が中流階級だけの独自のモードを生み出すことほど望ましいことはないのである。（[注]とはいっても、パリの半社交界《ドゥミ・モンド》〔高級娼婦の世界〕の掃き溜めの中に新しいモードの原形を探したり、出所が猥らなのがはっきりしているモードを流行らせることもないわけではない。これはFr・フィッシャーがその……さんざん非難されてはいるが……私見ではこの上ない称賛に値すると思われるモード論で……はっきり証明している。）第二に、モードは絶えず変遷していく。中流階級が新しい流行のモードを取り入れると、これは……上流階級にとってはもう価値のないものになる。……それゆえ斬新さがモードの不可欠の条件である。……モードの寿命はその流行の普及速度に逆比例し、われわれの時代では、コミュニケーション手段がより完全になってモード伝播の手段も増えただけに、ますます短命になっている。……今日のモードの第三の特徴は、その……暴君的なところであるが、これも先に挙げた社会的動機から説明される。モードには、人が「ともに上流社会に属している」という外的な基準が含まれている。このことを放棄しようとしないものは、たとえ……新たに流行しているモードをどれほど非難しようとも、この流行を追わざるをえない。……モードに対する判決はこのようなものなのである。……弱体で愚かでモードを真似てばかりいる階層も、自己の尊厳に目覚めて自負心をもつようになると、……モードの命運は尽きるであろう。そして、身分の違いを衣装によって強調する必要を感じたこともない民族や、必要なら身分の違いに敬意を払うぐらいの分別をそなえていたすべての民族において主張されたように、美が再びその本来の居場所を構えることができるようになろう。」ルードルフ・フォン・イェーリング『法における目的』Ⅱ、ライプツィヒ、一八八三年、二三四―二三八

192ページ　[B6; B6a, 1]

ナポレオン三世の時代について。「金を稼ぐことが、ほとんど官能的な情熱の対象となり、性愛が金銭の問題となる。フランス・ロマン主義の時代の性愛《エロス》の理想像は、献身的なお針子《グリゼット》であったが、今は金で身を売る商売女《ロレット》である。……モードの中に少年っぽいニュアンスが入ってきて、ご婦人はカラーをつけ、ネクタイをし、外套《パルト》を羽織り、燕尾服に似た上着や、……ズワーヴ兵(19世紀仏領アルジェリアで編成された歩兵)のジャケットや将校服を着て、ステッキをもち、片眼鏡をかける。どぎついコントラストのけばけばしい色が好まれ、髪型もそうで、火のように赤い髪の毛に人気がある。……流行のタイプは、娼婦を演じるような社交界の婦人である。」エーゴン・フリーデル『近代の文化史』Ⅲ、ミュンヘン、一九三一年、二〇三ページ。こうしたモードの「粗野な平民的性格」は、著者フリーデルには新興成金による「下からの……侵攻」と考えられている。　[B6a, 2]

「木綿の布が錦織りやサテンに取って代わり、やがて、革命的精神……のおかげで、下層階級の服装は、もっときちんとして、見栄えのするものになった。」エドゥアール・フーコー『発明家パリ――フランス産業の生理学』パリ、一八四四年、六四ページ(『フランス大革命に関連して」）
[B6a, 3]

〔版画を〕よく見てみると、いくつかの人形の頭のほかにはただ衣服だけからできているグループがある。そのキャプションには、「椅子に座った人形、偽の〔付け〕襟、偽の〔付け〕髪、偽の色香に満ちたマネキンたち……これこそロンシャン〔競馬場〕だ！」とある。
パリ国立図書館版画室
[B6a, 4]

「一八二九年に、ドゥリールの商店に入った人は、じつに雑多な布地を見出す――日本刺繍、アルハンブラ織り、オリエントの絹、ストコリーヌ、カスピ海地方のメオティード、シレニー、アラブの赤紫布、中国のバガザンコフ……一八三〇年の革命によって……モードの王杖はセーヌ河を越え、ショーセ・ダンタン〔セーヌ右岸の金融・商工業者の高級住宅街〕が貴族的なフォーブール・サンジェルマン〔セーヌ左岸の貴族階級の屋敷街〕に取って代わった。」ポール・ダリスト『目抜き通りの生活と人々（一八三〇―一八七〇年）』〈パリ、一九三〇年〉、二二七ページ
[B6a, 5]

「富裕な市民は、秩序の友なので、商品を配達してもらうと、少なくとも毎年、その代

金を支払う。しかし、モードを追ういわゆる「ライオン族」と呼ばれた花形スターは、仕立て屋に金を支払うことがあるにしても一〇年ごとにしかしない。」『パリの一週間』パリ、一八五五年七月、一二五ページ　[B7, 1]

「チック症をモードに変えたのはこの私だ。今では鼻眼鏡がそれに取って代わった。……チック症とは、口や衣服のある種の運動とともに片方の目をつぶることだった。……エレガントな男性の表情は、つねに……何かしら痙攣的で、こわばった要素をもたねばならない。こうした顔面の動きを、生まれつきの悪魔的態度や激情から来る興奮、その他お好みのものすべてのせいにすることができる。」『遊び人、パリ』(『ビルボケの回想』の著者[タクシル・ドロール]による)、パリ、一八五四年、二五―二六ページ　[B7, 2]

「ロンドンで服を仕立てるという流行は、男性しかとらえなかった。女性の流行は、外国人女性の場合も、つねにパリで服を作らせることだったのである。」シャルル・セニョボス『フランス国民の真正の歴史』パリ、一九三二年、四〇二ページ　[B7, 3]

『パリ生活』紙の創始者マルスランは、「張り骨入りスカート《クリノリン》の四つの時代」を描いている。

[B7, 4]

張り骨入りスカートは、「このスカートのように中身は空っぽだが幅広く広がった帝国主義による反動の、紛れもない象徴であって、……革命の良い面も悪い面も、正当なところも不当なところもちょうど釣り鐘形のスカートのように包みこんでその上に権力を広げていった。……それは瞬間の気紛れのように見え、たとえば一二月二日の事件のように、ある一定の期間にわたって続いた」。F・Th・フィッシャー、エードゥアルト・フックス『ヨーロッパ諸民族の戯画』II、ミュンヘン、一五六ページに引用

[B7, 5]

〔一八〕四〇年代の初めには、ヴィヴィエンヌ街がモード店の中心地になっていた。

[B7, 6]

ジンメルは、「モードの発明は現代ではますます経済の客観的な労働体制に組み入れられる」ことを指摘している。「一つの服飾商品がどこかで生まれて、それがやがてモードになるのではなく、服飾商品はモードになることを目指して作り上げられる。」最後の文章で言われている対立関係は、市民社会の時代と封建時代との対立関係にもある程

度当てはまるであろう。ゲオルク・ジンメル『哲学的文化』ライプツィヒ、一九一一年、三四ページ（「モード」）　[B7, 7]

ジンメルは、「女性が一般にとくに強くモードの虜になるのはなぜか」を説明して、「歴史のほとんどの時期を通じて社会的地位の弱さが女性の宿命であったために、女性は「しきたり」となっているすべてのものと切っても切れない関係をもつようになるからだ」と述べている。ゲオルク・ジンメル『哲学的文化』ライプツィヒ、一九一一年、四七ページ（「モード」）　[B7, 8]

モードを次のように分析すると、一九世紀後半に市民層において流行した旅行の意味にも光が当てられる。「刺激の重点は、その実質的中心から、次第にその始まりと終わりに移っていく。この移行は、たとえば葉巻に紙巻煙草が取って代わるような……取るに足らない兆候に始まり、一年間の生活をできるだけいくつもの短い期間に分けて別離と再会に特別のアクセントをおく形でメリハリをつける旅行熱に現われる。現代生活の……テンポは、生活の質的内容の急速な変化への憧れを表しているが、それだけではなく、始めと終わりという境界の形式的刺激がいかに強いものであるかということを物語

っている。」ゲオルク・ジンメル『哲学的文化』ライプツィヒ、一九一一年、四一ページ（「モード」）　[B7a, 1]

ジンメルはいう。「モードは常に階級のモードであり、上流階層のモードはそれより低い階層のモードとは区別され、中流以下の階層がこれを取り入れ始める瞬間に、見捨てられる。」ゲオルク・ジンメル『哲学的文化』ライプツィヒ、一九一一年、三二ページ（「モード」）　[B7a, 2]

モードが急速に移り変わることから、「モードがかつてほどには高価な……ものではありえなくなり、……独特の循環が……ここに生まれる。モードの変遷の速度が早まればまるほど、商品の値段は安くなり、値段が安くなればなるほど、モードの急速な変化へ消費者をいざなうようになり、製造者もそうせざるをえなくなる」。ゲオルク・ジンメル『哲学的文化』ライプツィヒ、一九一一年、五八―五九ページ（「モード」）　[B7a, 3]

イェーリング〔独の法学者〕のモード論についてのフックス〔19―20世紀独の文化史家〕の意見。「繰り返して述べておかねばならないが、モードが頻繁に変化するのは、階級的区別をつけようとする関心によるとはいっても、それはいくつかの理由の一つにすぎない。第二の理由として、利益率を上げるために絶えず売れ行きを高めねばならない私有財産制資本主義の生産様式の結果であると考えられるが、これも……同じように重要である。……この第二の理由をイェーリングは完全に無視していた。第三の理由も彼は見落としていた。つまりモードがエロティックな刺激を目的にしているということである。最新流行の服を着た男ないし女のエロティックな刺激が、そのたびにこれまでとは違った形で浮き上がるとき、その目的はもっとも効果的に果たされるのである。……F・フィッシャーが……モードについて書いたのは、イェーリングより二〇年も前であったために、彼はモード形式における階級的区分の傾向をまだ知らなかったが……その代わり他方で、衣服のもつエロティックな問題は意識していた。」エードゥアルト・フックス『中世から現代までの挿絵で見る風俗史、市民の時代』補巻、ミュンヘン、五三―五四ページ　[B7a, 4]

エードゥアルト・フックス(『中世から現代までの挿絵で見る風俗史、市民の時代』補巻、ミュンヘン、五六―五七ページ)がF・Th・フィッシャーの言葉として――出典は明示していないが――引用しているところによれば、男性の衣服が灰色なのは、男性の世界の「世間ずれした無感動さ」とその生彩のなさと無気力さを象徴しているのだそうだ。

[B8, 1]

「制作手段についての深い知識、……巧みな一貫性をもつ仕事ぶり……を奇抜な感受性による衝動的行為に対立させようとする愚かで、有害な発想は、ロマン主義時代を風靡した軽薄さと性格の弱さの、もっとも免れ難く、もっとも嘆かわしい特徴の一つである。作品の持続性への気遣いはすでに弱まりつつあり、人々の精神の中では、驚かせることへの欲望がそれに代わりつつあった。芸術は絶えざる断絶という法則に従うことを強いられることになった。大胆さが一人歩きする事態が生まれたのである。かつて伝統が至上命令であったように、大胆さが至上命令となった。要するに、客の趣味を高頻度で変化させるモードが、様式《スタイル》、流派、名声などのゆっくりした形成の代わりに、自らの本質である変わりやすさを優先することになったのである。だが、モードが美術の行く末を引き受けているというのは、商売が美術に介入していると言うのと同じようなものだ。」ポール・ヴァレリー『芸術論』パリ、一八七―一八八ページ(「コローをめぐって」)

[B8, 2]

「インド更紗は、大きな、そして重要な革命であった。反抗的で、恩知らずな布地である木綿に、毎日あれほどの輝かしい変貌をもたらし、ついにあのような状態に変えて……貧しい人々の手の届くものにするためには、科学と芸術が共同して努力することが必要だった。昔はどの女性も、青や黒の服を着ていて、ぼろぼろになるのを恐れて、同じ服を一〇年も洗濯しないでいたものだ。今日では、貧しい労働者の夫でも、一日の労働の代価によって、妻を花柄の衣装で包んでやれる、われわれの散歩中に、さまざまな眩い色彩を見せつけるこれらの女たちはみな、かつては服喪中のような身なりをしていた。」J・ミシュレ『民衆』パリ、一八四六年、八〇―八一ページ [B8, 3]

「近代の男女の典型を創造したのは、もはや昔のように芸術ではなく、服飾の商売である。……人々はマネキン人形を模倣するが、魂は肉体の似姿となる。」アンリ・ポレス「商業の技術」(『ヴァンドルディ〔金曜日〕』誌、一九三七年二月〔一二日〕号)。イギリスの男性モードとチック症を参照のこと。 [B8, 4]

「《調和社会《アルモニー》》では、計算によれば、モードの変化と……既製服製造の欠陥が一人当たり年間五〇〇フランの損失をもたらすであろう。というのも、もっとも貧しい調和社会の住人《アルモニアン》でさえ、季節ごとの衣服が入った衣装戸棚をもっているのである。……《調和社会《アルモニー》》は、衣服と家具類が、限りなく多様であることを望むのだが、それらの支出は最小限に抑えたい。……協働労働で作られる製品の質のすばらしさによって……そこで製造されるどの製品もきわめて完成度の高いものになっているので、その結果、家具や衣服は……永久的な使用に耐えるものとなる。」〈フーリエ〉、アルマン／モーブラン『フーリエ』(パリ、一九三七年、Ⅱ、一九六、一九八ページ)の引用による。　[B8a, 1]

「この現代性《モデルニテ》への好みが大変進んだ結果、ボードレールもバルザックも、それをモードと服装のきわめて取るに足らない細部にまで拡大して適用している。二人とも、これらの細部を自分で研究し、それをモラルと哲学の問題にしている。なぜなら、そうした細部は、直接的現実の、もっとも鋭くもっとも攻撃的でおそらくもっとも人を苛立たせる、のみならず、もっとも普遍的に経験される側面となっているからだ。」[注]「しかも、ボードレールにとって、この関心事は、彼がまさしくモラルと現代性の問題としているダンディズムについての彼の重要な理論に通じているのだ。」ロジェ・カイヨワ「パリ――近代の神話」(『NRF』誌、二五巻二八四号、一九三七年五月一日、六九二ページ)　[B8a, 2]

「大事件だ！　美しいご婦人方が、ある日、臀部を膨らませたいという欲求に駆りたてられる。急げ、ヒップライン用腰当て《トゥルニュール》を何千と製造するのだ！……何と、かくも名高き尾骨の上に尻当て《ポリッソン》一枚とは！　じっさい、何もないのに等しい……「尻よ、くたばれ！　張り骨入りスカート《クリノリン》万歳！」すると突然、文明世界が移動用釣り鐘〔形スカート〕の製造所に姿を変える。なぜ女性たちは、鈴飾りをつけ忘れてしまったのか？……じっとしているだけでなくて、音を立てねばならないのだ。……ブレダ地区〔セーヌ右岸の歓楽街〕とフォーブール・サン＝ジェルマン〔セーヌ左岸〕は、信心でも、白粉と髷作りでも張り合っている。どちらの地区も、教会をモデルにしてもいいではないか！　晩の祈りのときに、教会のパイプオルガンと司祭は詩篇の唱句を交代で吟じるが、美しいご婦人方と鈴飾りがこの例に倣うこともできよう。そうすれば、お喋りとチンチン鳴る音が交代で会話を続けることになるわけだ。」A・ブランキ『社会批評』I、パリ、一八八五年、八三―八四ページ〔「贅沢」〕――「贅沢」は贅沢品産業に対する論争である。　[B8a, 3]

どの世代も、すぐ前の世代のモードを、考えられるかぎりもっとも徹底的な抗催淫剤だと思っている。この判断はそれほど的外れではない。モードにはどれにも性愛に対する辛辣な皮肉が含まれており、どれにも粗暴極まる性的倒錯の気味がある。モードはどれも有機的なものと相対立しながら、生きた肉体を無機物の世界と結び合わせる。生きているものにモードは死体の諸権利を感知する。無機的な存在にセックス・アピールを感

じるフェティシズムこそがモードの生命の核である。[B9, 1]

誕生と死は、それが実際に起こるときには――前者は自然の状況によって、後者は社会的状況によって――モードの活動の余地を著しく制限する。この事実は、次の二つの事態を考えるとよく見えてくる。その一つは誕生に関係していて、自然による生命の新たな創造が、モードの領域では新奇さによって「止揚されている」ことを示すものである。もう一つは死に関係している。死に関しても、誕生の場合と同様にモードにおいて「止揚されている」のだが、それはモードによって生み出された無機的なもののセックス・アピールにおいてである。[B9, 2]

バロック文学においては、女体の美のそれぞれを細かく分けて何かにたとえることによって際立たせて描写することが好んで行われたが、これは密かに死体のイメージをよりどころにしているものである。女性の美をその称賛に値する個々の部分にバラバラに分解するさまは、死体解剖に似ていて、身体の部分の比喩として好まれた雪花石膏《アラバスター》、雪、宝石、あるいはその他のたいていは無機的な形象がさらに追い撃ちをかける。（こうした細分化は、ボードレールの「美しき船」にも見られる。）[B9, 3]

男性の衣服の暗い色についてのリップス〔独の美学者・哲学者〕の意見。彼が言うには、「われわれはとくに男性の衣服の派手な色に対して一般的にしりごみするが、ここには、しばしば言及されるわれわれの特質が極めてはっきりと現れている。理論はすべて灰色であり、生命の黄金の樹は緑である、緑ばかりではなく、また赤、黄、青でもある。となると、黒色に至るまでの……濃淡さまざまな灰色に対するわれわれの偏愛には……知的教養の理論を何にもまして高く評価し、美を何ものにもまして楽しもうとすらせず……それに批判を加えようとするわれわれの社会的な態度、もしくはそのたぐいの態度がはっきり現れている。このために……われわれの精神生活はますます冷たい色褪せたものになる」と。テオドール・リップス「われわれの衣服の象徴性について」〔『北と南』XXXIII、ブレスラウ／ベルリン、一八八五年、三五二ページ〕 [B9, 4]

モードとは、忘却のもたらす致命的な影響を集団的な規模で解消させる薬剤である。一つの時代の寿命が短ければ短いだけ、その時代はモード志向が強い。[K2a, 3]参照。 [B9a, 1]

モードの魔術幻灯的効果《ファンタスマゴリー》について、フォションは書いている。〔20世紀仏の美術史家〕「たいていの場合……モードは……雑種的存在《ハイブリッド》を作り出し、人間に獣の相貌を強いる。……こうして、モードは人工的な人類を捏造するのだが、この人類は、フォルムという環境に従属する書き割りではなくて、この環境そのものである。交互に紋章的、演劇的、夢幻的、建築的であるこの人類の規範は……装飾の詩学であって、この人類が線と呼ぶものは……おそらく、ある種の人体比率規範《カノン》と……さまざまな形象の気まぐれとの巧妙な妥協にすぎない。」アンリ・フォション『形の生命』パリ、一九三四年、四一ページ　[B9a, 2]

女性の帽子ほどに多種多様なエロティックな傾向に表現を与え、かつ同時に、そうした傾向に思うがままに装いをこらせる衣服の一部分というものは、まずないであろう。男性の帽子のもつ意味が、その領分――つまり政治的な領分――において、いくつかの数少ない固定したモデルに厳しく縛りつけられていたのに対し、女性の帽子のエロティックな意味はさまざまなニュアンスをもっていて、見極めがたい。ここでもっとも興味を引くのは、性器を象徴的に暗示するさまざまな可能性だけではない。むしろもっと意表を突くのは、衣服を説明するのに帽子から始めると見えてくることがらである。ヘレン・グルントは才気溢れる推測を述べていて、張り骨入りスカート《クリノリン》と同時代に流行ったボンネットふう婦人帽は、もともと張り骨入りスカートを男性がどう取り扱えばよいかを説明しているという。ボンネットふう婦人帽の幅広の縁は、大きく上に反っていて――張り骨入りスカートを大きく上に反らせるにはどうすべきかを暗示していて、男性が女性に性的に近づく手解きをしているのである。 [B10, 1]

ホモ・サピエンスという一つの属のメスにとっては、その最古の個体を考えて見るならば、水平の姿勢が最大の利点をもっていた。この姿勢は、今日妊婦がよく腹帯や包帯を使うことからも見て取れるように、メスの妊娠の負担を和らげていた。このことから出発して、おそらくこう大胆に問うこともできよう。オスが直立して歩くようになったのは、一般的にいってメスの場合よりも早かったのではないかと。もしそうだとすれば、女性は、今日なら犬か猫のように四つん這いで男性のお供をしていたのかもしれない。こうした想像からあと一歩進めると、おそらくこんな考えにさえ到達しよう。性交時に両性が正面から向かい合うのは、元来はいわば一種の変態的倒錯であって、ひょっとして、メスに直立して歩くことを教え込んだのは、少なくともこの倒錯だったのではないのか、と。（論文「エードゥアルト・フックス――蒐集家と歴史家」の注参照） [B10, 2]

「こうして直立して歩くようになったことが、身体の他の部分の構造と働きにさらにどのような影響を及ぼしたかを調査研究するのは……興味深いことであろう。有機体の構造のすべての部分が密接に関連し合っていることは、われわれも疑うものではないが、われわれの科学の現状からすると、この点で直立姿勢からくる特異な影響というものは完全には証明できていないことも白状せざるをえない。……内部器官の構造と機能にとっては取り立てて重要な影響は証明されえない。直立姿勢ではすべての力が違った働きをして、血液も違った形で神経を刺激するというヘルダー〔18世紀独の哲学者・文学者〕の仮説が、生活様式にとって明らかに重要な著しい相違までも説明するかどうかについては、それを証明するいかなる根拠もない。」ヘルマン・ロッツェ『ミクロコスモス』第二巻、ライプツィヒ、一八五八年、九〇ページ

[B10a, 1]

化粧品の宣伝パンフレットからの一文。これは第二帝政時代のモードの特徴をよく表している。製造業者たちは、「ご婦人方がお望みなら、この化粧品を使って、お肌に桃色の絹《タフタ》の輝きを与えることもできます」。ルートヴィヒ・ベルネ『全集』Ⅲ、ハンブルク／フランクフルト・アム・マイン、一八六二年、二八二ページ(ルーヴルの産業博覧会)より引用

[B10a, 2]

C

太古のパリ、カタコンベ、取り壊し、パリの没落

「アウェルヌス湖〔冥界の入り口〕に降りてゆくのはやさしい。」

ウェルギリウス〔『アエネーイス』第六巻〕

「ここでは自動車さえも古臭い。」

ギヨーム・アポリネール〔『アルコール』〕

地獄では鉄格子が――そのアレゴリーとして――定着しているのと同様に、パサージュ・ヴィヴィエンヌでは正面入り口の彫像が、商売のアレゴリーを表現するものとして定着している。　[C1, 1]

シュルレアリスムが生まれたのは、あるパサージュにおいてであった。しかも、それはなんという詩神《ムーサイ》たちの庇護のもとに生まれたことだろう。　[C1, 2]

シュルレアリスムの父がダダだとすれば、その母はあるパサージュであった。このパサージュと知り合ったときには、ダダはすでに年を取っていた。アラゴンとブルトンが、モンパルナスとモンマルトルとに嫌気がさして、友人たちとの会合の場所をパサージュ・ド・ロペラのとあるカフェ〔カフェ・セルタ〕に移したのは、一九一九年も終わりになってからのことだった。そのパサージュ・ド・ロペラも、ブールヴァール・オースマンがそこを通ったためになくなってしまった。ルイ・アラゴンは、一三五ページを費やしてこのパサージュのことを書いているが〔『パリの農夫』図2〕、このページ数の各桁数

図2 カフェ・セルタのメニュー(アラゴン『パリの農夫』1926年版より)

字の和のうちには、まだ駆け出しのシュルレアリスムに贈り物を与えた詩神たちの九人という数が隠されている。この詩神たちの名前は、月《ルナ》、ゲシュヴィッツ伯爵令嬢、ケイト・グリーナウェイ〔童画家〕、死《モルス》、クレオ・ド・メロード〔世紀末の半社交界《ドゥミ・モンド》の花形・舞踏家〕、ドゥルシネア姫〔『ドン・キホーテ』の作中人物〕、リビドー、ベイビィ・ケイダム〔石鹸〕、フリーデリーケ・ケンプナー〔ドイツの女流作家〕である。〔ゲシュヴィッツ伯爵令嬢の代わりに、女性タイピストを挙げるべきか?〕 [C1, 3]

会計係の女はまるでダナエだ。 [C1, 4]

パウサニアス〔2世紀ギリシアの旅行家〕がその『ギリシア地誌』を書いたのは紀元二世紀、礼拝所やその他の記念建造物の多くが廃墟になり始めていたときのことであった。

[C1, 5]

およそ人類の歴史のなかで、パリという都市の歴史についてほど多くのことが知られているのも稀であろう。何千巻、何万巻という著書が、ひたすら地上のこのちっぽけな町の探求のためだけに捧げられてきた。すでに一六世紀には、かつての Lutetia Parisorum〔パリのラテン名〕の古代遺産をめぐるれっきとしたガイドブックが登場している。ナポレオン三世治下に印刷された帝国図書館の目録には、パリという見出し語をもつものがほぼ一〇〇ページにもわたっており、しかもここの蔵書にしてもとても完全だとはいえない。多くの目抜き通りにはそれだけを扱った特別な文献があるし、いかにも目立たない何千という家々についてさえ記録文書が残されている。ホフマンスタールは〈この都市を〉みごとにも一言で「ただひたすら生活だけから構成されているような一つの風景」と呼んだものである。そして、この都市が人間の心をとらえるその魅力のうちには、広大な風景、もっと厳密にいえば、火山地帯の風景に特有であるような種類の美しさが働いている。社会的側面から見たパリは、地理学的側面から見られたヴェスヴィオ火山と好一対をなしている。一方にはいまにも噴き出しそうな危険な深成岩塊があるとすれば、他方にはたえず活動しつづける革命の坩堝がある、といった具合。もっとも、ヴェスヴィオ火山の山腹がこのうえなくすばらしい果樹園となりえたのはその山腹を覆う溶岩のためであったのだが、それと同様に、パリでも、革命という溶岩の上に、その他のどこにも見られないような芸術と華麗なる生活とモードとが咲き誇っている。■モード■　[C1, 6]

バルザックは、おのれの世界の神話的構成を確かなものにするのに、その世界の特定の地誌的《トポグラフィッシュ》な輪郭づけをもってした。パリこそが彼の神話を育てる土壌である——つまり、バルザック描くところの、あの二人ないし三人の大銀行家(ニュシンゲン〔『従妹ベット』の登場人物〕、デュ・ティエ〔『セザール・ビロトー』の金融資本家〕)や偉大な医者オラース・ビアンション〔『人間喜劇』『ゴリオ爺さん』、パリ大学医学部教授〕や企業家セザール・ビロトー〔誠実な商人の典型〕や四、五人の偉大な高級娼婦たち、高利貸ゴプセック〔『ゴプセック』の主人公、高利貸の親玉的存在〕、二、三人の弁護士と軍人たちのいるパリこそがそうした土壌なのである。だがなんといってもこの一群の人物たちが登場するのは、いつもきまって同じ街路や街角、狭い部屋やその一隅においてである。このことは、地誌《トポグラフィー》こそがあらゆる神話的な伝統空間と同様に——かつてパウサニアスにとって、ギリシアがそうであったように——パリという神話的伝統空間の概観、いやそれどころかそれを解く鍵ともなりうるということ、つまり、パリが陥った一九世紀というこの冥界にあっては、パリのパサージュの歴史と現状こそがそうした概観とも鍵ともなってくれるはずだということ以外のなにを意味しよう。 [C1, 7]

かつてパリがその教会や市場によって規定されたのとまったく同様に、いまや地誌的《トポグラフィッシュ》な観点を一〇倍も一〇〇倍も強調して、このパリをそのパサージュや門や墓地や売春宿や駅……などといったものから組み立ててみること。さらには、殺人と暴動、道路網の血塗られた交差点、愛のための寝ぐら、大火事といったこの都市のもっと人目につかない深く隠された相貌から組み立ててみること。■遊歩者■ [C1, 8]

パリの市街地図から一本の刺激的な映画を作り出すことができるのではあるまいか。パリのさまざまな姿をその時間的な順序にしたがって展開していくことによって、街路や目抜き通り《ブールヴァール》やパサージュや広場のここ数世紀における動きを三〇分という時間に凝縮することによってそれができるのではあるまいか。それに、遊歩者が行っていることも、まさにこれ以外のなにものでもないのである。■遊歩者■ [C1, 9]

「パレ＝ロワイヤルのすぐそば――フォンテーヌ広場とヌーヴ＝デ＝ボン＝ザンファン街の間――に、代書屋と、女性がやっている果物屋のある、暗くて、曲がりくねった小さなパサージュがある。それは、カークス〔ローマ神話の人食い巨人〕やトロフォニオス〔ギリシア神話の地の神〕の洞窟には似ているかもしれないが――たとえガス灯をつけて頑張っても――、パサージュにはとうてい見えはしないだろう。」デルヴォー『パリの裏面』パリ、一八六〇年、一〇五―一〇六ページ　［C1a, 1］

古代ギリシアでは、黄泉の国に通じているいくつかの場所があるとされていた。覚醒時のわれわれの存在にしても、そのさまざまな秘密の場所から黄泉の国へと道が通じている一つの大地、夢が流れ込んでくるまったく人目につかない場所に満ちた一つの大地のようなものである。われわれはそうした場所の傍らを毎日それとも知らず通りすぎてはいるのだが、しかしひとたび眠りが襲ってくると、そうした場所を取り戻そうとあわてて手探りし、暗い道に紛れこむ。町の家々の作りなす迷宮は、白昼には意識に似ている。われわれは昼間であれば、パサージュ（それは、町の過ぎ去った生活へとつながっている回廊《ギャルリ》だ）を通って、いつの間にか街路に抜けることができる。だが夜ともなると、暗い密集した家々のもとでいっそう濃密になった闇がぎょっとするほどにまで浮かび上がり、遅くなってそこを通る者は、われわれが前もって狭い小路を通るよう勧めておいたのでないかぎり、そこを足取りを速めて駆け抜けることになる。もっとも、パリの地下を延びているもう一つ別の系統のギャルリ、つまり地下鉄《メトロ》もあって、ここでは、晩になると、灯火が明々と輝きはじめ、駅名の氾濫する冥界への道を教えてくれる。コンバ、エリゼ、ジョルジュ・サンク、エティエンヌ・マルセル、ソルフェリーノ、アンヴァリッド、ヴォージラールといった一連の駅名は、街路や広場といったかつての不名誉きわまりないしがらみを自分から脱ぎ捨てて、電車のライトにつかの間に照らし出され、汽笛の響きわたる暗闇のなかで、形も定かならぬ下水溝の神々やカタコンベ〔地下墓地〕の妖精たちになってしまっている。この迷宮はその内部に、一頭とはいわず多くの盲目の狂暴な牡牛を飼っており、しかもこの牡牛ときたら、そのぱっくり開いた口にテーバイの若い娘を毎年一人だけくれてやれば済むというのではなく、毎朝何千人という顔色の悪いお針子たちや睡眠不足の店員たちをくれてやらねばならないのだ。■街路名■　地上では、街路名同士が入り組んだり交差したりしてパリの言語網を形成しているのだが、この地下の世界ではもはやそうしたことはいっさい見られない。ここでは、それぞれの名前は一人住まいであり、地獄が彼の屋敷なら、アメール・ピコンやデュボネの酒の広告がその門番たちなのである。　[C1a, 2]

「いずれの街区《カルチエ》にせよ、それが本当の全盛期を迎えるのは、そこにぎっしりと建物が建てられてしまういくらか以前のことではあるまいか。そして、建物に埋め尽くされてしまうと、この街区という惑星はカーブを描いて商売に接近していく。しかもその場合にも、まずは卸商に、そのあとで小売商にといった具合に接近していくのである。街路がいまだいくらか新しい間は、そこには庶民が住んでおり、モードがほほ笑みかけるようになってはじめて、街路は彼らを厄介払いする。ここに関心を抱く者が、金に糸目もつけずに、ちっぽけな家屋や個々の住居の所有権をたがいに争い合うようになるのだ。というのもそのわけは、きらびやかな優雅さに包まれた美しいご婦人方が、サロンばかりではなく、家やそれどころか街路の花とさえなって、さまざまなレセプションを催して歓待してくれるし歓待されもするからである。それに、この美しい貴婦人がひとたび歩行者になろうものなら、彼女はお店も何軒かはあってほしいと願うようになるし、そして、街路がこうした願望にあまりにもすみやかに同調してしまえば、街路にとってはそれが後々まで高くつくはめになることも珍しくない。つまり、そうなれば、中庭が縮小されはじめ、その多くのものがなくなってしまいさえして、人々はそれぞれの家の中で窮屈にくらすことになる。そしてそれからついには、年が改まってみれば、自分の名刺にそんな住所をもつということがはばかられることになっているという次第。それというのも、間借人の大多数は職人ばかりで、せっかくの門から玄関までの道も、それがときおり貧しい職人たちの避難所を提供しているうちに、彼らのみすぼらしい掘っ立て小屋が商店に取って代わるようになってしまっては、もはやなんの取り柄もないからである。」ルフーヴ『ナポレオン三世治下におけるパリの古い家』I、パリ／ブリュッセル、一八七三年、四八二ページ■モード■　[C1a, 3]

パリの市街図ほど手頃で詳細で永続的な市街図をもつ都市は稀であり、少なくともドイツの都市のなかには一つもないということは、たいていのヨーロッパの大都市の自尊心が十分育っていないことの悲しい証拠である。その市街図とは、パリのすべての区とブローニュおよびヴァンセンヌの公園との二二枚の地図を備えたあのすぐれたタリド社の市街図にほかならない。かつてあいにくの天気のなか、ある見知らぬ町のある街角で大きな紙製の市街地図にお世話にならざるをえなくなったものの、この地図ときたら、風が一吹きするたびに帆のように膨れ上がり、その折り目ごとに切れてしまって、たちまちのうちに汚らしい斑の紙切れの小さな塊でしかないものになってしまい、まるでパズルでもあるかのように、それを相手に悪戦苦闘するといった経験をした者は、タリド社の市街図の研究から、市街図なるものがいかなるものであるべきかを学ぶはずである。この市街図に没頭してみても想像力が目覚めず、市街図よりもむしろ写真や旅行手記によって自分のパリ体験に浸るのを好む人、そんな人には手の施しようがない。［C1a, 4］

パリは地下に張り巡らされた洞窟網の上に位置しているが、この洞窟網からは地下鉄と線路のたてる騒音がどよめき昇ってくるし、そこでは地上のバスやトラックの一台一台が長いこと消えない反響を引き起こす。しかも、工業技術によるこの巨大な街路網とパイプ網は、中世の初期以来何世紀も人手の加わっていない古代の穴蔵とか石灰岩の採石場とか人造洞窟とかカタコンベとかと交錯している。今日でもなお二フランも払えば、パリのもっとも暗い――だが、地上界のどこよりもはるかに安くしかも安全に訪れることのできる――この夜の世界探訪の入場券を買うことができる。中世のこの世界に対する見方は違っていた。時おり抜け目のない連中のなかには、高い料金を取って、しかも誰にもしゃべらないという約束で、地下にいる恐ろしい威厳を備えた悪魔を自分の同胞たちに見せようと申し出る者のいたことを、われわれはさまざまな文献から知っている。これは、騙す当人より騙される者にとってのほうがはるかに損害を蒙る危険の少ないもうけ仕事だったろう。教会にすれば、悪魔が出現したというような嘘はほぼ神の冒瀆に等しいものと認めざるをえなかったのではあるまいか。その他の点でもこの地下都市は、この都市の勝手に通じている者には具体的な利益をもたらした。というのも、この地下都市の街路は、徴税請負人たちの輸入税に対するその権利を保障していたあの巨大な関税の壁を両断してしまったからである。一六世紀と一八世紀の密輸は、その大部分が地下で行われていたのである。われわれはまた、世の中が騒然とした時代には、予言者的人物や女予言者の不気味な噂は言うにおよばず、カタコンベについての不気味な噂──その出所は当然彼らなのだが──がかなり急速に徘徊し出すということも知っている。ルイ一六世逃亡の翌日に、革命政府はビラを配布し、そのなかでこのカタコンベの通路をもっとも厳重に調べ上げるよう命じたものである。そしてこの数年後には、いくつかのパリの地区が陥没しそうな状態にあるという風聞がいつのまにか民衆のあいだに広まった。　［C2, 1］

パリを、さらにその「湧水《フォンテーヌ》」からも組み立ててみること。「いくつかの街路は湧水の名をとどめている。もっとも、中央市場から遠くない、トリュアンドリー街にあったそうした湧水のなかで一番有名な愛の井戸は干上がって、埋められ、取り壊されて、今では痕跡も残っていない。ところが、ピュイ＝キ＝パルル〔お喋り井戸〕街という変わった名のもとになった、あの谺《エコー》が聞こえる井戸や、なめし皮職人アダン＝レルミットがサン＝ヴィクトール地区に掘らせた井戸の場合は、今でも残っている。ピュイ＝モーコンセイユ街、ピュイ＝ド＝フェール街、ピュイ＝デュ＝シャピトル街、ピュイ＝セルタン街、ボン＝ピュイ街、それに、以前はブー＝デュ＝モンド〔世の果て〕街で、今ではサン＝クロード＝モンマルトル袋小路になってしまったピュイ〔井戸〕街があった。水売り用の水がめ、革紐付きの水がめ、水売り人などは、やがて公共の井戸に取って代わられるだろう。そして、われわれの子どもたちは、パリのもっとも高層の住宅の最上階でも容易に水を得ることができるだろうし、われわれが人間の最大の必需品の一つについて、これらの原始的な供給手段をかくも長きにわたって維持してきたことに驚くだろう。」マクシム・デュ・カン『パリ――その器官、機能、生命』V、パリ、一八七五年、二六三ページ

[C2, 2]

建築に注目するのではなく、人間に注目したもっと別の地誌《トポグラフィー》を描いてみれば、もっとも静かな街区、あの辺鄙な一四区がその真の光のもとに浮かび上がってこよう。少なくともすでにジュール・ジャナン〔19世紀仏の作家〕は、一〇〇年前にそう考えていた。この街区に生まれ落ちた者は、かつてそこを離れたことがなくても、もっとも波瀾に富ん

だ大胆な生涯を送ることができたのだ。それというのも、そこには民衆の悲惨、プロレタリアートの窮乏を示すありとあらゆる建物が次から次へとぎっしり隙間なく列をなして並んでいるからである。産院、捨て子養育所、救貧院があるかと思えば、パリの大監獄であるあの有名なラ・サンテ監獄や断頭台がある、といった具合。夜ともなれば、男たちが物陰の狭いベンチ――それは、小公園の座り心地の良いベンチとは似ても似つかないものだが――の上で、このひどい人生旅行の途中駅の待合室にいるかのように、眠るために寝そべるのが見受けられる。　[C2, 3]

それぞれの商売には、建築上のシンボルというものがある。薬局の前にはかならず階段があり、タバコ屋は街路の角を占拠してしまっている、というふうに。商売は入り口というものを利用するすべを心得ている。パサージュやスケート・リンクやプールやプラットフォームの前には、門番として、なかにボンボンの詰まったブリキの卵を産む〔機械仕掛けの〕めんどりと、それと並んで、自動化された女占い師、つまりわれわれの名前を一枚の金属板の上に刻みつける――そしてそれが、われわれの運命をその首飾りにつなぎとめることになるのだが――一台の自動打印機が置かれている。　[C2, 4]

昔のパリでは、天下の公道でさまざまな処刑（たとえば絞首刑）が行われていた。 [C2, 5]

ローデンベルクは、証券取引所の「こそ泥連中」の「その日その日の運しだいで高値をつける見込みがある」という希望のもとに売られるある種の無価値な証券――たとえば、ミレス金融会社の株――の「身の毛もよだつような存在」を話題にしている。ユリウス・ローデンベルク『陽光と燭光のもとのパリ』ベルリン、一八六七年、一〇二―一〇三ページ [C2a, 1]

パリの生活の保守的傾向。一八六七年になってもなお、五〇〇台もの椅子かごをパリに循環させようという計画を立てた事業家がいる。 [C2a, 2]

パリの神話的地誌《トポグラフィー》について。パリにその性格を与えているのは門である。門に境界門と凱旋門の二つがあるのは重要だ。かつては町が終わる場所を示していた境界標がこの町の中にまで持ち込まれたという不思議。他方、凱旋門は今日では道路の安全地帯になっている。門は、門口というおのれの経験領域からさらに発展して、そのアーチをくぐる人物までも変えるにいたる。帰国してきた軍司令官がローマの凱旋門をくぐれば、凱旋将軍ができ上がるというわけである。（そうだとすれば、この門の内壁にあるレリーフは無意味なのだろうか？　それは一つの擬古典主義的な誤解なのであろうか？）

[C2a, 3]

母なるものへ通じている道は、木材でできている。木材はまた、この大都市の景観が激しく変化するなかで、短期間にではあれくりかえし姿を現わし、モダンな往来のど真ん中で、工事現場の木製の囲いや掘り起こされた土台の上に置かれる木製の渡し板となって、パリがまだ村だった太古の時代の光景を造り上げているのである。■鉄■ [C2a, 4]

「それは、陰鬱に始まるこの大都市の北地区の夢である。それはなにもパリだけではなく、おそらくはベルリンや、ほんのちょっとしか知らないロンドンでもそうなのだ——陰鬱に始まるというのは、パリは雨が降らなくても湿度が高いからである。街路の道幅は狭くなり、家々が右も左もくっつき始め、ついにそれは左右を薄汚れたガラス窓の壁に挟まれたパサージュ、いわゆるガラスの通りになってしまう。白黒縞の絹のブラウスを着て虎視眈々と待ち構える女給たちのいる怪しげなワイン酒場でもあるのだろうか、こぼれる安ワインの匂いがする。それともそこにあるのは、あのけばけばしい売春宿の並びであろうか。しかし、そこをさらに進むと、両側に深緑色の小さなドアと田舎風のヴォレつまり鎧戸があり、そこには年増の女たちが座り、糸を紡ぎ、そして、農家の庭みたいなやぼったい鉢植えの草花を置いた窓の背後の、それでもかわいい部屋には、明るい娘たちがいて、「二人はともに絹を紡ぐ〔二人のなかはしっくりいっている〕……」と歌うのである。」フランツ・ヘッセル「草稿」、ストリンドベリ『水先案内人の苦悩』を参照　［C2a, 5］

入り口の前の一つの郵便ポスト。それは、人が立ち去ろうとする世界に合図を送る最後のチャンスだ。　［C2a, 6］

地下下水網の散歩がてらの見物。人気のあるコースは、シャトレ／マドレーヌ間。　［C2a, 7］

「教会制度と貴族制度の廃墟、封建制と中世の廃墟は崇高なものであり、今日なお勝利者たちを感動させて、驚嘆させ仰天させてしまうが、ブルジョワジーの廃墟は、装飾用堅厚紙と石膏壁と塗り絵のたぐいからなるけがらわしいごみとなろう。」『パリの悪魔』Ⅱ、パリ、一八四五年、一八ページ(バルザック「パリから消え去るもの」)■蒐集家■　［C2a, 8］

……すべてこうしたものこそが、現在われわれが眼にするパサージュである。だが、かつてのパサージュはそうしたものではまったくなかった。「というのも、今日、つるはしによってその存在を脅かされるようになって初めて、パサージュはじっさいに束の間のもの《エフェメール》を崇拝する神殿となり、昨日までは理解されえなかったと思えば、明日にはもう知る人もなくなっているような快楽と呪われた諸々の職業との幽霊じみた風景となったからだ。」ルイ・アラゴン『パリの農夫』パリ、一九二六年、一九ページ■蒐集家■　［C2a, 9］

一つの都市が突然に帯びる過去。クリスマス前の煌々と明かりのついた窓は、一八八〇年からだってそんなふうに明かりが灯っていたかのように輝いている。　［C2a, 10］

夢――それは一九世紀の根源の歴史《ウルゲシヒテ》について証言してくれるような発掘が行われる大地である。■夢■　［C2a, 11］

パサージュ没落の動因――歩道幅の拡張、電灯、売春婦の立ち入り禁止、野外活動。〔C2a, 12〕

市場の小屋掛けでのギリシア古典劇の復活。警視総監がこの舞台で許しているものは二人の対話だけである。「この三人目の登場人物は、いわゆる大道芝居には二人の対話しか許可しない警視総監閣下の命により、台詞がない。」ジェラール・ド・ネルヴァル『サゲおばさんのキャバレー』パリ、〈一九二七年〉、二五九―二六〇ページ(「タンプル大通り昨今」)〔C3, 1〕

パサージュの入り口の前にある一つの郵便ポスト。それは人が立ち去ろうとする世界に合図を送る最後のチャンスだ。〔C3, 2〕

都市が一様だというのは見かけだけのことにすぎない。それどころか、その名前さえ、都市の地区ごとにその響きを変えてしまう。夢の中を別とすれば、それぞれの都市においてほど境界という現象がそれ本来の姿で経験されうる場所はほかにない。その町を知ってということは、高架沿いや家々の間や公園の中や川岸沿いを走る境目としてのあのいくつもの線を知っているということ、そしてこれらの境界とともに、さまざまな領域の飛び地をも知っているということにほかならない。境界は〔まるで別の世界への〕敷居のように街路の上を走っている。そこからは、虚空へ一歩踏み出してしまったときのように、まるでそれに気づかないままに低い階段に足を踏み出してしまいでもしたかのように、ある新たな区域が始まるのである。　[C3, 3]

パサージュやスケート・リンクやビヤホールやテニスコートの入り口には、家の守護神ペナーテスが立っている。プラリーヌ菓子入りの金の卵を生む〔機械仕掛けの〕めんどりと、われわれの名前を打ち出す自動機械と、さらにもう一台、われわれの体重を測ってくれる——これこそ、現代の *γνῶθι σεαυτόν*〔汝自身を知れ〕だ——運命を占う装置、機械仕掛けの女占い師などが敷居を守っているのだ。注目すべきことに、それがそんなふうにつねに身を置いている場所は、室内でもなければ、まったくの屋外でもない。それらは〔内と外との〕通過点を守護し、そうした通過点を示しているのであって、だからこそ人々は、日曜の午後ともなると緑の自然のもとにだけでなく、この謎めいたペナーテスのもとに赴くことにもなるわけである。■夢の家■愛■　[C3, 4]

ベルというものは専制的な脅威をもって住まいの上に君臨するものだが、この専制的な脅威にしても同様に、敷居の魔力からその威力を手に入れる。なにものかが敷居をまたごうとして、耳をつんざくような音を立てるというわけだ。もっとも、こうした同じベルの鳴る音でも、それが別れを告げる場合には、物悲しく鐘の音のように聞こえてくるのだから奇妙なものである。ちょうどカイザーパノラマ館〔ベンヤミンが幼年時代にかよったベルリンのパノラマ館〕においてあのベルの音が鳴ると消え去りゆく映像がかすかに動いて、そのベルが次の映像を告知する場合のように。■夢の家■愛■ [C3, 5]

これらの門――パサージュの入り口――は、敷居だ。そこには門だということを示す石段はいっさいない。だが、数人の人々がそこで逡巡している様子を見ればそれと分かる。彼らの慎重な、考えこむような足の運びは、彼ら自身はそれとは知らなくても、彼らが〔パサージュに入るか入らないかという〕決断の前に立たされている様子を映し出しているのである。■夢の家■愛■ [C3, 6]

パサージュ・デュ・ケールにある、ヴィクトール・ユゴーの『ノートルダム・ド・パリ』で有名なクール・デ・ミラクル〔「奇跡小路」――乞食や泥棒などの集まる場所〕と呼ばれる怪しげな街路のほかにも、いくつかのクール・デ・ミラクルがある。「マレ地区のトゥールネル街にはパサージュ・デ・ミラクルとクール・デ・ミラクルがあるが、かつてはサン＝ドニ街、バック街、ヌイイ街、コキーユ街、ラ・ジュシエンヌ街、サン＝ニケーズ街、そしてサン＝ロックの丘にもまだ、別のいくつかのクール・デ・ミラクルが存在していた。」ラベドリエール『新しいパリの歴史』パリ、三一ページ〔これらの裏路地がクール・デ・ミラクルと名づけられる典拠となった聖書の箇所は、「イザヤ書」第二六章四―五および第二七章である〕　[C3, 7]

パリの給排水設備の分野におけるオースマンの成功に関して。「オースマンは天上の神々よりも地下界の神々からより多くの霊感を受けた、と詩人なら言うかもしれない。」デュベック／デスプゼル『パリの歴史』パリ、一九二六年、四一八ページ　[C3, 8]

地下鉄。「たいていの駅にはばかげた名前が付けられたが、一番ひどいと思われるのは、ブレゲ街とサン＝サバン街の角の駅で、ついに「ブレゲ＝サバン」という略称、つまり時計職人ブレゲと聖人サバンの名を結合したものになってしまった。」デュベック／デス

プゼル、前掲書、四六三ページ　［C3, 9］

街路風景における一つの古代的要素としての木材、つまり工事現場の木製のバリケード。［C3, 10］

六月蜂起。「たいていの囚人たちは、石切り場や地下道に連れていかれたが、そこはパリの城砦の下にあり、とても広くて、パリの人口の半分までがそこに入れるほどだった。この地下の通路の寒さときたらひどいもので、多くの者が体温を保つすべとしてはたえず走りまわるなり腕を動かすなりしかできず、誰一人としてあえてその冷たい石の上に横になろうとする者はいなかった。……囚人たちは地下道のすべてにパリの街路の名前をつけて、彼らが出会ったときには、その自分の住所をたがいに教え合ったものである。」エングレンダー、前掲書〈『フランス労働者アソシアシオンの歴史』ハンブルク、一八六四年〉、Ⅱ、三一四―三一五ページ　［C3a, 1］

「パリの採石坑はすべて、地下でたがいにつながっている。……いくつかの場所では、天井が崩れないように鉱柱がそのままにしてある。支えの壁が築いてある場所もある。

これらの壁のために、地下の長い通路が狭い街路のようになっている。また道に迷わないように、その通路のはずれはずれに番号が書きつけられている場所もいくつかある。――とはいえやはり、餓死するはめになりたくなければ、ガイドを伴わずにはあまりこの採鉱ずみの石灰岩層の中に入ろうなどとしてはいけない。」――「パリの採石坑の穴蔵では、昼間でも星が見えるという風評」は、ある古い立坑から出たものだが、それというのも「この立坑は、その上を直径三ライン〔約七・五ミリ〕の小さな穴のあいた一個の石で蓋がされているからである。この穴を通して、昼間の光がまるで一つの淡い星のように下の闇の方へと差し込むというわけである」。J・F・ベンツェンベルク『パリ旅行書簡』I、ドルトムント、一八〇五年、二〇七―二〇八ページ　[C3a, 2]

「……セーヌ河を、ロワイヤル橋からルイ一五世橋まで、テュイルリー宮の窓の下を往復して、泳ぐ犬のような音とともに、煙を吐き、波をかきわけて進むものがあった。それは、たいして役にも立たない機械、一種の玩具、夢想する発明家の夢、妄想の産物、すなわち蒸気船であった。パリっ子たちはこの無用の代物を冷淡な態度で眺めていた。」ヴィクトール・ユゴー『レ・ミゼラブル』I、ナダール『私が写真家だった頃』パリ、〈一九〇〇年〉、二八〇ページに引用　[C3a, 3]

「まるで魔術師か劇場の道具方のように、最初の蒸気機関車の最初の汽笛は、すべてのものに目覚めと飛翔の合図をあたえた。」ナダール『私が写真家だった頃』パリ、一八一一ページ　[C3a, 4]

パリに関する貴重な案内書の一つであるマクシム・デュ・カンの『パリ、一九世紀後半におけるその器官、機能、生命』(全六巻、パリ、一八六九―七五年)の成立史は特徴的である。この著作については、ある古書店のカタログにこうある。「正確で詳細な考証にもとづく、じつに興味深い著作。デュ・カンは、じっさい、彼の書物の素材を手に入れるために、乗合馬車の御者、道路掃除夫、下水掃除夫などまったく多様な仕事を自分でやってみることもためらわなかった。この一徹さゆえに、彼は「もう一人のセーヌ県知事」の異名をとったが、そのことは彼がのちに上院議員にまで出世したことと無縁ではない。」この書物の成立の事情を、ポール・ブールジェ(仏の作家)は、彼の「一八九五年六月一三日のアカデミーにおける演説　マクシム・デュ・カン追悼演説」(『アカデミー・フランセーズ講演集』Ⅱ、パリ、一九二一年、一九一―一九三ページ)で書いている。ブールジェが語るところによれば、一八六二年にデュ・カンにある眼病(老眼)の徴候が現われた。

そこで、デュ・カンが眼鏡屋のスクレタンのところに行くと、この眼鏡屋は彼に老眼鏡を処方してくれた。そこでデュ・カンはこう言う。「私も年には勝てなかった。私はそれを歓迎したわけではない。屈伏したのである。私は鼻眼鏡とつる付き眼鏡を注文した。」今度はブールジェの言葉だ。「眼鏡屋は注文したレンズがなかったので、それを用意するのに三〇分かかりました。マクシム・デュ・カン氏は、あたりをぶらぶら歩いてこの半時間を潰そうと、店を出たのです。気がつくと、彼はポン＝ヌフの上にいました。……もうそろそろ若いとはいえなくなる人間が、諦めまじりに深刻になって、そのためにいたるところで自分自身の哀愁の姿を見出しつつ人生を考える、そんな時期に、作家はさしかかっていました。眼鏡屋へ行ったことでたったいま納得した、ほんのわずかな体の衰えが、普段ならすぐに忘れてしまうこと、すなわち、人間にかかわることがらのすべてを支配するあの不可避の破壊の法則を彼に思い出させました。……東方の旅行者であり、砂が死者たちの遺骸でできている、静かな淋しい場所への巡礼者であった彼は、突然、いまその巨大なあえぎが聞こえているこの都市も、いつの日か、多くの帝国の多くの首都が死滅したように、死滅するであろうと夢想しはじめたのです。この思いつきは、ペリクレス時代のアテネ、バルカス家時代のカルタゴ、プトレマイオス朝時代のアレクサンドリア、カエサルたちの時代のローマなどの完全で正確な描写があったとすれば、今日われわれが大いに興味を抱くだろうという考えから生じたものであります。……壮大な著作の主題がわれわれの精神の前に浮かび上がってくるときのあの直観のひらめきによって、古代の歴史家が彼ら自身の都市については書かなかった書物を、パリについて書き上げることの可能性がはっきりと見えてきたのでした。彼は再び、橋とセーヌ河と河岸の光景を見つめました。……成熟の年齢に達した彼の仕事が何であるかが、いまや彼の眼に明らかになったのです。」パリに関するこの現代的で行政的な著作のもつ、こうした古風なインスピレーションは、きわめて特徴的である。ところで、レオン・ドーデ〔仏のジャーナリスト・批評家〕がパリの没落について書いた『生きられたパリ』のなかのサクレ・クール寺院の章を参照すること。 [C4]

ナダールの『私が写真家だった頃』〈パリ、〈一九〇〇年〉、一二四ページ〉の「地下のパリ」というすぐれた箇所にある、次のような奇妙な文章。「詩人でも哲学者でもあったユゴーは、下水道の歴史を天才的な筆で、ドラマより感動的に描写した後で、中国には、都市に野菜を売りに行って、あの貴重な肥料〔排泄物〕に満ちた重い桶を両肩に担いで帰ってこない百姓は一人もいない、と語っている。」 [C4a, 1]

パリの門について。「入市税関の吏員が二本の円柱の間に姿を現すまでは、ローマやアテネの門の前にいるのだと思えるほどだった。」『古今にわたる世界の伝記』(ミショー氏の監修による新版)、XIV、パリ、一八五六年、三二一ページ(「P・F・L・フォンテーヌ」の項)

[C4a, 2]

「テオフィル・ゴーティエ(19世紀仏の詩人・小説家)の著書である『気まぐれとジグザグ』には、奇妙な一ページが見いだされる。そこにはこう書かれている。「ある大きな危険がわれわれを脅かす。現代のバビロンは、リラクの塔のように粉々に打ち砕かれはすまいし、ペンタポリスのように天然アスファルトの海の中に沈むことも、テーバイのように砂に埋もれることもないであろう。ただ単にそこの住民がいなくなり、モンフォーコン(パリのセーヌ右岸、タンプル地区に隣接する高台。絞首台や屎尿投棄所で有名だった)の鼠たちによってめちゃくちゃにされてしまうだけのことであろう」と。これは、明晰とはいえないが、しかし予言者的な一人の夢想家の注目すべき幻視である！　この幻視は本質的な点ではすでに正しいことが証明されている。……なるほど、モンフォーコンの鼠たちはパリにとって危険な存在になりはしなかった。オースマンの美化の腕前が彼らを一掃してしまったからである。……しかし、モンフォーコンの高台からプロレタリアートたちが降りて来て、火薬と石油によってゴーティエが予言したようなパリの破壊を開始したのである。」マックス・ノルダウ『真に金《かね》のうなる国――パリの研究と風景』I、ライプツィヒ、一八七八年、七五―七六ページ(「ベルヴィル」)

[C4a, 3]

一八九九年、サン＝タントワーヌ街の地下鉄工事の際に、バスティーユ監獄のある塔の土台が発見された。パリ国立図書館版画室

[C4a, 4]

ワイン中央市場。「一部は蒸留酒用の酒蔵から、一部はワイン用の石造りの地下貯蔵庫からなっている保税倉庫は、いわば一つの町を作り上げており、この町の街路には、フランスのもっとも有名なワインの産地の名前が付けられている。」『パリの一週間』パリ、一八五五年七月、三七―三八ページ

[C4a, 5]

「カフェ・アングレーの地下酒場は……数本のブールヴァールの下にかなり長く延びていて、とても複雑な細道になっている。それらを通りに分けるという配慮がなされたのだ。……ブルゴーニュ通り、ボルドー通り、ボーヌ通り、エルミタージュ通り、シャンベルタン通り、酒樽……の十字路、というわけだ。貝殻で飾られたひんやりした洞窟に

たどりつくと、そこはシャンパン酒の洞窟だ。……昔の時代の大領主たちは厩舎で晩餐を取ることを思いついたものだった。……本当にエキセントリックに食事を取るためには、地下酒場万歳！」タクシル・ドロール『遊び人、パリ』パリ、一八五四年、七九―八一、八三―八四ページ

[C4a, 6]

「ユゴーは、路上の乞食を見るとき……本来の乞食、本当に本来の乞食を実際にこの目で見ていた、ということを信じてほしい。古代の路の上の……古代の乞食、昔のもの乞いの姿だ。マントルピースの大理石や現代のマントルピースのセメントどめ煉瓦を見るときも、それが本来何であるかが彼には見えた。家族団欒の中心である暖炉の石。古代の炉石だ。通りの門と、普通は切り石の門の敷居を見るときでも、この切り石の上に、彼ははっきりと、聖なる敷居である古代の線を見分けた。それは同じ線だからだ。」シャルル・ペギー『全集　一八七三―一九一四年』『散文篇』パリ、一九一六年、三八八―三八九ページ（「伯爵ヴィクトール＝マリー・ユゴー」）

[C5, 1]

「フォーブール・アントワーヌにあるキャバレーは、巫女《シビラ》の洞窟の上に建てられ、奥深い洞窟の聖なる息吹が通っていたアヴェンティーノの丘の居酒屋に似ている。そこの居

酒屋のテーブルはほとんどが神前で使うように三脚になっている小卓で、人々はエンニウス〔ローマの詩人〕が巫女の酒と呼んでいるものを飲んでいた。」ヴィクトール・ユゴー『全集――小説八』パリ、一八八一年、五五―五六ページ（『レ・ミゼラブル』Ⅳ）　[C5, 2]

「シチリア島をひとまわりした人々は、あの有名な僧院のことを覚えている。そこでは、その土が死体を乾燥して保存する特性を有しているので、修道僧たちは、一年の一定の時期になると、大臣、教皇、枢機卿、軍人、王など、そこの墓に迎え入れた偉人たちすべてに昔の衣装を着せて広大な地下墓地《カタコンベ》に二列にずらりと並べ、庶民たちにこの骸骨の行列の間を通らせる。……さて！　シチリア島のこの僧院は、われわれの社会状態そのもののイメージなのだ。芸術や文学を飾るあのきらびやかな正装の下には鼓動する心臓などありはしないし、霊感は何処へいったのか、諸芸術は、文学は何処へいったのかと俗世に向かってたずねてみても、輝きを失った冷たい動かない目でじっと見つめているあの連中は、死者そのものなのである。」ネットマン『道徳と知の廃墟』パリ、一八三六年一〇月、三二ページ。この箇所については、ユゴーの「凱旋門に捧げる」（一八三七年）を参照すること。　[C5, 3]

レオ・クラルティ〔仏の小説家・批評家〕の『その起源から西暦三〇〇〇年にいたるまでのパリ』〔パリ、一八八六年〕の最後の二つの章には、それぞれ「パリの廃墟」と「西暦三〇〇〇年」という表題がつけられている。前者の章には、ヴィクトール・ユゴーが凱旋門に捧げた詩のパラフレーズがある。後者の章は、「セネピールにある……」あの有名な「フロクシマのアカデミー」において行われたパリの古代文化遺産についての講義を紹介している。「このセネピールとは、西暦二五〇〇年に、ホーン岬と南極大陸とのあいだに発見された新たな大陸のことである。」〔三四七ページ〕　　[C5, 4]

「パリのシャトレ監獄には、長大な地下牢があった。この地下牢はセーヌ河の水面より八ピエ〔約二・六メートル〕下にあって、窓も換気口も付いていなかった。……人間は中に入れるが、風は入ってこない。天井は石のアーチで、床の代わりに厚さ一〇プス〔約二七センチ〕の泥の層だ。……地面から八ピエの高さのところに、長くて太い梁がところどころに渡されていて、この梁から、間隔を置いて鎖が垂れ下がっていた。……そして、鎖の端には首枷があった。この地下牢には、ガレー船での強制労働を課せられた囚人たちが、トゥーロンに送られる日まで入れられているのだった。……ここの梁の下に押しやられると、暗闇に揺れる鉄の首枷が彼ら一人一人を待っていた。……ものを食べるときは、彼らは泥の上に投げられたパンを、踵を使って脛づたいに手の届くところまで持ち上げるのだった。……この地獄のような墓場で、彼らは何をしていたのか。墓場でできること、つまり死に瀕するのだった。地獄でできること、つまり歌うのだった。……隠語のシャンソンのほとんどすべては、ここで生まれた。モンゴメリーの徒刑囚のメランコリックなリフレイン――ティマルミゼーヌ、ティムラミゾン――ができたのも、パリの大シャトレ監獄である。これらのシャンソンの大部分は陰惨だが、なかには陽気なものもあった。」ヴィクトール・ユゴー『全集――小説八』パリ、一八八一年（『レ・ミゼラブル』）、二九七―二九八ページ■地下のパリ■　[C5a, 1]

境界線論。「ある歩く哲学者によれば、パリで、歩く人と馬車に乗る人との間には、ステップに足が掛かるか掛からないか、それだけの差しかないのである。ああ！　ステップ！……それは、ある国から別の国への、貧困から豪奢への、呑気な暮らしから気の張る生活への出発点であり、無に等しい人からすべてであるような人への橋渡しである。問題は、そこに足を置くことだ。」テオフィル・ゴーティエ「哲学的研究」（『一九世紀のパリとパリっ子』パリ、一八五六年、二六ページ）　[C5a, 2]

未来のモデルハウスを記述した文中には、地下鉄を予測した短い文がある。「非常に広くて、よく照明された地下室はすべてつながっている。それらは街路に沿って長い地下通路を形成しており、そこには地下鉄道が敷かれている。この鉄道は乗客を乗せるためのものではなく、かさばる商品や、ワインや、薪や、石炭など専用であり、それらを家の中にまで運ぶのである。……これらの地下鉄道はますます重要性を獲得している。」トニー・モワラン『二〇〇〇年のパリ』パリ、一八六九年、一四―一五ページ（「モデルハウス」）

[C5a, 3]

ヴィクトール・ユゴーの「凱旋門に捧げる」の断片

Ⅱ

……

……

「つねにパリは叫び、そして唸る。
深刻な問題だ、パリが沈黙する日に
世界の音が何を失うのか、

誰も知らない！」

Ⅲ

「パリは、だが沈黙するだろう！――多くの夜明け、
多くの歳月、多くの沈んでいった世紀の後で、
水が音を立てて橋に砕けるこの岸辺が、
ざわざわとかしぐ藺《い》草のもとに返されるとき。

葉むらのざわめきと鳥たちの歌を雲間に運ぶ
やさしい風を気づかうセーヌ河が、
石で堰き止められ、その水中に倒壊したどこかの古いドームを、
浸食して、流れるであろうとき。

セーヌが、長いこと騒ぎ続けた波を眠らせ、
星空の下をかすかに通過する無数の声に、
ついに耳を傾けられることを幸せに思い、

夜の闇に、白く流れるであろうとき。

この、狂おしく、力強く労働する女のような都市、
城壁の定められた運命を短縮して、
自らの槌の下で砕け散り、
そのブロンズで貨幣を、大理石で舗石を作るこの都市から、

屋根、鐘楼、曲がりくねった盛り場、
ポーチ、切妻壁、それに誇りに満ちたドーム、
喧しい声が溢れ、解きがたく錯綜して、人がひしめいて見える、
この都市を形成するこれらのもののうち、

せいぜいピラミッドとパンテオンに当たるものとして、
広大な野に残るのは、もはや
シャルルマーニュが建造した二本の花崗岩の塔と、
ナポレオンが作った一本の青銅の柱だけになったとき、

おまえは崇高な三角形をかたちづくるだろう!」

……

……

Ⅳ

「凱旋門よ!　おまえは永遠で完璧なものとなるだろう、
セーヌ河が波に映すものすべてが、
　永久に逃げ去り、
ローマに匹敵したこの都市に、
もはや三つの頂点に立つ、天使と鷲と
　一人の男しか残らないとき!」

……

……

Ⅴ

「いや、時は事物から何物も奪わない。
ゆっくりと変身して
誤って賞賛されつつも、
多くの柱廊は、ついに美にたどりつく。
人の崇める記念建造物の上に
その正面から後陣まで
時は魔法をかけて、渋い魅力を与える。
たとえ破壊し、錆つかせたところで、
時がそれらに着せる衣装に比べれば、
時がそれらから剝ぎとる衣装は取るに足りない。

ごく貧弱な迫り石にも
時は皺を刻み、
無味乾燥な大理石の角を指でならして、
気のきいた手直しを加える。
作品の補正のために、

花崗岩のヒュドラのとぐろに
生きた蛇を巻きつかせるのも、時だ。
古いフリーズから時間が石を取り外し
そこに鳥の巣を置く時、
ゴシックの屋根の笑う姿が見えるような気がする。」

……
……

Ⅷ

……
……

「いや、すべては死滅しているだろう。この平原は今はまだ民に満ちているが、
消え失せた民の幻しかそこにはないことになるだろう、
人間の死んだ目と神の生きた目のほかには。
一つの石のアーチ、一本の柱、それに、その彼方の
泡立つ音が聞こえるあの銀色の河のまんなかに、

霧のなかで半ば座礁した教会。」

……

……

一八三七年二月二日

ヴィクトール・ユゴー『全集――詩三』パリ、一八八〇年、二三三―二四五ページ　[C6; C6a, 1]

取り壊し、それは土木建築の理論教育の資料である。「現代ほど、この種の研究に有利な状況はかつてなかった。一二年前から、多くの建築物、とくに教会や修道院が、その最初の礎石にいたるまで取り壊された。すべてが……有益な知識を提供したのである。」シャルル＝フランソワ・ヴィエル『建物の強度保証に関する数学の無効性について』パリ、一八〇五年、四三―四四ページ　[C6a, 2]

取り壊し。「煙突の管が取り外されて、褐色の縞模様ができた高い壁は、建築の断面図のように、内部の配管の秘密を暴露する。……そうした家々が口を開けて、穴の上に宙吊りになった床、まだ部屋の形を示している色付きや花柄の壁紙、もうどこにも通じていない階段、掘り出された地下貯蔵庫、奇妙な瓦礫の山、激しい崩壊の跡などが見えるのは、じつに好奇心をそそる光景である。黒ずんだ色調を除けば、まるで、ピラネージ〔18世紀イタリアの建築家・版画家〕が息せききってエッチングに刻みこんだあの崩れ落ちた建造物、あの居住不可能な建築だ。」テオフィル・ゴーティエ「廃墟のモザイク」(『一九世紀のパリとパリっ子』アレクサンドル・デュマ、テオフィル・ゴーティエ、アルセーヌ・ウーセ、ポール・ド・ミュッセ、ルイ・エノーおよびデュ・フェルの各氏による。パリ、一八五六年、三八—三九ページ)

[C7, 1]

リュリーヌ〔仏のジャーナリスト〕の論文「ブールヴァール」の結論。「ブールヴァール〔パリの並木のある大通り〕は動脈瘤で死ぬだろう。つまりガス爆発だ。」『わが町パリ』パリ、〈一八五四年〉〔ポール・ボワザール発行による選集〕、六二ページ

[C7, 2]

ボードレールがプーレ=マラシ〔19世紀仏の印刷・出版業者〕に宛てた一八六〇年一月八日付けの手紙で、メリヨンについてこう語っている。「彼の大きな版画の一つで、彼は小さな気球を猛禽類の群れで置き換えたが、パリの空にそんなに多くの鷲を描くのは本当らしくないと、私が彼に指摘すると、〔頭がおかしくなっていた〕彼は、あの連中〔皇帝の政府〕は慣習にしたがって諸々の予兆を調べるためにしばしば鷲を放ち、——そのこと

は新聞に、『モニトゥール』紙〔官報〕にさえも載ったことがあるのだから根拠のないことではない、と答えた。」ギュスターヴ・ジェフロワ『シャルル・メリヨン』パリ、一九二六年、一二六―一二七ページに引用　［C7, 3］

凱旋門について。「凱旋行進はローマ国家の一つの制度であり、そしてこの行進には軍司令官としての権限と軍の最高命令権とを持っていることが前提されたが、他方こうした権利は凱旋行進の行われる当日をもって失効した。凱旋行進の権利を得るための……さまざまな前提条件のなかでももっとも重要なものは、市の管轄地域の境界領域を……予定された時刻よりも早く踏み越えないということであった。さもなければ、この軍司令官は市外での戦争行為に対してのみ有効なその戦争指揮権ばかりか、それとともに凱旋行進の請求権をも失ってしまうだろう。……殺戮戦におけるどんな卑劣行為も犯罪も、最高司令官とその軍隊から拭い去られ――もともとは惨殺された者たちの亡霊から迫ってくる危険もまたそうだったのではあるまいか――、その聖なる門の向こう側に置き去りにされるのである。……こうした見解からすれば、porta triumphalis〔凱旋門〕が勝利を賞賛するための記念建造物などではなかったことが……明らかになろう。」フェルディナント・ノアク「凱旋行進と凱旋門」（『ヴァールブルク文庫報告』V、ライプツィヒ、一九二八年、

［C7, 4］

一五〇―一五一、一五四ページ）

「エドガー・ポーは大都会の街路を、彼が群衆の人と呼ぶ人物に通り抜けさせた。不安で探究心に富むこの版画家は、石の人である。……それは……廃棄された生活の残骸を前にして、ピラネージのように夢想して仕事をしたりはしなかった。……芸術家であり、その作品を見ると、ノスタルジーの感覚がいつまでも残る。……この人がシャルル・メリヨンだ。版画家としての彼の作品は、都市についてこれまでに書かれたもっとも深遠な詩篇の一つで、これらの心にしみるページの奇妙な独自性は、それらが、生命のある光景をもとに直接描かれたものでありながら、死滅した、あるいは死滅することになる、過ぎ去った生活の様相をすぐに帯びてしまったことである。……この上なく緻密で、この上なく現実味のある再現や、芸術家が選んだ主題とは別に、こうした印象があるのだ。彼には物事を見透かすようなところがあって、おそらく彼は、あれほど堅固な諸々のフォルムが束の間のものであり、あの奇妙な美が他のすべてのもの同様姿を消してしまうだろうことを見抜いていたし、都市というものができた当初から、絶えずひっくりかえされ、破壊され、作り直されてきた街路や路地が語る言葉に、彼は耳を傾けてきたのであり、だからこそ、彼の喚起的な詩は一九世紀の都市をつらぬいて中世に通じ、直接目に映るかたちの世界をつらぬいて、いつものメランコリーを引き出すのだ。

古いパリはもうない。都市のかたちは
ああ！　人間の心より早く変化する。

ボードレールのこの二つの詩句は、メリヨンの作品集のエピグラフとして置くこともできよう。」ギュスターヴ・ジェフロワ『シャルル・メリヨン』パリ、一九二六年、一―三ページ　[C7a, 1]

「古代の porta triumphalis〔凱旋門〕がすでにしてアーチ形門であったと考えざるをえない理由は、なにもない。逆にそれは、ある象徴的な儀式に用いられただけなのであってみれば、本来はきわめて単純な手段によって建てられたのだろうし、したがって、水平の梁を渡した二つの支柱が築かれたにすぎなかったのであろう。」フェルディナント・ノアク「凱旋行進と凱旋門」（『ヴァールブルク文庫報告』V、ライプツィヒ、一九二八年、一六八ページ）　[C7a, 2]

通過儀礼としての凱旋門の通過行進。「狭い門をひしめき合って通過する軍団の通過行進は、再生という意味がこめられているあの「狭い隙間を通り抜ける行為」と比較されてきた。」フェルディナント・ノアク「凱旋行進と凱旋門」(『ヴァールブルク文庫報告』V、ライプツィヒ、一九二八年、一五三ページ) [C7a, 3]

パリの没落をめぐるさまざまな空想は、工業技術が受け入れられなかったことの一つの症候である。そうした空想から語り出されているのは、大都市の発達とともにこれらの大都会を完全に破壊し尽くす手段もまた発達したという朧げな意識なのである。 [C7a, 4]

ノアクが述べているところによれば、「スキピオ門は、街路をまたぐようにではなく、それに向き合って——adversus viam, qua in Capitolium ascenditur〔カピトールの丘にまで上りゆく街路に向かい合って〕——立っていた。……このことからすれば、これらの建造物が実用的な副次的意義をもたない、純粋に記念建造物的な性格のものであることは明らかである」。他方、これらの建造物のもつ祭儀的意義は、それをまわりから孤立化させることによってと同様、時おりそれらをまわりに溶け込ませることによっても如実に現れてくる。「多くの……その後の凱旋門が立っている場所、つまり街路の入り口と出口、橋のたもとや橋の上、公共広場の入り口、町境といった場所においてさえ、……ローマ人にとってはいつでも、境界や敷居の場合と同様に、それを礼拝にかかわるものとして理解するような考え方が働いていた。」フェルディナント・ノアク「凱旋行進と凱旋門」（『ヴァールブルク文庫報告』V、ライプツィヒ、一九二八年、一六二および一六九ページ）

［C8, 1］

自転車について。「じっさい、最近ある詩人は目下流行の新式の乗り物を黙示録の馬と呼んだが、真の重要性については、思い違いをしてはならない。」『イリュストラシオン』誌、一八六九年六月一二日号、『ヴァンドルディ』誌、一九三六年一〇月九日号に引用（ルイ・シェロネ「老人たちのコーナー」）

［C8, 2］

競馬場を焼いた火事について。「近所の口さがない女たちは、この災難が起こったのも、女自転車乗りたちの罪深い見世物が天の怒りに触れたからだと言っている。」『ル・ゴーロワ』紙、一八六九年一〇月二(三?)日号、『ヴァンドルディ』誌、一九三六年一〇月九日号に引用（ルイ・シェロネ「老人たちのコーナー」）。競馬場では、女性による自転車競走が催されていた。

［C8, 3］

カイヨワ〔20世紀仏の詩人・人類学者〕は、『パリの秘密』やそれに類する著作を理解するのに、暗黒小説とりわけ『ウドルフ城の秘密』を引き合いに出そうとするのだが、それはなんといっても「地下酒倉と地下道の傑出した重要性」のためである。ロジェ・カイヨワ「パリ――近代の神話」(『NRF』誌二五巻二八四号、一九三七年五月一日、六八六ページ)
[C8, 4]

「ネール塔《トゥール・ド・ネール》から……イソワール塚《トンブ・イソワール》まで、左岸全体が、北から南、上の世界から下の世界へと通じる上げ板にすぎない。近代的な取り壊しがパリの表面の秘密を暴くとすれば、きっといつか、左岸の住人は裏面の秘密を発見し、ぞっとして目覚めることだろう。」

アレクサンドル・デュマ『パリのモヒカン族』Ⅲ、パリ、一八六三年 [C8, 5]

「ブランキのあの知性、……あの沈黙の戦術、あのカタコンベの政略は、よく知らない家で、突然、地下に降りる階段……が口を開けているのを前にしたときのように、バルベス〔共和派のリーダー。ブランキの同志だったが、後に敵対〕をためらわせたことがあったにちがいない。」ギュスターヴ・ジェフロワ『幽閉者』Ⅰ、パリ、一九二六年、七二ページ [C8, 6]

メサック〔20世紀仏のSF作家・推理小説の理論家〕がヴィドック〔19世紀仏の犯罪者。のちに警視総監〕の『回想録』四五から引用している〈『「探偵小説」と科学的思考の影響』パリ、一九二九年〉、四一九ページ〉。「パリは地球上の一つの点だが、この点は下水だめで、あらゆる下水道の終着点である。」 [C8a, 1]

五日ごとに発行された文芸批評誌『ル・パノラマ』の最終号〈I、3、一八四〇年二月二五日〉の「解決困難な問題」の欄には、こう書かれている。「宇宙は明日終わるのだろうか。宇宙の永遠の持続は、われわれの惑星の崩壊を見る運命にあるのか。それとも、われわれを乗せているという名誉を担うこの星が、宇宙の他の部分を越えて生きのびるのか。」〈ところで、この第一号「われわれの読者へ」においては、『ル・パノラマ』が創刊されたのは金もうけのためだという告白がなされている。〉創刊者は、ヴォードヴィル作者のイポリット・リュカであった。 [C8a, 2]

「毎晩群れをことごとく小屋に帰した
　勤勉な羊飼い女である聖女よ、
　世界とパリが契約の終わりを迎えるであろう時、

あなたが、たしかな足どりと軽やかな手で、
最後の門から最後の中庭へ行き、
穹窿と二重の扉を通って
群れ全体を主なる父の右側に連れて行けますように。」

シャルル・ペギー「サント＝ジュヌヴィエーヴのつづれ織り《タピスリー》」、マルセル・レーモン『ボードレールからシュルレアリスムへ』（パリ、一九三三年、二一九ページ）に引用　[C8a, 3]

コミューンにおける修道院と聖職者たちにかけられた嫌疑。「ピクピュス街の場合以上に、サン＝ローランの地下墓地を利用して、すべてが民衆の情熱を刺激するために動員された。新聞の言葉に、図版による広告が加わった。エティエンヌ・カルジャは「電気の光の助けを借りて」骸骨を撮影した。……ピクピュスとサン＝ローランの教会の発掘の後は、何日かの間隔を置いて、アソンプシオン修道院とノートル＝ダム＝デ＝ヴィクトワール教会だった。狂気の風が首都に吹き荒れた。いたるところで、人々は地下墓地と骸骨が見つかると思った。」ジョルジュ・ラロンズ『一八七一年のコミューンの歴史』パリ、一九二八年、三七〇ページ　[C8a, 4]

一八七一年。「民衆の想像力は自由に溢れ出ることができた。そうすることを少しも躊躇しなかった。裏をかく手段として流行していた地下道を発見したいと思わない〔コミューン派の〕隊長は一人もいなかった。サン＝ラザール監獄では、礼拝堂からアルジャントゥイユに通じているはずの、つまりセーヌ河の支流を二つ越えて、直線距離にすれば一〇キロ余りも続く地下道を探した。サン＝シュルピスでは、ヴェルサイユの城に達する地下道を探した、というわけだ。」ジョルジュ・ラロンズ『一八七一年のコミューンの歴史』パリ、一九二八年、三九九ページ　[C8a, 5]

「事実、先史時代に水があったところに、すっかり人間が住みついた。この水が引いてから何世紀も経って、彼らは似たようなやり方で溢れはじめた。水と同じ窪地に広がり、同じように流れて伸びていった。人間が一番地上に溢れたのも、サン＝メリ、タンプル、パリ市庁、中央広場、イノサンの墓地、オペラ座などの近くの水はけが悪く地下水が滲み出したままになっている場所だった。人口がもっとも密集し、もっとも活気のある地区は、やはり昔の沼地の上にあったのである。」ジュール・ロマン『善意の人々』I『一〇月六日』パリ、〈一九三二年〉、一九一ページ　[C9, 1]

ボードレールと墓地。「家々の高い壁の背後、モンマルトルとメニルモンタンとモンパルナスの方角に、黄昏の頃、彼は都市の墓地を思い描く、大都市の中の三つの別な都市を。生者の都市がそれらを内包しているように思われる以上、見たところ、こちらのほうが生者の都市より小さいようだが、実際には、区画がひしめきあい重なりあった墓場はずっと広大で、はるかに人口が多いのである。そして、今日、群衆が歩きまわっている場所さえも、たとえばイノサンの辻公園のところも、乗員もろとも沈没した船さながら、昔の納骨堂がそこに葬られたすべての死者とともに時の波に呑みこまれてならされ消えてしまったところなのだと、彼に思わせるのだ。」フランソワ・ポルシェ『シャルル・ボードレールの苦悩の生涯』(「偉人の物語叢書六」)、パリ、〈一九二六年〉、一八六—一八七ページ

[C9, 2]

「凱旋門に捧げる」頌歌に類似した箇所。この詩は人類に呼びかけている。

「あらゆる出来事が同時に語っている、
記念建造物に満ちたバベルであるおまえの都市のことだが、
門、塔、ピラミッド、あれはどんな重みをもつのだろうか？
ある朝、セージとタイムの葉の露とともに、

夜明けが湿った光線によってそれらをごっそりと持ち去っても、
私は少しも驚きはしないだろう。
そして、おまえの素晴らしい高層の建築は、
もはや石と雑草の塊でしかなく、
そこでは狡猾な毒蛇が太陽に頭を向けてしゅうしゅう音を立てている。」
ヴィクトール・ユゴー『サタンの最後、神』パリ、一九一一年(「神―天使」)、四七五―四七六ページ

[C9, 3]

サクレ＝クール寺院から見たパリの光景について、レオン・ドーデがこういっている。「たくさんの宮殿、記念建造物、家々そして廃屋を、人々は上のほうから見ているが、それらは何かの、気象か社会の大変動が、一度、あるいは何度もあるものと予想して、一箇所に集められたように見える。……高所にある聖堂(風の健康的な烈しさの中に立つと、私の精神と神経は鞭打たれる)の愛好者である私は、フルヴィエールの丘で、リヨンの街を見下ろし、守護の聖母マリア教会で、マルセイユの街を見下ろし、そしてサクレ＝クールで、パリの街を見下ろしながら、何時間も過ごしたものだ。……するとどうだろう！　あるとき、私には自分の内部に、警鐘のようなもの、奇妙な警告のような

ものが聞こえたし、これらのすばらしい三都市が……落雷で丸焼けになった森のように、火や水による崩壊と荒廃、殺戮と不意の解体の危険にさらされているのが見えるのだった。別のときには、これらの都市が、不可解な地下の病巣に侵食されて、あれこれの記念建造物や市街が、高貴な住まいのある地区が崩れ落ちるのが見えた。……こうした高所からいちばんよく見えるのは、脅威の存在である。人口の密集は脅威であり、巨大な労役も脅威である。人間が労働への欲求をもつことは分かりきっているが、それ以外の欲求もあるからだ。……人間は、一人になったり、集団を作ったり、叫んだり、反抗したり、穏やかになったり、服従したりする欲求をもっている。……結局、自殺への欲求が人間の内部に存在していて、人間が形成する社会でもこの欲求はいわゆる自己保存の本能より強いのだ。それゆえ、パリやリヨンやマルセイユの街を、サクレ＝クールやフルヴィエールの丘や守護の聖母マリア教会の上から見物する人を驚かせるのは、パリもリヨンもマルセイユもこれまで存続してこられたということだ。」レオン・ドーデ『生きられたパリ』I、『右岸』パリ、〈一九三〇年〉、二二〇―二二一ページ　[C9a, 1]

「ポリュビオス〔ローマ時代の歴史家〕以来、有名な昔の都市については、古代の連綿とした描写をわれわれはもっている。それらの都市の無人の家々の列は徐々に崩れ落ちてゆき、その一方で広場や体育場で家畜の群れが草を食み、苔に覆われた円形劇場にはまだ立像やヘルメス柱が姿を見せている、といった記述である。五世紀に、ローマは村ほどの人口しかもたなかったが、皇帝たちの宮殿はまだ人が住める状態だった。」オスヴァルト・シュペングラー『西洋の没落』II、1、パリ、一九三三年、一五一ページ

[C9a, 2]

D

倦怠、永遠回帰

「太陽はいっさいの夢を殺戮しようというのか、
私の快楽の園の蒼白き子どもたちを。
日々はかくも静かに、その光はかくも激烈になった。
充実へと誘うのは、曇り空の幻想。
救われないのではないかという不安が私を襲う、
あたかも、私が神を裁きに行くかのように。」
ヤーコプ・ファン・ホッディス

「退屈は死を待っている。」

ヨハン・ペーター・ヘーベル

「待つこと、それが人生だ。」

ヴィクトール・ユゴー

子どもが母親と一緒にパノラマを見ている。パノラマはセダンの会戦を見せている。子どもは何もかもすばらしいと思う。「でも天気が悪いのだけが残念だね」――「戦争のときの天気はそういうものなのよ」と母親は答える。■ディオラマ■ということは、パノラマも結局はこの霧の世界と結びついているということである。パノラマの絵の光は、篠つく雨の合い間からこの霧の世界に差し込んでくるかのようだ。
[D1, 1]

「そのパリ[ボードレールのパリ]は、ヴェルレーヌのパリとずいぶん違っている。もっともこのパリもまたかなり変わってしまったのであるが。片方は暗く、雨模様であり、リヨンの町のイメージが重ねられたような一つのパリである。もう一方はラファエッロのパステル画のように白っぽく、ほこりが舞い上がっている。一方は息がつまりそうであり、もう一方は風通しがよくて、真新しい建物が空き地に離れて立っており、さほど遠くないところに、枯れ葉に覆われたアーチのある市門が見える。」フランソワ・ポルシエ『シャルル・ボードレールの苦悩の生涯』パリ、一九二六年、一一九ページ
[D1, 2]

宇宙の諸力が空虚で脆い人間に影響をおよぼすのは、もっぱら麻酔的な効果をつうじてである。このことを示しているのが、宇宙の諸力の最高の、そしてもっとも穏やかな現われの一つである天候と人間の関係である。なにより特徴的なのは、天候が人間におよぼすもっとも内的でもっとも密やかな影響力が、彼らのいちばん空虚なおしゃべりの背景とならざるをえなかった、という事実である。普通の人間にとっては宇宙以上に退屈なものはない。だからこそ彼にとって、天候と退屈はもっとも内的に結びつくのだ。憂鬱にとりつかれたあるイギリス人の話は、天候と退屈の関係のアイロニカルな克服を見事に示している。彼はある朝、眼を覚まし、雨が降っていたという理由だけでピストル自殺を遂げるのだ。あるいはゲーテもそうである。気象学的研究をつうじて、彼は天候を解明する術も心得ていた。その様子たるや、こうすれば自分の生き生きとした創造的な人生に天候までも取り込める、というただその理由のためだけに、彼はこのような研究にいたったのだ、と言いたくなるほどなのである。　[Dl, 3]

『パリの憂鬱』の詩人としてのボードレール。「なるほどこの詩の本質的な特徴の一つは、霧のなかの倦怠《アンニュイ》、倦怠と霧(都市の霧)との混淆である。一言でいえば、それは憂鬱

である。」フランソワ・ポルシェ『シャルル・ボードレールの苦悩の生涯』パリ、一九二六年、一八四ページ　[D1, 4]

エミール・タルデューは一九〇三年にパリで『退屈《アンニュイ》』という本を出した。彼はそのなかで、いっさいの人間の活動は退屈から逃れようとする無駄な試みであり、また同時におよそ過去、現在、未来のすべてのものは、この同じ感情〔退屈〕の尽きせぬ養分であると証明される、と言っている。こう言われると、巨大な文学的記念碑、ローマ人の生への倦怠《タエディウム・ウィタエ》を誉め称える永遠の記念碑を〈目の前にしている〉ような気がする。だが、これは、新しきオメー氏〔『ボヴァリー夫人』の登場人物。薬屋でブルジョワの典型〕の、傲慢で卑しい知恵以外の何ものでもない。彼は、あらゆる偉大なもの、英雄のヒロイズムや聖人の禁欲を、着想に乏しく小市民的な自分の不満を正当化する、都合のよい材料にしてしまう。　[D1, 5]

「ミラノ公国とナポリ王国に対するフランス王朝の諸権利を主張するためにイタリアへ遠征したとき、フランス人たちは、酷暑と戦うためにイタリア人の才能があみだしたいろいろの工夫に感激して戻ってきた。天井のある回廊《ギャルリ》に感服して、すぐ模倣にとりかかった。パリの気候は湿っぽくて、ぬかるみの多さで有名なくらいだから、古い時代の驚異ともいうべき列柱を作るのがよいだろう、ということになった。そのようにして、その後、ロワイヤル広場〔現ヴォージュ広場〕ができた。不思議にも同じ理由で、ナポレオンの時代に、リヴォリ街、カスティリオーヌ街とあの有名なコロンヌ〔柱〕街がつくられた。」ターバンがエジプトから来たのも同じような事情だ。『パリの悪魔』Ⅱ、パリ、一八四五年、一一一一二ページ〔バルザック「パリから消え去るもの」〕

冒頭に出てくる戦争は、ナポレオンのイタリア遠征と何年離れているのだろうか。そしてコロンヌ街はどこにあるのだろうか。 [D1, 6]

「にわか雨はたくさんのアヴァンチュールを誕生させた。」雨の魔術的な力の低下。雨合羽。 [D1, 7]

埃という形で、雨はパサージュに復讐する。――ルイ＝フィリップの治下で埃は革命の上にすら積もった。若きオルレアン公が「メクレンブルクの王妃と結婚式を挙げたとき、大祝宴が催されたのは、フランス大革命の最初の徴候が生じたあの有名な球技場である。新郎新婦の祝宴のためにこの広間のとりかたづけにかかったところ、そこは大革命が残していったままの状態であった。床には衛兵たちの宴会の跡があり、蠟燭の燃えさし、壊れたグラス、シャンパンのコルク、踏み潰された近衛連隊のバッジ、そしてフランドル連隊の将校たちのたすき帯などが散らばっていた」。カール・グッコウ『パリからの手紙』II、ライプツィヒ、一八四二年、八七ページ。歴史上の光景がパノラマの構成物となる。　［D1a, 1］

■ディオラマ■埃と奥行きのつまった遠近法■

「彼は、グランジュ゠バトリエール街は特に埃っぽいし、レオミュール街ではひどく汚れてしまうのだと弁明する。」ルイ・アラゴン『パリの農夫』パリ、一九二六年、八八ページ　［D1a, 2］

埃吸収機としての天鵞絨《ビロード》。陽光を受けて揺れ動く埃の秘密。埃と「応接間」。「一八四〇年を過ぎるとすぐに、はちきれんばかりにクッションを詰めたフランスの家具が、そしてそれとともに、タペストリー様式が全面にわたって支配的になった。」マックス・フォン・ベーン『一九世紀のモード』II、ミュンヘン、一九〇七年、一三一ページ。これ以外に埃を巻き上げるものとして、引き裾がある。「同時に最近、その言葉どおりの引き裾〔Schleppe＝「引きずる」の意〕がまた登場した。しかし、街路の箒になるというまずい状況を避けるために、歩くときはホックと紐で裾をもち上げて着た。」フリードリヒ・テオドール・フィッシャー『モードとシニシズム』シュトゥットガルト、一八七九年、一二ページ■埃と奥行きのつまった遠近法■ [D1a, 3]

パサージュ・ド・ロペラにあるギャルリ・デュ・テルモメトル〔温度計〕とギャルリ・デュ・バロメトル〔気圧計〕。 [D1a, 4]

〔一八〕四〇年代のある文芸欄執筆者《フィユトニスト》は、あるときパリの天気を話題にして、コルネイユはたった一度（『ル・シッド』で）しか星について語っておらず、ラシーヌは「太陽」についてたった一度しか書いていないことを確認した。彼はさらに星や花を文学の素材とすることは、シャトーブリアンによってアメリカで発見され、パリに導入されたものであると主張している。〔ヴィクトール・メリ「パリの気候」『パリの悪魔』所収〈第一巻、パリ、一八四五年、二四五ページ〉による〕 [D1a, 5]

いくつかの卑猥な絵について。「今やもう扇子ではなく、傘である、まったく国民衛兵的国王〔ルイ＝フィリップ〕の時代にふさわしい発明だ。恋の戯れに好都合な傘！　目につかない物陰がわりの傘。ロビンソンの島の覆いであり、屋根である。」ジョン・グラン＝カルトレ『広い襟ぐりとあげ裾』Ⅱ、パリ、〈一九一〇年〉、五六ページ　[D1a, 6]

「ここでだけ」とキリコは述べている。「絵を描くことができる。道路はこんなにさまざまな度合いの灰色をしている。……」　[D1a, 7]

パリの雰囲気に触れると、カールス〔後期ロマン主義の思想家・医者・画家〕は、シロッコ〔北アフリカから吹きつける熱風〕が吹くときのナポリの海岸の光景を思い起こす。　[D1a, 8]

都会の雨には子どもの頃を夢のように思い起こさせる、あなどれない魅力がある。しかしそれは、大都会に育った子どもでなければわからない。雨はいたるところでますます多くのものを隠してしまい、日々を灰色にするばかりか、どこもかしこも同じようにしてしまう。そんな日には朝から晩まで同じことをしていられる。例えばチェスをしたり本を読んだり喧嘩をしたり。ところが太陽はこれとはまったく逆で、時間に陰影を付け、夢想家を居心地悪くさせる。それゆえに夢想家は輝くばかりに太陽の照る日は巧みな術を使って避けなくてはならない。何よりも、のらくら者や港をぶらつく者や浮浪者のように朝早く起きなくてはならない。というのも、彼は太陽よりも早くしかるべき場所に出ていなくてはならないのだから。フェルディナント・ハルデコップ〔表現主義の詩人〕はドイツが生みだしたただ一人の真のデカダンであるが、彼は、エミー・ヘニングス〔ダダイズムの女性詩人〕に何年も前に贈った「至福の朝」という頌歌のなかで、太陽の照る日をやり過ごす最良の防御策を夢想家のために伝授している。 [D1a, 9]

「血で湿らせて初めて、その埃〔大衆を指す〕にうわべだけの固さをもたらすことができる。」ルイ・ヴィイヨ『パリのにおい』パリ、一九一四年、一二ページ [D1a, 10]

ヨーロッパの他の都市では柱廊を街の景観に採り入れている。ベルリンでは街の門の様式が重要な役割を果たしている。特に注目に値するのは、ハレ門であり、私は今でも、〔ハレ門のある〕夜のベル・アリアンス広場が描かれている青色がかった絵葉書を忘れることができない。それは透かし絵で、光に向けて見ると、その広場に面した窓が一様に、空にかかる満月の放つ光で明るく輝くのだった。 [D2, 1]

「新しいパリの建物には、あらゆる様式のものがある。全体には一種の統一がないわけではない。なぜなら、これらの様式は全部退屈《アンニュイ》なタイプの様式であって、そのなかでもとりわけ退屈なタイプの様式、つまり仰々しく一列になったものだからだ。整列！　気をつけ！　この町のアンピーオーン〔テーバイの城壁をつくった神話的人物〕は軍曹であるかのようだ。……／豪華な、大袈裟な、巨大な建物がにょきにょきと生えてくる。退屈な建物である。ひどく見苦しい建物もたくさん建っている。これもまた退屈だ。／大きな通りや大きな河岸通りや大きな建物や大きな下水道、下手な模写あるいは下手な夢から生まれたその表情には、何か不法なにわか財産といったものを思わせるところがある。それらは退屈《アンニュイ》を発散させている。」ヴィヨ『パリのにおい』〈パリ、一九一四年〉、九ページ■オースマン■　[D2, 2]

株の帝王の億万長者を訪れたときのことをペルタンは次のように描いている。「私がその邸宅の中庭に入ってみると、赤いチョッキを着た一群の馬丁たちが、半ダースもの英国馬に金櫛をかけていた。天井から巨大な黄金のシャンデリアの下がっている大理石の階段を上がると、玄関には白いネクタイをし、ふくらはぎが丸くふくらんだ服を着た下僕がいて、彼が私をガラス天井の大きな回廊《ギャルリ》へと案内してくれた。その壁は椿やその他の温室植物で飾りつくされていた。いくばくかのひそやかな倦怠感が空気中に漂っていた。最初の一歩を踏み入れたときには、阿片のような匂いが鼻をかすめた。両側の止まり木の上にさまざまな国々の鸚鵡《おうむ》が羽を休めているあいだを歩いていく。赤い鸚鵡、青い鸚鵡、緑の鸚鵡、灰色の、黄色の、そして白い鸚鵡がいるが、どの鸚鵡も郷愁を断ち切れないでいるように見えた。ギャルリの端には、ルネサンス風の暖炉に向き合って小さなテーブルが置いてあった。というのも、屋敷の主人のちょうど朝食の時間だったからである。……一五分ほど待っていると、彼がお出ましになった。……彼はあくびをし、眠そうで、いつまたコックリしはじめるかという風情であった。夢遊病の人のような歩き方だった。彼の疲労感はこの邸宅の壁にまで伝わっていた。鸚鵡たちは、ぼんやりと漂う彼の思考のようであり、それが形となって、止まり木の上に固定されているかのようだった。……」■室内■ローデンベルク『陽光と燭光のもとのパリ』〈ライプツィヒ、一八六七年〉、一〇四―一〇五ページ　[D2, 3]

ルージュモンとジャンティィーはヴァリエテ座で「フランスの宴、またはミニアチュールのパリ」を上演した。扱われているのは、ナポレオン一世とマリー＝ルイーズの結婚で、予定されている祝宴が話題である。登場人物の一人が言う――「天気はあまりはっきりしない」。返答――「あなた、安心なさい。この日は、私たちの君主がお選びになった日です」。そして、彼は次のような歌を歌い始めた。

「鋭い〔皇帝の〕まなざしは、いつも
　未来を見抜くことをわれわれは知っています。
　晴天が必要なときは、われわれは、
〔皇帝の〕星からそれを授かることを期待しています。」

テオドール・ミュレ『演劇を通して見た歴史　一七八九―一八五一年』I、パリ、一八六五年、二六二ページに引用 [D2, 4]

「倦怠と人が呼ぶあの饒舌で平板な悲しさ。」ルイ・ヴイヨ『パリのにおい』パリ、一九一四年、一七七ページ [D2, 5]

「どのタイプも、ことのほか気品よく見せるための付属品を揃えている。つまり、すぐ駄目になってしまうがゆえに、高くつくような付属品、例えば雨が降れば使いものにならなくなってしまうような付属品である。」これは山高帽に関して言われている。■モード■F・Th・フィッシャー「今日のモードに関する分別ある考え方」〈『批判の道』新版第三巻、

シュトゥットガルト、一八六一年〉、一二四ページ　[D2, 6]

われわれが倦怠を感じるのは、自分が何を待っているかがわからないときである。何を待っているかがわかっているのは、あるいはわかっていると思い込んでいるのは、ほとんどの場合が浅薄さの現われか、精神の混乱の現われである。倦怠は偉大な行為への敷居である。――そうしてみると、倦怠の弁証法的対立物は何であるかを知るのは、重要なことだろう。　[D2, 7]

エミール・タルデューの奇妙きてれつな本『退屈』(パリ、一九〇三年)の主要テーゼは、人生には目的も根拠もなく、人生は幸福や釣り合いの取れた状態を無駄にもとめているだけだ、というものであるが、この本では倦怠の理由とされるさまざまな事情のうちに天候が挙げられている。――この本を二〇世紀の祈禱書の一種と呼ぶこともできるだろう。　[D2, 8]

倦怠とは、内側に華やかで多彩な絹の裏地を張った暖かい灰色の布地のようなものである。われわれは夢見るとき、この布地にくるまれている。そのときわれわれは、この裏地のアラベスク模様のうちでやすらっているのだ。しかし、くるまれて眠っている本人は外からは灰色に、そして倦怠を覚えているように見える。そして、彼が眼を覚まし、夢見たことを語ろうとすると、伝えられるのは大抵はこの倦怠だけなのである。というのも、時間の裏地を一気に表側にかえすことなど誰にできようか。ところが夢を語るというのは、まさにそれをすることなのだ。そして、パサージュについてもそのように扱うほかない。パサージュはそのなかでわれわれが、われわれの両親の、そして祖父母の生をいまいちど夢のように生きている建築物なのだ、ちょうど胎児が母親の胎内で、動物たちの生をいまいちど生きているように。こうした空間のなかの生活は、特に何のアクセントもなく、夢の中のできごとのように流れていく。遊歩こそはこのような半睡状態のリズムである。一八三九年パリで亀が流行した。粋な連中にとって、大通りでよりパサージュでの方が、この生物の歩行テンポを真似しやすかったことは、十分に想像できる。　■遊歩者■　[D2a, 1]

倦怠はつねに無意識の出来事の外面である。それゆえに、大いなるダンディたちにとって倦怠は高尚なことに思われた。装飾と倦怠。　[D2a, 2]

フランス語における temps〔時間、天候〕の両義性。 [D2a, 3]

上層階級のイデオロギーである倦怠にとって経済的下部構造をなす工場労働。「いくどもいくども同じ機械的工程が果たされていくだけで、いつまでも終わりなく続く苦しい労働の陰鬱な単調さはシジフォスの仕事にも似ている。労働の苦しみは、疲れ切った労働者の上にシジフォスの岩のように何度も何度も落ちてくる。」フリードリヒ・エンゲルス『イギリスにおける労働者階級の状態』〈第二版、ライプツィヒ、一八四八年〉、二一七ページ(マルクス『資本論』I、ハンブルク、一九二二年、三八八ページにおける引用) [D2a, 4]

「癒し難き不完全性」(ジッドのオマージュに引用されている『楽しみと日々』参照)という感情が「現在の本質のうちにある」ということこそは、ひょっとしたらプルーストが上流社会の社交をその最末端の襞にいたるまで知ろうとした中心的理由かもしれない。いや、ひょっとしたら、およそすべての人間が社交のために集まって来る根本動機かもしれない。 [D2a, 5]

サロンについて。「ありとあらゆる顔つきに、倦怠の影が見紛いようもなくはっきりと現われている。会話は一般に貧弱で静かで、またまじめくさっている。舞踏は多くの人々から、その場の礼儀である以上は服さねばならない賦役労働とみなされている。」さらに次のように主張されている。「おそらくヨーロッパの他のどの街の社交界でも、パリのサロンに較べれば、まだしも満足した、快活で生き生きとした表情の人々を見かけるであろう。……また社会のどこをみてもここほど、耐えようのない退屈を嘆くのが聞かれるところはない――しかも退屈を嘆くことが流行っているからでもあり、また、本当にそう思っているからでもある。」「その当然の結果として、社交界の雰囲気は静かで落ち着いている。こうしたことはほかの大都市であれば、大きな社交界では例外的にしか見られないにちがいない。」フェルディナント・フォン・ガル『パリとそのサロン』I、オルデンブルク、一八四四年、一五一―一五三ページ、および一五八ページ　[D2a, 6]

次の文章の印象から出発して、アパルトマンの振り子時計について考えてみるとよい。「ある種の軽やかな感覚、過ぎゆく時間を見遣《や》る落ち着いた憂いなき眼差し、あまりにも早く消えゆく時間を惜しみなく使うこと、こうした性質は、浅薄なサロンの生活には好都合である。」フェルディナント・フォン・ガル『パリとそのサロン』II、オルデンブルク、一八四五年、一七一ページ　**[D2a, 7]**

歴史絵画に描かれた儀式の光景にある倦怠感、硝煙のなかで漂うものすべてを描いた戦争画のなかの甘い無為《ドルチェ・ファル・ニエンテ》。エピナル版画〔大衆向き彩色版画〕からマネの「メキシコのマクシミリアン帝の処刑」にいたるまで、そこにあるのはつねに同じ、そしてつねに新たな蜃気楼であり靄《もや》である。その靄に包まれて、夢見ごこちのぼんやりとした芸術通の前に置かれた瓶の口から、マグレブ人〔アラジンの魔法のランプの魔術師〕もしくは精気が立ち昇るのである。■夢の家、美術館■　[D2a, 8]

カフェ・ド・ラ・レジャンスのチェスプレーヤー。「チェス盤に背を向けてゲームをする上手なプレーヤーが何人かいた。相手がさわった駒をそのつど言われただけで、彼らは確実に勝つのであった。」『パリのカフェの歴史』パリ、一八五七年、八七ページ　[D2a, 9]

「要するに、古典期の都市建築術は、名作を生んでから、〔啓蒙〕哲学者や体系をでっちあげる輩の時代になって、不毛になった。一八世紀も末になると、無数の企画が立てられ、〔革命期の〕《芸術家委員会》はそれを学説の総体としてまとめあげ、第一帝政は独創性なしにその応用にはげんだ。柔軟で生き生きした古典期の建築様式に続いたのが、体系的で、硬直化した似非古典主義的様式である。……凱旋門は、ルイ一四世門の反復にすぎず、ヴァンドーム広場の円柱はローマのまねであり、マドレーヌ教会、株式取引所とパレ＝ブルボンは、古代寺院のまねである。」リュシアン・デュベック／ピエール・デスプゼル『パリの歴史』パリ、一九二六年、三四五ページ■室内■　[D3, 1]

「第一帝政は、古典主義の二世紀から凱旋門と記念建造物をまねた。その後は、もっと離れた時代のモデルを掘り起こしてきて、新発明をしている気分になった。第二帝政は、ルネサンス様式やゴシック様式やポンペイの様式を模倣した。さらにその後は、無様式の品のない時代となってゆく。」リュシアン・デュベック／ピエール・デスプゼル『パリの歴史』パリ、一九二六年、四六四ページ■室内■　[D3, 2]

バンジャマン・ガスティノーの本『鉄道の生活』の広告。「『鉄道の生活』は、すてきな散文詩です。いつも勢いよく、舞っているような近代生活の叙事詩です。客車のカーテンのそばまで舞い上がる線路《レール》の埃のように通りすぎる笑いと涙のパノラマです。」バンジャマン・ガスティノー『薔薇色のパリ』パリ、一八六六年、四ページ　[D3, 3]

時間をつぶす〔追い払う〕のではなく、時間を招き入れなくてはならない。時間をつぶす（時間を追い出し、はじきだす）者、それは賭博人。彼の全身からは時間がほとばしり出る。――ちょうどバッテリーが電力をためこむように時間をためこむ者、それは遊歩者。最後に第三のタイプ。彼は時間をためこみ形を変えて――期待という形で――再び放出する。それは待つ者である。[D3, 4]

「パリがその上に位置している新しい石灰岩層は、たちどころに埃と化す。そしてこの埃は、石灰の埃がすべてそうであるように、眼と肺に強い痛みを与える。ちょっと雨が降ったぐらいではほとんど役に立たない。いやまったく役に立たない。というのも、石灰岩は水をたちどころに吸い取ってしまうため、表面はすぐに乾燥した状態に戻ってしまうからである。」「それに加えて、パリの近郊で切り出された脆い石灰岩で作られている家々が、見た眼にもわびしい陰鬱な灰色をなしている。――灰褐色の屋根瓦は年を経るにつれて黒く汚れてくる。――幅が広く背の高い煙突は公共の建築物をすら醜くしているし、……また旧市内のいくつかの地区ではあまりにも密集して立っており、その隙間の向こうがほとんど見えないほどである。」J・F・ベンツェンベルク『パリ旅行書簡』I、ドルトムント、一八〇五年、一一二、一一一ページ [D3, 5]

「エンゲルスが私に語ったことだが、一七八九年の大革命の最初の中心地の一つだったパリのカフェ・ド・ラ・レジャンスにおいて、マルクスは彼の前で一八四八年に初めて、彼の唯物史観の理論のもつ経済決定論を述べたとのことである。」ポール・ラファルグ「フリードリヒ・エンゲルスの個人的思い出」『ノイエ・ツァイト』二三巻二号、シュトゥットガルト、一九〇五年、五五八ページ　[D3, 6]

倦怠——集団の眠りに加わっていることの指標。それゆえにこそ倦怠は高尚であって、ダンディがみせびらかすことになるのだろうか？　**[D3, 7]**

一七五七年にはパリにカフェがまだ三軒しかなかった。　[D3a, 1]

帝政時代の画家の原則。「新しい芸術家たちは、「英雄的様式、崇高さ」しか認めていなかった。ところで崇高さは「裸体と衣服の襞《ドラペリー》の表現」によってしか達成されえなかった。……画家たちは、プルタルコスあるいはホメーロス、ティトゥス・リウィウスあるいはウェルギリウスの文章のなかに発想源を見つけなければならなかったし、また、できるかぎり、ダヴィッドがグロ〔ダヴィッドの弟子〕に忠告したように「誰でも知っている画題」を選ばなければならなかった。……現代生活からとってきた画題は、衣装のせいで「大芸術」にはふさわしくなかった。」A・マレ／P・グリエ『一九世紀』パリ、一九一九年、一五八ページ■モード■ [D3a, 2]

「世の中を観察する人は何と幸せだろうか。彼にとって、退屈というのは意味をなさぬ言葉だ。」ヴィクトール・フールネル『パリの街路に見られるもの』パリ、一八五八年、二七一ページ [D3a, 3]

倦怠は〔一八〕四〇年代に広がって流行病のように感じられ出した。この病気を最初に書き表わしたのはラマルティーヌ〔仏の詩人・政治家〕であるとされている。有名な喜劇役者のドゥビュローを扱った小品のなかでこの病気が出てくる。ある日パリの偉い神経科医のところに、初診の患者がやって来た。この患者はこの時代の病い、つまり生への意欲喪失、深い不快感、倦怠感を訴えた。この医者は彼をよく診たあとで言った。「どこも悪いところはありませんよ。ただリラックスする必要があるだけです。気晴らしのために何かするべきですな。晩になったらドゥビュローを観に行ったらどうですか。そうしたら人生の見方がすぐに変わりますよ。」「いやいや先生」とこの患者は答えた。「私が、そのドゥビュローなんですよ。」 [D3a, 4]

マルシュの競馬場からの帰り道。「埃は思ったよりもはるかにひどかった。マルシュから戻って来た「お洒落さん」たちはポンペイ並みにほとんど埃に埋まっていた。つるしでとは言わないまでも、ブラシをかけて埃のなかから掘り出さなければならないのだ。」H・ド・ペーヌ『内側から見たパリ』パリ、一八五九年、三一〇ページ [D3a, 5]

「ブールヴァールの舗装にマカダム方式が導入されたとき、たくさんの風刺画が描かれた。シャムは、埃ですっかり目が見えなくなったパリの人々を描いて、……こんな銘文付きの彫像を立てる提案をしている。「マカダム氏に感謝をこめて、眼科医と眼鏡屋一同」竹馬に乗って散策者が、沼地や水たまりを歩き回るのを描いた他の漫画家もいる。」『一八四八年の共和政のパリ』「パリ市図書館および歴史記念建造物事業局」展に際して刊行、一九〇九年、［ポエト／ボールペール／クルゾ／アンリオ］、二五ページ [D3a, 6]

「ダンディズムを生み出すことができるのは英国だけだった。それに相当するものをフランスは産むことができないし、同様に隣国も、わが国の……「ライオン族」に相当するものを提供できない。ダンディたちが好かれることを軽蔑するのと同じくらい「ライオン族」は好かれることに熱心である。……男性を含めてすべての人が、ごく自然に、情熱をこめて、オルセー伯を好きになったが、ダンディたちはといえば、人を不快にすることでしか好かれないのだった。……「ライオン族」(伊達男)と「ガンダン」(きざな男)との間には雲泥の差がある。しかし、「ガンダン」と「プティ・クルヴェ」(優男)との間はまた何という雲泥の差だろう!」ラルース『一九世紀万有大事典』〈VI、パリ、一八七〇年、六三ページ(「ダンディ」の項目)〉

[D4, 1]

『その起源から西暦三〇〇〇年にいたるまでのパリ』(パリ、一八八六年)と題した本の最後から三つめの章でレオ・クラルティは、雨のときには水晶の板が押し出されてこの町を覆うようになるという話を書いている――それは、一九八七年になってからのことだという。「一九八七年に」とこの章のタイトルにはある。

[D4, 2]

コドリュック=デュクロについて。「もしかすると、彼はヘルクラーヌムの気むずかしい一人の老市民の残骸であったかもしれない。彼は、地下の寝床を抜け出して、無数の火山の怒りで満身創痍になりながらわれわれのもとに戻り、死のなかで生きていたのだ。」『コドリュック゠デュクロ自伝』I、J・アラゴ／エドゥアール・グワン編、パリ、一八四三年、六ページ（「序」）。階級離脱者のなかで最初の遊歩者。〔D4, 3〕

退屈する世界。「でも、そこで退屈をするとしても、どんな影響があると言うんだい。」――「どんな影響だって！……われわれの国で、退屈が、どんな影響を持ちうるというのか。それはものすごい、すさまじいものだよ！　きみ、フランス人というのは、退屈に対して崇拝に達するくらいの畏敬の念をいだいているんだ。フランス人にとって退屈とは一人の恐ろしい神で、その神を敬うためには、行儀よくきちんとしていることが求められるのだ。フランス人にはそういった形でしか、まじめさが理解できないのだ。」エドゥアール・パユロン『退屈する世界』I、2（一八八一年）（エドゥアール・パユロン『戯曲全集』III、パリ、〈一九一一年〉、二七九ページ）〔D4, 4〕

ミシュレは「一八四〇年ころの最初の専門工（織工）たちの生活状態について、知性と憐れみに満ちた描写を行っている。織物工場における「退屈の地獄」がここにある。「いつも《トゥージュール》、いつも、いつも、それが、床板を振動させる自動回転装置がわれわれの耳に叫ぶ不変の言葉だ。誰も決してそれに慣れるということはない。」ミシュレの指摘〔例えば、夢想と織機のリズムについて〕はしばしば、近代の心理学者の実験的分析を直感的に先取りしている」。ジョルジュ・フリードマン『進歩の危機』パリ、〈一九三六年〉、二四四ページ〔ミシュレの言葉はミシュレ『民衆』パリ、一八四六年、八三ページからの引用〕 [D4, 5]

待たせる〔faire attendre〕の意味で使われたfaire droguer〔ドローグというトランプのゲームで負けた者が罰を受けること〕は、革命期と第一帝政期の軍隊の隠語であった。〔ブリュノ『フランス語の歴史』Ⅸ「大革命と帝政期」パリ、一九三七年、〈九九七ページ〉〕 [D4, 6]

「パリ生活」。「スタニスラス・ド・フラスカータ男爵が、友人のゴンドルマルクをメテラに紹介するために彼に持たせた推薦状のなかでは、パリがガラス・ケースのなかの思い出の品のように現われる。父の土地に釘づけになっているこの手紙の書き手は、自分は「潤いのない国」にいて、シャンパーニュつきの大宴会や、空のように青いメテラの閨房を、そして夕食や歌やワインの酔いを懐かしく憧れに満ちて思い起こしていると訴えている。パリは彼の眼には光輝に包まれている。この町では、いっさいの階層差が消え、南国的な暖かさと賑やかな生活に溢れている。メテラはフラスカータの手紙を読むが、読んでいるうちに、輝くような小さな思い出の光景を縁どるように音楽が奏でられる。そこには、あたかもパリが失われた楽園であるかのような憂愁の情があり、また、約束の楽園と同じであるかのような浄福感がある。やがて筋が進んでいくにつれて、この思い出のイメージそのものが生命を得てくるという印象が拭い難く生じてくる。」S・クラカウアー『ジャック・オッフェンバックと彼の時代のパリ』アムステルダム、一九三七年、三四八―三四九ページ　[D4a, 1]

「ロマン主義は倦怠の理論にゆきつき、近代的な生の感覚は、権力、または少なくともエネルギーの理論にゆきつく。……事実、ロマン主義は、社会がぜひとも抑圧したいと思っている一連の本能を、人間が自覚した事態を指しているのだ。だがおおむねそれは、闘争の放棄を表明する。……ロマン主義の作家は……避難と逃亡の詩《ポエジー》のほうに向かう。バルザックとボードレールの試みはまったくその逆であり、ロマン主義者たちが芸術の面だけで満足させればよしとしていた願いを、生にもちこもうとする。……まさにこの点でこの〔バルザックとボードレールの〕企ては、神話に類似したものになるのだが、神話とは、生における想像力の役割の増大をつねに意味するのである。」ロジェ・カイヨワ「パリ――近代の神話」『NRF』誌、二五巻二八四号、一九三七年五月一日、六九五、六九七ペー

ジ　[D4a, 2]

一八三九年。「フランスは退屈している。」ラマルティーヌ　[D4a, 3]

ギース論において、ボードレールは言っている。「ダンディズムとは一個の漠然たる制度、決闘と同じほど奇異な制度である。カエサル、カティリナ、アルキビアデスがその赫々たる例を提供してくれているのだから、きわめて古い制度だ。シャトーブリアンが、《新世界》の森の中や湖畔で発見しているくらいだから、きわめて一般的な制度だ。」ボードレール『ロマン派芸術』パリ、九一ページ　[D4a, 4]

『ロマン派芸術』に収められたギース論に、ダンディについてこうある。「みな……低俗さと闘ってこれを壊滅しようとする欲求、今日の人々にあってはあまりにも稀となったあの欲求を代表する者たちなのだ。……ダンディズムとは、頽廃の諸時代における英雄性の最後の輝きだ。そして旅行者が北米にもダンディの典型を見出したという事実は、この考えをいささかも弱めるものではない。なぜなら、私たちが野蛮と呼ぶ種族が、実は消え失せた大文明の名残《デブリ》であると想定することをさまたげるものは何もないからだ。

……G氏が一人のダンディを紙の上に鉛筆で描くとき、常にその人物に与える性格は、現代が舞台ではなく、また一般に軽佻浮薄と見られているような事柄が扱われているのでなかったら、歴史的とも、さらには伝説的とも、あえて名づけたくなるような性格だと、言う必要があるだろうか？」ボードレール『ロマン派芸術』(アシェット版、Ⅲ)、パリ、九四―九五ページ
[D5, 1]

完璧なダンディならば与えるはずの印象を、ボードレールは次のように表現している。「これはおそらく金持ちの男だが、それにもまして、仕事のないヘラクレスに違いない。」ボードレール『ロマン派芸術』(アシェット版、Ⅲ)、パリ、九六ページ
[D5, 2]

退屈に対する最高の治療薬として、群衆がギース論に現われる。「「誰でも」と、ある日G氏はいつものように、強烈な眼差しと喚起力ある身振りで会話に光彩を添えながら、言ったものだ。「誰でも、……群衆のさなかにいて退屈するような人間は、馬鹿だ！馬鹿だ！　私はそんな人間を軽蔑する！」と」ボードレール『ロマン派芸術』六五ページ
[D5, 3]

ボードレールが抒情的表現の素材として初めて切り開いた対象のなかでも、一つのものがきわだっていると言えるだろう。すなわち悪天候である。　[D5, 4]

倦怠に襲われた俳優ドゥビュローに関する有名な逸話は、パリの技術愛好協会のシャル・ボワシエールの作詞になる『倦怠讃歌』(パリ、一八六〇年)の中心テーマをなしている。この詩のなかでは、この逸話は「カルラン」なる人物のものとして描かれているが、このカルランとは、イタリアの道化俳優のファースト・ネームをとってつけた犬の種類の名称〔パグもしくはカーリン、鼻が黒くつぶれた毛の短い小型愛玩犬〕のことである。　[D5, 5]

「単調さは新しいものを養分にする。」ジャン・ヴォダル『黒板』(エドモン・ジャルー「書物の精神」『ヌーヴェル・リテレール』誌、一九三七年一一月二〇日に引用)　[D5, 6]

ブランキの世界観の補完物。宇宙はたえざる破局の場である。　[D5, 7]

『天体による永遠』について。墓場に入るのも近い頃、トロー城塞が自分にとって最後の牢獄となることがわかっていたブランキ、この本を書いて、新たな牢獄の扉を開けよ

うとしたブランキ。　[D5a, 1]

『天体による永遠』について。ブランキは市民社会に屈服することになる。だが、そのひざまずく力は物凄く、そのために市民社会の玉座が揺れ動きだすほどのものである。　[D5a, 2]

『天体による永遠』について。この書物には、そこに一九世紀の人々が星々を見た天空が広がっている。　[D5a, 3]

「魔王への連禱」〈ル・ダンテック編、〈ボードレール『作品集』I、パリ、一九三一年〉、一三八ページ〉では、ボードレールのもとにブランキの姿が現われているように思われる。「あの静かに超然たる眼差しを重罪人に授ける、御身。」実際ボードレールには、記憶をもとに描いたブランキの顔のスケッチがある。　[D5a, 4]

新奇さの意味を理解するためには、日常生活における新しいものに遡らねばならない。なぜ誰もが他人に最新の事件について話すのだろうか。おそらくは死者に対して勝ち誇

るためだろう。本当に新しいものがない場合にはなおさらそうである。［D5a, 5］

ブランキが彼の最後の牢獄で、彼の最後の書として書いたこの書物は、私の見るところでは、今日まで完全に無視されてきました。これは宇宙論的な思弁です。たしかに最初にパラパラめくって見たときには、悪趣味で陳腐に思えると言ってよいものです。だがしばらくすると、独学者の不器用な思考に思えたものは、ほかならぬまさにこの革命家ならばこそ思い浮かべることのできる思弁の準備にほかならないことがわかります。もしも地獄が神学の対象であるなら、実際にこのブランキの思弁は神学的思弁と呼んでいいでしょう。ブランキはここで、市民社会の機械論的自然科学からデータを取ってきて、宇宙に関する世界像を展開するわけですが、これは、地獄観であり、同時に、ブランキがその人生の最後にあって、自分を打ち負かした勝者と認めざるをえなかった当の社会の補完物でもあります。衝撃的なことは、このブランキの構想にはいかなる意味でのアイロニーも欠如していることです。それは、無条件の屈服ですが、同時にまた、この宇宙像をみずからの投影として天空に映し出している社会へのもっとも恐るべき抗議なのです。言語的にきわめて強い調子を帯びたこの作品は、ボードレールに対してもニーチェに対しても際立った注目すべき関係を持っています。（一九三八年一月六日ホルクハイマ

ー宛ての手紙）

［D5a, 6］

ブランキ『天体による永遠』から。「人生の分かれ道に直面することのまったくない人などいるだろうか。自分が避けるほうの道を行ったならば、個性はそのままでありながら、まったくちがった生活を送っていたのかもしれない。一つは、貧困、恥辱、従属へと通じている。もう片方は、名声や自由への道だったのだ。こちらには、愛らしい妻と幸福。あちらには、猛女と荒廃。私の言っていることは男にも女にも当てはまる。偶然にまかせようと、選択を行おうと、同じなのであって、宿命からは逃れられない。しかし宿命は、永遠のなかには立脚できない。永遠は二者択一というものを知らず、すべてを受け入れるからだ。ある一つの地球で人間がたどる道を、別の地球では彼の分身《ソジー》〔瓜二つの人間〕は通ってゆかないのだ。彼の生活は二つに分かれ、各々に対して一つずつ地球があり、さらにまた二回、三回、数千回と枝分かれしてゆく。こうして、大勢の完全な分身《ソジー》とその分身《ソジー》がさらに姿を変えたものが、無数にできてゆく。これらはつねに彼の人格を体現しながらその数を増してゆくが、その一つ一つは彼の運命の断片をもらってゆくにすぎない。人は、地上においてこうであり得たというすべてのものに、どこかよそでは現実になっているのだ。おびただしい数の地球で、人は誕生から死までの自分の全生涯を生き、そのほかにも、よそで何万という別の生涯を生きているのである。」ギュスターヴ・ジェフロワ『幽閉者』パリ、一八九七年、三九九ページに引用　[D6, 1]

『天体による永遠』の終章から。「私がちょうど今、トロー城塞の牢のなかで書いている文章は、永遠にわたって、卓上で、ペンをつかって、まったく同一の服装と状況で書いてきた文章であり、書くであろう文章である。」ギュスターヴ・ジェフロワ『幽閉者』パリ、一八九七年、四〇一ページに引用。それにすぐ続けてジェフロワはこう述べている。「彼〔ブランキ〕は、自らの運命を、天体の限りない数のなか、さらに時間の経過の全瞬間において記述している。彼の牢は、数え切れぬまでに増殖してゆく。地上に幽閉者として在る彼は、その反抗の力、その自由なる精神をもって、全宇宙のなかにそのまま在る。」　[D6, 2]

『天体による永遠』の終章から。「現在、われわれの地球全体の生活は、誕生のときから死のときまで、無数の兄弟＝天体において、毎日毎日、犯罪や不幸のすべてとともに事こまかく繰り広げられている。われわれが進歩と呼んでいるものは、各々の地球に閉じ込められ、その地球とともに消え去る。常に、そして、いたるところで、地球という基地においては、同じ狭い舞台の上の同じ悲劇《ドラマ》、同じ舞台装置である。自らの偉大さに自惚れた騒々しい人類は、自らを宇宙と思い込み、はてしない広がりに住んでいるかのように自らの牢のうちに住み、やがては、深い侮蔑のうちに人類の高慢さの重荷を背負ってきた地球を道連れに破滅するであろう。よその天体でも同じような単調さ、同じような退嬰。宇宙は限りなく反復を行い、足踏みをする。」ギュスターヴ・ジェフロワ『幽閉者』パリ、一八九七年、四〇二ページに引用　［D6a, 1］

ブランキは、フーリエ的なお遊びとは何の関係もないであろう、自分のテーゼの科学的性格をはっきりと強調している。「材料と人材の個々の組み合わせはそれぞれちがっているが、「無限の要求に応えるためには、それを何億回となく繰り返す必要がある」ことを認めなければならない。」ジェフロワ『幽閉者』パリ、一八九七年、四〇〇ページに引用　［D6a, 2］

ブランキの人間嫌い。「諸変化は、意志をはたらかせる、つまり言いかえれば、気まぐれに左右される生き物とともに始まる。特に人間たちが登場してくると、彼らとともに、気ままというものが登場することになる。別段、彼らが地球に大きな変更をもたらしうるということではない。……人間たちが騒乱を引き起こしても、物理現象の自然な進み方を深刻に妨げることは絶対にない。だが、そうした騒乱が引き起こされれば、人類は動揺をきたすのである。それゆえ、国々を内乱に陥れ、諸帝国を倒す……あの壊乱的な影響力を予期しておかねばならない。たしかに、これらの動乱が起こっても、地球の肌にはかすり傷一つ残らないだろう。攪乱者たちがいなくなれば、他の何者よりも秀れていると称する彼らの存在は跡形もなく、大自然はほんのわずか傷ついただけの処女性をたちまち取り戻すだろう。」ブランキ『〈天体による〉永遠』六三―六四ページ　[D6a, 3]

ブランキの『天体による永遠』の終章（第八章、全体の要約）。「宇宙全体は、諸々の恒星の系から成り立っている。それを創り出すために、自然は一〇〇種類の元素しか持ち合わせていない。この資源を見事に生かしているにもかかわらず、また、その資源が自然の繁殖力に許す無数の組み合わせにもかかわらず、結果は、元素そのものの数が有限であるように、必然的に有限である。したがって自然は広がりを埋め尽くすために原初の組み合わせ（または類型）の一つ一つを無限に反復しなければならない。／だからして、いかなるものであれ、すべての天体は、時間と空間の中で、無限な数として存在する。数々の相のうちの一つの相のもとにだけではなく、誕生から死滅までの、存続している間の毎秒ごとにおいて在るその姿のもとに存在する。その表面に分布するすべての生き物は、大きかろうが、小さかろうが、生きていようが、死んでいようが、この永続性という特権を分かちもっている。／地球はこのような天体の一つである。すべての人間はそれゆえ、生存中の毎秒ごとにおいて永遠である。私がちょうど今、トロー城塞の牢の中で書いているこの文章は、永遠にわたって、卓上でペンを使って、まったく同一の服装と状況で書いてきた文章であり、書くであろう文章である。こうしたことは、どんな人間についても当てはまる。／これらいくつかの地球は、すべて刷新の炎のなかに次々に落ちていっては、その中から蘇生し、再び落ちてゆく、それは自ら逆さになり空になってゆく砂時計の単調な流れそのものである。常に古く新しいものであり、常に新しく古いものである。／地上以外における生はどうなっているかと興味をもつ者たちは、不滅ばかりか、永遠を与えてくれるような数学的結論に顔がほころぶのではないか？　われわれの分身《ソジー》（瓜二つの人間）は、時間と空間の中に、無数にいるのである。良心に誓って、それより多くを求めることはできまい。これらの分身《ソジー》は、肉も骨もあり、ズボンや外套、または、張り骨入りスカート《クリノリン》に束髪《シニヨン》といったいでたちである。これらは幽霊ではけっしてない、永遠化された現在《アクチュアリテ》なのである。／しかしながら、大きな欠点がここにある。進歩がない、ということだ。悲しいかな、俗悪な再現であり、繰り返しなのである。過ぎ去った世界に起こった例が、そのまま未来の世界にも起こるのだ。枝分かれという局面だけが、希望に向かって開かれている。地上においてこうであり得たというすべてのものが、どこかよそでは現実になっているのだ、という事実を忘れてはならない。／進歩は、地上ではわれわれの後に来る甥たちの頃にのみ、存在するだろう。彼らはわれわれより恵まれている。地球がこれから見るだろう美しい数々のものを、未来の子孫たちはすでに見ていて、現在も見ており、いつまでも見つづけるだろう。もちろん、彼ら以前に生きた分身《ソジー》や後に続く分身《ソジー》という形を取って。改良された人類の子息たちである彼らは、死んだもろもろの地球の上をわれわれの後から通過しているのに、われわれのことをすでにずいぶん侮辱し、罵倒したものだ。われわれの姿がそこからはもう消えているもろもろの生きた地球において、彼らはなおわれわれをひどく批判し続けている。そして、これから生まれてくるもろもろの地球において、われわれにいつまでも軽蔑を投げかけるだろう。／彼らとわれわれ、それに加えてわが地球のすべての住人は、運命がその変身の連続のなかでわれわれに割り振る時と場所の虜として蘇るのである。われわれの永続性は、運命の永続性の付属物である。われわれは、その蘇生の部分的な現象にすぎない。一九世紀の人々よ、われわれの出現の時刻は永遠に決まっていて、常に同じままのわれわれを連れ戻すのだ。せいぜいのところ、いくつかの幸せな変化の見込みがあるだけだ。そこには、より良きものへの渇望をたっぷり満たしてくれるものは皆無だ。どうすればよいだろうか。私は自分の快楽を求めたのではない、私は真理を求めた。ここには、啓示も、予言者もありはしない、スペクトル分析とラプラスの宇宙進化論からの単純な類推があるだけだ。この二つの発見によれば、われわれは永遠に存在するということになる。もっけの幸いなのか？　それなら大いにこれは活用するとしよう。かつがれているのだろうか？　それなら、諦めるとしよう。／……／ほんとうは、天体による人間の永遠というのは、憂愁に満ちているのである、そして、兄弟＝世界の数々が空間のつくる冷酷な障壁によって遮断されていることは、まださらに悲しいものである。まったく同一でありながら、互いの存在を感知せずに通りすぎてゆく人々がこれほど多くいたとは！　ところが、まさにそのとおりなのである。一九世紀になってようやくそのことが発見された。しかし、だれがそんなことを信じてくれるだろうか？／しかも今までは、過去はわれわれにとって野蛮を象徴し、未来は、進歩、科学、幸福、幻影、を意味していた。その過去はわれわれの分身《ソジー》＝地球すべてにおいて、もっとも華やかな文明があとかたもなく滅びるのを目の当たりにしてきた。これからも、そうした文明は何も残さずに消えていくことだろう。未来は数億個の地球において、〔そのころには〕太古となっているわが時代に横行した無知蒙昧、愚行、残虐をまた見ることになる！／現在、われわれの地球全体の生活は、誕生のときから死のときまで、無数の兄弟＝天体においてて、毎日毎日、犯罪や不幸のすべてとともに事こまかく繰り広げられている。われわれが進歩と呼んでいるものは、各々の地球に閉じ込められ、その地球とともに消え去る。常に、そしていたるところで、地球という基地においては、同じ狭い舞台の上の同じ悲劇《ドラマ》、同じ舞台装置である。自らの偉大さに自惚れた騒々しい人類は、自らを宇宙と思い込み、はてしない広がりに住んでいるかのように自らの牢のうちに住み、やがては、深い侮蔑のうちに人類の高慢さの重荷を背負ってきた地球を道連れに破滅するであろう。よその天体も同じような単調さ、同じような退嬰。宇宙はかぎりなく反復を行い、足踏みをする。永遠は、無限に同じ芝居の上演を恒常不変に行うのである。」A・ブランキ『天体による永遠――天文学的仮説』パリ、一八七二年、七三―七六ページ。途中書き写していない部分は、この地上では亡くなってしまった愛する人にそっくりの人々が、ちょうど今この時間に他の星にいるわれわれの生き写しの相手をしていると考えるのが「慰め」となるという考えを扱っている。　[D7 ; D7a]

「この思想をそのもっとも恐ろしい形で考えて見よう。このあるがままの人生、それには意味もなく目標もない。しかしいやがおうにも繰り返される。無へのフィナーレもなく。つまり「永遠回帰」〔四五ページ〕。……最終目標というものをわれわれは認めない。もしも生にそうした最終目標などがあるとしたら、それはもうとっくに達成されているはずである。」フリードリヒ・ニーチェ『全集』XVIII、ミュンヘン、〈一九二六年〉（『力への意志』第一巻）、四六ページ　[D8, 1]

「永遠回帰の教説は学問的な前提を持つことになろう。」ニーチェ『全集』XVIII、ミュンヘン、四九ページ（『力への意志』第一巻）　[D8, 2]

「どのようなできごとにも目的があると考えてしまう昔からの習慣は非常に根強いので、思索する者は、世界の目標の欠如にもまた一つの意図があると考えないためには、努力が必要なほどである。世界が目標なるものを避けているのにはそれなりの意図が潜んでいる――こうした思いつきに必ず捕らわれてしまうのは、世界には永遠に新しいものとなっていく能力があると考えたがるすべての人々である〔三六九ページ〕。……力として世界を見たとき、その世界は無限のものとして考えることは許されない。なぜならば、無限のものとして考えることはできないからである。……それゆえに、世界には永遠に新しいものとなっていく能力などないことになる。」ニーチェ『全集』XIX、〈ミュンヘン、一

九二六年〉、三七〇ページ（『力への意志』第四巻）　[D8, 3]

「世界は……それ自身によって生きている。世界の排泄物はその滋養分である。」ニーチェ『全集』XIX、三七一ページ（『力への意志』第四巻）　[D8, 4]

世界というのは、「もしも円環の幸福のうちに目標が存しないのなら、何の目標ももっていない。また、自己自身にいたる円環が善き意志をもっていないのなら、世界は何の意志ももっていない」。ニーチェ『全集』XIX、ミュンヘン、三七四ページ（『力への意志』第四巻）　[D8, 5]

永遠回帰について。「メドゥーサの頭としてのこの偉大な思想。世界のいっさいの様相は硬直する。凍えついた断末魔の戦い。」フリードリヒ・ニーチェ『全集』XIV、ミュンヘン、〈一九二五年〉、「一八八二―一八八八年の遺稿」一八八ページ　[D8, 6]

「われわれはもっとも重々しい思想を創造した。――さあ、この思想を軽快に受けとめ、至福と感じられるような存在を創造しようではないか。」ニーチェ『全集』XIV、ミュンヘン、

「一八八二―一八八八年の遺稿」一七九ページ　[D8, 7]

ブランキとエンゲルスがともに晩年に自然科学に向かったことのうちにある類似性。

[D8, 8]

「世界がある一定量の力であり、一定数の力の単位から成り立っているものと考えるのが許されるならば――それ以外の想念は……使いものにならない――、世界はその存在の大いなる賽の戯れのなかで、計算可能な数の組み合わせをすべて経験するはずだということになる。無限の時間のなかで、およそ可能な組み合わせはいつかいちどは達成されるはずである。いやそれ以上に、無限回にわたって達成されるはずである。そして、どのような組み合わせに関しても、それがもういちど戻ってくるまでの間に、およそ可能なそれ以外の組み合わせがすべて通り過ぎるはずであるから、……まったく同一の系列の循環運動が存在することが、それによって証明されたことになるであろう。……この思想は決して機械論的なものではない。なぜなら、もしもこれが機械論的であるならば、同一のケースの無限回にわたる回帰にはならないであろうから。その場合には最終状況が生み出されることになるであろう。世界がこうした最終状況に到達したことはないのであるから、われわれにとって機械論は不完全で、暫定的な仮説でしかないことになる。」ニーチェ『全集』XIX、ミュンヘン、〈一九二六年〉、三七三ページ(『力への意志』第四巻)

[D8a, 1]

永遠回帰という理念において、一九世紀の歴史主義は転覆されることになる。この理念によれば、最近の伝統も含めたいかなる伝統も、遥か彼方の時代の太古の暗闇においてすでに起きたこととの伝承になってしまう。それによって伝統は、根源の歴史がもっともモダンな装いのもとに上演されるファンタスマゴリー〔夢幻劇〕という性格を帯びる。

[D8a, 2]

永遠回帰の教説は機械論を含むものではないというニーチェの発言は、永久機関の現象(彼の教説にしたがえば世界はこの永久機関以外のなにものでもないはずだ)を、機械論的な世界理解に対抗する審級基準として使えるようにすると思われる。

[D8a, 3]

近代《モデルネ》と古代の問題について。「支えも意味もなくなった生活と、具象的なものを失ったこの捉え難い世界。この二つが、同じものの永遠回帰を意欲する態度において合流している。この永遠回帰の意欲とは、近代性の頂点にあって、可視的な世界の生けるコスモスで営まれたギリシア的生を象徴において繰り返す試みである。」カール・レーヴィット『永遠回帰というニーチェの哲学』ベルリン、一九三五年、八三ページ　[D8a, 4]

『天体による永遠』はボードレールが死んでから四年後、遅くとも五年後に書かれた（パリ・コミューンと同じ時期か?）。——この書に現われているのは、ボードレールが正当な理由をもってこの世界から締め出した星辰が、この世界に何を引き起こすかということである。　[D9, 1]

永遠回帰の理念は、泡沫会社乱立時代（普仏戦争後の一八七一—七三年頃）の悲惨から、幸福のファンタスマゴリーを魔術のように呼び出す。繰り返しと永遠という相反し合う快楽の志向を相互に結びつけようとするのがこの教説である。このヒロイズムはボードレールのヒロイズムと対をなす。ボードレールは、第二帝政の悲惨から現代のファンタスマゴリーを呼び出す魔術をそなえていた。　[D9, 2]

永遠回帰の思想が生じた時期は、自分たちが作り出した生産秩序の今後の発展をブルジヨワジーがもはや正視する勇気を持てなくなったときに当たる。ツァラトゥストラの思想と永遠回帰の思想、そして枕に刺繍された「もう一五分だけ」という文句は同じ穴のむじなである。

[D9, 3]

永遠回帰の教説に対する批判。「自然科学者としてニーチェは、……哲学的ディレッタントであったし、宗教の創始者としては「病気と力への意志の混合物」であった。」(『この人を見よ』のまえがき」、八三ページ)「こうして見るとこの教説の全体は、人間的意志の実験以外の、そしてわれわれの行為を永遠化する試み以外の何ものでもないように思われる。無神論の体裁をした宗教の代用物ということである。『ツァラトゥストラ』の文体や、多くの場合に細部に至るまで新約聖書を模倣した構成などはそれに応じているわけである。」(八六―八七ページ) カール・レーヴィット『永遠回帰というニーチェの哲学』ベルリン、一九三五年

[D9, 4]

ツァラトゥストラの代わりにカエサルがニーチェのこの教説の担い手になっている草稿も存在している(レーヴィット、七三ページ)。これは重要である。それは、ニーチェが自分の教説が帝国主義とどこかで共犯関係にあることを感じていたことをよく示している。

[D9, 5]

レーヴィットに言わせれば、「ニーチェの新しい予言は、第一に天空の星々からなる……統一体……であり、第二に無からなるそれである。自己の能力という自由の砂漠における最後の真理はこの無なのである」。レーヴィット、八一ページ

[D9, 6]

ラマルティーヌの「星」より。

「すると、夢見る瞼が本能にまかせて求める
あの黄金の球体、あの光の島々は、
夜の足跡にあらわれる黄金の粉のように、
去り行く闇から無数に飛んで出てくる。
その後を追ってゆく夕べの風は、
輝く空間に渦巻きのようにそれを撒き散らす。」

「われわれの探し求めるすべてのもの、愛、真理という、
あなた方の、目にも羨ましい、輝かしい国々に

天から恵まれ、大地が味わった果実は、
命の子らをいつまでも養う。
そして人間はいつの日か、みずからの運命に立ち返り、
あなた方のもとで、失ったすべてを取り戻すだろう。」

ラマルティーヌ『全集』I、パリ、一八五〇年、二二二、二二四ページ(『瞑想詩集』)。この瞑想はラマルティーヌ自身が星となって星々の間におかれていると考えるような夢想で終わっている。 [D9a, 1]

ラマルティーヌの「天空のなかの無限」から。
「しかしながら、目にも見えぬ虫けらである人間は、
ある微細な球体上の轍《わだち》を這い、
これらの光の大きさや重さを測り、
その場所、そのたどる軌跡、その法則を割りふる、
あたかも、コンパスの重みを感じる掌中に、
これらの太陽を砂粒のごとくころがすかのように。」

「そしてその遠い輪に陰っている土星！」
ラマルティーヌ『全集』パリ、一八五〇年、八一―八二ページ、八二ページ（『詩的宗教的諧調集』）

[D9a, 2]

地獄の位置の変容。「そして結局のところ、罰を受ける場所とは何であろうか？　地球と同じような条件をもつ宇宙のすべての領域、そしてそれよりもさらに悪い領域ではないだろうか。」ジャン・レノー『地上と天国』パリ、一八五四年、三七七ページ。めったにないほど愚劣なこの本は、その宗教哲学である神学的な折衷主義を、新しき神学であるかのように提示している。地獄の罰の永遠性というのは一つの迷信なのである。「《地上》《天国》《地獄》という古代の三極《トリロジー》は《地上》と《天国》というドルイド教〔古代ケルトのドルイド（神官）による宗教〕的二元論に還元されることになる。」XIIIページ

[D9a, 3]

待つということは、いわば倦怠の内側につけられた裏地である（ヘーベル「倦怠は死を待っている」）。

[D9a, 4]

「私がいつも先に着いた。私はそのひとを待つように生まれついていた。」ジャン・ジャ

ック・ルソー『告白』Ⅲ、イルスム版、パリ、〈一九三一年〉、一一五ページ　[D9a, 5]

『喜ばしき知識』第四の書の最後に永遠回帰の教説の最初のほのめかしがある。「どうだろう。もしもある昼間、もしくはある夜、お前のもっとも寂しい孤独の時にデーモンが忍びよってきてお前にこう言ったとしたら。「お前がいま生きている、そしていままで生きてきたこの人生をお前はいま一度、いや無限回にわたって生きねばならない。そしてその人生に新しいことは何もないだろう。それどころか、お前の人生におけるいっさいの苦悩、いっさいの快楽、いっさいの思考、いっさいの溜め息、いっさいの言葉にもしようのない大小のことどもがお前にもう一度戻って来るのだ、しかもすべて同じ序列と順番で。そしてこの蜘蛛も、樹々の間からこぼれるこの月の光も同じに、そしてこの瞬間も、そしてこの私も戻ってくるのだ。存在の永遠の砂時計はいくどもいくども引っくり返されるだろう。――そしてその砂時計とともに、塵のなかの塵であるお前も」――そうしたらお前は……このように語るデーモンを呪うのではなかろうか。あるいは、デーモンに向かって「お前は神だ。これ以上に神々しいことを私は聞いたことがない！」とお前が答えるような壮烈な瞬間をすでに経験したことがあるのか。」(レーヴィット『永遠回帰というニーチェの哲学』〈ベルリン、一九三五年〉、五七―五八ページに引用)

[D10, 1]

神話の繰り返しとしてのブランキの理論——一九世紀の根源の歴史の基本的事例。どの世紀においても人類はやり残したことをやり直さなければならない。一九世紀の根源の歴史についての基本的な定式である[N3a, 2]および[N4, 1]を参照のこと。　**[D10, 2]**

「永遠回帰」は根源の歴史に関わる、神話的な意識の基本形態である。（それが神話的意識であるのは、おそらくは反省を欠いているからであろう。）　**[D10, 3]**

『天体による永遠』は、レノーの『地上と天国』のなかで生きているような「四八年精神」と対照されるべきである。カスーはこれについて次のように述べている。「人間は、地上での自分の運命を知って、一種の眩暈を感じとり、すぐにはこの地球上の運命だけに従うことができない。可能なかぎり広大な時間と空間の広がりをあわせて考えないと気がすまないのである。このうえなく壮大な規模で、存在や動きや進歩というものに酔ってみたいのである。そのようにしてはじめて、自信と誇りに満ちて、あの同じジャン・レノーの崇高な言葉を口にすることができるのだ。「私はずいぶん長く宇宙と付き合って来た」、と。」「私たちが宇宙のなかで出会うもので、自分を高めるのに役立たぬものなど一切ないし、また、宇宙が差し出してくれるものの助けを借りずに、私たちは真に高められることもない。天体自体も、その崇高な位階のなかで、私たちが無限へ向かって段々に上り詰めてゆく重ねられた段階にすぎないのだ。」〈ジャン〉・カスー『一八四八年』〈パリ、一九三九年〉、四九、四八ページ　[D10, 4]

永遠回帰の呪縛圏のなかでの人生は、アウラ的なものから脱していない生活を可能にしてくれる。　[D10a, 1]

生活が行政的に規制される度合いが増すにつれて、人々は待つことを学ばねばならなくなる。賭博は、人々を待つことから解放するという大きな魅力を持っている。　[D10a, 2]

グラン・ブールヴァールの常連(雑文家《フィユトニスト》)は、とにかく何かを待っている。「待つこと、それが人生だ」といったユゴーの言葉はまずはこういう人物に当てはまる。　[D10a, 3]

神話的出来事の本質は回帰である。神話的出来事に隠れた特徴として書き込まれているのは、むなしさである。つまり、冥界の英雄たちの何人か(タンタルス、シジフォス、ダナエの娘たち)の額に書いてあるむなしさである。一九世紀において永遠回帰の思想をいま一度考えることで、ニーチェは、その身に神話的運命を新たに担う者を体現している。(地獄の刑罰の永遠性なるものは、古代の永遠回帰の理念のもつおそらくはもっとも恐るべき切先をへしおった。この地獄の刑罰の永遠性は、循環の永遠性の代わりに苦悩の永遠性を設定しているのである。)
[D10a, 4]

進歩への信仰、無限の完成可能性への信仰――道徳における無限の課題――、これらと永遠回帰という考えとは、相互補完的である。これらは解決不能なアンチノミーであり、こうしたアンチノミーから出発してこそ歴史的時間についての弁証法的概念を展開しうるのである。こうした弁証法的概念と較べると、永遠回帰という考えは、進歩信仰がそう悪評されているところの「浅薄な合理主義」そのものということになる。そして進歩信仰そのものも、永遠回帰という考えと同じく、神話的思考様式に属しているのである。
[D10a, 5]

E

オースマン式都市改造、バリケードの闘い

「装飾の花咲く国、
風景の魅力、建築の魅力、
ありとあらゆる舞台装置の効果は
ひとえに遠近法の法則に基づく。」
　フランツ・ベーレ『劇場‐教理問答。あるいはもっぱら舞台で使われる外来語のユーモラスな解説』ミュンヘン、七四ページ

「私は崇拝する、美と、善と、偉大な事柄とを、
耳を悦ばせるにもあれ、目を魅了するにもあれ、
大芸術に霊感を与える美しい自然とを。
私は花咲く春――女人と薔薇と――を愛する！」
（オースマン男爵）『年とったライオンの告白』（一八八八年）

「あえぐ首都たちは
大砲に身を開いた。」
　ピエール・デュポン『学生の歌』パリ、一八四九年

ビーダーマイアー様式の部屋本来の、正確な意味では唯一の装飾に「なっているのがカーテンである。その襞は可能なかぎりこった形でしつらえられており、好んでさまざまな色の布地を組み合わせてある。カーテンの担当は壁紙職人だった。理論的に言うならば、ほぼ一世紀にわたってインテリア芸術は、カーテンを上品にアレンジするための指示を壁紙職人にあおいできた」。マックス・フォン・ベーン『一九世紀のモード』Ⅱ、ミュンヘン、一九〇七年、一三〇ページ。してみれば、それは窓を焦点とした室内の遠近法のようなものである。　[E1, 1]

何段ものフリルをもった張り骨入りスカート《クリノリン》の遠近法的性格。そのスカートの下には少なくとも五ないし六枚のペチコートが隠れている。　[E1, 2]

のぞきからくりのレトリック。遠近法的な修辞。「フランスの雄弁家が講壇や演壇でつねに用いる主要な修辞とはおおよそ次のようなものである。「中世には、まるで鏡が太陽の炎の輝きを受け止めるように、時代精神を受け止めた一冊の本があった。原始の森のように厳かな栄光に包まれて天にそびえ立っていた本。云々の本――しかじかの本――、結局は……という本――こんなことをした本、あんなことをした本(極めてくどくどしい表現が続く)、一冊の本――こうした本こそは『神曲』である。」……大拍手……」カール・グツコウ『パリからの手紙』II、ライプツィヒ、一八四二年、一五一―一五二ページ [E1, 3]

この都市の見通しをよくするための戦略上の理由。ナポレオン三世治下での大通りの建設を説明するために、同時代に行われた理由づけは、こうした大通りは「〔局所的反乱の通常の戦略〕に向かない」というのだった。マルセル・ポエト『中心街の生活』パリ、一九二五年、四六九ページ。「暴動がいつも起こるこの区域に道を通そう。」オースマン男爵はある報告書の中で、ブールヴァール・ド・ストラスブールのシャトレまでの延長を要求している。エミール・ド・ラベドリエール『新しいパリ〔の歴史〕』五二ページ。しかしすでにこういう言葉がのこされている。「彼らは、革命に使われる材料を提供しないためにパリの通りを、木で舗装する。木の舗装材ではバリケードはもう作れない。」カール・グツコウ『パリからの手紙』I、六〇―六一ページ。一八三〇年には六〇〇〇のバリケードがあったということからも、このことが意味しようとしていることは分かるだろう。

［E1, 4］

「パリでは、……あれほど長く流行したパサージュを、こもった臭いがするということで、彼らは避けているのだ。パサージュは死につつある。時おり、閉鎖されるのが出てくる。あの陰気なパサージュ・ドロルムみたいに。そこの歩廊《ギャルリ》の砂漠では、ゲランかエルサン〔ともに18世紀仏の画家〕の描いたポンペイを喚起する作品のように、ちゃちな古代まがいの数々の女性の形姿が、アーケードの店から店へとつたって踊っている。パリの人にとって、喫煙したり、話しこんだりする一種の遊歩場兼サロンだったパサージュは、雨が降り出すと急に思い出してもらえる一種の避難所でしかない。いくつかのパサージュは、そこにまだあるあれやこれや名の通った商店のお陰で、ある程度の魅力を保っている。しかし、場所の人気というか、場所の臨終を長引かせているのはもっぱら店子の知名度である。近代的なパリ人から見て、パサージュには大きな欠点がある。遠景《パースペクティヴ》がふさがっているある種の油彩画についてと同じことがパサージュにも言えそうだ。つまり、そこには空気が十分に通っていないのである。」ジュール・クラルティ『パリの生活、一八九五年』パリ、一八九六年、四七ページ以降。

［E1, 5］

ナポレオン三世治下におけるパリの根底的な改造は、とりわけコンコルド広場とパリ市役所を結ぶ線上で行われた。ところで七〇年の戦争〔普仏戦争〕はパリの建築上の景観にとって天恵であった。なぜならナポレオン三世は、さらにパリ中のつくりかえを意図していたからである。だからシュタール〔独の作家・文学史家〕は一八五七年に書いている。「古いパリを見ておきたかったら、急がねばならない。新しい支配者は、どうも、古い建築を残す気がないようだ。」〈アドルフ・シュタール『五年後』I、オルデンブルク、一八五七年、三六ページ〉 [E1, 6]

ふさがった遠景は眼にとってのビロードである。ビロードはルイ＝フィリップ時代の素材である。■ほこりと雨■ [E1, 7]

「ふさがった遠景《パースペクティヴ》」について。「ダヴィッドは弟子たちに「パノラマへ行って写生の練習をしても構わないよ」と言っていた。」エミール・ド・ラベドリエール『新しいパリ〔の歴史〕』パリ、三一ページ [E1, 8]

この時代がとりつかれていた遠近法への消しがたい渇望のもっとも印象的な証拠の一つ

は、グレヴァン蠟人形館に展示された、オペラ座の舞台に用いられた遠近法的な背景画である。（この舞台装置について記述すること。）　[E1, 9]

「オースマンの建築は、堅牢な石づくりの圧倒するような永続性に封じ込められた、帝政の権威的・専制的体制原理に完全にふさわしい表現である。そこにあるのは、あらゆる個性的なものへの分節化やあらゆる有機的な自己発展が抑圧されることであり、「すべての個性にたいする徹底した憎悪である」。」J・J・ホネッガー『現代一般文化史の基礎』V、ライプツィヒ、一八七四年、三二六ページ。しかしすでにルイ＝フィリップには「石工王」というあだながあった。　[E1a, 1]

ナポレオン三世治下の都市改造について。「地下はガスの配管工事と下水の建設のために、深く引っかきまわされた。……かつてパリにおいて、こんなにたくさんの建築材料を動かしたり、こんなに多くの共同住宅と館を建設したり、こんなに記念建造物を修復したり建立したり、切り石のファサードをこんなに多くそろえて建てたことはなかった。……急ぐ必要があったし、非常に高く買った土地を最大限に活用する必要があった。二重の刺激剤というわけだ。パリでは、地下貯蔵庫《カーヴ》が一階分だけ地下にもぐることになり、その代わりに地下一階《スーソル》ができた。〔技師〕ヴィカの諸発明を原理とするコンクリートとセメントの使用は、これらの地階建設の経済性と大胆さとに貢献している。」E・ルヴァスール『一七八九年から一八七〇年までのフランスにおける労働諸階級と産業の歴史』II、パリ、一九〇四年、五二八―五二九ページ■パサージュ■　[E1a, 2]

「パリは、一八四八年の革命直後のままでは、やがて住めない場所になろうとしていた。日に日に鉄道が及ぶ半径が延長され、隣国の路線につながってゆき、その絶え間ない往来によって人口は極度に増加し、入れ替わったが、そのパリの住民は、腐敗臭のする細く入りくんだ路地によぎなく閉じ込められていて、そこで息苦しく暮らしていた。」デュ・カン『パリ』VI、二五三ページ　[E1a, 3]

オースマンのもとでの収用。「何人かこういった取引を一種の専門にする弁護士があらわれた。……不動産の収用、産業的な公用徴収、賃貸借物の収用、感情の収用などをめぐって法廷で争った。先祖の屋根、子孫の揺り籠といったことばが出た。最近になって富にありついた者に「どのようにして財をなしたのですか」と尋ねると、「収用されましてね」と答えた。……新しい企業が生まれた。収用を受ける人々の利益の面倒を見るという名目で、どんな不正もはばからなかった。……なるべく小規模の企業家を相手にして、詳細な帳簿や、偽の在庫目録や、しばしば紙にくるんだ薪にすぎない見せかけの商品をしつらえる準備がととのっていた。審査委員会が規定の訪問をする日は、店にあふれる大勢の顧客の手配までするのだった。日付けを繰り上げたような長期間の、常識はずれの、賃貸借契約書を、うまく手に入れた古い公文書用紙を使って作成するのだった。店舗を真新しく塗装させ、日給三フランの急ごしらえの店員たちをそこに置くのだった。パリ市の金庫を荒らす一種のバンド・ノワール〔フランス革命の頃、土地を買い占めた悪徳商人の一味〕だった。」デュ・カン『パリ』VI、二五五―二五六ページ　[E1a, 4]

バリケード戦術に対するエンゲルスの批判。「蜂起が実際の戦術行動においてなしうる最上のものは、個々のバリケードを技術的にうまくつくり、個々のバリケードを守ることである。」しかし、「街頭闘争の古典時代においてすらバリケードは……物理的というよりは精神的役割を果たした。それは、軍隊の士気の堅固さに動揺を与えるための手段であった。このことに成功するまでバリケードが持ちこたえたなら、勝利も達成されるというわけである。そうならない時は負けである」。フリードリヒ・エンゲルス「序文」、カール・マルクス『一八四八年から五〇年のフランスにおける階級闘争』ベルリン、一八九五年、一

三―一四ページ　[E1a, 5]

階級闘争のイデオロギーは、内乱戦術とまったく同様に当時では古臭くみえていた。マルクスは二月革命についてこう言っている。「金融資本とブルジョワジー一般を混同するような……プロレタリアートの頭の中では、また階級の存在自体を否定するか、せいぜい立憲君主制の所産としてしか認めない共和派の俗物の思いこみでは、あるいはこれまで支配層から締め出されてきた市民的党派の偽善的いいまわしの中では、ブルジョワジーの支配は共和政の導入とともに廃絶されたのである。すべての王党派はそのとき共和派に変わったのであり、すべてのパリの富豪は労働者に変身したのである。こうした階級関係の幻想上の止揚に対応する常套句が平等であった。」カール・マルクス『フランスにおける階級闘争』ベルリン、一八九五年、二九ページ　[E1a, 6]

ラマルティーヌは、労働の権利を要求する宣言の中で「産業的キリストの降臨」について語っている。『ジュルナル・デ・ゼコノミスト』一〇巻、一八四五年、二二二ページ■産業■　[E1a, 7]

「都市の再建は……中心から外れた区に住むことを労働者に強いて、それまでブルジョワとの間にもっていた近隣関係の絆を断ったのである。」ルヴァスール『フランスにおける労働諸階級と産業の歴史』Ⅱ、〈パリ、一九〇四年〉、七七五ページ　[E2, 1]

「パリはこもった臭いがする。」ルイ・ヴィヨ『パリのにおい』パリ、一九一四年、一四ページ　[E2, 2]

パリに緑地や辻公園を設置することは、ナポレオン三世によってやっと実現された。それは四〇ないし五〇つくられた。　[E2, 3]

フォーブール・サン＝タントワーヌには、プランス・ウジェーヌ〔オイゲン公〕、マザス、リシャール・ルノワールなどのブールヴァールが戦略線として通された。　[E2, 4]

遠近法をきわめてつまらなくしてしまうことがパノラマにおいて見られる。マックス・ブロート〔独の作家・演出家〕が次のように書くとき、本当はパノラマの有り様に反対しているのではなく、そのスタイルを明らかにしているだけなのだ。「教会の内部や宮殿、美術館の内部は美しいパノラマの眺めを与えてくれない。それは平板で、枯渇し、閉塞した印象をもたらす。」〈マックス・ブロート〉『醜悪な絵の美について』ライプツィヒ、一九一三年、六三ページ。これは正しい。だがまさにこのことのゆえにパノラマは、この時代の表現意志に従っているのである。■ディオラマ■　[E2, 5]

一八一〇年六月九日シャルトル街の劇場で、バレ、ラデ、デフォンテーヌの共作による作品が初演された。それは『デュルリエフ氏もしくはパリの美化』である。この作品は、ナポレオンがパリに加えた変更をすばやい場面の連続で示す。「一昔前の芝居によく出てきたおもしろい意味の名字をもつ建築家デュルリエフ〔立体感があるという意味〕氏は、パリのミニチュアを作って展示している。三〇年の労をかけた後だけに、この作品はすっかり完成したと思っていた。ところが、「創造の霊」がやってきて、彼に新しい仕事をつくり、たえず直したり手を加えたりするだけの用を与えた。

彼〔ナポレオン一世〕がかくも美しい記念建造物で飾る
この広く豊かな首都を、わたくしは
わが家の広間に厚紙にしてとらえている。
首都の美化を追っかけているものの

常にわたくしは遅れをとっている。
まったく、絶望してしまう。
あの男が大規模にやり遂げていることを、
小さな模型にしてもなかなかできないものだ。」
この作品は、マリー＝ルイーズ皇后の賛美で終わっている。パリ市の女神がマリー＝ルイーズの肖像をもっとも美しい装飾として観客に示す。テオドール・ミュレ『演劇を通して見た歴史　一七八九―一八一五年』Ⅰ、パリ、一八六五年、二五三―二五四ページに引用
[E2, 6]

バリケード構築に当たっての乗合馬車の利用。馬を離し、乗客全員を降ろしてから、馬車を横だおしにして、轅《ながえ》に旗をくくりつける。
[E2, 7]

収用について。「戦前、パサージュ・デュ・ケールを取り壊して、その跡に円形の興行場を建てる話が出ていた。今日では金が不足し、(四四人いる)地主たちは高い要求をしているそうだ。資金不足が長く続き、地主たちがますます高い要求を示すことを願おう。ドルオー街の角に、オースマン大通りが見苦しく切り開かれ、可愛らしい家々はすっか

り取り壊されてしまった。われわれはもうそのくらいで十分だ。」ポール・レオトー「古きパリ」『メルキュール・ド・フランス』一九二七年、五〇三ページ　[E2, 8]

両議会とオースマン。「そしてある日、〔両議会は〕恐怖の極に達し、パリのどまん中に一つの砂漠！をつくったと言って、彼を糾弾した。セバストポール大通りのことだ……。」ル・コルビュジエ『都市計画』パリ、〈一九二五年〉、一四九ページ　[E2, 9]

たいへん重要なのは、「オースマンの道具」。ル・コルビュジエ〔スイス出身の仏の建築家〕著『都市計画』一五〇ページに挿絵あり。さまざまなシャベル、つるはし、手押し車など。　[E2, 10]

ジュール・フェリ〔仏の政治家〕著『オースマンの幻想的《コント・ファンタスティック》会計報告』〈パリ、一八六八年〉。資金面でのオースマンの手前勝手な態度にたいするパンフレット。　[E2, 11]

「オースマンの改造の線引きはまったく恣意的だった。都市計画にもとづく厳密な結論ではなかった。財政的・軍事的次元の処置だった。」ル・コルビュジエ『都市計画』パリ、

〈一九二五年〉、二五〇ページ

[E2a, 1]

「……グレヴァン蠟人形館では、現代の政界の著名人の展示室を通って、垂れ幕の向こう側の奥にある一夜の劇場風景を紹介する部屋に行く途中の左側に愛らしい蠟人形が見られるのだが、その写真を撮る許可が得られなかったこと——その人形は、物陰で靴下留めを結んでいる女で、私の知るなかで、まさに眼を持つ、挑発そのものの眼を持つ唯一の立像である。」アンドレ・ブルトン『ナジャ』パリ、一九二八年、一九九—二〇〇ページ。

流行のモティーフと遠近法《パースペクティヴ》のモティーフが非常にうまく嚙みあっている。■モード■

[E2a, 2]

こうした息の詰まるようなフラシ天〔毛長ビロード〕ずくめの世界を性格づけようとすれば、室内において花が果たす役割を記述してみればよい。ナポレオンが倒れた後、真先に試みられたのは、ロココへの回帰であった。しかし、それは極めて限定された形でしか行われなかった。王政復古以降のヨーロッパの状況は次のようなものであった。

「特徴的なのは、ほとんど至るところでコリント風の柱しか用いられないことである。……この柱の華美さは何か圧迫するような印象を与える。他方、街の改造にとりかかる際の落ち着きのないあわただしさは、もともとの住民にもよそ者にも、一息ついて気を落ち着かせるといういとまを許してはくれない。あらゆる石が独裁権力の印を帯び、華麗さのすべてが雰囲気を文字通り重厚で重苦しいものにしている。……ある者はこうした新しい華美の中でめまいを起こし、ある者は息が詰まり、ある者は不安気にあえぐ。何世紀分もの活動がわずか一〇年に凝縮される憑かれたような性急さが、胸を締めつける。」『内外だより』一八六一年、後期第三巻、一四三―一四四ページ〔「一八六一年の官展と一九世紀フランスの造形芸術」〕、著者はおそらくユリウス・マイアー。この論述はオースマンにあてつけている。■フラシ天■　[E2a, 3]

建物を結びつけつなぐ役割をするパサージュのような建築物を建てる奇妙な傾向。そしてこの結びつけるというのは文字どおり空間的にそうであるだけでなく、比喩的・様式的にもそうである。真先に思い起こされるのは、ルーヴル宮とテュイルリー宮をつなぐ地域である。「帝政政府は兵舎以外の独立した建物をほとんど作らせなかった。それとは対照的にすでに建設が始まっているか、半ば出来上がっていた前の時代の作品を完成させるのにはとても熱心であった。……一目見て奇妙に感じられるのは、この政府がとりわけ既存のモニュメントの保存に熱心だったということである。……しかしこの政府はきまぐれな天気のように民衆をおそうのではなく、一貫して民衆生活に深く根ざしたいと望んだのであった。……古い家屋は破壊してもかまわない。だが古いモニュメントは残さねばならない。」『内外だより』一八六一年、後期第三巻、一三九—一四一ページ〔「一八六一年の官展」〕■夢の家■ [E2a, 4]

鉄道とオースマンの事業の関係。オースマンの建白書から。「鉄道の駅は、今日では、パリの主要な玄関口となっている。それらと都心とを太い動脈で連結させることが、何よりも必要である。」E・ド・ラベドリエール『新しいパリの歴史』三二ページ。この記述は、とりわけシャトレまでストラスブール大通りを延長させるはずだったサントル大通りを指している。今日では、セバストポール大通りとなっている。 [E2a, 5]

記念碑の除幕式のようなセバストポール大通りの開通式。「二時半に、〔皇帝の〕行列がサン＝ドニ大通りとの交差点にさしかかったとき、セバストポール大通りのこちら側の出口を隠していた巨大な幕が、カーテンのように開かれた。この幕は、二本のモーロ風の円柱の間に渡されていたが、柱の台座には諸芸術と諸科学と産業と商業を象徴する形姿が彫られていた。」ラベドリエール『新しいパリの歴史』三二ページ [E2a, 6]

オースマンにおける遠近法の重視は、都市計画の技術に芸術形式を無理やりおしつけようとする試みを物語っている。こうした試みはつねにキッチュにつながる。［E2a, 7］

オースマンが自分自身について述べたこと。「私はパリの旧フォーブール・デュ・ルールで生まれた。そこは今やフォーブール・サン＝トノレとつなげられており、オースマン大通りが終わって、フリードランド大通りが始まるあたりである。サント＝ジュヌヴィエーヴの丘(ここではその後、法律学校の講義を受けたり、暇なときにはソルボンヌやコレージュ・ド・フランスの講義に顔を出したものだ)にある元リセ・ナポレオンであるアンリ四世校の生徒だった時分、町中の地区をぜんぶ歩きまわったものだ。若い頃、ちぐはぐなこのパリの公道網の弱点を私は知ってしまったのだが、その地図を夢中になって長い時間眺めたものだ。／地方に長く滞在(二一年を下回らなかった!)したにもかかわらず、過ぎし日の思い出と印象とがたいへん鮮やかに残っていたので、テュイルリー宮と市役所の間で検討されていた帝国の首都改造作業を指揮するために数日前に突然呼び戻されたとき、この複雑な任務を果たすための心の準備は、人が推測するよりはできていたし、いずれにしても、解決すべき問題の核心をつく構えだった。」『オースマン男爵自伝』Ⅱ、パリ、一八九〇年、三四―三五ページ。これは、非常に多くの場合、計画の成功にたどりつくには、計画から事業までの間に長い時間をかけることが必要だということを見事に示している。 [E3, 1]

オースマン男爵が一八六〇年にはまだ夢の都市だったパリに対する戦いにとりかかった様子。一八八二年の記事から。「パリには〔泥の〕山ができていた。《ブールヴァール》にさえそれができていた。……水も市場も光も不足していたあのはるか昔のように思える時代は、今のわれわれから三〇年前にもならないのだ。ガスの街灯がほんの数本ばかり姿を見せ始めた。《寺院》にもこと欠いた。寺院の中でも、もっとも古い寺院や、もっとも美しい寺院さえも、ときには倉庫や兵営や事務所がわりに使われていた。そうでない《寺院》は、崩れ落ちそうなあばら家が群がってすっかり見えなくなっていた。《鉄道》はあるにはあって、毎日、急流のような旅客の流れをパリに放出したのだが、彼らは曲がりくねった道を通行することもできなかったし、宿を得ることもできなかった。／……彼〔オースマン〕は、数々の区域を取り壊した。数々の町をそっくり取り壊したと言ってもよかろう。彼のせいでこれではペストになってしまうと、人々は叫んだ。彼は人々が叫ぶままにしておいて、頭を働かせて街を切り開き、逆に空気と健康とを与えてくれた。あるときは、一本の《通り》をつくり、あるときは、《アヴニュー》や《目抜き通り》をつくり、あるときは、《広場》や《辻公園》や《遊歩道》をつくった。彼は《病院》、《学校》、《小学校》を創立した。彼はわれわれに一つの川を丸々提供してくれた。彼はすばらしい下水をつくらせた。」『オースマン男爵自伝』Ⅱ、パリ、一八九〇年、Ⅹ、Ⅺページに引用された『ル・ゴーロワ』紙、一八八二年五月号のジュール・シモンの記事からの抜粋。多くの大文字〔《　》の箇所。原綴の頭文字が大文字〕はオースマン一流の正書法が入り込んでいることを示しているといってよかろう。 [E3, 2]

ナポレオン三世とオースマンの数年後の対話。ナポレオン「フランス国民は気が変わりやすいことで通っていますが、ほんとうは、世界でもっとも習慣性の強い国民だと主張する貴方はまったく正しい。」オースマン「陛下、ごもっともです。物にかんしてもっとも習慣性があると、付け加えさせて頂ければ！……私には二重の罪があります。市街を全域にわたって「ブールヴァール化して」、ひっくりかえして《ブルヴェルセ》、パリの住民を騒がせた罪と、あまりにも長い間、同じ額縁のなかにおさまったわたくしめの同じ顔をパリの住民に見せているという罪です。」『オースマン男爵自伝』Ⅱ、パリ、一八九〇年、一八—一九ページ [E3, 3]

オースマンがセーヌ県知事に就任した際のナポレオン三世とオースマンの会話。オースマン「私は付け加えてこう申し上げた。パリの住民は全体をとれば、改造に――当時は帝国の首都の「美化」ということばを使ったが――好意を示していますが、ブルジョワ階級の大部分と貴族階級のほとんどはそれに反対です、と。」しかし何故だろうか。『オースマン男爵自伝』II、パリ、一八九〇年、五二ページ　[E3, 4]

「二月六日に私はミュンヘンを後にし、北部イタリアのいくつかの文書館に一〇日間滞在してから、豪雨のなかをローマに到着した。私がそこで見出したのは、町のオースマン化がさらに進んでいたことである。」『フェルディナント・グレゴロヴィウスが国務次官へルマン・フォン・ティーレに宛てた書簡集』ヘルマン・フォン・ペータースドルフ編、ベルリン、一八九四年、一一〇ページ　[E3, 5]

オースマンのあだ名「オスマン大公《パシャ》」。これは、彼自身が、パリの町へ涌水を給水することにちなんでこう言い出したことである。「ぼくを水道卿に任命しなければ」〔aqueduc（水道橋）と archiduc（大公）をかけている〕。もう一つ別の洒落。「ぼくの肩書きだって？

……取り壊し専門芸術家《アルティスト・デモリスール》として抜擢されたよ。」　[E3, 6]

「彼[オースマン]は、一八六四年に首都の独裁的な体制を弁護するために、珍しいほど果敢な語調を用いた。「パリはその居住者にとって大きな消費の市場であり、広大な労働の現場であり、野心がぶつかり合う闘技場であり、また逸楽の出会いの場所でしかない。彼らの故郷ではない……。」ここで、論敵たちが、重しの石のように、彼の評判に付きまとわせることになる次の発言が出て来る。「都会に来て信義ある立場につくことに成功する数多くの人がいるが、……他方では、パリの社会の中を市民としての心をまったく持たずに、真の漂流民《ノマド》として過ごしている者がいる。」彼はさらに、鉄道も、行政も、全国的な活動の諸支部も、すべてがパリを終着点にしていることを取り上げて、こう結んだ。「集権と秩序の国フランスにおいて、首都がその自治行政の組織にかんして、ほとんど常に特例的制度下に置かれて来たのは驚くべきことではない。」」ジョルジュ・ラロンズ『オースマン男爵』パリ、一九三二年、一七二―一七三ページ、一八六四年一一月二八日の演説より　[E3a, 1]

劇画にあらわれていたのは「《イギリス海峡《マンシュ》》河岸と《南仏《ミディ》》河岸、《ライン》大通りと

《スペイン》大通りに区切られたパリだったり、または、シャム〔19世紀仏の代表的風刺画家〕の絵筆にかかった、郊外の家々を自分のお年玉に奮発する《都》だった！……あるカリカチュアには地平線まで続くリヴォリ街が描かれていた。」ジョルジュ・ラロンズ『オースマン男爵』パリ、一九三二年、一四八―一四九ページ　[E3a, 2]

「新たな幹線道路ができれば、……パリの中心といくつもの駅の間を通じさせ、駅の混雑をなくすことになるだろう。さらに別の幹線道路は、貧困と革命に対して始まった戦いに参加することになるだろう。伝染病《エピデミー》の発生地区や暴動の中心地区を突き破って、爽快な空気の侵入とともに、軍隊の到着を可能にし、さらにテュルビゴ街のように、政府と兵営とを結び、プランス＝ウジェーヌ大通りのように兵営と労働者街とを結ぶ戦略的街道となろう。」ジョルジュ・ラロンズ『オースマン男爵』一三七―一三八ページ　[E3a, 3]

「無所属の代議士デュルフォール＝シヴラック伯は、……新しいこれらの幹線道路は、暴動の鎮圧を容易にするということになっているが、暴動の発生もまた促すだろうと反論した。なぜならば、道路を通すために労働者の大群を一カ所に集める必要が出てくるからだ。」ジョルジュ・ラロンズ『オースマン男爵』一三三ページ　[E3a, 4]

オースマンは、ナポレオン三世の誕生日——あるいは洗礼名祝日かもしれない（四月五日）?——の祝賀行事を行った。「コンコルド広場からエトワール広場まで、二列の円柱の上にのった一二四の透かし彫りのアーチのつくりなす花綱が、シャンゼリゼ通りを飾っていた。『コンスティテュシオネル』紙は、「コルドバとアルハンブラを彷彿させる」のだと親切に講釈してくれた。……通りの五六の大燭台の光の渦巻きと、両側のきらきらした輝きと、炎の揺れる五〇万個のガス灯などで、通りの光景には、はっとさせるものがあった。」ジョルジュ・ラロンズ『オースマン男爵』一一九ページ■遊歩者■

［E3a, 5］

オースマンについて。「パリは独自の表情と生活をもち、人がそこで生まれてそこで死んでゆき、住み心地よく離れようとは思わない、自然と歴史が協力して統一のうちに多様性を実現させた小市街の集まりだったが、ついにそうではなくなってしまった。中央集権化や誇大妄想癖は、人工の街を作り上げ、そこではパリの人間はわが家の落ち着きをもはや感じないのが重要な特徴である。だから、折りさえあれば、出掛けてしまう。こうして、休暇を保養地で過ごす奇癖という新しい欲求が生まれた。逆に、住民が去っていった街には、きまった時期に外国人が到着する。それが「季節《セゾン》」と呼ばれるときである。自分の街が国際的な十字路になってしまったパリの人間は、まるで根無し草《デラシネ》に映る。」L・デュベック／P・デスプゼル、前掲書〈『パリの歴史』パリ、一九二六年〉、四二七―四二八ページ　[E3a, 6]

「たいていは、収用審査委員会に訴えることが必要だった。その委員たちは、生まれつきの政府弾劾の輩であり、主義としての野党であったから、自分たちの財布が少しも痛い思いをしないと思い込んで、公金を気前よく配っていて、誰でもその金の恩恵にいつかはあずかれると期待していたものだった。パリ市が一五〇〇万フランという額を提示すると、たった一回の審理で委員会のほうは三〇〇〇万近くを認めてしまうのだった。投機にとってはまったく派手な活躍の場！　自分の取り分を欲しがらない者はいるのだろうか。その件を専門にする弁護士がいた。仲介料をもらって、相当の利益を請け合ってくれる周旋業者もいた。賃貸借契約あるいは事業の存在を見せかけたり、帳簿をごまかすいろいろな方法もあった。」ジョルジュ・ラロンズ『オースマン男爵』パリ、一九三二年、一九〇―一九一ページ　[E4, 1]

オースマンを批判した『哀歌』より。「汝は都邑の凄まじくも陰鬱な様を見るために生きるであろう。／汝の栄光は考古学者と呼ばれる未来の者には大いなるものであろうとも、汝の終わりの日は悲哀と艱難の日となるであろう。／……／都邑の心はゆるやかに冷えてゆくであろう。／……／とかげと迷い犬と鼠どもはこの豪華な巷に君臨するであろう。歳月による破損は、バルコニーの黄金や壁の塗装に堆積することになろう。／……／そして《孤独》という、砂漠の永き女神はあらわれて、汝が凄まじい労苦によって築き上げた〔女神につくった〕この新しい帝国の上に座することになろう。」『パリ砂漠――オースマン化した一人のエレミアの哀歌』〈パリ、一八六八年、七―八ページ〉 [E4, 2]

「パリの美化、もっと正確に言ってパリの刷新は、一八五二年ころ問題になった。それまでは、この大都市を荒廃した状態のままに放っておくことができたが、そのとき手を打つ必要が生じた。こうなったのは偶然の一致によって、フランスと周辺国がヨーロッパを縦横に走る主要幹線鉄道の建設工事を完成しようとしていたからなのである。」『遊歩者《フラヌール》の見た新パリ』パリ、一八六八年、八ページ [E4, 3]

「昨年たいへんな成功を博した書物を読んだら、そのなかで、パリの道路が広げられたのは、いろいろな思想が自由に行き来できるように、そして何よりも連隊が行進できるようにするためだとある。悪意あるこの言は、他の批判に続いて、パリは戦略的に美化されたのだと言うのに等しい。それなら、それでよかろう。……私は、戦略的美化を、美化のなかでももっともすばらしい美化と宣言することをためらわない。」『遊歩者《フラヌール》の見た新パリ』パリ、一八六八年、二一一―二一二ページ　[E4, 4]

「彼らは、パリは自らに強制労働を課したと言っている。それは、工事を止めて、大勢の労働者がそれぞれの出身県に帰らざるを得ないようになった日から、入市税による収入が著しく減少する羽目になるだろうという意味である。」『遊歩者《フラヌール》の見た新パリ』一八六八年、二一三ページ　[E4, 5]

パリ市議会議員選挙の選挙権をパリに一五カ月滞在している証明で与えようという提案。その理由づけ。「ものごとを近くから検討すると、人生のうちで動きの激しい冒険に富んだ騒々しい時期にこそ……人はパリに居を定めているという事実がまもなく認識されることになるからである。」『遊歩者《フラヌール》の見た新パリ』三三ページ　[E4, 6]

「パリ市の目茶苦茶な乱費は、国家の理にかなっていると了解されている。」ジュール・フェリ『オースマンの幻想的会計報告』パリ、一八六八年、六ページ　[E4, 7]

「数億にのぼるという払い下げ地や利権が内密にばらまかれている。入札の原則も、競争の原則と同じく隅へ追いやられている。」フェリ『オースマンの幻想的会計報告』一一ページ　[E4a, 1]

フェリは——『オースマンの幻想的会計報告』の二一—二三ページで——オースマンの事業が進む中でパリ市にとって不利な傾向を帯びるに至った強制収用案件における判決文を分析している。一八五八年一二月二七日の布告——それをフェリは古い権利の法文化にすぎないと見、オースマンは新しい法律ができたと見たのであった——にもとづきパリ市は、新しい街並みになる全部の土地を収用できなくなった。収用できるのは、道路建設に直接必要な部分に限られていた。そのためパリ市は、道路建設で値の上がった土地の売却から期待できる余分の利益を逸したのであった。　[E4a, 2]

一八六七年一二月一一日のメモより。「後者の二つの取得方法は、賃借人の用役権を必然的に停止させるものではないことが長いあいだ常に認められてきた。一八六一年から一八六五年にかけて、破毀院〔最高裁判所〕は、パリ市に関しては、売り主の承諾の法的確認をする下級裁判所の判決と合意の上の売買契約は、賃借人の賃貸借契約を解約させる効果をそなえていることをいくつかの決定によって示した。その結果として、合意の上で、パリ市が取得した建物のなかで実業を営む多くの賃借人は、……契約が切れるまで賃貸借契約による用役権を保持しつづけようとはせず、ただちに権利を剝奪されて補償を受けることを請求した。……パリ市は、予定にない莫大な補償金を支払った。」フェリ『オースマンの幻想的会計報告』二四ページに引用　[E4a, 3]

「ボナパルト〔後のナポレオン三世〕が自らの使命と感じていたのは、「市民層の秩序」を確立することであった。……工業と商業、すなわち市民層の商売が開花せねばならないというわけである。数多くの鉄道免許が授与され、国家補助が交付され、信用供与が行われる。市民層の富と奢侈が増大する。百貨店が初めて現われたのは五〇年代のパリだった。「オ・ボン・マルシェ」、「ル・ルーヴル」、「ラ・ベル・ジャルディニエール」である。「オ・ボン・マルシェ」の売り上げは、一八五二年には四五万フランにすぎなかったが、一八六九年になると二一〇〇万フランまで増えていた。」ギゼラ・フロイント

『フランスにおける写真の発達』[未公刊]　[E4a, 4]

一八三〇年ころ。「サン＝ドニ街とサン＝マルタン街はこの地区の大きな動脈であり、暴徒には天の恵みであった。そこでは市街戦が嘆かわしいほど容易だった。敷石をはがして、近くの家の家具や食料品店の箱を積むだけで事足りた。場合によっては、通行中の乗合馬車を止めて乗客のご婦人方に紳士的に手を差しのべながら、バリケードに加えた。家々を取り壊しでもしなければ、こんなテルモピレー〔ペルシア戦争のギリシアの関門〕を奪取することはできなかった。第一線部隊は重装備をして遮蔽なしで進んでくるのだった。バリケードの後ろにひかえた一握りの暴徒が、連隊をてこずらせた。」デュベック／デスプゼル『パリの歴史』パリ、一九二六年、三六五―三六六ページ　[E4a, 5]

ルイ＝フィリップの治下。「市内に関する基本的な考え方は、七月革命の日に中心的な役割を演じた戦略的な幹線、一連の河岸の幹線、ブールヴァールの幹線を新たに整備することであったようだ。……また、市の中心には、オースマン化された道路の先祖であるランビュトー街があって、その道路幅は中央市場《レ・アル》からマレー地区まで一三メートルもあり、当時としては非常に広く思われた。」デュベック／デスプゼル『パリの歴史』パリ、一

九二六年、三八二―三八三ページ　[E5, 1]

サン＝シモン主義者。「一八三二年にコレラが流行したとき、彼らは通気の悪い界隈を取り壊すことを要求した。それはたいへん良いことであったが、王ルイ＝フィリップはシャベルをもって、ラ・ファイエット将軍はつるはしをもって範を示すように、彼らは求めるのだった。もしそうなったら、労働者は制服を着たポリテクニク〔理工科学校〕の生徒の指揮下で、軍楽隊の調べに合わせて働くことになったであろうし、パリの美貌の名流婦人たちが声援をおくりに来たことであろう。」デュベック／デスプゼル『パリの歴史』三九二―三九三ページ■産業発展■秘密結社■　[E5, 2]

「建てても建てても、家を収用された人たちを受け入れるには、新築の建物は不足した。その結果、家賃の深刻な危機が発生した。家賃が二倍になったのである。人口は、一八五一年には、一〇五万三〇〇〇人だったのが、併合後、一八六六年には一八二万五〇〇〇人に増えた。帝政の末期には、パリには独立家屋が六万軒、住宅が六一万二〇〇〇戸あり、そのうち、五〇〇フラン以下の家賃のものが四八万一〇〇〇戸あった。建物を高くして、天井を下げたりした。だから、法律で天井の最小限の高さを二メートル六〇と

定めざるを得なかった。」デュベック/デスプゼル、前掲書、四二〇―四二一ページ [E5, 3]

「知事の周辺に破廉恥に築かれた財産。語り草になったオースマン夫人のあるサロンにおける素朴な発言。「不思議なの、私どもが建物を買うたびに、いつも、そこにはブールヴァールが通ることになるの。」」デュベック/デスプゼル、前掲書、四二三ページ [E5, 4]

「広い道路の端に、オースマンは遠近法《パースペクティヴ》を考えていろいろなモニュメントを建てた。セバストポール大通りの端には商事裁判所。〔建築家〕バルタールがビザンティン様式をまねた聖オーギュスタン教会や、新たな聖アンブロージョ教会〔11世紀のミラノの有名な教会〕であろうとする聖フランソワ=グザヴィエ教会などすべての様式の折衷であるいろいろの教会。ショーセ=ダンタンの端のトリニテ教会はルネサンスのまねであり、聖クロティルド教会はゴシックのまねだった。ベルヴィルの聖ジャン、聖マルセル、聖ベルナール、聖ウジェーヌなどの教会は偽ゴシックと鉄骨建築の見苦しい交わりから生まれた……。オースマンはよい発想をもったときでも、それがうまく実現できなかった。彼は数々の眺望を取り入れることを強く望み、直線の道路の端にはモニュメントを置くことに注意を払った。発想はすぐれていたが、実際の出来上がりは何とも稚拙である。

ストラスブール大通りは商事裁判所の巨大な階段を取り巻き、オペラ座通りはオテル・デュ・ルーヴルの門番室に突き当たる。」デュベック／デスプゼル、前掲書、四一六―四二五ページ　［E5, 5］

「残酷にも第二帝政のパリは、何よりも美しさを欠いている。大きな直線の道路のどれ一つ、サン＝タントワーヌ街の見事な曲線の魅力を備えていない。この時代の家はどれ一つ、一八世紀の厳正で優雅なファサードが与えてくれるような優しい楽しさを味わいつつ眺められるものではない。要するに、この非論理的な街は堅固ではない。すでに建築家たちは、オペラ座がひび割れし、トリニテ教会はぼろぼろに崩れてきて、聖オーギュスタン教会はもろいことを確認した。」デュベック／デスプゼル、前掲書、四二七ページ　［E5, 6］

「オースマンの時代には新しい道路が必要となっていたが、彼がつくった新しい道路が必要であったわけではない。……歴史的な経験の無視、これが彼の仕事で最初に目につく特徴である。……オースマンは、カナダか、アメリカの西部かで行うように、人工的な都市の図を引いた。……オースマンの路線はしばしば有用性を欠いており、決して美しかったことはない。そのほとんどは、驚くべき切り開き方を示し、これというのでもない所に発し、どこというのでもない所にたどり着くが、途中のものはすべて倒壊させる。道路を少し曲げれば、貴重な思い出の場を保存することができたにもかかわらずである。……過度のオースマン化を責めるべきではなく、オースマン化が足りなかったことを責めるべきだ。理論における彼の誇大妄想に反して、実際には、どの場所でも十分に広く構想しなかったし、どの場所でも、未来が予見できなかった。彼の構想はすべて広がりに欠け、彼のつくった道路は狭すぎる。彼は壮大に構想したが、彼は大きく、正確に、長期的展望で構想はしなかった。」デュベック／デスプゼル、前掲書、四二四―四二六ページ　[E5a, 1]

「一言でパリの改造を支配してゆく新しい精神を定義するとすれば、それを誇大妄想狂《メガロマニー》と呼ぶことになろう。皇帝とその知事はパリをフランスだけでなく、世界の首都にしようとしている。……国際的なパリがそこから生まれていった。」デュベック／デスプゼル、前掲書、四〇四ページ　[E5a, 2]

「パリを改造する工事は三つの事態に支配されることになる。都心において、古くからの都の腹をえぐり、パリの《交叉点》を新たに整備することを要請する戦略的な事態。西への発展という自然の事態。さらに、郊外の併合という系統だった誇大妄想的な発想の要請する事態。」デュベック／デスプゼル、前掲書、四〇六ページ　[E5a, 3]

オースマンの敵、ジュール・フェリはセダンでの敗北の知らせを聞いて言った。「皇帝の軍隊は打ち負かされた！」デュベック／デスプゼル、前掲書、四三〇ページ　[E5a, 4]

「オースマンまでは、パリは適度な大きさの都市であった。そこでは、経験主義のなすがままにさせておくのが理にかなっていた。自然の指図に従って押し出されてゆくように発展していた。法則性は史実と地形の中に読み取ることができた。突如として、オースマンは革命期と帝政期の中央集権化の偉業を完成させて、さらに速めた。……これはユーピテルの頭部から出てきたミネルヴァのごとく、人工的な、常軌を逸した創造であり、独裁的な精神の過剰から生まれたので、自らの論理に即応して発展するには独裁的精神が必要であった。ところが、生まれてまもなく、その源泉と縁が断ち切られた。……原理において人工的な構築がじっさいには自然の定める法則にのみ自らをゆだねるといった逆説的な情景がみられた。」デュベック／デスプゼル、前掲書、四四三―四四四ペー

ジ [E5a, 5]

「オースマン男爵は、パリをもっとも幅広く切り裂き、もっとも無遠慮に瀉血をおこなった。パリはオースマンの外科手術に耐えてゆけないだろうと思われた。ところが、今日になってパリはこの果敢であり勇気ある男性が成し遂げた事のお陰で生きているのではないだろうか。彼の道具は何であったか。シャベル、つるはし、荷車による運搬、鏝、手押し車……つまり、新しい機械が使用されるまで、すべての民族の幼稚な武器だったものである。オースマンがやり遂げたことは真にすばらしい。」ル・コルビュジエ『都市計画』パリ、〈一九二五年〉、一四九ページ [E5a, 6]

支配する者は、彼らの地位を、血(警察)、たくらみ(モード)、魔術(華美)でもって確保しようとする。 [E5a, 7]

人の話では、道路の拡張は張り骨入りスカート《クリノリン》のために行われたそうだ。 [E5a, 8]

マルシュ地方やリムーザン地方の出身が多かった石工の生活。(この描写は一八五一年のものである。――オースマンの土木工事に誘発されて、この階層の人々が多量に流れ込んでくる以前のものである。）「石工たちの生活習慣は、ほかの移住者のにくらべてより独自のものであり、彼らはたいてい、一世帯当たり最低限乳牛一頭の飼育ができるような、共同放牧地のある農村の共有地《コミューヌ》に土着する小規模の自作農の家族に属している。……パリ滞在中、石工は独身の身分が許すかぎりの節約をして暮らす。食費は、……月に三八フランくらいになる。住まいは、……月にたった八フランしかかからない。普通は同業の労働者が一室に一〇名ほど集められ、二人ずつ寝る。この部屋はまったく暖房されていない。照明には、石工の見習いたちが順番に提供する獣脂蠟燭を使う。……石工は四五歳に達すると、それからは、……自分の土地を自分で耕すために地元に残る。……こういった生活習慣は、定住民の生活習慣とは顕著な対照をなしている。それでも、ここ数年前から生活習慣は目に見えて変化する傾向を示している。パリ滞在中、若い石工にとって、正式でない結婚をしたり、服装のために乱費したり、集会や歓楽街に顔を出したりすることなどが、以前ほど無縁なことではなくなってきた。地主の身分に上昇することが彼らにとっていよいよ可能性が薄くなると同時に、社会の上層階級にたいしてつのらせる嫉妬心に侵されやすくなるのである。この頽廃は、家族の影響から離れたところにいる男たちを襲う。その男たちにあっては、利欲が宗教的な感情による対重《バランス》なしに発達してしまい、……定着しているパリの労働者には……見られないような粗野な性格をときには帯びている。」F・ル・プレー『ヨーロッパの労働者』パリ、一八五五年、二七七ページ　[E6, 1]

ナポレオン三世時代の財政政策について。「帝政の財政政策は常に二つの関心に支配されてきた。自然収入の不足を埋め合わせることと、資本が大きく回転するように仕向け、大勢を働かす土木工事を増やしてゆくこととである。腕の見せ所は、公債登録台帳を開かずに資金を借り入れることと、支出予算に過度の負担をかけずに多くの工事を実施させることであった。……そのようなことから、帝国政府は、一七年のあいだに、税金による自然収入のほかにさらに四三億二二〇〇万フランを獲得しなければならなかった。この膨大な補助金は、利子を支払っていく必要のある直接の借り入れ、あるいは、見込み収入が譲渡されてしまうことになる可処分資本の活用にたよったため、これらの予算外操作の結果として国家の負債全体が増大した。」アンドレ・コシュ『第二帝政の金融操作と傾向』パリ、一八六八年、一三ページ、二〇―二一ページ　[E6, 2]

すでに六月蜂起のとき、「家から家へ移れるよう、壁がぶち抜かれた。」ジークムント・

エングレンダー『フランス労働者アソシアシオンの歴史』Ⅱ、ハンブルク、一八六四年、二八七ページ　[E6, 3]

「一八五二年に……ボナパルティストであった者は、世界のありとあらゆる快楽にありつけた。ボナパルティストとは、人間で言えば、人生の欲望がもっとも強い人々のことであった。だからこそ彼らは勝利したのだ。ゾラはこう考えて忽然と立ち上がった。彼は唖然とした。それぞれ自分の所で自分なりの持ち分に応じて一つの帝国をつくってしまった人間たちを表す表現が突如として見つかったのだ。この帝国の生活のもっとも重要な機能としての投機、なりふり構わぬ金もうけ、目茶苦茶な快楽追求、この三つがこれみよがしに見せ物やお祭りさわぎといった形で誇大な礼讃をうける。そうした見せ物やお祭りのさまは次第にバビロンを思わせるほどになっていった。この目をくらませるような富の絶対化と並んで、あるいはその背後には……不気味な大衆がいた。彼らは目覚め、社会の表に押し出てきていた。」ハインリヒ・マン『精神と行為』ベルリン、一九三一年、一六七ページ（「ゾラ」）　[E6a, 1]

一八三七年に、ギャルリ・コルベールにあるデュパン書房から色刷りの石版画のシリーズが出た(署名はプルシェだろうか、一八三七年)。そこには、芝居の観客のさまざまな様子が描かれている。このシリーズのなかからいくつかをあげると、『ご機嫌の観客たち』『拍手する観客たち』『徒党をくむ観客たち』『オーケストラにあわせる観客たち』『注意深い観客たち』『慟哭する観客たち』。〔E6a, 2〕

一七八六年に出たボワセルの『公的地役制への反論』には都市計画の始まりが見られる。「土地の自然な共同所有が土地の分配によってなくなってからというもの、持ち主たちは自分の好きなように家を建て住みついてきた。そういうことをしても当時は社会秩序に支障はなかった。しかし、やがて都市が成立し、そうした都市の内部で土地所有者の好き勝手に、また彼らの利益にいちばん適うように建築が進められるようになってからというもの、社会の安寧、健康、快適性はまったくと言っていいほど顧慮されなかった。それは特にパリではなはだしかった。教会や宮殿や大通りやプロムナードはつくったが、大多数の住民の住宅には関心が払われなかった。ボワセルは、パリの街路の汚さや哀れな歩行者を脅かす危険についてきわめてドラスチックに描いている。……街路というこの恐るべき施設にボワセルは異議を唱える。そして、問題の解決案として、馬車や風雨から歩行者を守るために建物の一階を風通しのいいアーケードにする提案をしている。

ベラミーの雨除けのアイディアを先取りしているわけである。」C・フーゴー「大革命期のフランスにおける社会主義I　フランソワ・ボワセル」『ノイエ・ツァイト』一一巻一号、シュトゥットガルト、一八九三年、八一三ページ

[E6a, 3]

一八五一年頃のナポレオン三世について。「彼はプルードンといれば社会主義者、ジラルダンといれば改革主義者、ティエール〔共和主義的ブルジョワの政治家〕とならば反動主義者、共和政の支持者と一緒にいれば穏健なる共和主義者、正統王朝派といれば民主主義と革命の敵になる。彼はなんでも約束し、なににでも署名する。」フリードリヒ・ソルヴァディ『パリ』第一巻〔出版されたのは第一巻のみ〕、ベルリン、一八五二年、四〇一ページ

[E6a, 4]

「ルイ・ナポレオン……このルンペン・プロレタリアートの代表者、そしていっさいの詐欺や欺瞞の体現者たる彼は、徐々に権力をものにしていく。……またしてもドーミエ〔19世紀仏の風刺画家〕が諧謔心に心はずませて登場する。彼は、ふてぶてしい売春仲介者でありイカサマ師である「ラタポワール」というとびきりの人物像を作り上げる。いつも後ろ手に人殺し用のこん棒を隠し持っているこのボロをまとった狼藉者こそは、ドー

ミエにとって堕落したボナパルティズムの理念そのものを表すものとなる。」フリッツ・Th・シュルテ「オノレ・ドーミエ」『ノイエ・ツァイト』三二巻一号、シュトゥットガルト、八三五ページ　[E7, 1]

首都の変化に関連して。「そこでは位置を知るために、まさに、羅針盤が必要なのだ。」ジャック・ファビアン『夢の中のパリ』パリ、一八六三年、七ページ　[E7, 2]

次の所見は、対照をなすという意味で、興味深い照明をパリに当てる。「金力、産業、財産が発達したとき、正面《ファサード》が作られた。家は、階級間の格差を示すのに役立ついろいろの姿形をとった。ロンドンでは、よそのどこよりも、階級間のへだたりが容赦なく示された。……張り出しだの、弓形の出窓だの、軒蛇腹だの、柱だの、荒れ狂うように作られた――ありとあらゆる柱！　柱、それこそ貴族性だ。」フェルナン・レジェ「ロンドン」『リュ』誌、五巻二三(二〇九)、一九三五年六月七日、一八ページ　[E7, 3]

「遠く、古きマレー地区に住む土着民は
アンタン界隈にはめったに来ない。

静かな観測所メニルモンタンの上で、
高台からのようにパリを見下ろしている。
神々が彼をこの土地に生まれさせて
長い間の節約と質素がここに定着させたのだ。」
[レオン・ゴズラン]『オムニバスの勝利――英雄的喜劇詩』パリ、一八二八年、七ページ　[E7, 4]

「都心ではたらく何十万の家族が、晩は、都のはずれで就寝する。その動きは潮汐に似る。朝、民衆がパリに押し寄せて、夕方にはその同じ民衆の波が引いてゆくのが見られる。悲しい図である。……人類が民衆にとってこんなに情けない眺めに立ち会うのは初めてである……と付け加えておこう。」A・グランヴォー『社会を前にした労働者』パリ、一八六八年、六三ページ(「パリの住宅」)　[E7, 5]

一八三〇年七月二七日。「理工科学校の坂の下ではもう、シャツ姿の男たちが樽を転がし、舗石や砂を手押し車で運ぶ者もいた。バリケードを作りはじめていた。」G・ピネ『理工科学校《エコール・ポリテクニク》の歴史』パリ、一八八七年、一四二ページ　[E7a, 1]

一八三三年。「パリを城壁外の堡塁で帯状に包囲する計画がそのとき人々を……熱中させた。これらの砦は市内防衛には無用であり、住民だけに脅威を与えるものだと言われたりした。誰もが反対した。……七月二七日に民衆の大規模のデモをめざしていろいろと手配がされた。こういった準備を聞き知って、政府はその計画を放棄した。……しかし……パレードの日、行進が始まる前に「堡塁反対！」「城塞反対！」などの叫びがたくさん鳴り響いた。」G・ピネ『理工科学校の歴史』パリ、一八八七年、二一四―二一五ページ。大臣たちは「火薬陰謀」事件によって復讐しようとしたのだ。 [E7a, 2]

一八三〇年の銅版画には、叛徒たちがありとあらゆる家具を窓から軍隊に向けて投げつけているさまが描かれている。〔家具職人の多かった〕サン＝タントワーヌ街の戦闘のシーンである。パリ国立図書館版画室 [E7a, 3]

ラティエは、実在のパリに対して、「偽のパリ」と名づけた「夢に見るパリ」を描いている。「もっとも純粋なパリ、……もっとも真実なるパリ、……存在しないパリ」（九九ページ）。「〔パリは〕その廓内にメンフィスの腕の中でバビロンがワルツを踊り、北京に抱かれたロンドンがレドヴァ〔ボヘミアの舞曲〕を踊ってもよいほど今や広いのである。

そのうち、ある朝、フランスは目を覚ましてみて、自分がルテティアの三叉路でしかなくなっていて、その廓内に閉じ込められていることに愕然とするだろう。次の日から、イタリア、スペイン、デンマーク、ロシアは法令によってパリ市に合併される。三日後には、ニューファウンドランドやパプアの島まで境界は広げられる。パリは世界となり、宇宙はパリとなる。サヴァンナやパンパ、あるいはシュワルツヴァルトは拡張されたこのルテティアの辻公園でしかなくなる。アルプス山脈、ピレネー山脈、アンデス山脈、ヒマラヤ山脈は限りなくひろがったこの都市のサント＝ジュヌヴィエーヴの丘やロシアの山〔ジェットコースター〕になり、快楽や学習や隠遁の小さな山になるだろう。それはまだたいしたことではない。パリはやがて雲の上に乗り、天の天まで昇り、惑星や星を自分の郊外にしてしまうだろう。」ポール＝エルネスト・ド・ラティエ『パリは存在しない』パリ、一八五七年、四七―四九ページ。この初期の夢想を、オースマンに対する一〇年後の揶揄と比較してみること。　[E7a, 4]

ラティエは、すでに彼の「偽のパリ」で、「偽のパリの主要道路を全部、ただ一つの中心――テュイルリー宮という中心――に、幾何学的にまた平行に結ぶ一つの単純な道路網、というすばらしい防衛と秩序を維持する方法」を与えていた。ポール＝エルネスト・

ド・ラティエ『パリは存在しない』パリ、一八五七年、五五ページ

[E8, 1]

「偽のパリは、暴動ほど無用であり道徳に反するものはないと理解する趣味の良さをそなえている。数分間、体制にたいして勝利をおさめたところで、数世紀は頭をおさえられてしまう。政治にかまける代わり、……静かに経済問題に没頭する。……不正行為の敵である君主は……われわれの地球を天に昇って行くための脚立にするためには……黄金、たくさんの黄金が必要であることを……よく……心得ている。」ポール＝エルネスト・ド・ラティエ『パリは存在しない』パリ、一八五七年、六二ページ、六六―六七ページ

[E8, 2]

七月革命。「銃弾で倒れた者の数は……それ以外の飛び道具で倒れた者よりも少ない。人々はパリの舗装に使われている四角い大きな花崗岩を建物の一番上の階まで引っ張り上げ、兵隊たちの頭を狙って投げつけたのである。」フリードリヒ・フォン・ラウマー『一八三〇年のパリおよびフランスからの手紙』Ⅱ、ライプツィヒ、〈一八三一年〉、一四五ページ

[E8, 3]

ラウマー〔独の歴史家〕の著書に出てくる第三者の証言。「私は、ひざまずいて命乞いをしているスイス人たちを人々が冗談を言い合いながら虐殺するのを見ました。また、ほとんど裸にされた人や、重傷を負っている者たちを嘲り笑いながらバリケードの上に投げ上げて、バリケードの高さを増そうとしているのを見ました。」フリードリヒ・フォン・ラウマー『一八三〇年のパリおよびフランスからの手紙』II、ライプツィヒ、一八三一年、二五六ページ　[E8, 4]

一八三〇年の革命のバリケードの調査記録。Ch・モット『一八三〇年、パリの革命――バリケードおよび軍隊と武装市民の動きを示した地図』(私家版)　[E8, 5]

A・リエベール著『パリの廃墟――百枚の写真』パリ、一八七一年、第一巻の図版の題名。「ガイヤール(父)の作ったコミューン兵士のバリケード」　[E8, 6]

「皇帝は……駆け足《ギャロップ》する五〇頭の馬にひかれた車に乗って、パリ門からルーヴル宮へ向かって都に入ると、二〇〇〇の凱旋門の下で立ち止まる。皇帝に似せて建立された五〇の巨像の前を通る。……すると、君主に対する臣民のこんな偶像崇拝を見て、最後に残っている信心深い人たちは悲観する。彼らの神たちはかつてこのように賛えられたことがないことを彼らは覚えているのである。」アルセーヌ・ウーセ「未来のパリ」(『一九世紀のパリとパリっ子』パリ、一八五六年、四六〇ページ) [E8, 7]

ナポレオン三世治下での代議士たちの高給。 [E8, 8]

「《栄光の三日間》に作られた四〇五四のバリケードの舗石は八一二万五〇〇〇個にのぼった。」『ロマン主義』[(国立図書館における)展覧会カタログ、一九三〇年一月二二日―三月一〇日、展示番号六三五の解説文。A・ド・グランサーニュ/M・プラン『一八三〇年革命――パリ市街戦地図』] [E8, 9]

「昨年、数千の労働者が威圧的な落ち着きを示しながら首都パリの通りを行進した。平和で商業の繁栄する日に、彼らが仕事を中断したとなると……、政府は、この暴動を、力で散らすことが先決の課題となった。この暴動は、自らを暴動と知らないだけに危険なのである。」L・ド・カルネ「民主的・共産主義的刊行物」(『両世界評論』二七巻、パリ、一八四一年、七四六ページ) [E8a, 1]

「社会の現在の動きは、建築にどんな運命を準備しているだろうか。周囲を見回してみよう。……もう記念建造物《モニュメント》はないし、宮殿はない。あちこちに四角い大きな量塊が立ち並び、そのなかでは何もかもが、ぎっしりという粗野で下品な類型をめざしているが、そこに幽閉される芸術の神はその偉大さも、その気ままな思いつきも表現することができない。建築家は想像力をふりしぼって……建物の正面に建築様式《オルドル》を段ごとに示したり、小壁《フリーズ》に飾りを施したり、窓の支柱に帯状飾りを付けたりする。建物の内側は、中庭はなくなり、柱廊もない……ますます窮屈になった小さな室、螺旋状階段の片隅に工夫してつくられた書斎や婦人の居間《ブドワール》……、人間を嵌め込むための整理箱……これは監獄制度を家族集団に応用したものである。問題は次のとおりである。ある一定の空間において、最小限の材料を使って、できるだけ多くの人間を(相互に隔絶しながら)詰め込むこと。……この傾向、この既成の事実は細分化の結果である。……一言で言って、各人が自らのために、各人は自らの家でというのがますます社会の原理になった一方、公共財は……散らばり、濫費される。フランスにおいて、これが、人の住まいに応用されたモニュメンタルな建築の死というものを招いた特に積極的な原因である。ところが、ますます狭くなった個人の住宅は、狭い芸術を宿すことしかできないということになろう。芸術家にはもう空間がないのである。しかたなく画架で油彩を描き、小さな彫像を制作する。……社会が発展する諸条件のなかで、芸術は空気が不足して窒息するような袋小路に追い込まれている。そのようにして、芸術は、進歩的と言われる幾人かの知識人が人類愛の目標にしている小さなゆとりの普及による弊害にすでにたいそう苦しめられている。……建築では、なかなか芸術のための芸術ということにはならない。建築家の想像力をはたらかせるため、画家や彫刻家たちに仕事を与えるため、それだけを目標に記念建造物《モニュメント》が建てられるといったようなことはないからである。モニュメンタルな建て方を……人の住まいのすべての部分に応用しなければならない。数人の特権的な人だけでなく、すべての人間を居殿《パレ》に住まわせるようにすべきである。人間が居殿に住むようにするために、同類の者たちと協働組合的《アソシアシオン》関係をつくって生きてゆくことがふさわしい。……協働組織《コミュヌ》のすべての構成要素がアソシアシオンをつくってはじめて、芸術はわれわれの指摘する大発展を遂げることができるだろう。」D・ラヴェルダン『芸術の使命と芸術家の役割――一八四五年の官展』パリ、一八四五年、ファランジュ事務所発行、一三―一五ページ　[E8a, 2]

「長いあいだ、ブールヴァール〔boulevard〕ということばの由来が求められてきた。私としては、今や、その語源について意見がはっきりした。それは変動《ブールヴェルスマン》〔bouleversement〕ということばの一変形でしかないのだ。」エドゥアール・フルニエ『パリの街路の記録と伝説』パリ、一八六四年、一六ページ　［E9, 1］

「パリ市の代訴人ピカール氏は……精力的にパリ市の利益を弁護していた。収用の際に、前日付けにした賃貸借契約をどんなにたくさん示されたことか、こういったでたらめな権利書を無に帰して、被収用者の請求を少なくするためにどんなに闘ったかは語り尽くせない。ある日、シテ島の石炭商が公文書用紙に書かれた契約書で、日付けが実際より数年前にされているものを彼に示した。おやじは、自分のぼろ家で莫大な金額をすでに手にしたと信じこんでいた。ところが、この紙は、すかしに製造年月日が入れられているることは知らなかった。代訴人が明るいところに紙を置くと、契約の年よりも三年後に製造された紙だった。」オーギュスト・ルパージュ『パリの政治カフェと文学カフェ』パリ、〈一八七四年〉、八九ページ　［E9, 2］

ニエポヴィエの文章にある暴動の生理学についてのさまざまな指摘。「表面は何も変わっていない、しかしふだんの日とは何か異なっている。一頭立て二輪馬車も、乗合馬車も、辻馬車も、速度をはやめたような走り方で、御者は誰かに追いかけられているように、たえず振り向いている。人々はふだんより立ち止まって多くの群れをつくっている。互いに顔を見合わせ、すべての目には不安の問いかけが読み取れる。もしかすると、走っているこの小僧やこの労働者が何かを知っているかもしれない。彼らを止めて、質問攻めにする。歩行者たちは、何が起きているのかと尋ねると、小僧や労働者はまったく無関心といった微笑をたたえて答えるのだ。「みんなバスティーユ広場に集まっているよ、みんなタンプルや近くのほかの場所に集まっているよ」、そして集まりの場所へかけつけてゆくのだ。……現場そのものでは、情景は大体こんなものである。――そこに住民が群がっていて、かきわけて通るのが困難である。――舗石には紙切れが散らばっている。――それは何だろうか？　「一にして分割を許さぬ共和国L〔五〇〕年」の日付け入り『モニトゥール・レピュブリカン』紙の宣言である。それを拾い上げて、読んで、議論の種にする。店はまだ戸締まりをしていない。発砲の音もまだ聞こえない。……けれども救い主たちを見ようではないか！　彼らはやって来たよ！……突如、ある家の前で、聖なる部隊は立ち止まる――そして突然、四階にある窓が開いて、実弾入りの箱がいくつもそこから落とされる。……一瞬の内に、分配が行われ、それが済むと、部隊は散ってゆく、ある分遣隊《パルティ》はあっちへ、ほかの分遣隊《パルティ》はこっちへと走る。……通りにはすでに車は通っていない――静まり返っている、だから私の聞き違えでなければ、……そうだ、太鼓を鳴らす音が聞こえてくる。――非常呼集だ、――当局の目覚めだ。」ガエタン・ニエポヴィエ『西ヨーロッパの大都市に関する生理学的研究――パリ』パリ、一八四〇年、二〇一―二〇四ページ、二〇六ページ　[E9, 3]

あるバリケード。「一台の乗合馬車が四つの車輪を上にして、狭い道の入り口をふさいでいる。――オレンジの梱包用だったかも知れない籠が右側と左側に積み上げられている。そして後ろのほうで、大きな車輪やいろいろな隙間のあいだから、毎秒、小さな砲火が輝き、小さな煙雲が青く光った。」ガエタン・ニエポヴィエ『西ヨーロッパの大都市に関する生理学的研究――パリ』パリ、一八四〇年、二〇七ページ　[E9a, 1]

一八六八年。メリヨンの死。　[E9a, 2]

「シャルレとラフェ〔ともに19世紀仏の画家〕は彼らだけで、わがフランスにおける第二帝政の基礎を準備したと言われた。」アンリ・ブショ『石版画』パリ、〈一八九五年〉、八―九ページ　[E9a, 3]

「パリの周囲の城砦化にかんするアラゴ氏の投稿」から（愛国的新聞のための国民的組織）〔一八三三年七月二一日付けの『ナシオナル』紙の抜粋〕。「離れた城砦のどれからも、距離から言って、庶民の密集区域を直撃できることになる。」（五ページ）「イタリー界隈とパッシー界隈の二つの城砦からだけでも、パリのセーヌ河左岸全区域を火事につつむことは十分にできる。……もう二つの城砦であるフィリップ城砦とサン＝ショーモン城砦は、都市の残っている区域を火の輪で覆ってしまうだろう。」（八ページ） [E9a, 4]

〈一九三六年〉四月二七日付の『フィガロ』紙上に、ガエタン・サンヴォワザンは、マクシム・デュ・カンの言葉を引用している。「パリにパリの人《パリジャン》しかいなかったら、革命家などいなくなることだろう。」それに相当するオースマンの演説と比較すること。 [E9a, 5]

「エンゲルスが短期間で書き上げた一幕物の戯曲が、一八四七年九月にブリュッセルのドイツ労働者連盟で上演された。この戯曲ではすでにドイツの小国でのバリケード闘争が描かれており、領邦君主の退位と共和政樹立宣言で終わっている。」グスタフ・マイヤー『フリードリヒ・エンゲルス』第一巻「初期のエンゲルス」(第二版)、ベルリン、〈一九三三年〉、二六九ページ　[E9a, 6]

六月蜂起の弾圧に当たって、市街戦で初めて大砲が使われた。　[E9a, 7]

パリの住民に対するオースマンの態度は、プロレタリアートに対するギゾー〔19世紀仏の政治家〕のそれと同一線上にある。ギゾーはプロレタリアートを「外部の住民」と呼んでいた。ゲオルク・プレハーノフ『階級闘争理論の始まり』参照〔『ノイエ・ツァイト』二一巻一号、シュトゥットガルト、一九〇三年、二八五ページ〕　**[E9a, 8]**

バリケードの設営は、フーリエにおいて「無報酬であるが情熱的労働」の例としてあげられている。　[E9a, 9]

オースマンのときに、パリ市収用委員会の裏をかくのが一つの産業になった。「この産業の手先たちは、小売商人や店主たちに……偽造した帳簿や在庫目録を調達してやり、必要とあれば、収用されそうな店に新装同然の化粧を施し、さらには、収用委員会が調査に来るときには、依頼主の店が急遽かり集めたお客で溢れかえるようにしてやった。」S・クラカウアー『ジャック・オッフェンバックと彼の時代のパリ』アムステルダム、一九三七年、二五四ページ　[E10, 1]

フーリエの都市計画。「どの大通りも、どの通りも、その端までゆけば、田園または公共記念物が見えるような視点に到達しなければならない。城砦の中のように、壁にぶつかったり、マルセイユの新都市部のように土の山に行き当たるといった《文明人》の風習は避けるべきである。通りに面したすべての家は、建築にせよ、庭園にせよ、第一級の装飾を施すことを義務づけられるべきである。」シャルル・フーリエ『労働者の都市――市内の建築に導入すべき諸改良』パリ、一八四九年、二七ページ　[E10, 2]

オースマンを論じるときに記しておくこと。「早急に神話的構造が発達するのである。無数の民の都市に、それを征服する運命を担っている伝説の《英雄》が対立してくる。事実、その当時の書物の中で首都へ向けられた霊感のこもったちょっとした祈願を含まないものは少ない。ラスティニャックの有名な叫びは、めずらしいほど地味なほうである。……ポンソン・デュ・テライユの主人公たちは「近代のバビロン」(パリはそうとしか呼ばれなくなっている）に対する避けようのない演説においてそれよりはずっと抒情的であるのだ。たとえば『ハートのジャックの結社』に登場する……偽サー・ウィリアムズ……の演説を読んでみるがよい。「おおパリ、パリよ。お前こそが真のバビロンである。知性の真の戦場であり、悪が崇拝され司祭のいる真の殿堂である。そして、私は大海原の限りない広がりに吹く微風のように、暗黒の大天使の息吹きがお前の上を永遠にわたってゆくと信ずる。おお不動の嵐、石の大洋よ、お前の怒り狂う波のさなかにあって、雷を侮辱し、嵐のなかを大きな翼をひろげて、笑みを浮かべながら眠るあの黒鷲でありたい。私は、悪の精でありたい、大海原の、あのもっとも荒々しく陰険な海、人間の情念が騒いで、流れ込んで来るあの海の、禿鷹でありたい。」」ロジェ・カイヨワ「パリ――近代の神話」（『NRF』誌二五巻二八四号、一九三七年五月一日、六八六ページ）［E10, 3］

一八三九年五月一二日のブランキの反乱。「彼は、パリの街の地形をよく知らない新しい部隊が配備されることに乗ずるために、一週間ほど待機した。事を仕掛けるのに当てにしていた一〇〇〇人ほどの男たちはサン＝ドニ街とサン＝マルタン街の間に結集することになっていた。すばらしい陽ざしのもとで、……午後の三時頃、日曜日の明るい表情をした群衆のあいだを縫って革命隊は突然集合して、姿を現す。すぐに、まわりからは人々はいなくなり、静まりかえる。」ギュスターヴ・ジェフロワ『幽閉者』I、パリ、一九二六年、八一―八二ページ　[E10a, 1]

一八三〇年には、街路にバリケードを作るといっても、主として縄を張り巡らす程度だった。　[E10a, 2]

有名なラスティニャックの挑戦〔メサック著〈『「探偵小説」と科学的思考の影響』パリ、一九二九年〉、四一九―四二〇ページに引用〕。「一人になったラスティニャックは、墓地の上のほうへすこし歩いてゆき、セーヌの両岸に沿ってくねくね横たわるパリを見おろした。明かりがそろそろ輝き始めていた。彼が入れてもらいたいと望んだあの華麗な社交界の人々の棲むヴァンドーム広場の記念柱とアンヴァリッドの円蓋の間を、彼は貪欲に近い目付きで睨んだ。あのざわめく蜂の巣の方へ、彼はあらかじめ蜂蜜を吸ってしまうような視線を投げかけて、壮大なことばを口にした。「さあ今度は、おれとお前〔パリ〕の勝負だ！」」〔バルザック『ゴリオ爺さん』〕　[E10a, 3]

オースマンの説は、デュ・カンの計算と一致している。デュ・カンによれば、コミュー

ン時代のパリは七五・五％がよそ者と田舎からのお上りさんだったという。　［E10a, 4］

一八七〇年八月一四日のブランキによる蜂起では、三〇〇丁のピストルと四〇〇〇の太い短剣が用意されていた。当時の市街戦の形態の特徴は、労働者がピストルよりも短剣のほうを重用したことである。　［E10a, 5］

カウフマンは「建築技術の自律性」という章の前に、『社会契約論』から次のようなエピグラフを引いている。「……一人一人が全員と結ばれながらも自らに従うのであり、以前と同じように自由でありうるような……形態――これこそは、社会契約が解答を示している基本問題である。」（四二ページ）さらにこの章（四三ページ）にはこう書かれている。「ショー〔未完成に終わった仏東部アルク・エ・スナンに建設された理想都市〕のための第二プロジェクトで、建築物をそれぞれ切り離した理由を、彼〔ルドゥ（18世紀仏の建築家）〕は次のように言い表している。「原理にさかのぼってみなさい。……自然というものに相談してみなさい。人間はどこにいても孤立している。」（『建築』七〇ページ）革命前の社会の封建的な原理は……もはや通用しなくなってしまった。……すべてのものの形式は内的な根拠づけを持つようになり、絵画的な効果を求めようとするいかなる努力も無意味なことのように思わせた。……ほとんど一挙にして……バロック様式の全景芸術《プロスペクト・クンスト》技法は消えてしまった。」E・カウフマン『ルドゥからル・コルビュジエまで』ウィーン/ライプツィヒ、一九三三年、四三ページ [E10a, 6]

「絵画的効果が使われなくなったのとちょうど並行して、建築の分野では全景芸術《プロスペクト・クンスト》が拒否されるようになった。きわめておもしろい徴候は、シルエットが突然広まったことである。……鋼板画や木版画が、バロック時代に流行したメゾティント〔銅版画技法の一種〕を駆逐してしまった。……結論を先取りしていえば、革命期建築以降の数十年の間は、まだ自律性の原理が大きな影響を及ぼしていたが、時代を下れば下るほどその影響は弱くなり、一九世紀後半にはほとんど見られなくなってしまったのである。」エミール・カウフマン『ルドゥからル・コルビュジエまで』ウィーン/ライプツィヒ、一九三三年、四七—五〇ページ [E11, 1]

ナポレオン・ガイヤールについて。一八七一年にロワイヤル街とリヴォリ街の入り口に築かれた強力なバリケードの建設者。 [E11, 2]

「ショーセ＝ダンタン街とバッス＝デュ＝ランパール街の角に、バッス＝デュ＝ランパール街に面した正面《ファサード》を飾る女人像柱が目をひく家が一軒あった。この通りはなくなることになっているので、女人像柱のすばらしい家は、建てられてからたった二〇年にしかならないが、取り壊されることになる。収用審査委員会は、持ち主が請求し、パリ市が承諾した三〇〇万フランの賠償を与える。三〇〇万！　何と有用で、生産的な支出だろうか。」オーギュスト・ブランキ『社会批評』Ⅱ「断片とノート」パリ、一八八五年、三四一ページ　[E11, 3]

「パリをつぶすために。パリを空っぽにし、労働者人口を拡散させる粘り強い計画。人道主義を建前に、失業中の労働者七万五〇〇〇人を、フランス全土の三万八〇〇〇の市町村に配置する偽善的提案がなされている。一八四九年。」オーギュスト・ブランキ『社会批評』Ⅱ「断片とノート」パリ、一八八五年、三一三ページ　[E11, 4]

「ダヴランクールという人物が内戦の戦略論を説明しにやって来た。それによれば、絶対に暴動の中心地に部隊を留まらせてはならない。そういう所では反逆者たちと接触して悪影響をうけ、いよいよ鎮圧のときが来ても発砲することを拒否する。……真に有効な方式は、あやしい町を見下ろすような、そしていつでも撃破できるような要塞の建設である。兵たちには、民衆から隔離された、兵営生活をそこでいとなませる。」オーギュスト・ブランキ『社会批評』Ⅱ、パリ、一八八五年、二三二―二三三ページ(「サンテティエンヌ、一八五〇年」)

[E11, 5]

「パリと地方のオースマン化は、第二帝政の大きな災害の一つである。この馬鹿げた建築工事のために、必需品に不自由して生命を奪われたあわれな者が何千人いたかは、いつになっても分かる日はないだろう。何百万フランもつぎこまれたことが、現在の窮乏の主な原因の一つである。……「建物がどんどん建つときは、すべてがうまくゆく」という庶民的な言い伝えは、経済の公準に格上げされた。その計算だと、天までのぼるケオプスの大ピラミッドが一〇〇も立っていれば、あふれる豊かさの証拠になるのだろう。それはまったく奇妙な計算だ。もちろん、倹約が交易を締めあげないような秩序だった国家では、建設は、国富の真の温度計になるはずだ。その場合、未来を築き上げる……人口の増加と労働の超過を示すからである。これらの条件がそろっていないときは、左官の鏝も、絶対主義の殺人的なわがままを強調するにすぎない。絶対主義は、戦争に夢中になることを忘れたかと思えば、建物に夢中になるのである。……買収された連中はみな、声を合わせてパリの顔を一新する大工事を称えた。社会的自発性ぬきに、独裁の手によって大きな規模で騒がしく石を動かすことほど悲しいことはない。これほど陰惨な滅亡の兆候はない。ローマ帝国は末期が近くなるにつれて、記念建造物はふえてゆき、巨大になっていった。ローマは自らの墓を建てつつあり、死ぬために美しく装っていたのだ。しかし近代の世界はといえば、死にたくないのである。そして人類の愚かさも終わりに近い。殺人的な栄華に人々は飽き飽きした。抑圧と虚栄の二重の目的で、首都を激しく変えるいろいろな計算は、現在を前にして失敗したように、未来を前にしても失敗することになる。」オーギュスト・ブランキ『社会批評』I、パリ、一八八五年、「資本と労働」一〇九―一一一ページ（「贅沢、結論」）。「資本と労働」の緒言は一八六九年五月二六日付になっている。　[E11a, 1]

「幻想的な諸構造物についてもたれていた錯覚は終わった。どこを見ても一〇〇ほどある単体〔元素〕の外にはちがった材料はない。……このちゃちな、持ち合わせの材料で、宇宙をつくって、つくって、休まずにつくってゆかなければならない。オースマン氏もパリを建て直すのにそれと同じだけのものは使えたのだ。同じものを持ち合わせていた。にもかかわらず、彼のつくった建物は変化に富むとは言えない。自然は、新たに建てるためにやはり破壊を行っているが、自らの建造物はもう少し出来がよい。乏しさのなかからあまりにも豊かな工夫をするので、自然の作品の独創に限界があるとは考えづらい。」オーギュスト・ブランキ『天体による永遠――天文学的仮説』パリ、一八七二年、五三ページ [E11a, 2]

『新世界劇場』三四巻五号(一九三八年二月三日)の一二九―一三〇ページでは、H・ブディスラフスキーの「クロイソス(リューディアの王、大富豪の象徴)が家を建てる」という論文が一八七二年のエンゲルスの論文「住宅問題について」を次のように引用している。「ブルジョワジーが住宅問題を彼らなりのやり方で解決する方法は、実際にはたった一つしかなかった。彼らのやり方でということは、問題の解決が常に新たな問題を生むようなやり方でということである。その方法を「オースマン式」という。「オースマン式」といっても、パリのあのオースマンが使ったボナパルト主義特有の流儀だけを指しているわけではない。つまり、家屋の密集した労働者住宅街を突き抜けて、長いまっすぐな広い通りを貫通させ、その通りの両側を大きくて豪奢な建物で囲むという、あのパリのオースマンのやり方を言っているのではない。このオースマンの方式は、バリケード戦をやりにくくするという戦略的な目的のほかに、ボナパルト主義特有の、政府に依存した建築プロレタリアートをつくり上げ、そしてパリを豪奢な街につくり変えることをねらったものだった。これに対して私のいう「オースマン式」とは、ひろく一般に行われるようになった方式であり、労働者住宅街を――特に大都市の中心部にあるそれを――一掃することである。……その結果はどこでも同じである。……恥さらしな小路が消え失せて、ブルジョワジーはその成功をしきりに自画自讃する。……だが、そうした小路はまたすぐにどこか別の所にできてしまう。しかも多くの場合、消えた小路のすぐそばにである。」これと切り離せないのはご承知のとおりの物価問題である。つまり、なぜロンドンの新興労働者住宅街では（一八九〇年頃のことだろうか?）スラム街よりも死亡率がずっと高いか、という問いである。その理由は、労働者たちが高い家賃を払うためにろくな物も食べることができなかったからである。ペラダン〔世紀末の作家〕の見解によれば、一九世紀はすべての人間に衣食を切り詰めてまでも住居を手に入れるよう強いてきた。　［E12, 1］

パウル・ヴェストハイムが彼の論文「新しい凱旋通り」（『新世界劇場』三四巻八号、二四〇ページ）で述べているように、オースマンのおかげでパリの人々が巨大賃貸アパートのみじめさを知らずにすんだというのは正しいのだろうか。　［E12, 2］

パリの市街図を前にして、オースマンは、ラスティニャックの「パリよ、さあ今度は、おれとお前の勝負だ」という台詞を口にする。　[E12, 3]

「新しいブールヴァールは不衛生な区域に空気と光を入れた。しかし、道を通すときに、土地の値上がりによってそもそも問題視されていた中庭や庭園がほとんどどこでもなくなってしまった。」ヴィクトール・フールネル『新しいパリと未来のパリ』パリ、一八六八年、二二四ページ(「結論」)　[E12, 4]

旧いパリは新しい通りが単調であると嘆く。新しいパリの返事。
「通りたちのどこを責めるのですか？……
直線のおかげで、ゆったり通ってゆけます、
何台もの乗物にぶつからずにすんでいます。
眼さえしっかり見えていれば、間抜けや金を借りる者や、
お巡りやうるさい連中からも逃れられます。
今や、道のどこにいても、どの歩行者も、

避けるか、挨拶するしかないのです。」

M・バルテルミー『旧いパリと新しいパリ』パリ、一八六一年、五—六ページ　[E12a, 1]

旧いパリは言う。「金《かね》は家賃に全部食われているので、食うや食わずだ。」M・バルテルミー『旧いパリと新しいパリ』パリ、一八六一年、八ページ　[E12a, 2]

ヴィクトール・フールネル（19世紀仏のジャーナリスト）は、『新しいパリと未来のパリ』（パリ、一八六八年）の、特に「近代パリの廃墟の一章」のなかで、パリにおいてオースマンの行った破壊の規模の大きさを描出している。「近代のパリは、自分の時代を起源にしたいので、昔の宮殿や昔の寺院を取り壊して、代わりに化粧漆喰の装飾と石まがいの板紙の彫像を飾った、白い豪華な家を建てる一人の成り上がり者である。前世紀においては、パリの記念建造物の年代記を書くことは、起源から始めて、全時代におけるパリそのものの年代記を書くことだった。もうじき、……われわれの生涯の最後の二〇年の年代記をただ単に書くということになるだろう。」二九三—二九四ページ　[E12a, 3]

オースマンの悪業についての、フールネルの卓越した記述。「フォーブール・サン＝ジエルマンからフォーブール・サン＝トノレへ、カルチエ・ラタンの地域からパレ＝ロワイヤルのあたりへ、フォーブール・サン＝ドニからショーセ＝ダンタンへ、ブールヴァール・デジタリアンからブールヴァール・デュ・タンプルへ行くたびに、ある大陸から別の大陸へ渡ってゆくような気がしたものだ。パリにおいて、別々のいくつもの小さな町――学生の町、商業の町、奢侈の町、隠居の町、庶民的な活動と快楽の町――が形成されていたが、それでいて相互に、一連のニュアンスと中間の過程によってつながっていたのである。どこにも同じく幾何学的であり直線的な道路――これは、一里《リュー》先までのパースペクティヴとして、常に同じ家の列を延長させる――を通すことによって、そういうものを消してゆくわけである。」ヴィクトール・フールネル、前掲書、二二〇―二二一ページ(「結論」) [E12a, 4]

「彼らは、……森に舞踏会の花を移植することと同じように有用性も実益もないまま、サント＝ジュヌヴィエーヴの丘にブールヴァール・デジタリアンを移してくるのである。彼らは、必要もないのにシテ島に、リヴォリ街のような通りを数本つくるのである。そんなことをするうちに、都のこの揺り籠はすっかり取り壊され、兵営と教会と病院と宮殿しかなくなる。」ヴィクトール・フールネル『新しいパリと未来のパリ』パリ、一八六八年、

二二三ページ。最後の文章は、ヴィクトール・ユゴーのオード「凱旋門に捧げる」の一つの詩句に似ている。 [E13, 1]

オースマンの仕事は、スペイン市民戦争が示すように、今日ではまったく別の手段をもって実行に移されている。 [E13, 2]

オースマンの時代に、壁の乾かぬ家に廉く住む人《トロッケンヴォーナー》たち。「パリの新築の一階に入る流浪《ノマド》の企業家たちは、主な三つのカテゴリーに分類できる。大衆相手の写真師、バザールや一三スー均一の店を出している雑貨商、特に巨女などをみせる見世物師である。このおもしろい人物たちは、パリの変化によって現在までにもっとも得をした人たちに数えられる。」ヴィクトール・フールネル『新しいパリと未来のパリ』パリ、一八六八年、一二九―一三〇ページ(新しいパリをめぐる風光明媚なプロムナード) [E13, 3]

「世間の人がこぞって認めているように、中央市場《レ・アル》は、この一二年間に建てられたものの内でももっとも完璧な建築である。……何を意味しているかが一目で分かる、精神を満足させるような一つの論理的調和がそこに現れている。」ヴィクトール・フールネル『新し

いパリと未来のパリ』二一三ページ　[E13, 4]

すでにティソは投機を促している。「パリ市は、数億フランの公債を続けて発行し、……一挙に一つの区域の大部分を買い上げて、趣味と衛生と交通にたいする要求にかなうやり方で再建すべきである。投機の材料がそこにできる。」アメデ・ド・ティソ『ロンドンとパリの比較』パリ、一八三〇年、四六―四七ページ　[E13, 5]

ラマルティーヌ〔19世紀仏の詩人・政治家〕はすでに『共和国の過去、現在、未来』パリ、一八五〇年(ジャン・カスー『一八四八年』〈パリ、一九三九年〉、一七四―一七五ページに引用)のなかで、「公衆の場で暇をもてあまして堕落し、過激派《ファクシオン》の風に吹かれて、もっとも大きな声で叫ぶ者に追随する、都市のなかの取り残された浮動で流浪《ノマド》の部分」について語っている。　[E13a, 1]

パリの巨大賃貸アパートについてのシュタールの見解。「パリはもうすでに[中世のころから]狭いベルト状の城壁に閉じ込められた人口過密の大都市だった。一戸建て住宅や個人住宅や、あるいは掘立て小屋同然の小さな家さえ、大衆階層には与えられなかった。

たいていは窓二つ分の幅の――窓一つ分の幅のことも稀ではなかったが――非常に狭い敷地(他の都市では窓三つ分の幅の敷地が普通だった)に、何層にも階を重ねて家を建てた。屋根はたいていが平らで、何かあるとしても、せいぜい切妻屋根を乗せている程度だった。……屋上は奇妙きてれつな格好をしていて、天井の低い屋上屋や屋根裏部屋《マンサルド》の屋根が煙突のレンガ壁にぴったり接して作られた。」屋根を自由に構成することには、のちのパリの近代の建築家たちもこだわるようになった。この点にシュタールは「まったくゴシック的なすばらしい要素」を認めている。フリッツ・シュタール『パリ』ベルリン、〈一九二九年〉、七九―八〇ページ　[E13a, 2]

「いたる所で……一種独特の形の煙突が作られたので、「マンサルド屋根」の形の混乱に一層拍車をかけた。これはパリの住宅すべてにとって欠かせない特徴である。どんなに古い家屋でも、そそり立ったレンガ壁から煙突の陶管の頭が飛び出しているのが見られる。……パリの建築の基本的な特性はローマ時代のものであるように思われているが、実はローマ的なものとはかけ離れていて、むしろゴシック的である。煙突の作り方がそれをはっきり示している。……もっと無難な言い方をすれば、北方的だと言ってもいい。そうだとすれば、道路の場合にはローマ的な特徴がもう一つの……北方的な要素によって弱まったと考えられる。近代に作られたブールヴァールやアヴニューはほとんどといっていいほど木が植えられているが、……街の景観をつくっている樹木の並び方はもちろん完全に北方的である。」フリッツ・シュタール『パリ』ベルリン、二一―二二ページ

［E13a, 3］

パリでは近代の家屋は、「既存のものからだんだんと発展していった。それが可能だったのは、既存の家屋がもう大都市住宅の態をなしていたからである。たとえば一七世紀に作られたここヴァンドーム広場の家々は、当時は豪勢な住宅だったが、今日ではファサードはそのままなのに、そのなかであらゆる種類の商売が行われている」。フリッツ・シュタール『パリ』ベルリン、一八ページ

［E14］

オースマン擁護論。「よく知られているように……一九世紀においては、一つのまとまりを持った全体としての都市という概念は、その他の芸術上の基礎概念と同様に完全になくなってしまった。その意味では、都市計画なるものもなくなってしまった。古い道路網に食い込むように計画もなしに建設が進み、街が拡大されていった。……まっとうな意味で都市の建築史といえるものは、この時期をもってほとんどの都市では完了した

ことになる。だがパリだけは例外である。パリの街を前にしては人々は頭をかかえこんでしまい、むしろ手がつけられないという態度をとった。」（一三一一四ページ）「三世代にもわたって人々は都市計画とはなにか知らなかった。われわれにはそれが分かってはいるが、分かっているとはいっても、過去に取り逃がした機会を悔むのがせいぜいである。……こうしたことを考えたうえではじめて、この天才的な唯一無二の近代的都市計画家の業績に敬意を表することができるようになる。彼は間接的にはのちのアメリカのすべての大都市も建造したことになるのだ。」（一六八―一六九ページ）「こうした点から考えると、オースマンがつくった大きな貫通道路のほんとうの意味が分かってくる。これらの道路によって新しい都市は、旧市街に入り込み、それを新都市部にいわば引き寄せるのだが、その場合にも旧市街のもっている性格を変えることはない。そのために広い貫通道路はその便利さばかりでなく、美的な効果も持つことになる。つまり、旧市街と新市街は、パリ以外の街では一般にそうであるように無関係に併存しているのではなく、パリではそれが一つに溶け込みあっている。パリのどこかで古い小路を抜けてオースマンの作った大通りに出ると、そこに新しいパリを感じとることができる。つまり、新旧あわせて過去三〇〇年のパリを感じることができる。というのも、オースマンは並木道や大通りの形式ばかりでなく、家屋の形式さえも、ルイ一四世が作り上げた都のそれを踏襲したからである。それだからこそ、オースマンの通りは、街に意味のある統一性を与えるという機能を果たしうるのである。そう、彼はパリを破壊したのではない、完成させたのだ。……この点は言っておかねばなるまい。たとえ……彼の改革で美しいものがたくさん犠牲にされたということが分かってはいても。……たしかに、オースマンはものに憑かれた人であった。だが、彼のような仕事はものに憑かれた者にしかできない。」フリッツ・シュタール『パリ――芸術作品としての都市』ベルリン、一七三―一七四ページ

[E14a]

F

鉄骨建築

「どんな時代もそれに続く時代を夢見ている。」

ミシュレ「未来！　未来！」（『ウーロップ』七三号、六ページ）

鉄骨構造の弁証法的理由づけ。その際には、ギリシアの石造り建築（梁天井）および中世のそれ（アーチ形天井）と鉄骨構造との違いが強調される。「ギリシアおよび中世の芸術よりもずっとすばらしい基調音を響かせる、これまでとは違った静力学的原理によるこれまでとは違った芸術が時代の胎内から解き放たれ、生命を獲得することになるであろう。……これまで存在しなかった新しい架構システムは当然ただちに、芸術諸形式の新たな王国をもたらすことになろうが、そうした新しい屋根構造が出現するためには、これまで知られてはいなかったというよりも、むしろこうした使用法の主導原理としては用いられなかった材料が受け入れられはじめることが必要である。まさにこのような材料の一つが……鉄なのだ。われわれの世紀はその方向での鉄の利用をすでに開始している。鉄こそは、その静力学的特性についての検証と知識が進むにつれて、来たるべき時代の建築様式における屋根構造の基礎として利用され、静力学的見地から言えば、ギリシアや中世の屋根構造よりずっとすぐれたものとなるであろう。ちょうど、アーチ・システムのおかげで中世が古代世界の一枚岩の梁構造をはるかにしのいでいたのと同じように。……一方でアーチ構造から静力学的な釣合原理が借りてこられ、まったく新しい未知の建築システムの一つが形成されることになるが、他方で、この新しいシステムの芸術形式という点では、ギリシア的な形式原理が受け入れられねばならないであろう。」『カール・ベッティヒャー生誕百年記念論集』ベルリン、一九〇六年、四二ページ、四四―四六ページ（カール・ベッティヒャー「われわれの時代の建築様式への応用という観点から見たギリシア的建築様式とゲルマン的建築様式の原理」）　［F1, 1］

早く登場しすぎたガラス、早すぎた鉄。きわめて脆い材料ときわめて強力な材料とがパサージュにおいて打ちのめされ、いわば凌辱された。前世紀半ばには、ガラスや鉄による建築はどのようにしたらいいのか分かっていなかった。だからこそ、鉄の柱のあいだのガラスをとおしてさしてくる日中の光はあれほど汚く、かすんでいるのだ。　［F1, 2］

「三〇年代の半ばに鉄製の家具が、ベッドの台架、椅子、小円卓、植木台などとして現われた。こうした鉄製家具の特別な長所として褒め称えられたのが、鉄を使えばどんな木材の種類にも見違えるほど似せうるということであったが、そのことは、この時代のありようをよく示している。一八四〇年をすぎるとすぐに全面布張りのフランスの家具が出現し、それとともに布張り様式が完全に制圧することになる。」マックス・フォン・

ベーン『一九世紀のモード』II、ミュンヘン、一九〇七年、一三一ページ

[F1, 3]

ガラスと鋳鉄という、技術による二つの大成果は手を組んだ。「商人たちが〔店内で〕灯しつづけているおびただしい量の照明を別にしても、これらのギャルリは、夜になると、柱に溶接して固定された螺旋状の鋳鉄の管によって供給される三四の水素ガス灯で照明される。」おそらくギャルリ・ド・ロペラのことであろう。J・A・デュロール『一八二一年より今日までのパリの〔自然、市民、精神の〕歴史』II、〈パリ、一八三五年、二九ページ〉

[F1, 4]

「郵便馬車がセーヌの岸をこちらへと駆け上がってくる。オーステルリッツ橋の上に稲妻が光っている。鉛筆を休めるがいい。」カール・グツコウ『パリからの手紙』II、〈ライプツィヒ、一八四二年〉、二三四ページ。オーステルリッツ橋は、パリの最初の鉄骨構造物の一つであった。その上で光る稲妻とともに、オーステルリッツ橋は激しい勢いでやってくる技術時代のエンブレムになっている。傍らには郵便馬車とそれを引く黒い馬、馬のひづめからほとばしるロマンチックな火花。そして、それらを写し取ろうとするドイツ作家の筆致。それは、グランヴィル風の一枚のすばらしい飾り絵だ。

[F1, 5]

「事実、われわれは、美しい劇場も、美しい鉄道の駅も、美しい万国博覧会場も、美しいカジノもまだ見たことがない。つまり、産業用にせよ、遊興用にせよ、美しい建造物というものを知らない。」モーリス・タルメール『血の都市』パリ、一九〇八年、二七七ページ
[F1, 6]

鋳鉄の魅力。「アープル〔作中人物〕は、その時、この惑星〔土星〕の輪が、土星人たちが夕涼みに来る環状のバルコニーにほかならないことを確信できたのだった。」グランヴィル『もう一つの世界』パリ、〈一八四四年〉、一三九ページ■ハシッシュ■
[F1, 7]

住宅様式で建てられた工場などに言及するときには、建築の歴史における次のような類似の現象をも引き合いに出すこと。「すでに述べたことだが、〔18世紀の〕感傷主義の時代には友情の神殿や優しさの神殿が建立された。その後で、古代趣味が流行すると、庭園や公園や丘の上に神殿や神殿めいたものが大量に建てられるようになった。しかも、優美の女神たちやアポロや芸術の女神《ムーサイ》たちに捧げられた建物だけではなく、事業用の建造物、また納屋や家畜小屋までもが神殿様式で作られた。」ヤーコプ・ファルケ『近代趣味

史』ライプツィヒ、一八六六年、三七三―三七四ページ。建築の仮面というものがある。そしてこのような仮面を被って一八〇〇年ころの建築は、仮装舞踏会にいくときのように、日曜日のベルリン周辺のいたるところに亡霊じみた調子で立ち上がってきた。［F1a, 1］

「工芸職人の誰もが別の分野の材料や作り方を真似して、酒樽職人が作ったような磁器茶碗、磁器のようなガラス・コップ、革ベルトのような金細工、棒管を使った鉄の卓などを作り上げれば趣味の奇跡を行ったのだと思い込んでいた。この分野では、菓子職人までもが、自分の趣味の王国と基準のことをまったく忘れて、彫刻家や建築家に成り上がっていった。」ヤーコプ・ファルケ『近代趣味史』三八〇ページ。こうした波乱の原因の一部は、あまりにも多くの技術的手段や新しい材料が一夜にして贈り与えられたことにある。そうしたものを自家薬籠中のものにしようと努めるうちに、やりそこないや間違った試みが生じたわけである。だが、一面から言えばそうしたさまざまな試みは、技術生産というものがその当初においていかに夢にとらわれていたかを、もっとも典型的に立証するものである。（建築のみならず技術も、ある段階では集団的な夢の証言なのである。）［F1a, 2］

「副次的な分野においては、確かに新しい芸術である鉄骨構造の建築が出現した。デュケネーによる東鉄道駅は、この点で、建築家たちの注目に値するものだった。鉄に適した新しい組み合わせのおかげで、鉄の使用がこの時期に急増した。このジャンルでは、まず初めに、さまざまな意味で注目すべき二つの作品、サント＝ジュヌヴィエーヴ図書館と中央市場《レ・アル》の名をあげておかねばならない。中央市場は……真の典型となり、そのコピーがパリやその他の都市で繰り返し建造されて、まるでかつてのわれわれのカテドラルのゴシック様式のように、フランス中に広まり始めたのだった。……細部においては、顕著な改良が見られた。まさに記念碑的というべき金属装飾は、豊かで、優雅になった。柵や燭台型街灯やモザイク模様の鉄製舗板は、美の追求の努力が成功した場合が多かったことの証人である。産業技術の進歩は、鋳鉄の銅メッキを可能にしたが、この技法はあまり勧められるものではない。贅沢が進むとよりいっそう鋳鉄にブロンズが取って代わり、ブロンズの登場によって、いくつかの広場の燭台型街灯は芸術品となった。」■ガス■　この箇所についての注。「パリに導入された鉄の量は、一八四八年に五七六三トン、一八五四年に一万一七七一トン、一八六二年に四万一六六六トン、一八六七年に六万一五七二トンであった。」E・ルヴァスール『一七八九年から一八七〇年までのフランスにおける労働諸階級と産業の歴史』Ⅱ、パリ、一九〇四年、五三一―五三二ページ　[F1a, 3]

「簡素で厳正な建築の才能をもつ芸術家アンリ・ラブルーストは、サント＝ジュヌヴィエーヴ図書館とパリ国立図書館の建設において、初めて鉄を装飾的に使用し、成功を収めた。」ルヴァスール、同書、一九七ページ　[F1a, 4]

ナポレオンが一八一一年に承認した計画にしたがった中央市場の建設はひとまず一八五一年に始まった。受けは全般に悪かった。この石造建築は「中央市場《レ・アル》の強力《ごうりき》」と呼ばれた。「試みは成功せず、打ち切りとなった。……課された目的にもっと適した種類の建築が追求された。西駅のガラス屋根の部分と、一八五一年の万国博覧会の会場となったロンドンの水晶宮《クリスタル・パレス》の記憶から、ほとんど鋳鉄とガラスだけを使用するという発想が生まれたことは疑いない。今日では、同様の建物に要求される諸条件を、他のどの素材にも増して満たしているこれらの素材を採用したことの正しさが、理解されている。一八五一年以来、中央市場の工事は中断なしに続けられているが、まだ完了していない。」マクシム・デュ・カン『パリ』Ⅱ、パリ、一八七五年、一二一―一二二ページ　[F1a, 5]

サン＝ラザール駅の代役を務めることになるはずだった新駅の計画。マドレーヌ教会広場とトロンシェ街の角。「レールは、報告書によれば、「高さが地上二〇ピエ〔約六・五メートル〕、長さが六一五メートルの鋳鉄製の優雅なアーチに支えられ」、サン＝ラザール街、サン＝ニコラ街、マテュラン街、カステラーヌ街を通るはずであり、それぞれの街路に停車場がつくられることになっていた。」■遊歩者。街路に隣接した〈?・〉停車場■

「……それ［計画］を見るだけで、鉄道の将来の発展を当時の人々が少しも予想していなかったことが分かる。運よく、結局は建造されなかったこの駅のファサードは、「記念碑的」と形容されるとはいえ、奇妙に規模が小さく、現在交差点の角に場所を占めているような店舗の一軒さえそこにはおさまらなかっただろう。それは、各階に八つの窓がある、四階建ての一種のイタリア式の建造物なのだ。主要な通路は、五、六人が横に並んで通れるほどの幅をもつ、半円形の〔屋根付き〕ホールに降りていく二四段の階段となっている。」デュ・カン『パリ』Ⅰ、二三八―二三九ページ　［F2, 1］

西駅〔今の何駅か?・〔サン＝ラザール駅〕〕は「操業中の工場と官庁という二重の様相を呈している。」デュ・カン『パリ』Ⅰ、二四一ページ。「バティニョル大通りの下を通る三列のトンネルを背にして、駅全体を見渡すと、それが巨大なマンドリンそっくりの形をしていることが分かる。レールが弦で、各分岐点にある信号塔が糸巻きというわけだ。」デ

ユ・カン『パリ』I、二五〇ページ　　　[F2, 2]

「ステュックス〔冥府の川〕の流れに鉄のワイヤー製の掛け橋がかけられて……商売上がったりになった渡し守カロン。」グランヴィル『もう一つの世界』パリ、一八四四年、一三八ページ　　　[F2, 3]

オッフェンバックの『パリジャンの生活』の第一幕は駅が舞台だ。「産業化の運動はこの世代に心底まで染み込んでいたようで、例えばフラシャが家を建てた土地などは、その左右を汽車が汽笛を鳴らしながら通り過ぎるようなところであった。」ジークフリート・ギーディオン『フランスにおける建築』ライプツィヒ／ベルリン、〈一九二八年〉、一三ページ。ウジェーヌ・フラシャ(一八〇二―七三年)、鉄道建設業者、建設家。　　　[F2, 4]

パレ＝ロワイヤルのギャルリ・ドルレアン(一八二九―三一年)について。「アンピール〔帝政〕様式の創始者の一人であるフォンテーヌでさえ、年をとってからは、新しい材料へと宗旨変えをしている。ところでその彼は一八三五―三六年にも、ヴェルサイユ宮の《戦いの間《ギャルリ・デ・バタイユ》》の木の床の支えを鉄の梁に換えている。――パレ＝ロワイヤルにあるようなこのギャルリは、遅ればせながらイタリアでさらに展開されることになる。われわれにとっては、こうしたギャルリは、駅などの新しい建築問題の出発点なのだ。」ジークフリート・ギーディオン『フランスにおける建築』二一ページ　[F2, 5]

「穀物市場《アル・オ・ブレ》が鉄と銅による混合構造になったのは、一八一一年のことであり、……それは建築家のベランジェと技師のブリュネによってであった。これは、われわれの知るかぎり、建築家と技師を同一人物が兼ねなくなった最初のケースであった。北駅を作ったイトルフは、ベランジェのもとで鉄骨構造をはじめて知ることができた。――そうはいっても、それは本当のところは鉄骨構造というよりは、鉄が使われているにすぎなかった。まだ木造建築の仕方を鉄に応用しただけだったのである。」ジークフリート・ギーディオン『フランスにおける建築』二〇ページ　[F2, 6]

ヴーニが一八二四年につくったマドレーヌ広場の市場の建物について。「繊細な鋳造の柱がもつほっそりした優美さは、ポンペイの壁画を思わせる。「鋼鉄と鋳鉄とで建築されたマドレーヌ教会広場の新しい市場は、この種のものとしては、もっとも優美な作品の一つで、これ以上優雅で趣味の良いものは想像もできないほどだ……。」エック『概

論』。」ジークフリート・ギーディオン『フランスにおける建築』二一ページ　［F2, 7］

「産業化へ向けてのもっとも重要な一歩は、鋳鉄や鋼鉄を使い、機械的手段で、ある特定の形態（形鋼）を作ったことである。さまざまな分野が絡み合うようになった。つまり、建築物の各部分からではなく、線路をつくることから始めるようになった……一八三二年のことである。形鋼、つまり、鉄骨建築の基礎の始まりがここにある。［この箇所についての注釈。新しい製法が産業に浸透していく過程は、緩慢なものであった。一八四五年、パリで天井の梁に二重T型鋼が導入されたきっかけは、レンガ積み職人のストライキ、建築ブームによる木材価格の上昇、長い梁を使うようになったことである。］」ギーディオン『フランスにおける建築』二六ページ　［F2, 8］

最初の鉄骨建築は通過的《トランジトーリッシュ》／仮設的目的のためであった。つまり、市場、駅、博覧会場に使われた。つまり、鉄は経済生活における機能的な要素とすぐさま結びついたのである。だが、当時において機能的かつ一時的《トランジトーリッシュ》であったものが、今日では時代のテンポが早まったために本格的で恒常的なものという印象を与えはじめている。　**［F2, 9］**

「中央市場《レ・アル》は「屋根つき街路」によって結ばれた二つのパヴィリオン・グループから成っている。その鉄骨構造は多少とも用心深く作られており、オロー〔19世紀仏の建築家〕やフラシャのように張り間を大きく取ることを避けており、明らかに温室を手本としている。」ギーディオン『フランスにおける建築』二八ページ [F2a, 1]

北駅について。「一八八〇年ころに始まった待合室、入り口ホール、レストランなどにたっぷり空間をとる傾向は、北駅ではまだまったく見られない。駅の建築問題が大げさなバロック宮殿風の言葉で論じられるようになったのは後のことである。」ギーディオン『フランスにおける建築』三一ページ [F2a, 2]

「一九世紀は、誰にも見られていないと思うところでは、大胆になる。」ギーディオン『フランスにおける建築』三三ページ。実際にこの命題は、ここで言われているような一般性をもっている。例えば、家庭雑誌や児童図書における匿名のイラストなどがその証明である。 [F2a, 3]

駅〔Bahnhöfe〕は昔は鉄道駅〔Eisenbahnhöfe〕と言われていた。 [F2a, 4]

人々は、芸術を形式の面から革新しようと意図していた。ところが、形式こそは自然の本当の秘密ではないのか？　自然というのは、純粋に事柄に即して立てられた問題に、正しい解決、事柄に即した解決、論理的な解決をまさに形式によって与えるために待機しているものだからである。地上での前進運動を持続的に行えるように車輪が発明されたとき――「これが円形なのは、つまり車輪のかたちをしているのは、余計なおまけなんですか？」ときいた人がいたとしても、それはある程度正しかったのではなかろうか？　結局のところ、形式の分野における偉大な達成はすべて、技術的な発見として生じたのではなかろうか？　われわれの時代を特徴づけるどのような形式が機械のなかに隠れ潜んでいるかは、われわれがいまようやく予感しはじめたところである。「新しい生産手段の形態が生まれても、その当初はいかに古い形式によって支配されているものであるか、……おそらくそれを他のなににもましてよく示しているのは、現在の機関車が発明される前に試みられたある機関車の形であろう。実際、その機関車は二本の足を持っていて、それを馬のように交互に持ち上げるようになっていた。機械工学がさらに発展し、実際の経験が蓄積されてようやく、形式は完全に力学上の原理によって決定されるようになり、それとともに道具が持っていた伝統的な身体形式からの完全な解放がなされ、道具は脱皮して機械となった。」(この意味では例えば建築においても支柱と屋根の存在は「身体形式」だといえる。) 引用箇所は、マルクス『資本論』I、ハンブルク、一九二二年、三四七ページの注　[F2a, 5]

美術学校《エコール・デ・ボザール》によって建築は造形芸術の側に入れられてしまった。「これは建築にとっての災厄であった。バロックにおいては芸術と建築の一体性は完全であり、また自明の事柄でもあった。ところが一九世紀が進むうちにこの一体性は分裂し、偽りのものになってしまった。」ジークフリート・ギーディオン『フランスにおける建築』〈ライプツィヒ/ベルリン、一九二八年〉、一六ページ。この箇所はバロックについての重要な観点を提示しているだけではない。同時にこれは、歴史的に見てもっとも早く芸術という概念から抜け出たのが建築であることを示している。あるいは、こう言った方がいいかもしれない。建築は「芸術」として鑑賞されることをもっとも嫌うものとなった、と。もっとも、一九世紀は、これまで想像もできなかった規模で、しかも結局のところいままで以上にはっきりした根拠があったわけではないのに、精神的創造力の所産に芸術という名を押しつけたのだが。　[F3, 1]

温室庭園の埃っぽい蜃気楼、線路の交わるところに幸福の小さな祭壇を備えた駅の陰鬱な光景、これらすべては、あまりにも早く来すぎたガラス、あまりにも早すぎた鉄という間違った構造のもとで腐り出している。というのも、一九世紀の最初の三〇年ほどの間は、ガラスや鉄を使って建築をするにはどうしたらいいのかまだ誰も分かっていなかったからである。だが現在ではもうとっくに格納庫やサイロによって、答えが見出されている。今や、パサージュの建築素材と同じ事態が、その内部にいる人間という素材にも生じている。この通りの鉄のような性格の持ち主はヒモたちであり、ガラスのようにそっけないのは娼婦たちである。　［F3, 2］

「新「建築」は、一八三〇年ころの産業化の時点、つまり職人的生産過程が産業のそれに転換した時点にその起源を持っている。」ギーディオン『フランスにおける建築』〈ライプツィヒ／ベルリン、一九二八年〉、二ページ　［F3, 3］

技術革新のもつ自然な象徴力がいかに巨大なものであるかをきわめて印象的に示す例は、「鉄道線路」であり、その線路につきまとう独特で比類なき夢の世界である。だが、その事態に本当に光を当てるには、三〇年代に線路に反対して持ち出された激しい議論を知る必要がある。例えばA・ゴードンは『基幹交通論』のなかで、蒸気車は――当時は機関車のことをそう呼んでいたのだが――花崗岩の上を走らせるべきだと論じていた。当時まだきわめて小さな規模で構想されていた鉄道敷設のためにすら、十分な鉄は作れないと思われていたのである。　[F3, 4]

新しい鉄骨構造の上から町を見渡せるようになったときのすばらしい光景――ギーディオンの『フランスにおける建築』〈ライプツィヒ／ベルリン、一九二八年〉には、そのきわめてすぐれた例として、その六一から六三図の挿絵にマルセイユのクレーン橋が挙げられている――は、長いこともっぱら労働者と技術者にしか許されていなかったこと、このことは注意しておかねばならない。■マルクス主義■なぜといって、技術者とプロレタリア以外に誰がその階段を上がったりしただろうか。ところが、この階段のみが、新しいもの、決定的なもの――つまり、これらの建築物の与える空間感覚のことであるが――を十全に認識させてくれるのだ。　[F3, 5]

一七九一年にフランスで築城術や攻囲術の将校を示す名称として「技師《アンジェニウール》」なる表現が登場した。「しかも同じ時期に同じ国で「建設〔Konstruktion〕」と「建築〔Architektur〕」

の対立関係が、意識的に、やがては私情のこもった激しさで表面化するようになってきた。それ以前はいかなる時期でもそうした対立は知られていなかった。……ところが革命の嵐が静まって、無数とも言える芸術理論上の議論がフランス芸術をきれいに整えた道へと戻しはじめると……「建　設　家《コンストリュクトゥール》」なる表現が「装飾家《デコラトゥール》」に対抗して現われることになる。そうなると、すぐその後に続いた問題は、「建　設　家《コンストリュクトゥール》」と同盟を組んでいた「技　師《アンジェニウール》」も彼らと一緒に社会的に独立した陣営を作るべきかどうかということであった。」A・G・マイアー『鉄骨建築』エスリンゲン、一九〇七年、三ページ　[F3, 6]

「石造建築の技術は裁断術であり、木造建築のそれは組み合わせの術である。鉄骨を使った建築はそうしたものとどのような共通点を持っているのか？」アルフレート・ゴットホルト・マイアー『鉄骨建築』エスリンゲン、一九〇七年、五ページ。「石には物質の自然な精神が感じられる。われわれにとって鉄は人工的に凝縮された強度と延性でしかない。」同書、九ページ。「鉄は強度の点では石の四〇倍、木材の一〇倍もすぐれているが、にもかかわらず石の四倍の重さ、木の八倍の重さでしかない。同じ大きさの石と比べて鉄は四倍の重さであっても四〇倍の負荷に耐えられるわけである。」同書、一一ページ　[F3, 7]

「この素材そのものは早くも最初の一〇〇年間に――鋳鉄、錬鉄、軟鋼といった具合に――根本的な変貌を遂げているので、今日の建築技術者はおよそ五〇年前とではまったく違った建築素材を手にしていることになる。……これらは歴史的観察として言うならば、不安な気持ちにさせるほどの可変性を促す「酵素」である。どんな建築素材でも、これといくらかでも似た面をもっているものはない。いまや大変な速度で突っ走る発展が始まろうとしているのだ。……鉄というこの素材のもつさまざまな条件は……「無限の可能性」を開いていく。」A・G・マイアー『鉄骨建築』一一ページ。革命的建築素材としての鉄！ [F3a, 1]

ところが卑俗な意識においてはどうであったかを露骨に、しかしやはり典型的に示しているのは、同時代のあるジャーナリストの発言である。彼に言わせれば、いつの日か後世は、「一九世紀に古代ギリシアの建築術がいにしえの純粋さのままに再び花開いた」ということを認めるにちがいないのだ。『ヨーロッパ』Ⅱ、シュトゥットガルト／ライプツィヒ、一八三七年、二〇七ページ [F3a, 2]

「芸術の場」としての駅。「もしあのヴィールツ〔ベルギーの画家・著述家〕が、近代文明の公共的なモニュメント――鉄道駅、議会、大学の講堂、卸売市場、市庁舎――を……自由に題材にすることができたなら、……いったいどのような新しい世界、劇的で、美しい、生き生きした世界を画布の上に描き出しただろうか。それは、誰にも分からない。」A・J・ヴィールツ『文学作品集』パリ、一八七〇年、五二五―五二六ページ　[F3a, 3]

その素材だけからしても、鉄骨建築の根底にどのような技術的絶対主義がひそんでいるかということは、建築材料の有効性と有用性についてそれが伝統的な考え方とどれほど対立するものであるかを考えてみれば、はっきりする。「鉄にある種の不信感が寄せられているのは、鉄が地下から掘り出してそのままに直接使えず、加工材料として手を加えなければならないからである。これは、かつてレオン・バティスタ・アルベルティ(『建築術』パリ、一五一二年、四四巻)が次のように表現したルネサンスの一般感情があてはまる例にすぎない。「なぜなら、自然のままで統合され、統一されている物体の部分のほうが、人間の手によって結合され、組み合わされた部分よりも分かちがたいからである。」」A・G・マイアー『鉄骨建築』エスリンゲン、一九〇七年、一四ページ　[F3a, 4]

技術的必然性が建築において（そしてまたその他の芸術において）その形式を、そして様式を広汎に決定するという事態こそは、今日ではこの時代のあらゆる生産物の特徴になっているように見えるが、かつてもまたそうだったのかどうかということは、よく考えてみる価値がある――そして、そのように考えてみれば、以前にはそうではなかったという答えが得られるであろう。素材としての鉄の場合には、このことは明確におそらくきわめて早い段階から認められることであろう。というのも、「鉄が建築材料として登場してくる基本的形態は……すでにそれだけで自立した形成物を成しており、部分的に新しいもの」だからである。「そしてその基本的形態の特徴は、建築材料の自然の特性が特別によく現われた結果となっているところにある。この建築材料の自然の特性にしてすでに、技術的かつ科学的にまさにこの形式のために発展させられ、利用されているからである。原材料に手を加えてそのまま使える建築材料にするという目的意識をもった加工手順は、鉄の場合、これまでの建築材料の場合よりはるかに早い段階においてすでに始まっている。鉄鉱石と鉄材の間には、当然、岩石と切り石、粘土と煉瓦、材木と角材の関係とは違った関係が支配している。つまり建築材料と建築様式が、鉄の場合、いわばはるかに同質的なのである。」A・G・マイアー『鉄骨建築』エスリンゲン、一九〇七年、一一三ページ　[F3a, 5]

一八四〇―一八四四年。「ティエールの発想による要塞の建築。……鉄道はけっして発達しないだろうと考えていたティエールは、駅の建設が必要であった時期のパリにいくつかの門を造らせた。」デュベック／デスプゼル『パリの歴史』パリ、一九二六年、三八六ページ　[F3a, 6]

「一五世紀からすでに、このほとんど透明なガラスが一般の家の窓にも用いられている。室内は「もっと光を！」という合言葉に従って、どんどん変わっていった。――一七世紀になると、オランダでは市民の家でさえ平均して壁面のおよそ半分が窓の開口部に当てられるようになる。……／その結果、光が溢れるようになったが、……やがて明るすぎるとして好まれないものになっていった。部屋にはカーテンがつけられることになり、このカーテンも室内装飾業者の技巧があまりに過熱ぎみになったために、すぐに厄介なことにもなった。……／ガラスと鉄による空間の構成は行き詰まっていた。／ところがここに、まったく目立たない源泉から突然に新しい力が流れ込んで来た。／この源泉はまたもや「保護を必要とするものをかくまう」ための「家」であることには変わりはないが、生きもののためや神のための家ではなく、また竈の火や生命のない所有物のための家でもなく、植物のための家なのである。／現代いうところの鉄とガラスのすべての建築物の根源は、温室なのである。」A・G・マイアー『鉄骨建築』〈エスリンゲン、一九〇七年〉、五五ページ■パサージュの中の光■鏡■パサージュはプルーストの描く世界の象徴である。奇妙なことに、パサージュは、この世界とまったく同様に、その根源において植物の存在と結びついている。 [F4, 1]

一八五一年の水晶宮《クリスタル・パレス》について。「壮大なこの建物の中でも、丸天井をもったこの中央のホールがもっとも壮大である――それというのが……。しかしここでものを言ったのは、空間構成を行う建築家ではなく、一人の造園家であった。……それどころか、それには直接的な理由さえあったのだ。というのも、この中央の建物を高く聳え立たせた主たる理由は、ハイドパーク内のその敷地には巨大な楡の木があって、ロンドンの人々もパクストン〔水晶宮を造った建築家〕自身も、これを切り倒すことは望まなかったからであった。パクストンは、その楡の木を、かつてチャットワース園の熱帯植物をそうしたように、巨大なガラスの家で包み込んだのだったが、このために彼の建物には、意識してそうしたわけでもないのに、極めて高い建築上の価値が認められることになった。」A・G・マイアー『鉄骨建築』エスリンゲン、一九〇七年、六二ページ [F4, 2]

ヴィエルは、技師や建設家《コンストリュクトゥール》と対立する建築家《アルシテクト》として、『建物の強度保証に関する数学の無効性について』と題する、力学計算を激しく攻撃する大部の書〈パリ、一八〇五年〉を出版している。　[F4, 3]

パサージュ、それもとくにその鉄骨構造については、次のことが言える。「もっとも基本的な構成部分は……その天井である。「ホール〔Halle〕」という単語そのものの語源も、天井にある。ホールとは上に天井を張った空間であって、囲い込んだ空間ではないからである。側壁はいわば「隠れて」いるのである。」まさにこの文章の最後の部分が、特別の意味でパサージュに当てはまる。パサージュの壁は二次的にしかホールの壁の機能を果たさず、まず何よりも、家の壁ないし家の外面という機能をもっているからである。引用部分はA・G・マイアー『鉄骨建築』〈エスリンゲン、一九〇七年〉、六九ページ　[F4, 4]

鉄骨構造としてのパサージュは、幅広い空間にはまだなりきっていない。このことはパサージュが「古めかしく」見える決定的な理由である。パサージュはここでは、どっちつかずの立場にあって、バロックの教会のそれといくらか類似したものをもっている。

「バロックの教会のアーチ形の天井をもつ「ホール」では、付属礼拝堂さえもその本来の空間を拡張するものとして付け加えられていて、かつてよりも広くなってはいる。しかしこうしたバロックの広間にも、「上方へ」の衝動、上方志向の恍惚感が支配していて、これは天井画の中で歓声をあげている。教会空間が集会の空間以上のものであろうとするかぎり、つまり、永遠なるものへの思いを秘めておこうとするかぎり、間仕切りのない単一空間の幅広さよりも高さを優先させることが、教会の空間としては必要なのである。」A・G・マイアー『鉄骨建築』七四ページ。となると逆に、商品が列をなしているパサージュにも、何か宗教的な荘厳なもの、つまり教会堂の身廊の名残りが残っているとも言えよう。パサージュは機能的にはすでに幅広い空間であるが、建築学的にはいまだ昔の「ホール」にとどまっている。 [F4, 5]

一八八九年〔の万博のとき〕にできた機械館《ギャルリ・デ・マシーヌ》は、一九一〇年に、「芸術的サディズムによって」取り壊された。 [F4, 6]

幅広い空間ができ上がるにいたる歴史的経過。「フランスの王様の館に、イタリアのルネサンス最盛期の宮殿の「ギャルリ」が取り入れられた。これは――ルーヴルの

「アポロの間《ギャルリ・ダポロン》」やヴェルサイユの「鏡の間《ギャルリ・デ・グラス》」におけるように――王の威厳そのものの象徴となる。……／一九世紀にこのギャルリは新たな勝利の行進を始めるが、当初は純粋に実用性が重んじられ、貯蔵倉庫、市場、作業場、工場として利用された。やがて鉄道の駅や――とくに展覧会場に使われることによって――ギャルリは芸術の域にまで導かれることになる。至る所で間仕切りのない広い場所への欲求が大きくなっていって、石のアーチと木の天井には特殊な場合を除いては満足しないようになる。……ゴシックの様式においては、壁が伸びて天井になっている――パリの機械館《ギャルリ・デ・マシーヌ》の……ようなタイプの鉄のホールにおいては、天井は連続して壁に移行している。」A・G・マイアー『鉄骨建築』七四―七五ページ　[F4a, 1]

「極小性」という尺度がこれほどに意味をもったことはかつてなかった。量における極小という尺度、つまり「微量」という尺度についても同様である。文学がこれに順応しようとするよりはるか前から、工業技術や建築の設計においてはこうした尺度がすでに用いられていたのである。結局それらは、モンタージュ原理のもっとも早い時期の現象形態なのである。エッフェル塔の建設について言えば、「ここでは、彫塑的な造形力は沈黙する。無機的な素材のエネルギーを極小の、きわめて有効な形に仕上げて、これらを互いにきわめて有効に組み合わせる精神的エネルギーの途方もない緊張のためである。……一万二〇〇〇個もの金属部分、二五〇万個もの鋲の一つ一つがミリ単位で正確に決められている。……こうした作業現場では、石から形を刻み出す鑿の音が響くことはなかった。そこでも筋肉の力を支配していたのは思考であって、思考がこの筋肉の力を安定した構脚や起重機に転化したのである」。A・G・マイアー『鉄骨建築』九三ページ■先駆者■ [F4a, 2]

「オースマンは、駅の政策とでも呼べるようなものをもつことができなかった。……駅をパリの新しい門と命名した皇帝の適切な言葉にもかかわらず、鉄道の止むことのない発展はすべての人々を驚かせたし、さまざまな予測を超えるものだったのである。……誰もが場当たり的な対応しかできなかった。」デュベック／デスプゼル『パリの歴史』パリ、一九二六年、四一九ページ [F4a, 3]

エッフェル塔について。「はじめは全員から抗議を受けてはいたが、いまだに見るにたえない。しかし、無線の研究には役に立った。……この万国博覧会は、鉄骨建築が勝利をおさめる場になると、人々は言った。むしろその敗退の場になったと言うほうが正し

い。」デュベック／デスプゼル『パリの歴史』四六一―四六二ページ

[F4a, 4]

「一八七八年頃、人々は鉄骨の建築に救いを見出したと思った。サロモン・レーナック氏が言うような、垂直への憧れ、中身の詰まったものに対する空っぽなものの優越、そして外から見える骨組みの軽やかさは、一つの様式が生まれようとしているという期待を抱かせた。この様式の中に、ゴシック精神の主要なものが、新しい精神と新しい素材によって蘇るかもしれないというのである。〔ところが〕技師たちが一八八九年に機械館《ギャルリ・デ・マシーヌ》とエッフェル塔を打ち立てたとき、人々は鉄の芸術に見切りをつけてしまった。だがたぶん、その判断は早すぎた。」デュベック／デスプゼル、前掲書、四六四ページ

[F4a, 5]

ベランジェ。「ルイ＝フィリップの政治体制に対して彼が非難する唯一のことは、この政治体制が共和国を高温の温室の中で急成長させようとしていることであるという。」フランツ・ディーデリッヒ「ヴィクトール・ユゴー」『ノイエ・ツァイト』二〇巻一号、六四八ページ、シュトゥットガルト、一九〇一年

[F4a, 6]

「初期の蒸気機関車のアンピール型から今日の完成した即物的な形態への道は、一つの発展の跡をよく示している。」ヨーゼフ・アウグスト・ルクス「機械美学」『ノイエ・ツァイト』二七巻二号、四三九ページ、シュトゥットガルト、一九〇九年　[F4a, 7]

「芸術的良心、とくに繊細な感受性をもっている人々は、芸術の祭壇から建築技師たちに罵詈雑言を次々と投げつけていた。このことは、ラスキンを思い出せば十分であろう。」A・G・マイアー『鉄骨建築』エスリンゲン、一九〇七年、三ページ　[F5, 1]

第二帝政時代の芸術的理念に関して。ドーミエについて。「彼は筋肉の興奮に極度に感激していた。彼の筆は飽くことなく筋肉の緊張と活動を賛美している。……しかし彼が夢見ていた公衆のあり方は、この品位を欠いた……小商人たちの社会とはまったく違ったスケールのものであった。彼が憧れていたのは、古代ギリシアの人々が力強い美に溢れて立った台座のような一つの基盤を与えてくれる社会的な環境であった。……こうした前提に立って市民を見ると、グロテスクな歪みが……生じざるをえなかった。こうしてドーミエの戯画は、高邁な努力のほとんど意図しない結果といえるものであったが、市民的公衆と同調したいと試みる努力は報われてはいない。……一八三五年に国王の暗殺計画があって、これが新聞に載った風刺画のせいだとされ、新聞の大胆な風刺を……封じる格好の口実になり、政治的な風刺漫画は締め出されるはめになった。……それゆえ、この時代の弁護士を描いた絵は、……火のような激しさをもつものである。法廷はまだ、論戦が激烈な興奮で荒れ狂うことの許される唯一の場所だったからである。弁護士といえば、筋肉の動きで強調されるレトリック、職業上の劇的なポーズを必要とするために、訓練し尽くした表情の動きをもつ唯一の人間なのである。」フリッツ・Th・シュルテ「オノレ・ドーミエ」『ノイエ・ツァイト』三二巻一号、八三三―八三五ページ、シュトゥットガルト　[F5, 2]

一八五三年にバルタール〔仏の建築家〕による中央市場《レ・アル》の建築が失敗したのは、石材と鉄の組み合わせがうまくいかなかったためだが、これと同じことは、一八五一年フランス人オローの作成したロンドンの博覧会場の最初のプランにも見られる。パリの人々は、バルタールの設計になる建物を「中央市場《レ・アル》の強力《フォール》」〔中央市場要砦《フォール》の意味も込められている〕と呼んだが、後に撤去された。　[F5, 3]

真ん中に楡の木のある水晶宮《クリスタル・パレス》について。「このガラスの丸天井の下では、日よけや換気装置や噴水のおかげで、ここちよい爽やかさを楽しむことができた。「ある見物人によれば、おとぎ話の川の波の下の、仙女か水の精の住む水晶の宮殿の中にでもいるような気がしたという。」」A・デミ『〈パリ万国博覧会の〉歴史論』〈パリ、一九〇七年〉、四〇ページ　[F5, 4]

「一八五一年に、ロンドン万国博が終了したあとで、イギリスでは水晶宮《クリスタル・パレス》をどうするかが問題になったが、用地委譲契約書に挿入された一条項は……建物の……取り壊しを……要求していた。世論は一致してこの条項の廃止を求めた。……あらゆる種類の提案が新聞紙上を賑わせたが、その多くは突飛さが目立つだけのものだった。ある医者は病院にしろといい、また別の医者は公衆浴場に、といった具合だ。……巨大な図書館にすることを思いついた者もいた。あるイギリス人は、花への情熱が嵩じて、建物全部を花壇だけにしてしまうことを主張した。」水晶宮はフランシス・フラーの手に渡り、後にシドナム〔ロンドン近郊の村〕に移転された。A・S・ド・ドンクール『万国博覧会』リール／パリ、〈一八八九年〉、七七ページ。[F6a, 1]参照。取引所なら何でも扱えたし、水晶宮は何にでも使えた。　[F5a, 1]

「鉄パイプを用いた家具製造業は……木製の家具製造業と互角以上に張り合っている。炉で着色焼きつけを施され、……花柄の七宝にしたり、はめこみで木を模倣したり、といった鉄パイプ製の家具は粋なもので、ブーシェの絵に出てくる扉の上部のような凝った表現をもたらすこともできる。」エドゥアール・フーコー『発明家パリ――フランス産業の生理学』パリ、一八四四年、九二―九三ページ　[F5a, 2]

北駅の前の広場は、一八六〇年にはルベー〔北フランスの地名〕広場という名前であった。　[F5a, 3]

当時の版画を見ると、駅前広場には群れをなしている馬が描かれていて、乗合馬車が砂埃を舞い上げて走って来る。　[F5a, 4]

北駅にしつらえられた柩台を描いた木版画の説明文。「パリの北鉄道駅〔北駅〕で行われたマイヤーベーア〔19世紀独の作曲家〕の葬儀。」　[F5a, 5]

内部に回廊と鉄製の螺旋階段のある工場空間について。初期のころのパンフレットやカタログには、人形の部屋のように、製作所と販売所が一般にまだ同じ建物の中にあるものが好んで描かれている。一八六五年の靴屋ピネのパンフレットもそうである。写真家のスタジオのように、上からの光を避けるために天井に移動式のカーテンを取り付けたアトリエもしばしば見られる。パリ国立図書館版画室　［F5a, 6］

エッフェル塔について。「現代もっとも有名なこの建物の特徴といえるものは、巨大な図体にもかかわらず、……何か小さな置物のような印象を与えることであり、その理由はどうも……時代一般の低俗な芸術感覚が紋切り型根性とフィリグリー技術〔細い金銀の針金で作る透かし網細工〕のレベルでしか考えることができないためである。」エーゴン・フリーデル『近代の文化史』Ⅲ、ミュンヘン、一九三一年、三六三ページ　［F5a, 7］

「ミシェル・シュヴァリエは、新しい神殿の夢を詩にした。
「汝にわが神殿を見せよう、と神様はおっしゃった。
……………………………………………………………
神殿の円柱は
中空の鋳鉄の円柱が

　　束を成したもので
新しい神殿のオルガンとなった。
……………………………………
骨組みは鉄や、鋳鉄や、鋼鉄や、
　銅や、青銅でできていて、
　　建築家はこれを円柱の上に
弦楽器を管楽器の上に据えるように設置した。
……………………………………
　神殿はかくして一日中たえず
　　新たな調和の響きを奏で
尖塔が避雷針のように聳え立ち
　　雲の中にまでのびて
　　　電気の力を求め
雷雨はこれを活力と電圧で満たすのだった。
……………………………………
ミナレット〔長尖塔〕の先端では

伝令器が腕木を動かし、
いたるところから良き知らせを
民衆に伝えていた。」」

アンリ＝ルネ・ダルマーニュ『サン＝シモン主義者たち　一八二七―一八三七年』パリ、一九三〇年、三〇八ページ　[F6, 1]

ナポレオン一世時代に現れた「智恵の板」は、建造物に対するこの世紀の目覚めつつある感覚を表している。当時の智恵の板の完成図を見ると、風景や建物や模様を線で区切った絵からできていて、これは造形美術におけるキュビズムの原理の始まりを予感させるものでもある。（パリ国立図書館版画室の寓意的《アレゴリー》な版画にもとづいて、智恵の板がカレイドスコープ〔万華鏡〕に取って代わるのか、それともカレイドスコープが智恵の板に取って代わるのかを、一度検証してみること。）〈図3参照〉　[F6, 2]

「パリ鳥瞰」――『ノートル＝ダム・ド・パリ』第一巻第三篇――は、この町の建築の歴史についての概観を現代のアイロニカルな性格描写で締め括っていて、なかでも、証券取引所の建物の建築学的な無価値さについての記述はその白眉である。この章の意味

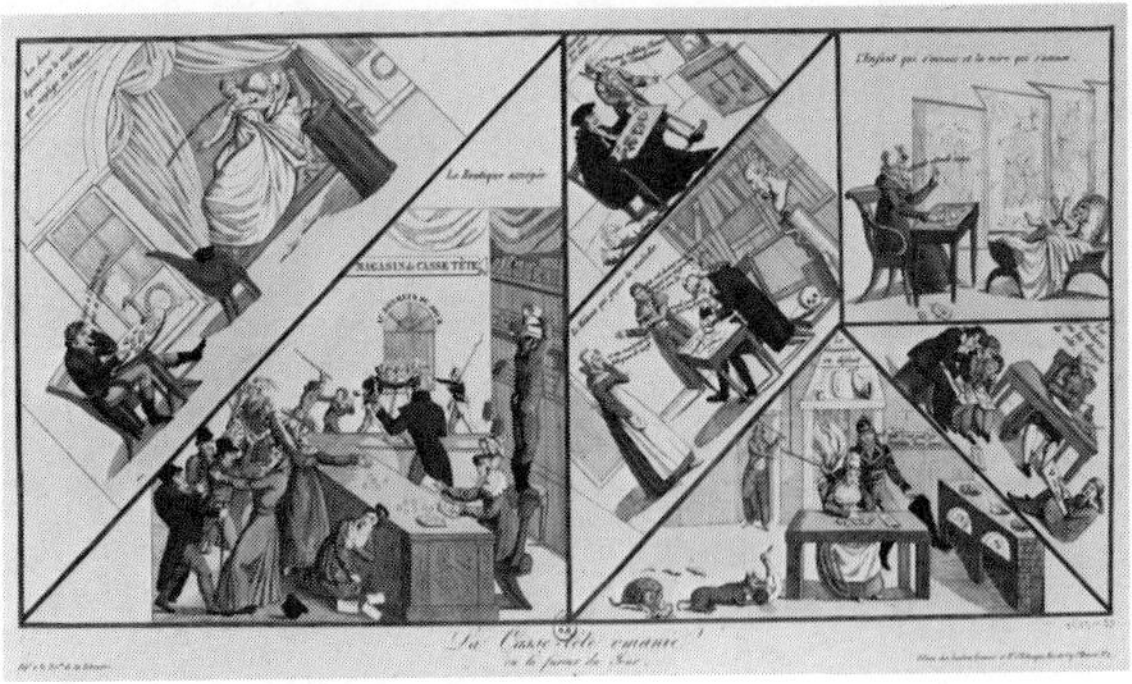

図 3　「智恵の板」狂いまたは今日の大流行（パリ国立図書館）

は、決定版（一八三二年）に追加された注で強調されていて、著者ユゴーはこう言っている。「著者の私は……これらの章のうちの一つで、建築の今日の頽廃、私の考えでは、今やほとんど避けがたくなっているこの芸術の王の死滅について、不幸ながら私のうちにすっかり定着してしまった見解を、熟考を重ねた上で展開したのである。」ヴィクトール・ユゴー『全集——小説三』パリ、一八八〇年、五ページ　[F6, 3]

産業館の建設が決定される前に、水晶宮《クリスタル・パレス》を模範にしてシャンゼリゼ通りの一部をその並木もろとも屋根で蔽う計画が練られていた。　[F6, 4]

ヴィクトール・ユゴーは『ノートル＝ダム・

ド・パリ』で証券取引所についてこう述べている。「建造物の建築様式はその用途に合わせるのが決まりだから、……王宮にも、下院議会にも、市役所にも、中学校にも、調馬場にも、アカデミーにも、倉庫にも、裁判所にも、美術館にも、兵舎にも、墳墓にも、神殿にも、劇場にも、何にでもなることができる建築物というのにはまったく驚いてしまう。さしあたりこれは証券取引所なのである。……フランスではこれは証券取引所なのだが、ギリシアでなら神殿だったことだろう。……建築物の周囲にはあの柱廊が配置されていて、この中で、宗教的に仰々しく堂々と、株式仲買人や商品取引仲買人の行列が厳かに繰り広げられることもあるのである。なるほどそうしたものも大変見事な建築物である。これに、リヴォリ街のような、楽しく変化に富んだたくさんの美しい街路を加えよう。そして私は、気球に乗って見れば、パリがいつの日か……あの豪華な輪郭や……あの外観の多様性や、碁盤目を思わせる何かあの……美しい中にも思いがけないものを、見せてくれるものと期待しないわけではない。」ヴィクトール・ユゴー『全集――小説三』パリ、一八八〇年、二〇六―二〇七ページ(『ノートル＝ダム・ド・パリ』) [F6a, 1]

産業館。「鉄製の骨組みの優雅さと軽快さには驚かされる。技師の……バロー氏は、技巧も趣味もすぐれていることを示してみせたのだ。ガラスの丸天井はどうかと言えば、これの配置の仕方は優美なところがなく、これを見て思い浮かぶのは、……巨大な鐘といったところだ。産業は促成栽培というわけだった。……入り口の両側には、炭水車付きの見事な機関車が二台置かれていた。」このように機関車が配置されたのが見られたのは、おそらく一八五五年一一月一五日、この催しの閉会を飾る授賞式のときが初めてだったろう。ルイ・エノー「産業館」(『一九世紀のパリとパリっ子』パリ、一八五六年、三一三―三一五ページ)　[F6a, 2]

シャルル＝フランソワ・ヴィエル『建物の強度保証に関する数学の無効性について』(パリ、一八〇五年)のいくつかの指摘。ヴィエルは全体構成と建設技術とを区別していて、若い建築家たちは、特に全体構成の知識が不十分だと非難している。彼は、この責任は、「わが国の政治的動乱の最中に、この芸術の公的教育が試みた新方針」にあるとしている(九ページ)。「建築に携わっている幾何学者たちについて言うなら、彼らの作品は、創意の面、建設技術の面から見ると、全体構成に関しては数学が役に立たないこと、また建造物の強度についても数学が有効でないことを証明している。」(一〇ページ)「数学者たちは、……斬新さを強度に結びつけたのだ……と主張している。これら二つの語が通じ合うなどということは、代数の領域ででもなければ起こらないことだ。」(二五ページ)

（この文が皮肉な意味なのか、それとも代数がここでは数学に対置されているのか確認すること。）ヴィエルは、ルーヴル橋〔芸術橋《ポン・デ・ザール》〕とシテ橋〔現在のサン＝ルイ橋〕（両者とも一八〇三年建設）を、レオン・バティスタ・アルベルティ〔ルネサンス期の建築家・芸術理論家〕の基礎理論を引き合いに出して批判している。 [F6a, 3]

ヴィエルによれば、一七三〇年ころ、建設技術に基づいた初めての橋の建造が試みられたにちがいない。 [F7, 1]

一八五五年、万国博覧会の開催に間に合うようオテル・デュ・ルーヴル〔百貨店・ホテル〕の建物が急ピッチで建設された。「請負業者たちは、一日の作業を倍にするために初めて電気照明を用いたのだった。思いがけない遅れが生じていたのである。大工の有名なストライキが終わろうとしていたのだが、このストでパリでは木造骨組みの施工が不可能になってしまった。したがって、ル・ルーヴルは、その構造中に、昔の家の木組みを近代建造物の鉄の床に組み合わせるというあのかなりめずらしい特殊性を示すことになったのである。」G・ダヴネル子爵「現代生活のメカニズムI　百貨店」（『両世界評論』一八九四年七月一五日、三四〇ページ） [F7, 2]

「鉄道の客車は初めは駅馬車のような、バスは乗合馬車のような形だったし、電気の街灯がガス式シャンデリアに似ているし、ガス式シャンデリアは石油ランプのような形だった。」レオン・ピエール＝カン「映画の意味」（『映画芸術』Ⅱ、パリ、一九二七年、七ページ）

[F7, 3]

シンケル〔独の建築家〕のアンピール様式について。「その本領が土台にあるような建物、しかも本来その土台から着想された建物……は、車に似ている。それは、こうした仕方でしか「実行」できない建築の理想を運んで来るからである。」カール・リンフェルト「偉大な建築思想の起源について」（『フランクフルター・ツァイトゥング』一九三六年一月九日）

[F7, 4]

一八八九年の万国博覧会について。「この盛大な催しは、何にも増して鉄の賛美だったと言える。……『コレスポンダン』誌の読者に産業についていくらか一般的概要を示そうとして、われわれは、シャン・ド・マルスの博覧会に関しては、《鉄材建築》と《鉄道》をテーマに選んだのだった。」アルベール・ド・ラパラン『鉄の世紀』パリ、一八九〇年、

Ⅶ—Ⅷページ　[F7, 5]

水晶宮《クリスタル・パレス》について。「建築家パクストンと請負業者フォックス、およびヘンダースン両氏は、断固、寸法の大きい材料は用いないことを決めたのだった。もっとも重い材料は、長さ八メートルの中空の鋳鉄の梁だったが、そのうちのどれも一トンを超えるものはなかった。……おもな長所は経済性にあった。……さらに材料がすべて工場が短い期限での納入を確約できるものだったから、施工が著しく速かった。」アルベール・ド・ラパラン『鉄の世紀』パリ、一八九〇年、五九ページ　[F7, 6]

ラパラン〔19世紀仏の学者〕は、鉄骨建築を、石で覆ったものと鉄骨そのままのものとの二つに分類している。前者の例として彼は次のものを挙げている。「ラブルースト〔19世紀仏の建築家〕は……一八六八年……国立図書館閲覧室を世に問うた。……一一五六平方メートルのこの閲覧室以上に申し分のない、これ以上に調和のとれたものを想像することは難しい。そこには大天井の周囲に明かり取りの九つの丸天井がついていて、これらの丸天井は筋交い付きの鉄のアーチによって、一六本の鋳鉄の軽快な円柱の上に乗っている。この一六本の円柱のうちの一二本は、壁に取り付けられ、四本は単独に、鉄製の台座に支えられて床に立っている。」アルベール・ド・ラパラン『鉄の世紀』パリ、一八九〇年、五六―五七ページ　[F7a, 1]

ヴィエルと一緒に一八五五年に産業館を建てた技師アレクシス・バローは、エミール・バロー〔サン゠シモン主義者〕の弟であった。　[F7a, 2]

一七七九年、最初の鋳鉄の橋（コールブルックデール橋）が建設され、一七八八年、これを建設した人物が、イギリス技術協会から金メダルを受賞した。「しかも、建築家ルイが、パリで、フランス座の錬鉄骨組みの施工を終えたのが一七九〇年であるから、鉄材建築の一〇〇周年は、フランス革命一〇〇周年とほぼ正確に一致すると言える。」A・ド・ラパラン『鉄の世紀』パリ、一八九〇年、一一―一二ページ　[F7a, 3]

一八二二年、パリで、「大エスト」があった。　[F7a, 4]

智恵の板が描かれている石版画「万華鏡《カレイドスコープ》の勝利または中国式ゲームの最後」について。中国人が、智恵の板をもって倒れている。その身体を足で踏み付けている女性は、片手

図4 万華鏡の勝利または中国式ゲームの最後（パリ国立図書館）

にカレイドスコープをもち、もう一方の手に、カレイドスコープで見える模様を描いた紙もしくは巻き紙をもっている。パリ国立図書館版画室（一八一八年の日付あり）〈図4参照〉

[F7a, 5]

「これらのおとぎの家を初めて見て回ると、目がまわり、胸が締めつけられる思いがする。そうした家では、磨かれて眩しいほどの鉄と銅が生きているようで、考えたり、意思を持っている風なのに、虚弱で青白い人間のほうは、これらの鋼鉄の巨人たちのしがないしもべなのだ。」J・ミシュレ『民衆』パリ、一八四六年、八二ページ。著者は、機械による生産が過度に発展するだろうという不安をまったく抱いていない。著者には、消費者の個性主義がこれにマイナスに作用するように思われるのだ。「今や各人は……自分自身になりたがっている。その結果、各人の個性に合うような独自性が欠けた量産品は、評価が低下することが多くなるに違いない。」前掲書、七八ページ

[F7a, 6]

「ヴィオレ＝ル＝デュック（一八一四年―一八七九年）は、中世の建築家たちも、やはり驚嘆すべき技術の持ち主で独創性に富んだ者たちだったことを明らかにしている。」アメデ・オザンファン「壁画」（『フランス百科事典』第一六巻「現代社会における芸術と文学Ｉ」七〇ページ、三段）

[F8, 1]

エッフェル塔建設に対する抗議文。「われわれ、作家、画家、彫刻家、建築家は……脅威を受けているフランスの芸術と歴史の名のもとに、無益で醜悪なエッフェル塔をわが国の首都のまさしく中心部に建設することに抗議するものである。……これは、その野蛮な大きさによって、ノートル＝ダム、サント＝シャペル、サン＝ジャック塔、など、わが国の建造物すべてを侮辱し、わが国の建築物をすべて矮小化して、踏み砕くに等しい。」ルイ・シェロネ「博覧会の三人の祖母」に引用（『ヴァンドルディ』誌、一九三七年四月三〇日号）

[F8, 2]

モンマルトル大通りにあるミュザールの「ハーモニー・ホール」では、何本もの木が屋

根を突き抜けていたと言われる。 [F8, 3]

「鉄が、建築家ルイによって、初めて大規模に用いられたのは、一七八三年、フランス座の建設の際である。恐らく、これほど大胆な工事はその後行われたことがない。一九〇〇年に、同劇場が火災の後に再建されたとき、同じ屋根組みに、建築家ルイが用いた一〇〇倍の重量の鉄が用いられた。鉄構造で一連の建造物がつくられたが、その内でも、ラブルーストの国立図書館大閲覧室は最初のものでかつ最良の例の一つである。……しかし、鉄材は維持費が高くつく。……一八八九年の博覧会は露出鉄材の勝利だった……。一九〇〇年の博覧会では、鉄の骨組みはほとんどすべて苆〔すさ〕入り石膏《スタフ》で被覆されていた。」『フランス百科事典』第一六巻、六八ページ、六一七段（オーギュスト・ペレ「集団需要と建築」） [F8, 4]

様式の時代における露出鉄材の勝利について。「力と必然性を……手に取るように表すときには、「鉄のような」とか「鋼鉄のような」という形容が至る所で……用いられる。このことは、機械技術に対する……心酔とその素材の無比の堅牢性に対する信仰から……理解されるべきことなのであろう。鉄のようなとは、後の「労働者大隊の歩み」とまったく同じような自然の鉄則であり、鋼鉄のようなとは、……帝国の統一を意味し、……宰相自身が……鉄なのである。」ドルフ・シュテルンベルガー『パノラマ』ハンブルク、一九三八年、三一ページ　[F8, 5]

鉄製のバルコニーについて。「家屋がもっとも地味な形態の場合、ファサードはまったく平らである。……区切りは、入り口と窓だけである。フランスの家の窓は、極めて貧しい家の場合でも、床まで開いている門窓〔フランス窓〕である。……これには格子が必要で、貧しい家では何の飾りもない鉄の手すりが、裕福な家ではこれに工芸的な模様が施されている。……ある段階からは、これが装飾になる。……これがファサードの区分けにも役立ち、窓の下線を……強調するようになる。これは壁面から突出することなしに、二つの機能を果たしている。横に広く広がった現代の巨大な建築物では、こうした区分けのアクセントだけでは建築家は満足しない。彼らの感覚は、家屋が次第に横に伸びていこうとする傾向が……表現されることを要求するようになっていた。……そして彼らは伝統的な鉄柵を継承する手段を発見し、一つの階もしくは二つの階のファサードの横並びにバルコニーを作ったのである。これに付けられた鉄柵も黒い色でくっきり目立つもので、ある種の際立った効果をもっていた。こうしたバルコニーは、……建築史のごく最近の時代までは、極めて奥行きの浅いものであって、壁面の厳しさがこれによって消されはしたものの、それでもファサードのレリーフとも呼べるものは、まだ極めて平板のままで、決して大きな突起とはならない彫塑的装飾と同様に、壁のもつ威圧感を消すものではない。家が建ち並んでくると、こうしたバルコニーの手すりが互いにつながって連続した一本の線となり、通りが壁をなしているような印象を与える。ちなみに、こうした印象がさらに強まるのは、上部階が営業用に利用されている場所でも、……看板は取り付けず、どれも同じ金メッキのラテン文字で満足していて、確かに鉄の柵にうまく配してはいるけれども、たいした飾りにはなっていないからである。」フリッツ・シュタール『パリ』ベルリン、〈一九二九年〉、一八―一九ページ　[F8a]

G

博覧会、広告、グランヴィル

「そうです、神聖なるサン＝シモンよ、あなたの教理に、
パリから中国まで全世界がしたがうとき
黄金時代は輝かしく甦ることでしょう、
河川には紅茶とココアが流れ、
平野にはすっかり焼き上がった羊が跳びはねて、
セーヌ河には、クールブイヨン煮のカワカマスが泳ぐでしょう。
ほうれん草は砕いた揚げクルトンをまわりに
あしらい、調理《フリカセ》した姿で世にあらわれる、
果樹にはコンポート煮の林檎が実り、
幅の広い外套《カリック》やブーツを収穫するようになる。
葡萄酒が雪となり、鶏が雨となって降ってくる、
天から、かぶらの添えものの上に鴨が落ちてくるでしょう。」

フェルディナン・ラングレ／エミール・ヴァンデルビュルク作『青銅王ルイとサン＝シモン主義者』。『ルイ一一世』をもじった作品（パレ＝ロワイヤル劇場一八三二年二月二七日）。テオドール・ミュレ『演劇を通して見た歴史　一七八九―一八五一年』Ⅲ、パリ、一八六五年、一九一ページに引用。

「土星の輪の、エラール社のグランドピアノで聴くことができる類いの音楽。」

エクトール・ベルリオーズ『歌をつうじて』リヒャルト・ポールによる正規のドイツ語版、ライプツィヒ、一八六四年、一〇四ページ（「土星の輪のなかのベートーヴェン」）

ヨーロッパ的な視点からすれば事態は次のように見えた。すなわち中世には、そして一九世紀の初めにいたるまでも、あらゆる商業製品にかかわる技術の発展は、芸術の発展よりもはるかにゆっくりとしたものだった。芸術はたっぷりと時間をかけて、技術が提供してくれる方法をさまざまな仕方で利用すべく遊ぶことができた。だが、一八〇〇年をさかいに始まる事態の変化によって、芸術にはテンポが求められるようになり、このテンポが息もつかせぬものになればなるだけ、モードの支配があらゆる領域に波及してゆくことになった。そして、ついに生じたのが今日の事態だ。つまり、技術のプロセスになんとか適応してゆく時間を見つけることが芸術にはもはや許されなくなる、そんな可能性がもう目に見えるものとなっているのである。広告とは、夢を産業に押しつける詭計である。　[G1, 1]

食堂に掛かっている絵の額縁の中で、広告でおなじみの酒類や、ヴァン・ホーテンのココア、アミューの缶詰といったものの侵入が始まろうとしている。もちろん、食堂のもっていた古きよきブルジョワ的安らぎは小さなカフェなどでいつまでも生き残っていた、と言うことができる。だが、おそらくこうも言えるだろう。カフェという空間は賃貸アパートから発展してきたものであって、そこでは賃貸アパートにいるときよりもいっそう厳密に、一平方メートルごと、一時間ごとに客は場所代を支払わねばならないのだ、と。一軒のカフェを作り出すもとになった居住空間は一つの判じ絵にほかならず、そこにはこう添え書きが記されている。「さて資本はこの絵のどこに隠れているか?」

[G1, 2]

「広告」についてのシビラ〔ギリシア神話の予言の女神〕風の予言の書、それがグランヴィルの仕事だ。彼において諧謔や風刺という原形で存在していたもののことごとくが、広告という姿でその真の発展を遂げるのである。

[G1, 3]

一八三〇年代のパリのある繊維業者の宣伝パンフレット。「紳士、淑女のみなさま/どうか寛大なお気持ちをもって、次に申し述べることがらに耳を傾けてくださるよう、切にお願いします。こうしたことを申し上げますのも、みなさまの永遠の救済にお役に立ちたい一心からなのです。まずは聖書をよく読むように注意なさってください。それとともに、メリヤス物、綿織物、などなどの販売に際し、わたくしが初めて導入した驚くべき価格の安さにも、目を向けていただきたいのです。パヴェ＝サン＝ソーヴール街一三番地。」エードゥアルト・クロロフ『パリの情景』II、ハンブルク、一八三九年、五〇―五一ページ
[G1, 4]

重ね合わせと広告。「王宮で最後に私の目を引いたのは、上の階の円柱のあいだに置かれていた大きな油絵でした。そこには正装したフランスの将軍が生き生きとした色彩で、等身大に描かれていました。その絵に描かれている場面の歴史的いわれを詳しく確かめようと、私は眼鏡を取り出しました。すると、その将軍は安楽椅子に腰掛けて、彼の前にひざまずいている魚《うお》の目《め》の治療師に裸足の片方を差し出し、魚の目をとってもらっているところだったのです。」J・F・ライヒャルト『パリからの親しき書簡』I、ハンブルク、一八〇五年、一七八ページ
[G1, 5]

一八六一年に初めて石版画のポスターがロンドンの壁に登場した。そこに描かれていたのは白衣の女性の背中だ。ショールをひしと身にまとった彼女は、いましも階段の踊り場まで大急ぎで駆け上がってきたところで、顔を半分こちらに向け、指を唇に当てている。そうして彼女は重い扉をほんの少し開けているのだが、そこからは星空がのぞいて

いるのだ。このポスターによってウィルキー・コリンズは、彼の新刊で探偵小説の傑作の一つ『白衣の女』の宣伝を行った。タルメール『血の都市』パリ、一九〇一年、二六三―二六四ページ参照　[G1, 6]

ユーゲントシュティールが室内装飾において失敗し、ついで建築においても失敗しながら、通りではポスターの形でしばしばきわめて上首尾な解決策を見いだしたのは、特徴的なことである。この事実はベーネの鋭い批判の正しさを完全に立証している。「ユーゲントシュティールは、その本来の意図からすればけっして滑稽な代物ではなかった。ルネサンス芸術の模倣と、機械を前提にした新たな制作方法とのあいだに、はなはだしい矛盾が存在することを十分認識していたがゆえに、ユーゲントシュティールは改革を試みたのだ。だが、それは次第に滑稽なものと化していった。というのも、そこにはらまれている激しい具体的緊張関係を、たんに形式的に、紙のうえで、つまりアトリエで解消しうると思い込んだからである。」■室内■アドルフ・ベーネ『新しい住まい――新しい建築』ライプツィヒ、一九二七年、一五ページ。もちろん全体として見ればやはり、これと反対の結果をもたらすような努力が、まさにユーゲントシュティールの原則となっている。つまり、あるエポックからの真の離脱には、それがすっかり詭計に支配されているという点でもまた、目覚めの構造と同じものが認められるのである。われわれが夢の領域から身を引き離すのは、詭計なしにではなく、詭計をもってなのだ。しかし、誤った離脱というものもまた存在するのであって、その特徴は暴力性にある。この暴力性のゆえにユーゲントシュティールは最初から没落を運命づけられていたのである。■夢の構造■　[G1, 7]

広告の内奥にある決定的な意味。「出来のよいポスターは、浅薄なものや、産業や、革命の領域にしか……存在していない。」モーリス・タルメール『血の都市』パリ、一九〇一年、二七七ページ。ここに登場する、広告の初期に市民が広告の傾向を見透かす思考。「要するに、ポスターにおいて、道徳はけっして芸術のあるところにはなく、芸術はけっして道徳のあるところにはない。そして、それが何よりもポスターの性格を規定する。」タルメール、〈『血の都市』パリ、一九〇一年〉、二七五ページ　[G1, 8]

ある種の表現方法や典型的なシーンなどが一九世紀には広告のうちに「移行」しはじめるのだが、それらは同時に猥褻なものの領域にも移行してゆく。マカルト〔19世紀ウィーンの画家〕の様式をふくめナザレ派〔19世紀初頭ローマに居住したドイツ出身の画家グループ〕の様式に類似したものが猥褻なグラフィックの分野に存在しており、それは単色石版のみならず彩色石版にもおよんでいる。私が目にしたもののなかには、一見すると竜の血を浴びているジークフリートを描いたものと思えた絵があった。緑濃い森の孤独、英雄のまとう緋色のマント、むきだしの肌、水面の波立ち――それは実は三つの肉体がきわめてこみいった形で「愛撫」しあっている図なのだが、それでいて安っぽい児童図書の表紙絵のようにも見えるのだった。これこそパサージュで花開くことになるポスターの色彩言語にほかならない。リゴレットやフリシェットといった有名なカンカン踊りのダンサーたちの肖像画がパサージュに貼り出されていたと聞かされると、その肖像画はとても色彩ゆたかなものだったろうと、われわれは考えないわけにはいかない。パサージュではいっそう作りものめいた色彩が可能となる。櫛が赤と緑で彩られていてもだれも奇異には思わない。白雪姫のまま母がちょうどそんなのをもっていたし、櫛では効果をあげられない場合には、安っぽい櫛と同じに半分は赤く半分は毒々しい緑の美しいリンゴが手助けになる。いたるところで手袋が顔をのぞかせる。色彩ゆたかな手袋だが、とくに印象的なのが肘まである黒の手袋だ。つまり、イヴェット・ギルベール〔シャンソン歌手〕以来多くの女性が幸運を託した手袋、そしておそらくマーゴ・リオンに幸運をもたらす手袋だ。さらにストッキングは、酒場のサイドテーブルのところでは、霊気に満ちた、肉の売り台に姿を変える。

[G1a, 1]

言葉を会社名のようにあつかうのが、シュルレアリストたちの作品だ。彼らのテクストは根本において、いまだ創業にいたっていない企業の宣伝パンフレットにほかならない。かつて「詩的」語彙の表現領域のうちに蓄えられていると考えられていた想像力は、今日ではさまざまな会社名のうちに棲みついているのである。

[G1a, 2]

一八六七年に、ある壁紙商人がポスターを橋脚に貼り出した。

[G1a, 3]

何年も前に私は電車のなかで一枚のポスターを目にした。それは、尋常な世の中であれば、偉大な文芸作品や偉大な絵画のみが見出しうるような賛嘆者や記録者、解釈者や模倣者をもつことになったであろう作品だった。実際そのポスターは偉大な絵画であるとともに、偉大な文芸作品でもあったのだ。だが、とても深い、そして、思いがけない印象の場合ときどき生じることがあるように、その衝撃がたいへん激しく、また印象が──こう言ってよければ──私の内部に強烈な打撃を加えたので、それは私の意識の底を突き破って、暗やみのどこかにひっそりと、何年間も横たわることになったのである。

私が知っていたことといえば、それが「ブルリッヒ塩」の宣伝ポスターで、その塩の貯蔵倉庫がフロットヴェル通りの地下の小さな一室である、ということだけだった。私は、フロットヴェル通りで下車してあのポスターのことを尋ねたいという誘惑にかられながら、何年もその前を通りすぎていたのだった。さて、ある色褪せた日曜の午後、私はモアビート北部(?)の一角にやってきた。この界隈はちょうどこの時間帯には幽霊じみたたたずまいを呈しているのだが、すでにその四年前に一度ここをおとずれたときそんな具合だった。そのときは、中国の陶磁器製の都市のミニチュアをローマから取り寄せていて、リュッツオ通りで、その琺瑯塗りのミニチュアの重さに応じて関税を支払うはめになったのだった。今度は道すがらすでにさまざまな予兆が、それが意義深い午後になるにちがいないことを暗示していた。そして実際にその午後は、あるパサージュの発見にいたる物語でしめくくられることになったのだ。それはあまりにベルリン的な話で、このパリの回想の場にはふさわしくないだろう。だがその前にまず私は、二人の美しい女性をともなって、あるみすぼらしい居酒屋の前に立っていた。その居酒屋の陳列棚はさまざまな商標でにぎわっていたのだが、そのうちの一つに「ブルリッヒ塩」があったのだ。そこには、この言葉以外何も記されてはいなかった。それでいてこの文字のぐるりに、あの最初のポスターの砂漠の風景が突然なんの苦もなく形づくられたのだった。

私はその風景をふたたび目にしたのだ。それはこんな図柄だった。砂漠の前景では馬に牽かれた荷車が進んでいて、それには「ブルリッヒ塩」と書かれた袋がいくつも積まれている。その袋の一つに穴があいていて、そこからこぼれた塩が地面にすでに一本の筋をつくっている。砂漠の後景には二本の柱が看板を支えていて、そこには「最高」と大書されている。ところで、砂漠の道中に散らばった塩の跡はどうなっていたのか？　それはいくつかの文字のかたちになり、それらの文字は「ブルリッヒ塩」というあの言葉を作り出していたのだ。このナイフのように鋭く、的確に案分された砂漠の予定説と較べれば、ライプニッツ的な予定調和など児戯に等しくはなかったろうか？　このポスターのうちには、この地上でいまだかつてだれも経験したことのない事態を暗喩するメタファー、つまりユートピアで満ちた日常を示すメタファーが存在していたのではないだろうか？

[G1a, 4]

「こうしてショーセ・ダンタンと呼ばれるところでは、近ごろでは新たに仕入れた品物をメートル単位で表示するようになっていた。二〇〇万メートル以上のバレージュ織り、五〇〇万メートル以上の絹製品ないしポプリン織り、それにその他の織物が三〇〇万メートル以上、合わせて一一〇〇万メートル近くの工場製品が宣伝されていた。さて、シヨーセ・ダンタンを「世界で最初の商店」としてまた「もっとも堅実な商店」として女性の読者たちに推奨したあとで、「フランスの鉄道は」——と『タンタマール』誌は注記している——「合わせても一万キロメートル、つまり一〇〇〇万メートルにも達していないのです。ですからこの商店一軒がその布地を提供すれば、フランスの鉄道全体をテントでおおうようにすっぽり包むことだってできるのです。それはとりわけ夏の暑い盛りには快適なことでしょう」。三、四軒の似たような商店が長さを尺度にした似たような宣伝を行っている。たとえば、布地を全部合わせればパリのみならず……セーヌ県の全土を大きな廂《ひさし》でおおうことができる。「それはまた雨のときにもたいへん快適であるでしょう」といった類いである。とはいえ、いったいどうやって(この問いは当然湧き上がってくるものだ)これらの商店はこの膨大な商品を仕入れ、倉庫にしまいこんでおくというのだろう? 答えはきわめて単純で、おまけにたいへん論理的でもある。つまり、商店はどこもつねに別の商店よりも大きいのだ。

こんなふうに謳われている。「首都で最大の店舗ラ・ヴィル・ド・パリ〔パリ市〕」、——「帝国で最大の店舗レ・ヴィル・ド・フランス〔フランスの諸都市〕」、——「ヨーロッパで最大の店舗ショーセ・ダンタン」、——「世界で最大の店舗ル・コワン・ド・リュー〔街角〕」、——「世界で最大」だからこれ以上大きなものはこの世に存在しない。これが限界ということにきっとなるのだろう。いやちがった、ルーヴル百貨店がまだ抜けている。この百貨店は「宇宙で最大の店舗」というモットーを掲げているのだ。宇宙の万有のなかで最大というのだ！　そのなかにはおそらくシリウス星も含まれていれば、アレクサンダー・フォン・フンボルトが『コスモス』のなかで語っている「消えてゆく二重星」すらひょっとすれば含まれているのだ。」

ここでは登場しつつある資本主義的な商品広告とグランヴィルのつながりは、手に取るように明らかだ。

『現代パリの生き生きとした像』全四巻、Ⅱ、ケルン、一八六三―六六年、二九二―二九四ページ　[G2, 1]

「さて、それでは、王侯君主およびそのお供の方々よ、富と財力と権力を糾合する手立てについて話し合おう。そしてその合一した力によって、久しく火の気のない火山［その火口は雪で覆われているとはいえ、そこからは引火しやすい水素ガスが煙となって立ち昇っている］に、ガス灯のやり方で火を点そう。――すなわち、高い円筒の塔がヨーロッパの熱源を空高くに導くにちがいない。その天空から［大気を熱する役割を果たしながら］熱源は滝となって降り注ぐのだ。ただし、熱源が地上の河川とすぐに混じり合って冷却しないよう、きわめて注意深く配慮しなければならない。——人工的に作られたいくつもの凹面鏡を、太陽の光線を反射するよう高地に半円状に配置すれば、太陽光線をいく倍にも高め、大気を暖めるのに好都合であろう。」F・v・ブランデンブルク『ヴィクトリア！　新世界！——われわれの惑星、とりわけわれわれが住む北半球において、気温の総体的な変化を促進し大気温を高めるための、喜びに満ちた呼びかけ』増補第二版、ベルリン、一八三五年、〈四—五ページ〉■ガス■

ある精神病者のこの空想は、新しい発明の影響のもとで、滑稽《コーミッシュ》で宇宙的《コスミッシュ》なグランヴィルのスタイルによる、ガス灯の広告となっている。とにかく、広告と宇宙的なものとの密接なつながりを分析する必要がある。　[G2, 2]

博覧会。「あらゆる地域のものがあり、それどころかあらゆる時代のものが回顧されているのもしばしばだ。農業、鉱業、産業、それに稼働中の機械から、原料や加工製品、芸術作品や工芸品にいたるまで。そこには時期尚早の総合をもとめる注目すべき欲求がある。こういった総合は、別の領域でも一九世紀に特有である。すなわち、総合芸術である。明確な実用的理由がいくつかあるにしろ、この総合がめざしていたのは、新しい動きのなかに存在している人間的コスモスのヴィジョンを出現させることだった。」ジークフリート・ギーディオン『フランスにおける建築』〈ライプツィヒ／ベルリン、一九二八年〉、三七ページ。しかし、この「時期尚早の総合」のうちには、開かれた生活と発展の余地をふたたび閉じようとする企図もまた表わされている。つまり「階級間の風通し」を妨げようとする企てだ。［G2, 3］

統計学の諸原理にしたがって配置された一八六七年の博覧会について。「赤道のように円形の、この宮殿のまわりを一周すれば、文字通り、世界を一周することになる。すべての民族がやって来て、敵同士も隣あわせで平和に暮らしている。神なる精神が、原初のころ、一面が水で覆われた天体を見下ろしていたように、この鉄の天体を見下ろしているのである。」『挿絵入り　一八六七年万国博覧会』帝立委員会認可　国際刊行物、第一巻、三二二ページ（ギーディオン、四一ページ）［G2, 4］

一八六七年の博覧会について。オッフェンバックについて。「一〇年にわたって、喜劇作者の才気煥発と音楽家の酔いしれたようなインスピレーションが互いに競って、奇想やいろいろな発見を生み、一八六七年、博覧会の会期中に、笑いの最高点、狂気の表現の極致に達した。この芝居は、すでにたいへんな成功を収めていたが、いよいよ熱狂の度を加え、今日のわれわれが知るあわれな、ちっぽけな勝利からはとうてい考え及ばないようなものになった。その夏、パリはいわば日射病にかかってしまったのだ。」一八九九年一二月三一日、メイヤック氏の後任、アンリ・ラヴダンのアカデミー入会演説より

[G2a, 1]

広告はユーゲントシュティールにおいて解放された。ユーゲントシュティールのポスターは、「大きなサイズで、常に比喩的で、洗練された色彩をもちながらけっして声高に語らない。そこに描かれているのは、ダンス・パーティーやキャバレー、映画の上映の案内である。これらのポスターは、生が過剰に溢れるところにうってつけにできている。実際ユーゲントシュティールのもつ官能的な曲線は無類なかたちで生に仕えていた」。『フランクフルター・ツァイトゥング』F・Lの署名記事「一九二七年マンハイムでのあるポスター展覧会について」■夢の意識■

[G2a, 2]

ロンドンで行われた最初の博覧会が世界のさまざまな産業を一つにした。これと関連して創設されたのがサウス・ケンジントン博物館である。一八六二年にやはりロンドンで行われた第二回目の博覧会。一八七五年のミュンヘンでの博覧会とともにドイツ・ルネ

サンスが流行となる。　[G2a, 3]

ある万国博覧会に際してのヴィールツの意見。「まず目につくのは、人間が今日していることではなく、将来するであろうことだ。／人類の英知は物質の力と親しくなり始めている。」A・J・ヴィールツ『文学作品集』パリ、一八七〇年、三七四ページ　[G2a, 4]

タルメールは広告を「ゴモラの芸術」と呼んでいる。『血の都市』パリ、一九〇一年、二八六ページ■ユーゲントシュティール■　[G2a, 5]

各種の博物館・美術館のひそかな建築シェーマとしての産業博覧会。――芸術、すなわち過去へと投影された産業生産物。　**[G2a, 6]**

ジョゼフ・ナッシュはイギリス国王のために、水晶宮を題材にした一連の水彩画を描いている。この水晶宮は、一八五一年のロンドンでの博覧会に際して特別に建造されたもので、そのなかで博覧会が催されたのだった。初めての万国博覧会、そして鉄とガラスからなる初めての記念碑的建築！　この水彩画を見る者は、広い屋内がおとぎ話に出てくる東洋風にしつらえられていたこと、そして巨大なドームのいたるところ、アーケードを満たしていた商品の山々のかたわらに、一群のブロンズの記念像や大理石の彫刻、噴水などが点在していたことを知って驚きにうたれる。■鉄■室内■ [G2a, 7]

水晶宮の設計案は、デヴォンシャー公爵の庭師長ジョゼフ・パクストンによる。彼は公爵のためにチャットワースにガラスと鉄でできた温室を建造していたのだった。彼の設計案のすぐれた点は、耐火性であること、明るいこと、迅速に仕上げることができ、かつ安価であること、であった。その結果彼の設計案が委員会の設計案に対して勝ちを占めることになったのである。懸賞募集は無駄に終わった。 [G2a, 8]

「そうだ、ウィーンのビール万々歳！　ほんとうに言われているとおりのところが産地なのだろうか？　実を言えば、それについては何も私は知らない。だが、まちがいなく言えるのは、お店が優雅で居心地がよいということだ。ストラスブールのビールでもなければ、……バイエルンのビールでもない。……これは神々のビールなのだ。詩人の思いのように澄み、ツバメのように軽く、ドイツの哲学者のペンのように力強くて、アルコール分も多い。真水のように消化されやすく、オリュンポスの神々の食するアンブロシアのように喉を潤してくれる。」新オペラ座隣アレヴィ街四番地、ウィーンのファンタ・ビールの広告「一八六六年お年賀の贈り物」『パリ案内年鑑』パリ、一八六六年、一三ページ

[G2a, 9]

「《広告《レクラーム》》、またしても新語だ。はやるだろうか。」ナダール『私が写真家だった頃』パリ、〈一九〇〇年〉、三〇九ページ

[G2a, 10]

二月革命と六月蜂起のあいだの期間。「あらゆる壁は革命派のポスターで覆われていた。それらのポスターを、数年後アルフレッド・デルヴォーが「革命の壁」のタイトルで二巻の大冊に収録しているので、この注目すべきポスター文学がどんなものだったかを、いまでも知ることができる。その種のポスターが見当たらないような邸宅も教会も存在しなかった。かつてこれほど大量の掲示物を目にしうる都市はなかった。政府すら政令や布告をこのやり方で公示した。一方何千という人々は、ありとあらゆる問題に関する自分たちの意見を、同胞に貼り紙を用いて伝えた。国民会議の開催の日が近づくにつれ、ポスターの言葉はますます情熱的で荒々しいものとなっていった。……公然たる触れ回り屋の数が日に日に増し、ほかに何もすることのない何千という人々が新聞の売り子と

なった。」ジークムント・エングレンダー『フランス労働者アソシアシオンの歴史』Ⅱ、ハンブルク、一八六四年、二七九―二八〇ページ　[G3, 1]

「次の芝居が始まるまで、こちらでは普通ちょっとした愉快な芝居が挿まれます。題して「ポスター貼りのアルルカン」。とっても素敵で滑稽な場面で、コロンビーヌ〔イタリア喜劇でアルルカンの恋人役〕の家に喜劇のポスターが貼り出されるのです。」J・F・ライヒャルト『パリからの親しき書簡』Ⅰ、ハンブルク、一八〇五年、四五七ページ　[G3, 2]

「いまやパリの家々の多くは、アルルカンの衣装のセンスで飾り立てられているように思われる。つまり、緑や黄や〔一語読取り不能〕バラ色の大きな紙切れの寄せ集めである。ポスター貼りたちは、壁を奪い合い、街の角を争って殴り合うしまつ。なかでも一番傑作なのは、それらのポスターが日に一〇度も重ね貼りされていることだ。」エードゥアルト・クロロフ『パリの情景』Ⅱ、ハンブルク、一八三九年、五七ページ　[G3, 3]

「一八一四年生まれのポール・シローダンは、一八三五年以来、劇場の仕事にかかわっていたが、一八六〇年からはケーキ製造業の分野の実地の技能が役立つようになった。

出来上がったケーキは、ラ・ペ街の大きなショーウインドウのなかに見るからにおいしそうに飾られているが、パレ・ロワイヤルの一幕ものの気のきいた芝居［?.］で観衆に配られるアーモンド、ボンボン、砂糖菓子、クラッカー・ボンボンもそれに劣らずおいしそうにできている。」ルドルフ・ゴットシャル「第二帝政期の劇場とドラマ」〔百科事典のための月刊ドイツ総合誌『現代』所収〕、ライプツィヒ、一八六七年、九三三ページ　［G3, 4］

アカデミー・フランセーズにおけるコペー〔19世紀仏の詩人〕の演説——一八九五年五月三〇日、「エレディア〔19—20世紀仏の詩人、アカデミー・フランセーズ会員〕への返答」——を読めば、かつてパリには不思議な形の文字があったことが見て取れる。「それは、かつてあらゆる街角に展示されていたカリグラフィーの傑作で、私たちはそのなかに、花押であらわされたベランジェ〔19世紀仏の詩人〕の肖像や「バスティーユの陥落」などを見いだして感心したものである。」〈四六ページ〉　［G3, 5］

一八三六年の『シャリヴァリ』誌には、家屋の前面を半分以上覆ったポスターを描いた絵が載っている。窓の部分は一つを除いてあけてあるように見える。というのも、その一つの窓から一人の男が身を乗り出して、そのポスターの邪魔な部分をいましも切り取っているところだからである。

［G3, 6］

「アマジリー・エキス、芳香性と殺菌性あり、洗浄衛生水、デュプラ商会製」〔以下は翻訳〔ドイツ語訳〕で〕「私たちがこのエキスに酋長の娘という名前をつけたのはもっぱら、この製品のすばらしい効果を形づくっている植物要素が、酋長の娘と同じ灼熱の気候で育ったことをお伝えしようとしたからです。洗浄衛生水という呼び名は科学から借りています。この名称によって私たちが示唆せんとしているのはひとえに、このエキスがご婦人方のたしなみに無類の形で役立つだけでなく、衛生的な効果をもそなえているということです。実際その効果たるや、これが健康に良いと得心してくださる方々すべてから信頼を獲得するにふさわしいものです。と申しますのも、過ぎ去った年月を消し去るという青春の泉の力はないとはいえ、少なくとも私たちの製品には、私たちが最高の評価に値すると自負いたします数々の効能と並んで、造物主の一大傑作であるかの完璧なる器官〔乳房〕を、失われたかつての輝けるまったき壮麗さのままに復元する、という効能がそなわっているからであります。この器官こそ、その形態の優美さ、純粋さ、上品さによって、人類のより美しい半分〔女性〕のまばゆいばかりの装身具となっていますが、同時に、この貴重でかつ感じやすい装飾品は、繊細な優美さをもつその秘められた構造によって、嵐にひと吹きされれば萎れてしまうかぼそい一輪の花にも等しいのです。ですから、私たちの発明品による待望久しき手助けなくしては、この装身具にも一瞬の輝きしか与えられず、そののちには、病いの有害な吐息を受け、授乳の要請に苛まれ、無慈悲なコルセットのこれまた致命的な締め付けによって、やつれ果てるほかないでしょう。ご婦人方の無二の関心のもと考案された私たちのアマジリー・エキスは、ご婦人のお化粧に際してのもっとも厳しくかつもっとも内密な要求に応えるものです。適切な調合のおかげでこのエキスは、自然が与える種々の魅力をほんのわずかも損なうことなく、それらの魅力を回復し高め発展させるに必要なものすべてを一つに溶け合わせているのです。」シャルル・シモン『一八〇〇年から一九〇〇年のパリ』Ⅱ、パリ、一九〇〇年、五一〇ページ「一八五七年のある香水製造会社の広告」　［G3a, 1］

「サンドイッチ＝マンは、神妙に、身体の前後にかかる軽い荷を背負っている。あの若い御婦人も身体が円くふくらんでいるけれども、それは一時的なものにすぎない。彼女は、歩くポスターを見て笑い、そして笑いながら、書いてあることを読もうとした。彼女のお腹をふくらませた幸せな男もまた、彼なりの荷を背負っているのだ。」『新パリ風景』のなかの石版画『ヴィクトワール広場のサンドイッチ＝マン』の文章。図六三の文［石版画の

作者はマルレである」。この本は、毒気を抜いたホガース〔18世紀イギリスの風俗画家〕のようだ。 [G3a, 2]

『革命の壁』に付されたアルフレッド・デルヴォーの序文の冒頭。「この『革命の壁』は、——その下に私の取るに足りない名を記しておくが——、書物の歴史において、たぶん前例をもたない、比類なき、膨大な、巨大な作品である。ルターのいわゆる「万人閣下《マイン・ヘール・オムネス》」を著者にいただく、集団的作品なのだ。」『一八四八年の革命の壁』I(一六版)、パリ、〈一八五二年〉、一ページ [G3a, 3]

「一七九八年、総裁政府の時代に、シャン・ド・マルスで、博覧会を一般公開するというアイディアが初めて実施されたとき、一一〇人が展示に参加し、二五個のメダルが授与された。」『産業館』、H・プロン社で販売 [G4, 1]

「一八〇一年以後、ルーヴルの中庭に、成長しつつあった産業の製品が展示された。」リュシアン・デュベック/ピエール・デスプゼル『パリの歴史』パリ、一九二六年、三三五ページ [G4, 2]

「一八三四年、一八三九年、一八四四年と五年おきに、マリニィ広場で産業の製品が展示された。」リュシアン・デュベック／ピエール・デスプゼル『パリの歴史』一九二六年、三八九ページ
[G4, 3]

「初めての博覧会は一七九八年にまでさかのぼる。……フランスの産業が生み出した製品が、シャン＝ド＝マルスに展示されたのであり、それはフランソワ・ド・ヌシャトーの発案によるものであった。帝政のもとで、国内の博覧会は、一八〇一年、一八〇二年、一八〇六年の三度にわたって催された。最初の二回は、ルーヴルの中庭において、三回目は、アンヴァリッドにおいてであった。王政復古時代は、一八一九年、一八二三年、一八二七年の三回で、三回とも場所はルーヴルである。七月王政下では、一八三四年、一八三九年、一八四四年の三回で、場所はコンコルド広場とシャン＝ゼリゼである。第二共和政のときは、一八四九年に一回行われた。その後、帝政フランスは、一八五一年に国際的な博覧会を組織した英国をまねて、一八五五年と一八六七年に、シャン＝ド＝マルスで万国博覧会を開いた。初めての博覧会のときに産業館がつくられ、それは、やがて共和政になって取り壊された。第二回の万博は、とてつもない祝祭となり、帝政の

絶頂を示した。一八七八年には、敗戦の後の復興を示すために新たな万博が開かれた。シャン＝ド＝マルスにおいて、フォルミジェの建てたそのときかぎりの宮殿が会場となった。これらの見本市の規模はとてつもないもので、そのときかぎりのものであるというのがその特徴だったが、それぞれがパリに跡を残している。一八七八年の万博では、シャイヨの丘にトロカデロ宮という不思議な宮殿が、ダヴィウーとブルデーの手で建てられ、使用不能になったイエナ橋の代わりにパッシーの歩道橋が設置された。一八八九年の万博では、機械館《ギャルリ・デ・マシーヌ》が残った。これはその後なくなってしまうが、エッフェル塔は今も健在である。」デュベック／デスプゼル『パリの歴史』パリ、一九二六年、四六一ページ
[G4, 4]

「「全ヨーロッパは商品を見るために移動した」と、ルナンは、一八五五年の博覧会について侮蔑的に語った。」ポール・モラン『一九〇〇年』パリ、一九三一年、七一ページ
[G4, 5]

「「この年は、政治宣伝《プロパガンダ》に関しては、まったくだめだった」と、一九〇〇年の総会で、一人の社会主義者が演説で述べた。」ポール・モラン『一九〇〇年』パリ、一九三一年、一二

九ページ　[G4, 6]

「シャン＝ド＝マルスで……行われる予定の一般産業博覧会の公示が一七九八年になされている。総裁政府は大臣のフランソワ・ド・ヌシャトーに、共和国の樹立を記念して国民的祭典を開催するよう依頼していた。大臣がこれについて複数の人々に意見を求めたところ、木登りその他の競技が提案された。村の年の市のような市を開くこと、しかも、それをきわめて大きなスケールで開催してみることを提案した人物もいた。最後に、それに絵の展覧会がつけ加えられるべきだ、と誰かが提案した。フランソワ・ド・ヌシャトーは、このあとの二つの提案を結びつけ、〔七月一四日の〕国民祭を祝うための産業博覧会を行う旨を公示するというアイディアを作ったのだった。したがってこの最初の産業博覧会は、労働者階級の人々を楽しませたいという願いに発しているのであって、これらの人々のための解放の祝典となるものであった。……どんな性格の産業が一般に人気を博しているかが、厳かな仕方で目に飛び込んでくる。……人々が目にするのは絹織物ではなく羊毛製品、レースやサテン織りではなくて、第三身分の人々の日常生活に役立つ織物、つまり羊毛の頭巾や毛織りのビロードなどである。……この博覧会の広報委員であったシャプタルは産業国家という名称を初めて口にしている。」ジークムント・

エングレンダー『フランス労働者アソシアシオンの歴史』Ⅰ、ハンブルク、一八六四年、五一―五三ページ　[G4, 7]

「フランス革命一〇〇周年の記念式典を開催するに当たって、フランスのブルジョワジーがいわば意図的にこころがけたのは、社会変革の経済的可能性と必然性をプロレタリアートの眼前につきつけることだった。万国博覧会によってプロレタリアートは、あらゆる文明化された国々において生産手段が途方もない発展段階に到達していることを、手に取るように理解することができた。それは、前世紀のユートピア主義者たちの大胆きわまりない想像力すらはるかに凌駕するものだった。……さらに、目下のところアナーキーな状態が生産場面を支配しており、この状態のもとでは現代の生産力の発展はますます強度の産業危機、したがって世界経済の進展にますます破壊的な作用をおよぼす産業危機に、必然的にゆきつくほかないのだということ、このことをも万国博覧会は示していた。」G・プレハーノフ「ブルジョワジーは彼らの革命をどのように想起しているか」『ノイエ・ツァイト』九巻一号、シュトゥットガルト、一八九一年、一三八ページ　[G4a, 1]

「ドイツ人のうぬぼれ根性が帝国首都を文明の光に輝く無二の都として示そうとする際

の、あのひどく高慢な様子にもかかわらず、ベルリンはいまだ万国博覧会を開催するには至っていない。……万国博覧会などもう時代遅れだとか、世界規模で行われる、騒々しく無内容な見本市にすぎないだとか、そのほかどんな慰め……を持ち出そうと、この屈辱的な事実を言い繕おうとするなら、それはむなしい逃げ口上である。万国博覧会にともなうさまざまな欠陥を否定する理由はない。……とはいえ、やはり万国博覧会は、膨大きわまりない資金を費やしてベルリンに溢れかえっているおびただしい兵舎や教会と比べれば、人間の文化を動かす、比較にならないほど力強い梃子である。万国博覧会の計画が繰り返し頓挫することになったのは、まず第一に……ブルジョワジーが陥っているエネルギーの欠如という事態によってであり、第二にはあからさまな羨望によってである。絶対主義的・封建的な軍国主義はこの羨望の眼差しを、いまなお存在する成長力をもった自分たちの根——ああ、それはどれほど力強い根であることか！——を台無しにするかもしれないあらゆることがらに注ぐのである。」〈匿名〉「階級闘争」『ノイエ・ツァイト』一二巻二号、シュトゥットガルト、一八九四年、二五七ページ　[G4a, 2]

一八六七年の万国博覧会に際して、ヴィクトール・ユゴーはヨーロッパの諸国民に向けて一通の宣言文を発した。　[G4a, 3]

シュヴァリエはアンファンタンの弟子だった。『グローブ』紙の発行人。　[G4a, 4]

〔ジロンド派の学者・政治家〕ロラン・ド・ラ・プラティエール『方法的百科事典』について。「マニュファクチュアについて語りながら、……ロランは書いている。「欲求から産業〔industrie〕は生まれた。……」われわれはこの用語が、industria の古典的な意味合い〔活発さ〕において使用されていると初めは思いがちであるが、後に続く文章でことははっきりする。「しかし〔産業という〕この多産で邪悪な娘は……歩み方が一様ではなく、始終後戻りをしながら、その泉から涌き出る水で田園を浸し、やがてそうして全地球に広がった欲求を満たすことのできるものは、何もないということになってしまった。」……重要なのは、シャプタルの仕事の三十数年も前に、industrie という語を、ラ・プラティエールがふつうに使っているということである。」アンリ・オーゼール『資本主義の台頭』パリ、一九三二年、三一五―三一六ページ　[G4a, 5]

「値札をつけて商品は市場に入ってくる。その商品の物としての個性や質は、ただ交換のための刺激となるにすぎない。商品の価値の社会的評価にとっては、それらはまったく取るに足りないものだ。商品は抽象物と化している。ひとたび生産者の手を離れ、その具体物としての特殊性から自由になるやいなや、商品は生産物であることをやめ、人間に支配されるのをやめる。商品は「幽霊じみた対象性」を獲得し、独立生活を営みはじめる。「商品は一見したところでは、わかりきったつまらない物のように見える。だが分析してみると、商品は形而上学的理屈っぽさと神学的きまぐれでいっぱいの、やっかいな代物であることが明らかになる。」人間の意志から解き放たれて、商品は神秘的な位階秩序のなかに組み込まれる。そして、交換能力を発揮したり拒んだりしながら、影絵のような舞台の上で、独自の法則にしたがって、俳優の役割を演じる。株式の相場表では、木綿が「上がり」、銅が「落ち込み」、とうもろこしが「活気」づき、褐炭が「振るわず」、小麦が「上昇」し、灯油が「伸びを示す」。事物が自立し、人間のように振る舞うのだ。……商品は偶像へと姿を変え、人間の手によって産み出されたにもかかわらず、この偶像が人間を意のままに支配する。マルクスは商品の物神的性格について語っている。「商品世界のこのような物神的性格は、商品を生産する労働のもつ独特な社会的性格に発している。……ここで事物同士の関係というファンタスマゴリー的な形態をとっているもの、それはもっぱら、人間自身の特定の社会関係にすぎない。」」オットー・リューレ『カール・マルクス』ヘレラウ、〈一九二八年〉、三八四―三八五ページ　[G5, 1]

「仕事仲間によって選ばれたり雇用主から直接指名されたりして一八六二年のロンドンでの万国博覧会を見物した労働者の数は、公式の算定では総数約七五〇名であった。……この派遣団のもつ公的な性格のゆえに、またその成立事情のゆえに、フランスの革命派の亡命者たちや共和派の亡命者たちは、当然のことに、この派遣団に信頼をおくことができなかった。こういう状況を見れば、なぜこの代表団を歓迎する会をもとうというアイディアが協同組合運動に携わっていたある組織の編集部から提出されたのかが理解できるだろう。……『ワーキング・マン』誌の編集部の発案にもとづいて、フランスの労働者たちの歓迎会を開催するための委員会が七月に設けられた。……委員会のメンバーには……J・モートン・ペトー……ジョゼフ・パクストンの名があげられている。……前面に出されていたのは……産業の利害であって、労使間の了解が不可欠であることがとくに強調されている。この了解こそが労働者のおかれている窮状を改善しうる唯一の方法とされているのだ。……われわれは……この集会をIAA〔国際労働者協会、いわゆる第一インター〕……の生誕の場と見なすことはできない。それは伝説にすぎない。……正しくはただ、この訪問はイギリスの労働者とフランスの労働者が相互理解に到達する途上でのきわめて重要な一段階であって、これが大きな意味をもつのは間接的なさまざまの結果をつうじてだ、ということである。」D・リャザノフ「第一インターナショナルの歴史」(『マルクス＝エンゲルス・アルヒーフ』)Ⅰ、〈フランクフルト・アム・マイン、一九二八年〉、一五七、一五九―一六〇ページ

[G5, 2]

「一八五一年にロンドンで開催された第一回の万国博覧会のときすでに、企業家によって推薦された労働者が何人か、国費でロンドンに派遣されている。だが、〔アドルフ・〕ブランキ(経済学者)とエミール・ド・ジラルダンの提案によってロンドンに派遣された自由な代表団も存在した。……この派遣団は総括報告書を提出しており、それを読むと、イギリスの労働者たちとの恒常的なつながりをもとうとする試みは見当たらないものの、イギリスとフランスが協調的な関係をもつことが不可欠であると力説されていたのがわかる。……一八五五年には今度はパリで第二回目の万国博覧会が開催される。このときには、首都からであれ地方からであれ労働者の派遣団を送ることがすべて禁止されている。そういう派遣団は労働者たちのあいだに組織を作り出す可能性をあたえるもの、と怖れられたのである。」D・リャザノフ「第一インターナショナルの歴史」(リャザノフ編『マルクス＝エンゲルス・アルヒーフ』Ⅰ、フランクフルト・アム・マイン、一五〇―一五一ページ)

[G5a, 1]

グランヴィルの理屈っぽさは、マルクスが商品の「神学的きまぐれ」と呼んでいるものを巧みに表現している。 [G5a, 2]

「味覚は、車輪が四つ付いている車である。一は美食道《ガストロノミー》、二は調理《キュイジーヌ》、三は食物保存、四は養殖・栽培である。」『産業的協働的新世界』(一八二九年)から。E・ポワソン『フーリエ』パリ、一九三二年、一三〇ページ [G5a, 3]

一八五一年ロンドンの第一回万国博覧会と、自由貿易という理念のあいだの連関。 [G5a, 4]

「万国博覧会はそれが当初もっていた性質の大部分を失っている。一八五一年にきわめて広汎な人々を包みこんだあの熱狂は消え去り、その代わりに一種の冷めた打算が登場するにいたっている。一八五一年にはわれわれは自由貿易の時代にいた。……いまではわれわれは数十年来、保護関税の領域がますます拡張してゆく時代にいるのである。……博覧会への参加は……一種の代表制となる。……一八五〇年には、このことには政府は口出しをしない、ということが最高の原則とされていたのに対して、いまや一国一国の政府が本来の企業家と見なされるにいたっている。」ユリウス・レッシング『万国博の五〇年』ベルリン、一九〇〇年、二九—三〇ページ　[G5a, 5]

一八五一年ロンドンに「クルップ社の鋳鋼製の大砲の第一号が……登場した。その後まもなく、プロイセンの陸軍省はこのモデルにしたがって二〇〇門以上の大砲を注文することになる」。ユリウス・レッシング『万国博の五〇年』ベルリン、一九〇〇年、一一ページ　[G5a, 6]

「自由貿易という偉大な理念を生み出したのと同じ思想領域から生まれたのが、博覧会についての次のような考えである。……つまり、博覧会から帰る際、すべての参加者は何も失うことなくむしろ豊かになっているべきなのであって、各人は博覧会に最良のものを投資することによって、他の諸国民の最良のものを自由にもち帰ることができるのである。……博覧会の実際の姿も、博覧会という考えを生み出したこの偉大な思想にふさわしいものだった。八カ月ですべての準備が整えられた。「かつて奇跡であったもの、それがいまや歴史である。」まことに奇妙なことだが、この運動の核には、この種の事業を実現するのは国家ではなくもっぱら市民の自由な活動でなければならない、という原則が据えられている。……当時二人の民間人マンデイ兄弟が、ただちに会場を一〇〇万マルクで責任をもって建築する、と申し出ていた。だが、さらにスケールの大きなものにすることが決定され、そのために必要な何百万マルクもの担保基金の醵出にきわめて短期日のあいだに署名がなされた。そして、偉大な新思想に対して偉大な新様式が見出されることになった。技師パクストンが水晶宮を建造したのだ。一八モルゲン〔五万四〇〇〇平方メートル〕の土地を占める、ガラスと鉄からできた宮殿が建てられようとしているという知らせが世界のあらゆる国々に伝わり、それは前代未聞のおとぎ話のような印象を与えた。ついこのあいだ、パクストンはロンドン郊外のキューに温室の一つを造ったところで、そのなかではヤシの木がぐんぐん成長していたのだが、彼はこの温室をガラスと鉄でできたアーチ形の天井で覆っていた。彼はこれに勇気づけられて新たな課題に取り組むことができたのである。博覧会の場所にはロンドンで一番立派な公園ハイド・パークが選ばれた。この公園のまんなかには広々とした草原があって、すばらしい楡の木の並木道が一本短い軸線として走っているのみだった。小心な人々は驚いて、空想じみた考えのためにこの木々を犠牲にしてはならない、という声をあげた。それではその木々を覆うようなアーチを造ろう、それがパクストンの返答だった。そして彼は、……並木全体をすっぽり包む一一二フィートの高さの天蓋をもつ翼廊の図面を描いた。何よりも注目すべきこと、意味深いことは、蒸気の力や電気、写真といった現代的なイメージから生じ、また自由貿易という現代的な考えから生じたロンドンの万国博覧会が、同時に芸術形式の急変にこの時代全体の内部で大きな決定的影響をあたえた、ということである。ガラスと鉄でできた宮殿を建てること、それは当時世間の人々にとっては、臨時建築物のための一種空想じみた思いつきにすぎなく思われた。いまやわれわれは、これがまったく新しい造形の分野を開拓してゆく最初の偉大な企てであると理解している。……歴史的様式に対する構成的様式、それが現代の運動のスローガンとなったのである。この考えが初めて人々のうちに輝かしく浸透し賛同をえることになったのはいつだったのか振り返ってみよう。それは一八五一年ロンドンに建てられた水晶宮においてであった。ガラスと鉄で大規模なスケールの宮殿を造ることができるなどと、最初人々は信じようとはしなかった。当時の新聞・雑誌を見ると、いまではわれわれにとってごくありふれたものとなっている鉄骨と鉄骨の組み合わせが、一番物珍しいものとして描かれている。さらに設備を拡充することなく、既存の工場でこのまったく新しい前代未聞の事業を八カ月で実現することができたのだから、英国は自慢してもよかった。人々は勝ち誇った声をあげた、……一六世紀にはまだ小さなガラスの窓さえ贅沢であったのに、いまでは一八モルゲンの土地を覆う総ガラス張りの建物を造ることができるのだ、と。ロタール・ブーヒャー〔19世紀独の新聞記者・外交官〕のような人物は、この新しい建築物が何を意味しているかを明確に理解していた。か細い鉄骨にどれだけの積載力がそなわっているかを、この建物はどんな見せかけもとらず剝き出しのかたちで建築学的に表現している、という言葉はブーヒャーの発したものである。将来のプログラムを含んでいる……この評言をはるかに越えて、この建築物の発するファンタスティックな魅力は、あらゆる人々の心情に浸透していった。その際、中央の翼廊のためにすばらしい並木を残しておいたことが重要なポイントになった。この場所に、英国の豊かな温室で育てられたすばらしい植物品種のことごとくが持ち寄られた。五〇〇年を経た楡の木々の樹冠のあいだに立ち混じって、南国の椰子の木が軽々と葉をそよがせている。そしてこの魔法の森には、造形芸術の主要な作品、彫刻作品や大きなブロンズ像、その他の芸術作品のトロフィーなどが配置されており、その中央にはクリスタル・ガラスでできた巨大な泉が作られていた。左右にはそれぞれ回廊が延びていて、人はそのなかを歩きながら、ある民族の世界から別の民族の世界へと次々と彷徨うのである。全体はさながら奇跡の仕業で、そこでは思考力よりもはるかに想像力が目覚めさせられる。「私がこの空間の眺めを比較を絶したおとぎ話のようなものと呼ぶとすれば、それは言葉のつつましい倹約である。それはまさに、真夜中の太陽のもとで見る、一場の夏の夜の夢である。」〔ロタール・ブーヒャー〕こうした印象は世界中にいつまでも感動の波を伝えていた。私自身子どものときの思い出として、水晶宮についてのニュースがドイツのわれわれのところへ押し寄せてきたときの様子を覚えているし、辺鄙な田舎町のブルジョワの居間の壁にもこの写真が貼りつけられていたことも覚えている。ガラスの棺に入れられた王女、水晶の館に住む女王と妖精たち、私たちが思い浮かべるそういった昔ながらのメルヒェンのイメージのすべてが、そこに具現されているように思われた。……そして、この印象はその後も何十年も変わらず続いていた。その宮殿から大きな翼廊と付属パビリオンの一部がシドナム〔ロンドン近郊の村〕に移されており、いまもそこに存在しているのだが、一八六二年にシドナムでこの建物を見たとき、私は畏敬の念にうたれるとともに至純の喜びを味わった。この魔力が解かれるためには、四〇年の歳月と数度の火災、そして中傷の数々が必要だった。だがそれでいてこの魔力は、今日でも完全に消え去ってはいない。」ユリウス・レッシング『万国博の五〇年』ベルリン、一九〇〇年、六―一〇ページ

[G6; G6a, 1]

一八五三年ニューヨークの博覧会の組織化はフィニアス・バーナム〔バーナム・サーカス

の経営者」が受け持つことになった。　［G6a, 2］

「ル・プレーの計算では、博覧会の準備には、開催期間の月数と同じだけの年数が必要であった。……たしかにここには、用意にかかる時間と実際に行われる事業期間のあいだの、おそるべき不均衡がある。」モーリス・ペカール『経済と社会の面から見た国際博覧会――フランスの実例』パリ、一九〇一年、一二三ページ　［G6a, 3］

ある書店の広告が『一八四八年の革命の壁』のなかに出ていて、そこには以下のような説明が注釈として付されている。「われわれはこのポスターを紹介するが、これからも同様に、この時代の選挙や政治情勢とは関係ないほかのポスターも紹介してゆくつもりである。このポスターを紹介するのは、ある種の実業家たちが、なにゆえ、またいかにして、ある種の機会を利用しているかを物語っているからである。」ポスターから。「詐欺師に要注意、この大事な通知をご一読ください。アレクサンドル・ピエール氏は、詐欺師や危険人物たちの話す隠語《アルゴ》や特殊言語《ジャルゴン》を知らないために、毎日のように人が騙されるのを防ごうと思いたち、失脚した前政権の犠牲者として、そうした連中と起居をともにせざるを得なかった辛い獄中生活のさなかで、努力を重ねました。彼は、われらが貴き共和政権のおかげで自由の身となり、そしてごく最近、獄中で行いえた辛い学習の成果を発表したのです。あれらのおぞましい場所の中庭や「ライオンの檻」にさえも、彼はおそれることなく降りて行った。それも……連中の会話で使われる主な用語を暴露することによって、そうしたものを知らないために降りかかってくるさまざまな不幸や悪事を防ぐためです。そうした用語は今日まであの連中だけにしか意味がわからなかったのでした。……路上および著者宅にて販売。」『一八四八年の革命の壁』I、パリ、〈一八五二年〉、三二〇ページ　[G7, 1]

商品が物神《フェティッシュ》であったとすれば、グランヴィルはその魔術の伝授者だった。　[G7, 2]

第二帝政。「政府の立てた候補は、……政見を真っ白な紙に印刷させてもらえた。これは専ら官報だけに使用される色だった。」A・マレ／P・グリエ『一九世紀』パリ、一九一九年、二七一ページ　[G7, 3]

ユーゲントシュティールにおいて初めて、人間の身体を広告のなかに組み込むということが実現された。■ユーゲントシュティール■　[G7, 4]

一八六七年の万国博覧会に際しての労働者の派遣。交渉において中心的役割を演じたのは、民法一七八一条の破棄の要求であった。そこにはこう記されている。「賃金の配分、過ぎた年度の賃金の支払い、その年の分として渡された前払いに関しては、雇い主の申告通りとされる。」(一四〇ページ)——「一八六二年のロンドン博覧会と一八六七年のパリ博覧会を訪れた労働者代表団は、第二帝政期——一九世紀後半といってもよい——の社会運動の導き手となった。……彼らの報告書は、〔大革命の〕三部会の陳情書と比較された。一七八九年のものが政治的・経済的革命を引き起こしたのと同じように、それは一つの社会的発展の合図になったのである。」(二〇七ページ)〔比較はミシェル・シュヴァリエによる。〕一日の労働時間を一〇時間とする要求(一二一ページ)。「四〇万枚の無料入場券がパリ市と諸県の労働者に配られた。見物に来る労働者のために兵舎一棟と三万戸の住まいが用意された。」〈八四ページ〉アンリ・フージェール『第二帝政下の万国博覧会における労働者代表団』モンリュソン、一九〇五年　[G7, 5]

「パサージュ・ラウルの学校」における一八六七年の労働者代表団の集まり。フージェール、八五ページ　[G7a, 1]

「博覧会はもうだいぶ前に終わっていたのに、代表者たちは議論を継続させていて、その労働者国会なるものが、相変わらずパサージュ・ラウルで開かれていた。」アンリ・フージェール『第二帝政下の万国博覧会における労働者代表団』モンリュソン、一九〇五年、八六―八七ページ。全体として会議は一八六七年七月二一日から一八六九年七月一四日まで継続された。［G7a, 2］

国際労働者協会〔第一インターナショナル〕。「「労働者協会は、……ロンドン万国博覧会のあった一八六二年にできた。そこでイギリスとフランスの労働者たちがあいまみえ、お互いに話し合って、啓蒙しあうことを心がけたのである。」一八六八年三月六日、……国際労働者協会を相手に政府が行った最初の訴訟の際の、トラン氏の証言。」アンリ・フージェール『第二帝政下の万国博覧会における労働者代表団』モンリュソン、一九〇五年、七五ページ。ロンドンでの最初の大集会では、ポーランド人の解放に賛同する宣言が採択された。［G7a, 3］

一八六七年の万国博覧会への派遣団の報告書には、常備軍の廃止と軍備の縮小を求めているものが三つ、四つある。つまり、陶磁器の絵つけ師の派遣団、ピアノ職人の派遣団、靴職人の派遣団、および機械工の派遣団の報告書である。アンリ・フージェール、一六三―一六四ページによる [G7a, 4]

一八六七年。「人々は、シャン＝ド＝マルスを初めて見物すると、ある奇妙な印象を受けるのだった。中央の大通りを通ってなかに入って行くのだが、初めは、この大通りのほかには、……鉄と煙しか見えないのである。……この第一印象は、見物客にあまりにも強く迫るので、途中でいろいろな娯楽に誘惑されるのを無視して、見物客は、自分を惹きつける動きと騒音のほうへ急いで行くのだった。機械が止まっているすべての地点で、……蒸気オルガンの和音と金管楽器の交響曲が鳴りひびいた。」A・S・ド・ドンクール『万国博覧会』リール／パリ、〈一八八九年〉、一一一―一一二ページ [G7a, 5]

一八五五年の万国博覧会に関する芝居。『小さすぎるパリ』一八五五年八月四日、リュクサンブール劇場。ポール・ムーリス『パリ』七月二二日、ポルト＝サン＝マルタン劇場。テオドール・バリエール／ポール・ド・コック『パリの歴史』と『偉大な諸世紀』九月二九日。『博覧会のモード』。『ジム・ブム・ブム――博覧会レヴュー』。セバスティアン・レアル『ファウストゥスの幻影、または、一八五五年の万国博覧会』。アドルフ・デミ『パリ万国博覧会の歴史論』パリ、一九〇七年、九〇ページによる　[G7a, 6]

一八六二年のロンドンの万国博覧会。「一八五一年の博覧会の感動的な印象はもはや少しも感じられなかった。……相変わらず博覧会にはいくつかのきわめて注目すべき成果がありはした。……最大の驚きを提供したのは……中国だった。われわれの世紀にヨーロッパがそれまで中国の芸術品で目にしたものといえば、……市場に売りに出されているありふれた商品ばかりだった。しかし、いまや英国と中国の戦争〔一八五六―六〇年のアロー戦争〕は終結していた。……夏の離宮は懲罰として焼き払われた、と言われていた。しかし実際は、夏の離宮に蓄えられていた貴重な品々の多くを救い出すのに成功したのは、その場に居合わせたフランス人よりも英国人の方であった。そしてこれらの品々が一八六二年にロンドンで展示されたのである。……出品者の名義が男性ではなく女性となっていたのは、遠慮してのことであった。」ユリウス・レッシング『万国博の五〇年』ベルリン、一九〇〇年、一六ページ　[G8, 1]

レッシング(『万国博の五〇年』ベルリン、一九〇〇年、四ページ)は見本市と万国博覧会の違いを指摘している。見本市では商人は商品の在庫すべてを持ち出して来ていたが、それに対して万国博は商業上のみならず、産業上の信用取り引きの高度な発達、つまり注文者と受注会社の間での信用取り引きの高度な発達を前提にしている。　[G8, 2]

「一七九八年に開かれたあのシャン＝ド＝マルスの一種の市場にしても、その後に続く年の、ルーヴル宮の中庭やアンヴァリッドの中庭に設えられたあの素晴らしい廻廊《ポルティク》の数々にしても、また、一八一九年一月一三日に公布された、記念すべきあの勅令にしても、自明のことにわざと目をつむるのでなければ、そういった事柄がフランスの産業のみごとな発展に力強く貢献したことを認めぬわけにはゆくまい。諸工芸と平和の守護神によって建立された、血に染まっていない戦勝記念碑を……臣民が眺めることができるようにするために、自らの宮殿の立派な歩廊《ギャルリ》を広大なバザールに変えるという偉業にたずさわる。これが、ある一人のフランス国王の定めなのであった。」シュヌー／H・D『一八二七年ドゥエー市にて開催の産業・工芸物品展の手引』ドゥエー、一八二七年、五ページ　[G8, 3]

三つの異なった労働者派遣団が一八五一年ロンドンに送られた。そのいずれも、本質的な成果をあげることはなかった。二つは公的な派遣団であって、一方は国民議会からのもの、他方は市当局からのものだった。私的な派遣団は報道機関、とりわけエミール・ド・ジラルダンの支援のもとで成立した。これらの派遣団の結成には、労働者たちは何ら影響を及ぼすことはなかった。　[G8, 4]

A・S・ドンクール『万国博覧会』(リール／パリ、〈一八八九年〉、一二ページ)によると、水晶宮の大きさは長辺が五六〇メートル。　[G8, 5]

一八六二年のロンドンの万国博覧会への労働者派遣団について。「〔ロンドン万博への労働者代表を選ぶ〕選挙事務所はすみやかに組織されたが、選挙の前日に、ある事件で……活動が妨げられた。警視庁が前例のないこの動きに疑惑をもち、労働者委員会は、仕事を継続しないように命じられたのだ。委員会は、この措置が……何らかの誤解の結果以外にはありえないと確信し、ただちに陛下に直訴した。……皇帝は、……委員会に任務を続行する許可が下りるように計らってくれた。選挙では、……二〇〇人の代表が選ばれた。……各々の小委員会は、任務を果たすのに一〇日の期間を与えられた。代表は、出発時に、一人当たり一一五フランと鉄道の二等の往復切符を支給され、それに、宿と一日一回の食事および博覧会の入場券とを与えられた。……民衆の大移動に際しては、……遺憾に思われるような事件は何一つ起こらなかった。」『一八六二年ロンドン万国博覧会へ派遣されたパリの労働者代表団の報告』労働者委員会発行、パリ、一八六二―六四年(一巻‼)、Ⅲ―Ⅳページ(この報告にはさまざまな職業団体の五三の派遣報告が含まれている。) [G8a, 1]

パリ万博、一八五五年。「四台の蒸気機関車が、機械別館の玄関を守っていた。それらは、かのニネヴェの巨大な牡牛たちや、寺院の入り口に見られるエジプトのあの大きなスフィンクスたちのようだった。別館は、鉄と火と水の国だった。騒音が耳を聾し、目がくらんだ。……すべてが動いていた。羊毛を梳いたり、羅紗を縒ったり、亜麻布を剪毛したり、穀物を脱穀したり、石炭を採掘したり、チョコレートを製造したりするありさまが見られた。動力と蒸気は、差別なく皆に行き渡った。英国の出品者しか火と水を使用させてもらえなかった一八五一年のロンドン万博とは大違いだった。」A・S・ドンクール『万国博覧会』リール/パリ、〈一八八九年〉、五三ページ [G8a, 2]

一八六七年には「オリエント区」が呼び物の中心だった。 [G8a, 3]

一八六七年の博覧会には一五〇〇万の見物人が訪れた。　[G8a, 4]

一八五五年に初めて商品に値札をつけることが認められた。　[G8a, 5]

「ル・プレーは、……現代風の言い方でわれわれが「目玉《クルー》」と呼ぶものを見つけ出す必要性が、いかに切迫したものになるかを予期していたのだった。彼は、この必要性が、……博覧会を悪い方向へ向けることも予知していた。そしてその悪い方向こそが、一八八九年に……クローディオ＝ジャネ氏にこんな発言をさせたのである。「経済学者であり紳士であるフレデリック・パッシー氏は、議会とアカデミーの場を借りて、縁日興行のゆきすぎを前々から弾劾してきた。氏が、香料入りパンの市について述べていることは、……規模こそちがうが、〔フランス革命〕一〇〇周年の大きな式典についても当てはまる。」」それに関する注。「さまざまなアトラクションの人気はなかなかのもので、エッフェル塔は建てるのに六〇〇万フランかかったが、一八八九年一一月五日の時点で、すでに六四五万九五八一フランを稼いだ。」モーリス・ペカール『経済と社会の面から見た国際博覧会――フランスの実例』パリ、一九〇一年、二九ページ　[G9, 1]

シャン＝ド＝マルスに建てられた一八六七年の博覧会の建物は、コロセウムにたとえられた。「ル・プレー組織委員長のあみ出した配置は、なかなかすぐれていた。物品は、品目別に八つの同心円的な回廊《ギャルリ》に配分された。主軸から……一二の通路が枝分かれしていた。主要国は、二つの通路にはさまれた扇形の区分を割り当てられた。その結果、回廊《ギャルリ》を歩いて、さまざまな国におけるある一つの産業の在り方を見学することもできたし、横に通っている通路を歩いて、それぞれの国における産業のさまざまな分野を見学することもできた。」アドルフ・デミ『パリ万国博覧会の歴史論』パリ、一九〇七年、一二九ページ。同じ箇所に一八六七年九月一七日付けの『モニトゥール』紙の、この建物に関する次のようなテオフィル・ゴーティエの記事が引用されている。「目の前にあるのは、ほかの惑星、たとえば木星や土星で、われわれのあずかり知らぬ趣味に従い、われわれの目には親しみのうすい色調を使って造られた建物のような感じだった。」それに先立ってこう書かれている。「血のように赤い縁取りをあしらった紺碧の大きな渦巻《グーフル》は、眩暈を引き起こし、建築について人が抱いていた観念に混乱をきたす。」　［G9, 2］

一八五一年の万国博覧会に対するさまざまな抵抗。「プロシア国王は、皇太子と皇太子妃に……ロンドン行きを禁じた。……外交団は、女王にお祝いの挨拶文を差し上げることを拒否した。ちょうど同じ頃、プリンス・アルバート〔ヴィクトリア女王の夫君〕は、一八五一年四月一五日付けの母親に宛てた手紙のなかにこう書いていた。「まさに今、……博覧会の敵たちは、大いに活躍しています。彼らが言うには、……外国人たちがここで急進的な革命を勃発させ、ヴィクトリアやぼく自身をも殺してしまって、赤の共和国を宣言するだろう。また、こんなに大勢の群衆が集まれば、その結果として必ずペストがはやり、あらゆる品物の値上がりにもかかわらず逃げ出さなかった者たちを殺してしまうだろう、と言うのです。」」アドルフ・デミ『パリ万国博覧会の歴史論』パリ、一九〇七年、三八ページ

[G9, 3]

一七九八年の博覧会に関するフランソワ・ド・ヌシャトーの意見（デミ『パリ万国博覧会の歴史論』による）。「フランス人たちは、戦場におけるすみやかな勝利によってヨーロッパを驚かせて来た。同じ熱意をもって、平和時の商業や諸工芸に乗り出すべきである。こう彼は述べていた。」（一四ページ）「この最初の博覧会は、……まさに一つの戦争、イギリスの産業にとって惨憺たる戦争だった。」（一八ページ）――好戦的な性格をもった開会式典のパレード。「(1)吹奏楽訓練隊、(2)騎兵分遣隊、(3)保安係の第一と第二分隊、(4)鼓手隊、(5)軍楽隊、(6)歩兵一個小隊、(7)伝令官たち、(8)式典長、(9)博覧会に出品する工

芸家たち、⑽審査委員会。」（一五ページ）――ヌシャトーは英国の産業に最大の打撃を与える者のために金メダルを用意している。　[G9a, 1]

〔革命暦〕九年の第二回の博覧会では、産業および造形芸術の作品がルーヴル宮殿の中庭に集められることになっていた。だが芸術家たちは、産業家たちと共同で展示せよという要求を拒んだ。（デミ『パリ万国博覧会の歴史論』一九ページ）　[G9a, 2]

一八一九年の博覧会。「国王は博覧会に際しテルノーとオベルカンプフに男爵の称号を与えた。……実業家に爵位を授与することには批判の声があがった。一八二三年には、爵位の授与はいっさい控えられた。」デミ『パリ万国博覧会の歴史論』パリ、一九〇七年、二四ページ　[G9a, 3]

一八四四年の博覧会。これに関するジラルダン夫人の意見。ド・ローネー子爵『パリ書簡』Ⅳ、六六ページ（デミ『パリ万国博覧会の歴史論』パリ、一九〇七年、二七ページに引用）。「彼女はこんな風に語っていた。「〔博覧会は〕愉しみですが、おそろしく悪夢に似た愉しみです。」そして彼女は、少なからぬ奇妙なものを列挙してみせた。皮をはいだ馬、巨大なこがね虫、動く顎、時間をでんぐり返しの数で示す人間時計のトルコ人、そしてさらに、アンジェリカ〔茎が食用にされるシシウド属の植物〕の砂糖漬で作られた、『パリの秘密』に登場するあの門番のピプレ夫妻の像のことも言い忘れなかった。」 [G9a, 4]

一八五一年の万国博覧会では出品者一万四八三七人、一八五五年の万博では出品者八万人。 [G9a, 5]

一八六七年のエジプトの展示は、エジプトの神殿を模した建物の中で行われた。 [G9a, 6]

ウォルポール〔ニュージーランド生まれの20世紀イギリスの作家〕は彼の小説『要塞』のなかで、一八五一年の万国博覧会の見物客をとくに見越して建てられたホテルにおいて、客を受け入れるために講じられたさまざまな対策を描いている。警察によるホテルの常時監視、ホテル付きの司祭の配置、それに医者の定期的な朝の回診などである。 [G10, 1]

ウォルポールは、中央にガラスの噴水と楡の木立ちをそなえた水晶宮を描いている。

「その木立ちは、あたかも一匹の野生のライオンがガラスの網に捕らえられているかのように見えた。」(三〇七ページ) 彼は高価な絨毯を敷きつめた桟敷席、とりわけさまざまな機械を描いている。「この機械の間に展示されていたのは、自動紡織機、ジャカード式紡織機、封筒を作る機械、蒸気機織機、機関車の模型、遠心ポンプ、牽引車などであった。これらの機械すべてが狂ったように動いている一方で、シルクハットやカポート〔19世紀に流行したあごひもつきの婦人帽〕をかぶった無数の人々がそのかたわらにおとなしく座って機械の手入れをしていた。従順な様子で、この惑星における人間の時代は終わったことを予感もせずに。」ヒュー・ウォルポール『要塞』ハンブルク/パリ/ボローニャ、〈一九三三年〉、三〇六ページ

[G10, 2]

デルヴォーは、「毎晩、百貨店ラ・ベル・ジャルディニエールの窓ガラスに目をくっつけるようにして、一日の売り上げの計算をしている様子に眺め入る人たち」について語っている。アルフレッド・デルヴォー『パリの時間』パリ、一八六六年、一四四ページ(「晩の八時」)

[G10, 3]

一八六八年一月三一日の元老院での演説で、ミシェル・シュヴァリエは一八六七年の産

業館を破壊から守ろうとしている。この建物のために彼が提案しているいくつかの利用方法のなかで、もっとも注目に値するのは、その内部を軍隊の演習場に使う、というものだ。環状のその形態からしてそれにふさわしいというのである。彼はまた、この建物を外国人用の常設の見本市の会場とすることを勧めている。それに反対する側の意図は、軍事的な理由から、シャン＝ド＝マルスから建物を一掃しておくことにあったようだ。ミシェル・シュヴァリエ『一八六七年の万国博覧会の展示館の取り壊しに抗議する陳情書に関する演説』パリ、一八六八年を参照　[G10, 4]

「万国博覧会は、……同じ製品の価格と品質の、異なる民族間におけるもっとも正確な比較をもたらすに違いない。完全な自由貿易を唱える流派は喜ぶがよい！　万国博覧会は、……関税の撤廃とまではいかないにしても、引き下げを目指している。」アシール・ド・コリュゾン〈?〉『フランスの産業製品展の歴史』パリ、一八五五年、五四四ページ　[G10a, 1]

「全体的な進歩をあらわすこの市に
自らの戦勝記念品を展示する一つ一つの産業は、
水晶宮を豊かにするために

妖精の魔法の杖を手に取ったようだ。

……

金持ちも、学者も、芸術家も、プロレタリアも、
それぞれ、万人の安寧のために尽力し、
気高い兄弟のように力を合わせ、
皆が一人一人の幸福を望んでいる。」

クレールヴィル／ジュール・コルディエ作『水晶宮あるいはロンドンに行ったパリの人々』（初演一八五一年五月二六日、ポルト＝サン＝マルタン劇場）パリ、一八五一年、六ページ　[G10a, 2]

クレールヴィルの戯曲『水晶宮』の最後の二つの場面は水晶宮の前とその内部とで演じられる。最後〈から二番目〉の場面のト書きにはこうある。「水晶宮の中央回廊。左手前方に、一台のベッド。その頭の部分に大きな時計の文字盤。まんなかには、小型のテーブル。卓上に、いくつかの小さな袋と陶製の壺。右手に、電気仕掛けの機械。奥には、ロンドンの博覧会を描写した図版から想を得たいろいろな製品の展示。」（三〇ページ）　[G10a, 3]

一八四六年のマルキ・チョコレートの広告。「パサージュ・デ・パノラマ内およびヴィヴィエンヌ街四四番地、マルキ商店製チョコレート――もうじき売り出されます、プラリーヌ入りチョコレートやその他各種各様のチョコレート菓子、……マルキ商店から、このうえなく多様でこのうえなく優美な形で。……お店から内々に教えていただいたことをもとに、読者のみなさまにお知らせいたします、この度もまた、今年になって書かれたもっとも純粋で、もっとも優雅で、俗悪な輩からは知られることもっとも少ない作品のなかから、正しく選びぬかれた美しい詩句の数々が、マルキ・チョコレートの洗練をきわめた甘さとともにみなさまのお手元に届けられるのです。われわれを支配している物質本位のこの時代に、たくさんのこういった美しい詩句に宣伝の大きな力を気前よく貸し与えるマルキ・チョコレートに、賛辞を送ります。」パリ国立図書館版画室

[G10a, 4]

一八五五年の産業館。「六つのパビリオンが建物の周囲を囲んでいる。下の階には全体で三〇六ものアーケードがある。巨大なガラスの天井が内部を明るくしている。資材には石と鉄と亜鉛のみが用いられていた。建造費は一一〇〇万フランに達している。……

中央の回廊と東と西に飾られた二つの大きなガラス絵がとくに注目に値する。……人物はすべて実物大に描かれているように見えるのだが、それでいて高さは六メートルを下らないのだ。」『パリの一週間』(パリ、一八五五年七月、九―一〇ページ)。このガラス絵が表わしているのは、産業国フランスと正義である。　[G11, 1]

「『アトリエ』の寄稿者たちとともに、私は……経済革命を行うときがいよいよやって来たと書いた、……もっともしばらく前から、われわれは、ヨーロッパ全土の労働者集団は連帯しており、何をおいても、諸民族の政治的連邦の結成という考えに固執しなければならないという点で一致をみていたのだが。……」A・コルボン『パリの民衆の秘密』パリ、一八六三年、一九六ページ、二四二ページ。「要するに、パリの労働者階級の政治的見解のほとんどすべては、諸国民の連邦の結成をめざす運動に役立ちたいという情熱的な欲望のなかにある。」　[G11, 2]

フィエスキ〔ルイ＝フィリップ王暗殺を企てたテロリスト〕の愛人ニーナ・ラサーヴはフィエスキが一八三六年二月一九日に処刑されたのち、株式取引所《ブルス》前広場のカフェ・ド・ラ・ルネサンスにレジ係として雇われる。　[G11, 3]

トゥスネルにおける動物の象徴的意味。モグラ。「モグラが象徴するのは、……ある一つの性格だけというにとどまらず、社会のまとまった一時代、産業誕生の時代、巨人の時代でもある。……モグラがアレゴリー的に表現するものは、……知力に対する粗暴な力の絶対的優位である。……土をひっくりかえし、地下に通路を掘ってゆくモグラと、……鉄道や駅馬車の独占企業家たちとの間にはかなりはっきりした類似が見られる。……光を恐れるモグラの極度の神経過敏は……同じように光を恐れる銀行や運送業界の独占企業家たちの頑固な反啓蒙主義を、見事に特徴づけている。」A・トゥスネル『動物の精神――情念動物学――フランスの哺乳類』パリ、一八八四年、四六九ページ、四七三―四七四ページ　[G11, 4]

トゥスネルにおける動物の象徴的意味。マーモット。「マーモットは……労働によって毛を失う。それは、〔煙突掃除の〕つらい仕事の第一の結果として服が擦り切れてしまう貧しいサヴォワ地方出身者の窮乏を暗示するものである。」A・トゥスネル『動物の精神――情念動物学――フランスの哺乳類』パリ、一八八四年、三三四ページ　[G11, 5]

トゥスネルにおける植物の象徴的意味。葡萄。「葡萄はおしゃべりが好きである。……プラムやオリーヴや楡の木の肩になれなれしく上ってゆく。葡萄はすべての樹木に親称の tu〔きみ〕を使って話す。」A・トゥスネル『動物の精神――情念動物学――フランスの哺乳類』パリ、一八八四年、一〇七ページ　[G11, 6]

トゥスネルは、男の子と女の子がちがう遊びをするのに関連して、円および放物線の理論を提起している。これはグランヴィルの擬人法を思わせる。「子どもの好む図形は、常に球形をしている。ボールや輪まわしの輪やビー玉である。子どもの好きな果実も、同じく球形である。さくらんぼ、すぐりの実、アピ〔紅白のミニ林檎〕、それにジャム入りの円いパンなど。……これらの遊戯を注意深く観察しつづけた類比学者《アナロジスト》は、男女両性の児童が好きな遊びや運動を選択するときの、特徴ある相違に注目せずにはいなかった。……この観察者は、女児の遊戯の性格においてどんなことを認めたのだろうか。彼は、これらの遊戯の特徴のなかに、楕円へのはっきりした傾向を認めたのである。じじつ、女児の好む運動として、羽根突き《ヴォラン》と縄飛びを挙げることができる。……縄と羽根突きは楕円または放物線的な曲線を描く。これはなぜだろうか。なぜ、女　性《セックス・ミヌール》〔マイナーな性〕は、まだあんなに若いうちから楕円的曲線を好み、ビー玉やボールやこまを明白に無視するのだろうか。それは、円が友情の曲線であるように、楕円が……愛の曲線だからだ。楕円は、神が……女性、白鳥、アラビアの駿馬、ヴィーナスの鳥など、みずから寵愛する生き物たちに与えた姿形である。楕円はすぐれて魅力的な形態である。……天文学者たちは一般に……いかなる原因から、惑星が回転軸に対して円を描かないで楕円を描くのか、知らなかった。いまや、彼らはその秘密に、私と同じくらい通じているわけである。」トゥスネル、前掲書、八九―九一ページ　[G11a, 1]

トゥスネルはさまざまな曲線のもつ象徴的意味を解釈してみせている。それによれば、円は友情、楕円は愛、放物線は家族的感覚、双曲線は野心を表わしている。最後の双曲線に関する章において、以下の一節はグランヴィルにとりわけ近接している部分である。「双曲線は、野心の曲線である。……髪を振り乱して双曲線を追いかける、情熱にあふれた漸近線のたゆまぬ執拗さを称えよう。彼女〔漸近線〕はつねに目標に接近する、接近する。……だが、そこには到達しない。」A・トゥスネル『動物の精神――情念動物学――フランスの哺乳類』パリ、一八八四年、九二ページ　[G11a, 2]

トゥスネルにおける動物の象徴的意味。ハリネズミ。「貪婪で、見るも醜く、零細な文筆屋の肖像でもある。人の生い立ちをゆすりの種に、宿駅長の勅許状や芝居の独占権を売買し、……自らのアーティチョク〔野菜として食されるチョウセンアザミの蕾、むいてもむいても芯に届かない〕のごとき良心から……虚偽の約束や定価どおりの〔おきまりの〕弁明を……引き出してくる。……ハリネズミはフランスの四足動物のうちでマムシの毒に少しも侵されない唯一の動物であると言われている。類比《アナロジー》だけからでも、そうしたことは推察できただろう。……どうしたって……下種な文士が中傷〔マムシ〕に嚙まれるはずはないではないか！」A・トゥスネル『動物の精神——情念動物学——フランスの哺乳類』パリ、一八八四年、四七六、四七八ページ　[G11a, 3]

「稲妻は、雲たちの接吻であり、嵐を孕んでいるが、多産である。熱愛し合い、いかなる障害にもかかわらず、互いの愛を語り合いたい恋人同士は、反対の電気を帯び、悲劇でいっぱいに膨らんだ二つの雲である。」A・トゥスネル『動物の精神——情念動物学——フランスの哺乳類』パリ、一八八四年、一〇〇—一〇一ページ（第四版）　[G12, 1]

トゥスネルの『動物の精神』の初版は一八四七年に刊行された。　[G12, 2]

「私は猟犬《セッター》が存在した形跡をもとめて古代の文献をあさったが、無駄であった。……この犬種が現われた時期に関して、私は、夢遊状態の心霊者のなかでももっとも透視力のある者たちの記憶に問いかけてみた。すべての情報を総合すると、……猟犬《セッター》は近代につくられたものであるという結論に達する。」A・トゥスネル『動物の精神――情念動物学――フランスの哺乳類』パリ、一八八四年、一五九ページ　［G12, 3］

「若くきれいな女性は、真のヴォルタ電池であり、……彼女にあっては、内部に捕らわれている流体が、表面の形態と髪の毛の絶縁作用とによってせき止められているのだ。そのためこの流体が、みずからが閉じこめられている優しい牢獄から逃げ出そうとすると、信じがたいような努力を試みなければならない。そしてそうした努力は、感応力〔influence 天体から発する霊体が人間の運命に及ぼす力〕によって、さまざまなかたちで生気づけられている身体の上に、引力の恐ろしい被害をつくり出すのである。……人類の歴史においては、才気ある紳士、学者、果敢な英雄などが、……女性のただのウィンクを落雷のように受けとった例はいくらでもある。……聖なるダヴィデ王も、彼がうら若きアビシャグを娶ったことからすれば、滑らかな楕円的曲面のもつ集光・凝縮的特性ということを完全に理解していたことがわかる。」A・トゥスネル『動物の精神――情念動物

学――フランスの哺乳類』パリ、一八八四年、一〇一―一〇三ページ　[G12, 4]

トゥスネルは地球の自転を遠心力と引力の合力と説明している。続いてこう書かれている。「天体は、……独自の熱狂的なワルツを踊り始める。……前の晩まで闇の冷たい静寂に埋もれていた地球の表面において、すべてが鳴り響き、すべてが運動し、すべてが熱を帯び、すべてがきらきらと輝く。よい場所を確保した観察者にとっては素晴らしい光景である。見事な効果をかもし出す舞台装置が、みるみる変わってゆく。なぜならば、革命《レヴォリュシオン》〔＝公転〕が二つの太陽の中間で起こったからであり、そしてその夕べに、紫水晶《アメジスト》色の新しい星がわれわれの空に姿をあらわしたのだ。」（四五ページ）そして、かつての地球の火山活動の時代を暗示しながらこう説く。「繊細な体質の持ち主がはじめてワルツを踊るとふつうはどんな結果になるかは、よく知られている。……地球もまた最初の試練のとき、ずいぶん激しく揺さぶられたのである。」A・トゥスネル『動物の精神――情念動物学――フランスの哺乳類』パリ、一八八四年、四四―四五ページ　[G12, 5]

トゥスネルの動物学の原理。「種の階位《ランク》は、ヒトとの類似度と正比例する。」トゥスネル『動物の精神』パリ、一八八四年、Iページ。この作品の以下のエピグラフを参照。「人間の

最良の部分、それは犬だ。」シャルレ〔19世紀仏の人気版画家〕
[G12a, 1]

気球の操縦士ポワトヴァンは、大きな広告会社の援助を受けて、神話の登場人物の衣装で着飾った少女たちを連れ、彼のゴンドラで天空《ウラヌス》への上昇を企てた。(『一八四八年の共和政のパリ』「パリ市図書館および歴史記念建造物事業局」展に際して刊行、一九〇九年、三四ページ)
[G12a, 2]

物神的な自立性があると言われるのは商品だけではない。マルクスの次の一節が示しているように、生産手段もまたそうなのである。「われわれが生産過程を労働過程の観点で考察するならば、労働者は生産手段に対して……自らの合目的的な生産活動の……たんなる手段という関係にある。われわれが生産過程を価値増殖過程の観点で考察するやいなや、事態は異なってくる。生産手段はただちに、他人の労働を吸収する手段に姿を変える。もはや生産手段を用いるのは労働者ではなく、むしろ生産手段が労働者を用いるのだ。生産手段は労働者によって彼の生産活動の素材的な要素として費消されるのではなく、労働者をそれ独自の生の過程の推進力として費消するのである。……夜のあいだ休息して生きた労働を吸収することのない溶鉱炉や工場は、資本家たちにとっては

「純然たる損失」である。溶鉱炉と工場が労働力に「夜間労働の要求」を突きつける根拠はここにある。」この考察はグランヴィルの分析に援用しうる。どの程度まで賃労働者は、物神として生命を吹きこまれた自らの客体の「たましい」であるのか。 [G12a, 3]

「夜は、眠る花たちに星のエッセンスを配っている。飛ぶ鳥たちはみな、脚に永遠の糸をつけている。」ヴィクトール・ユゴー『全集――小説八』パリ、一八八一年、一一四ページ（『レ・ミゼラブル』Ⅳ） [G12a, 4]

ドリュモンはトゥスネルのことを「この世紀最大の散文家の一人」と呼んでいる。エドゥアール・ドリュモン『英雄と道化』パリ、〈一九〇〇年〉、二七〇ページ（「トゥスネル」） [G12a, 5]

展示のテクニック。「観察しているうちにやがてわかってくる基本的なルールは、通路と同じ高さの地面に、じかにどんな物も置いてはいけないということだ。ピアノ、家具、物理実験の機器、機械類は、台の上あるいは高床の上に展示されたほうが良い。採用すべき設置形式は二つの別個の方式からなる。陳列ケース内の展示と露出したままの展示。ある種の製品は、その性質上、あるいは、その値打ちゆえに、空気ないし人の手の接触から守られなければならない。いっぽう、むきだしで展示された方が引き立ってみえる製品もある。」『一八六七年パリ万国博覧会——一八六二年ロンドン万国博覧会におけるもっとも優れた設営形式の図録』、諸外国の展示者のために手引きとして帝国委員会により刊行、パリ、一八六六年、〈五ページ〉。一八六二年の万国博覧会のパビリオンを描いたとても興味深い挿絵および横断図と縦断図を収めた二つ折り判の図版本。パリ国立図書館、六四四四巻　[G13, 1]

二八五五年のパリ。「土星や火星から訪れてくる来客たちはここに到着すると、母国である惑星の地平を忘れてしまうのだった！　パリは、いまや創造の首都である！……一八五五年のゴシップライターたちの最愛のテーマであったシャン＝ゼリゼよ、お前はどこに行ってしまったのか？……中が空洞になった鉄パイプで舗装されたその通りは、クリスタル・ガラスの屋根に被われ、金融業界のミツバチやスズメバチどもがぶんぶん飛びまわっている！　大熊座の資本家たちが、水星の相場師と議論をしている！　まさに今日、自らの炎で半ば焼けてしまった金星の残骸を、株にして売り出したところだったのだ！」アルセーヌ・ウーセ『未来のパリ』(『一九世紀のパリとパリっ子』パリ、一八五六年、

四五八―四五九ページ）　[G13, 2]

労働者インターナショナル〔第一インター〕の最高会議の開催地をロンドンに固定することに関して、次の言葉が広まっていた。「パリの工場《アトリエ》で生まれた子どもが、ロンドンに里子に出された。」（S・Ch・ブノワ「労働者階級の「神話」」『両世界評論』一九一四年三月一日、一〇四ページ）　[G13, 3]

「男性が行儀よくふるまうすべを心得ている唯一の集いが舞踏会なのだから、われわれのすべての規則を、舞踏会にならって定めるようにしよう。そこでは、女性こそが女王なのである。」A・トゥスネル『鳥の世界』I、パリ、一八五三年、一三四ページ。そして、「男性のなかには、舞踏会にいるときは女性に対して礼儀正しく、きちんとしているものの、女性に対して礼儀正しくすることが神の戒律であることに気づいていない者も多い」。前掲書、九八ページ　[G13, 4]

ガブリエル〔・ゴドフロワ〕・エンゲルマン〔19世紀仏の最初の石版画工房をつくった人物〕について。「一八一六年に『石版画論』を発表するとき、彼はこのメダルを麗々しく本の巻頭に載せるだろう。説明文には、こう書かれている。「オー・ラン〔ライン川上流地方〕、ミュルーズ市、G・エンゲルマン殿に、このメダルを授与する。大判の石版画制作と石版画技術の改良への奨励賞として。一八一六年。」」アンリ・ブショ『石版画』パリ、〈一八九五年〉、〈三八〉ページ　[G13, 5]

ロンドンの万国博覧会について。「この広大な展覧会のなかで、観察者はやがてこんなことを認識するようになった。それは、ここで混乱に陥るのを防ぐには、……異なったさまざまな民族をいくつかのグループに集めて考えてみる必要があり、さらには、こうした産業上のグループを構成するための便利で有効な唯一の方法は、驚くなかれ、宗教的な信仰を基礎に置くことである、ということだった。実際、人類を分かつ宗教の大きな区分一つ一つに、……独自の生活の仕方や産業活動の在り方が対応しているのだ。」ミシェル・シュヴァリエ『進歩について』パリ、一八五二年、一三ページ　[G13a, 1]

『資本論』の第一章から。「商品は一見したところ、わかりきった詰まらないもののように見える。だが分析してみると、商品は形而上学的理屈っぽさと神学的きまぐれで一杯の、やっかいな代物であることが明らかになる。それが使用価値であるかぎりは、神秘的なところは一つもない。……木材から机を作るなら、木材の形は変えられる。だからといって、机は木材であって、平凡な感覚的事物であることに何ら変わりはない。だが商品として登場するやいなや、机は感覚的でいて超感覚的な事物に姿を変える。それは自分の脚で大地を踏みしめているだけでなく、あらゆる他の商品に対して逆立ちしてもいて、その木製の頭からさまざまな妄想を繰り広げる。その様は、その商品が自分勝手に踊りはじめるよりもはるかに奇怪である。」フランツ・メーリング「カール・マルクスと比喩」[リヤザノフ編『思想家、人間および革命家としてのカール・マルクス』ウィーン／ベルリン、〈一九二八年〉、五七ページ(『ノイエ・ツァイト』一九〇八年三月一三日号より転載)]に引用

[G13a, 2]

ルナンは万国博覧会をギリシアの大きな祭り、オリンピアの競技や女神アテネの大祭にたとえている。だが、後者と異なって前者にはポエジーが欠落している。「二度にわたり、全ヨーロッパは、並べられた商品を眺めるために、また、物質的製品を比べてみるために足を運んだのである。この新種の巡礼の帰途、何か足りないものがあったという苦情を述べるものは、誰一人としていなかった。」さらに何ページか先にはこうある。「わが世紀は、善へも悪へも向かっていない。凡庸へ向かっている。いかなることにお

いても、今日成功を収めるのは、凡庸なものである。」エルネスト・ルナン『道徳と批評に関するエッセー』パリ、一八五九年、三五六―三五七、三七三ページ（「博覧会のポエジー」）

[G13a, 3]

アーヘン〔ドイツの都市〕の賭博場におけるハシッシュの幻覚。「アーヘンの賭博場《タピ》は、あらゆる王国、あらゆる国々の硬貨を温かく迎え入れる会議場である。……レオポルド金貨、フリードリヒ・ヴィルヘルム金貨、ヴィクトリア金貨、ナポレオン金貨が、……台のうえに雨あられと降りそそがれた。この輝く堆積をながめるうちに、……私には、……君主たちの肖像が……エキュやギニーやドゥカート金貨のうえから抗いようもなく消えてゆき、私にとってまったく新しいほかの顔になってゆくのが見えるような気がした。その顔貌の多くは……悔しさや貪欲や憤慨に……ゆがんでいた。楽しそうなのもあったが、それはほんの少数にすぎなかった。……しばらくすると、この現象は……しだいに薄らいで消えてゆき、別のもっと奇想天外なヴィジョンがそれに代わった。ブルジョワどもの肖像が陛下たちにとって代わり、まもなく金属製の輪のなかで、そこに閉じこめられたまま……動きまわりはじめたのである。そのうち、まず凹凸が過剰に拡大されて、肖像はその輪から離れていった。それから頭部が、丸くふくらんだ形をとって、はっきりと現われてきた。そしてさらにそれらの頭部は、表情を持つだけではなく、人間の肌のような色合いすら帯びるにいたったのである。全体の形が……なんとか整い、われわれとすべての点でそっくりで、大きさだけが違う生き物たちが……貨幣という貨幣がすっかり姿を消した緑色の賭博台のマットのうえで活動しはじめた。たしかにお金が、チップ寄せの鋼鉄とぶつかって立てる音は聞こえてくるのだが、ルイ金貨やエキュが人間に姿を変えてしまったいま、それだけが……かつて聞こえていた音を偲ばせるにすぎなかった。この哀れな小人たちは、集配師《クルーピエ》の手にする人殺しのチップ寄せから逃れようと必死にあがいたが、……無駄だった。そこで……小人の形をした賭け金は、降参を認めざるを得なくなり、死のチップ寄せに無慈悲にも身体をつかまれて、集配師《クルーピエ》の鉤形に曲がった手のなかに連れてゆかれた。なんと恐ろしいことに、集配師《クルーピエ》はその小人を指と指のあいだにそっとつまんで、むしゃむしゃと食べてしまうのだった！　私は、三〇分もしないうちに六、七人の無謀なリリパット人が、この恐ろしい墓のなかに飲みこまれてゆくのを見た。……ところが、たまたまこの恐るべき死の戦場をとり囲んでいる観客に目をやると、私をそれ以上はないというほどの恐怖におとしいれることが待っていた。派手な勝負をしているさまざまな賭博師たちと、卓上にあがいているこれらの人間のミニチュアたちとが、瓜二つどころか、完璧に同じであることがわかったのである。

……しかもこれら賭博師たちは、……みずからの小型の複製が……恐ろしいチップ寄せから逃げきれずに捕まってしまうにつれて、少しずつくずおれてゆくように見えた。彼らは、自分の小さな分身《ソジー》たちの感覚をすべて共有しているように見受けられた。自分のかわいい模造品がチップ寄せにつかまり、集配師《クルーピエ》の底しれぬ貪欲の餌食になろうとするまさにそのとき、一人の賭博者が親《バンク》のほうへ投げかけた憎悪と絶望にみちた視線とその仕草を、私は一生忘れることはないだろう。」フェリックス・モルナン『温泉保養地の生活』パリ、一八六二年、二一九―二二一ページ(「アーヘン」)　[G14]

シュヴァリエが一八五二年になお鉄道について語っているその語り口を、グランヴィルの機械の描き方と比較してみることには意味がある。彼は、合わせて四〇〇馬力の機関車二台は実際の馬八〇〇頭の力に匹敵するだろう、と計算している。これだけの馬にどうやって馬具をつけることができようか、どうやって飼い葉を調達することができようか、というわけだ。加えて、注にはこうある。「生身の馬は短い道程の後でも休まなければならないことも、考慮に入れる必要がある。従って、機関車と同じ働きをするには、厩舎にかなりの頭数を置かなければならないだろう。」ミシェル・シュヴァリエ「鉄道」『経済学辞典』パリ、一八五二年、一〇ページより　[G14a, 1]

一八六七年の機械館《ギャルリ・デ・マシーヌ》における展示物の配列原理は、ル・プレーの発案による。

[G14a, 2]

ゴーゴリのエッセイ『現代の建築について』のなかに、のちの万国博覧会を建築学的観点でとらえた予言的な叙述が見られる。このエッセイは、三〇年代なかばに刊行された彼の論集『アラベスク』に収録されている。「彼はこう叫んだ。「建物すべてに共通の趣味と共通の尺度を押しつけるこの堅苦しいやり方と、いつになったらおさらばすることができるのだろうか?」ある都市が目に楽しいものであるためには、さまざまな種類の建築群をたくさん含まなければならない。このうえなく異質な趣味同士が、そこで結ばれることができればよいのだが! 同じ一つの通りに、暗いゴシック風の館、東方の豪華絢爛たる趣味で飾られた建物、巨大なエジプト風建築、バランスよく均整のとれたギリシアの住宅が一緒に建立されることができたら! わずかにくぼみのある乳白色のドーム、教会の高く聳えたつ尖塔、東方の司教冠の形をした屋根、イタリアの平らな屋根、フランドルの飾りの多い、切り立った屋根、正四面体のピラミッド、丸い円柱、角ばったオベリスクが並んでいるのを目にすることができたら!」ニコライ・ゴーゴリ『現代の建築について』。ウラディーミル・ウェイドレ『アリスタイオスの蜜蜂』パリ、〈一九三六年〉、一六二―一六三ページ（「芸術の臨終」）に引用　[G14a, 3]

フーリエは、文明を久しく「さかさまの世界」と特徴づけてきた民衆の知恵を引き合いに出している。　[G14a, 4]

フーリエはユーフラテス河の岸での騒々しい宴会を描くことに固執している。その宴会では、堤防造りの競技に熱中する労働者たち（六〇万人）の勝者が、同時に行われているケーキ焼き競争の勝者とともに、祝福される。六〇万人の産業競技者たちは三〇万本のシャンパンを手にして、「指令塔」からの合図にあわせて一斉にその栓をはじき飛ばす。「ユーフラテス」の山々にそのエコーが響きわたる。〈アルマン／〉モブラン〈『フーリエ』〉、Ⅱ、〈パリ、一九三七年〉、一七八―一七九ページに引用　[G14a, 5]

「哀れな星たちよ！　彼女たちの輝きにみちた役はただ生贄としての役でしかない。惑星たちの生産力の創造者であり、下女である彼女たちは、その生産力を自分では持ち合わせてはおらず、単調で報いられることのない松明としての生涯に甘んじなければならないのだ。彼女たちは、悦びを享受することなく輝きつづける。彼女たちの後方には目には見えないが、生きた現実が隠されている。ところがこの女王兼奴隷たちは、彼女たちの幸福な臣民たちと同じ素材からつくられているのである。……彼女たちは今は輝かしい炎であるが、いずれは暗闇と氷になってしまうだろう。そして、行列とその女王を星雲と化してしまうあの衝撃の後では、惑星としてしか蘇生できないだろう。」A・ブランキ『天体による永遠』パリ、一八七二年、六九―七〇ページ。ゲーテ「不運の星々よ、私はお前たちを哀れむ」〔ゲーテの詩「夜の想い」より〕を参照

[G15, 1]

「教会の聖物納室、株式取引所、兵舎、この三つの祠は一緒に組んで、諸国に暗闇と貧困と死を吐き出している。一八六九年、一〇月。」オーギュスト・ブランキ『社会批評』Ⅱ、パリ、一八八五年、三五一ページ〔「断片とノート」〕

[G15, 2]

「死んでしまった一人の金持ちとは、閉ざされた一つの淵である。」五〇年代のもの。オーギュスト・ブランキ『社会批評』Ⅱ、パリ、一八八五年、三一五ページ〔「断片とノート」〕

[G15, 3]

セルリー〈民衆的木版画の工房〉の一枚のエピナル版画は、一八五五年の万国博覧会を描いている。　［G15, 4］

探偵小説のもつ陶酔的な要素。そのメカニズムが〈ハシッシュ飲用者の周囲の世界を思わせる仕方で〉カイヨワによって以下のように記述されている。「幼児の思考の諸特性、とりわけその人工論的性格が、奇妙に生なましく現存するこの世界を支配している。前々から企てられたこと以外は何も起こらない、外見通りのものは何一つない、すべては、しかるべきときに、この世界の主である全能の英雄に使われるべく、用意されている。まさしくそれは、『ファントマ』の分冊に現われるパリにほかならない。」ロジェ・カイヨワ「パリ——近代の神話」（『NRF』誌、二五巻二八四号、一九三七年五月一日、六八八ページ）　［G15, 5］

「私は毎日、いくらかの数のカルムイク人やオーセージ人やインド人や中国人や古代ギリシア人が、みな多かれ少なかれパリ人風になった姿で、私の窓の下を通るのを見かける。」シャルル・ボードレール『作品集』Ⅱ、〈Y－G・ル・ダンテック校訂・注、パリ、一九三二年〉、九九ページ（『一八四六年のサロン』「理想とモデルについて」）　［G15, 6］

フェルディナン・ブリュノ『起源から一九〇〇年までのフランス語の歴史』IX『大革命期と帝政期』九「出来事、制度、言語」(パリ、一九三七年)に語られている第一帝政における広告。「次のように想像してみることにしよう。ある一人の天才的な男が、読者や購買者たちの気をそそるように作られた語を、日常語のありきたりな連続のなかに嵌めこんで使うというアイディアを思いついた。彼はそのためにギリシア語を選ぶのだが、それはギリシア語が、新語形成に当たってつきない資源を提供するのみならず、ラテン語よりなじみが薄く、……古代ギリシアの研究にあまり縁のない世代には、まったく理解不可能であるという利点をそなえていたからであった。……ただわれわれは、その男がどんな名前だったのか、フランス人であったのかどうか、そして実在したのかどうかすら知らないのだ。もしかすると、……ギリシア語の単語は、少しずつ身近で使われるようになり、そしてある日、……その言語自体にそなわった唯一の効力によって、それが一つの広告たりうるという一般的な考え方が……浮かび上がってきたのかもしれない。……私としては、いくつもの世代、いくつもの国民が、人に驚きを与えつつ惹きつけるこの言葉による看板、ギリシア語の怪物をつくることに貢献したと思いたいところである。ここで私が取り組んでいる時代〔第一帝政〕は、こうした動きが顕著になりつつあったときであると思う。……コマジェーヌ・オイル〔comagène はギリシア語の動詞 komaō「豊富な髪の毛をもつ」からの造語で、髪をふさふささせるの意〕の時代が始まろうとしていた。」一二二九―一二三〇ページ（『ギリシア語を勝利させた諸原因』）　[G15a, 1]

「いったい、現代のヴィンケルマン流は……何と言うだろうか、……中国の産物、奇妙で、形態《フォルム》は捩れて、色彩は強烈で、時としては消え入らんばかりに繊細な産物の前に立ったなら、何と言うだろうか？　ところがそれは普遍的な美の一つの見本なのだ。しかし、それが理解されるためには、批評家なり、観覧者なりが、彼自身のなかで神秘に類する一つの変化をなしとげ、想像力に働きかける意志の現象によって、この異色なる開花を生み出した環境に参入するすべを自ら進んで学ぶ必要がある。」同ページのずっと下に現われる一節。「有無を言わせず眼の中に入りこんでくる深い色彩をもつと同時に、視線をからかうような形態《フォルム》をしたあれらの不思議な花々。」シャルル・ボードレール『作品集』Ⅱ、〈Y-G・ル・ダンテック編、パリ、一九三二年〉、一四四―一四五ページ（『一八五五年の万国博』）　[G15a, 2]

「フランスの詩において、そしてさらにヨーロッパ全土の詩においてさえそうなのだが、東洋趣味や東洋的色調は、ボードレール以前は、多少なりとも幼稚で、作りものめいた遊戯にすぎなかった。『悪の華』が現われると、異国の色彩は、逃避の鋭い感覚なしには成り立たなくなる。ボードレールは……不在へと、自らを誘うのである。……旅するボードレールは、……旅人が出会い、そのなかで自分自身から遠ざかってゆく、そんな未知の自然の与える……感動をあらわす。……たぶん彼自身の精神が変わるわけではない。しかし彼は、自分の魂の新しいヴィジョンを提示するのである。魂は熱帯のもの、魂はアフリカのもの、魂は黒人、魂は奴隷である。これこそが真実の国々、ほんとうのアフリカやほんもののインドなのだ。」アンドレ・シュアレス「序文」（シャルル・ボードレール『悪の華』パリ、一九三三年、XXV－XXVIIページ）

[G16, 1]

ハシッシュにおける空間の売春。そこでは空間はかつて存在したものすべてに仕える。

[G16, 2]

一九世紀の半ばに支配的であったモードの精神でグランヴィルが自然を――動物界や植物界と同じくコスモスを――変装させることによって、歴史はモードという姿で自然の永遠の循環に源を発するものとなる。グランヴィルが新しい扇を「イリス（ギリシア神話の虹の神」の扇」として描くとき、天の河をガスのすずらん灯で照らされた夜のアヴェニユーとして描くとき、また「月の自画像」が雲の上ではなく当世風のフラシ天のクッションの上に置かれているとき、ちょうど三〇〇年前にアレゴリーが行ったのと同じくらい仮借なく、歴史は世俗化され、自然連関のなかに持ち込まれているのである。

[G16, 3]

グランヴィルの惑星規模のモードはことごとく、人類の歴史に対する自然のパロディである。グランヴィルの道化芝居めいたものがブランキのもとでは恐ろしい絵物語《モリタート》となる。

[G16, 4]

「博覧会は本来の意味で現代的と呼べる唯一の祭典である。」ヘルマン・ロッツェ『ミクロコスモス』Ⅲ、ライプツィヒ、一八六四年、?ページ

[G16, 5]

万国博覧会は消費から排除された大衆が交換価値についての手ほどきを受ける、高等教育機関だった。「すべて見ることはできるのだが、何一つ手にすることはできない。」

[G16, 6]

娯楽産業は大衆が反応する態度のあり方を洗練し、多様化する。そのことで娯楽産業が準備しているのは、大衆を広告の働きかける対象とすることである。したがって、娯楽産業が万国博覧会と結びつくのには十分根拠がある。 [G16, 7]

パリのための都市計画上の提案。「まず家の形に多様性をもたせること、そして区域によって、さまざまな建築様式を使用し、ゴシック、トルコ、中国、エジプト、ビルマといった、古典的でない建築の使用さえもいとわぬこと。重要なのは、そういったことだろう。」アメデ・ド・ティソ『ロンドンとパリの比較』パリ、一八三〇年、一五〇ページ。のちの博覧会用建築! [G16a, 1]

「あのひどい建造物［産業館］があるかぎり、……私は文士という自分の肩書きを喜んで否認するだろう。……工芸と産業だって！　そう、彼ら、彼らだけのために、一八五五年に、あの入り組んだ回廊《ギャルリ》の網の目が専用につくられたのだ。そこでは、哀れな文学者たちは、たったの六平方フィート、墓石一つ分の場所さえあてがわれなかった。栄光あれ！　紙屋よ、……印刷屋よ、カピトリウムの丘に登れ！……工芸家たちよ、勝利によろこべ、実業家たちよ、勝利によろこべ。きみたちは万国博覧会から名誉も利益も受けた。それにくらべて、この哀れなる文学のほうは……。」（V―VIページ）「文士たちのための万国博覧会を、流行品屋＝著述家のための水晶宮を！」これは、バブーの「シャルル・アスリノーへの手紙」によれば、ある日彼がシャンゼリゼで出会ったと称する、奇妙な悪魔から吹き込まれた意見である。イポリット・バブー『無辜なる異教徒たち』パリ、一八五八年、XIVページ　[G16a, 2]

博覧会。「そのような一時的な催しは普通ならば都市の形態に何の影響も及ぼしはしなかった。……パリにおいては……そうではなかった。ここでは大がかりな博覧会をパリの中央に設定することができ、ほとんどすべての博覧会は、この都市のイメージにぴったりの建築物を……あとに残した。まさにこの点に、大規模な構想原理と今なお影響力を失わぬ都市計画の伝統の幸福を見ることができる。パリでは……いちばん大規模な博覧会さえ、コンコルド広場のすぐ近くで……開催することができた。この広場から西に延びている〔セーヌの〕両岸では数キロメートルにわたって、建物の建築ラインがぐっと引っ込められていて、とても幅広い帯状のゾーンが自由に使えるようになっている。何列もの並木のあるこのゾーンが展覧会に際しては、もっとも美しく、すぐに利用可能な

通りを提供してくれる。」フリッツ・シュタール『パリ』ベルリン、〈一九二九年〉、六二ページ
[G16a, 3]

解説

断片の集積に潜む「あり得たかもしれない」世界の模索
――『パサージュ論』をどう見るか

三島憲一

断片の組み合わせとそのつどの意味

「このお仕事を「まだ不十分」と言われるなら、月並みかつ馬鹿げているかもしれませんが、それには反論しなければなりません。このお仕事にあっては、重要な意味が暗示されていることが、断片的であることとどれほど深く結びついていることか、そのことを貴兄はあまりにも正確にご存知のはずですから」。

一九三四年一二月一七日、アドルノは、すでにパリに亡命していたベンヤミン宛にこのように書いている。ナチス支配下のベルリンでまだ頑張っている将来の妻グレーテル・カープルスのもとを訪れていたときのことである。テーマは、ベンヤミンが原稿の写しをグレーテルに送ったカフカ論についてだが、アドルノの慧眼は、おそらく本人が意識しないところで、のちに膨大な断片の集積となる『パサージュ論』のあり方を言いあてていた。断片的であることにこそ重要な意味が暗示されているというのだ。

まさにそのとおりで、岩波書店で一九九三年以降、当初は単行本のかたちで出版され、のちに岩波現代文庫に、そして今回いわば「現代の古典」として岩波文庫に収められることになった本書、つまりヴァルター・ベンヤミンの『パサージュ論』全五冊(ズールカンプ版(一九八二年)では全二巻)は、文字どおり断片の集積であり、そしてまさにそうした断片であるがゆえに、またそれぞれの断片を読者がどのように組み合わせるかによって、重要な意味が一瞬ごとに暗示される、単語と文章からなるいわば乱数表とでもいうべきものである。果たしてこの乱数表を使って、乱数表自身の暗号解読が可能なのだろうか?

一七世紀と一九世紀の廃墟を見つめるアレゴリー的視線

なにごとか重要なことを意味するかもしれない断片の集積。思い起こされるのは廃墟である。なんらかの破局的な崩壊の証である廃墟には、富と権力が築きあげた壮麗な構築物の瓦礫が横たわる。かつてそこで営まれた生活で生みだされ、蓄積され、浪費された富の残骸が、華麗な装いとその流行の痕跡が、消えた夢の思い出が、なんの連関もなく、文字通りバラバラに横たわる、そうした残骸を集め、自分なりに並べる蒐集家の気分は当然ながら陰鬱、つまりメランコリアである。ベンヤミンはその作業をすでに一七世紀、つまりバロック時代に関して当時の崩壊感覚を示す悲哀劇を材料に、それも多くは文学史に埋もれていた悲哀劇を材料に行っていた。一九二五年に書かれた『ドイツ悲哀劇の根源』である。(1) メランコリアとそのアレゴリー、髑髏の横たわる荒涼たる死の風景、決断できぬ無力な君主の悲哀、モナドとしての断片の持つモザイク機能などが扱われていた。アドルノの読書神経は、そうした断片とその組み合わせが暗示するものの重要性を見逃していなかった。

よく知られているように『パサージュ論』はオースマンによる改造を経たパリのパサージュ、新しい商品が輝き、流行が生み出されるアーケード型の商店街とそこに行き交う人々、「遊歩者」ボードレールの「憂鬱」に代表される知的倦怠、流行の意味、商品としての女性の身体と死の重なり合い、技術の進歩を誇らしげに示す鉄骨建築、そしてやがて登場するベル・エポックのアール・ヌーヴォー（ユーゲントシュティール）などを、さまざまな角度から論じた断片群である。またそのために渉猟した夥しい文献からの抜き書きも重要だ。

押さえておくべきは、この膨大な断片とドイツ語およびフランス語の二つのバージョンがある「概要」からなる『パサージュ論』は、あくまで一七世紀の破局というアレゴリー的思考の延長である、ということだ。アレゴリーはドイツ古典主義で重要な、例えばゲーテが多用した「象徴 Symbol」と異なる。むしろその対極にある。また、かつて文献学ないし解釈学で言われたアレゴリー的読解などというときのアレゴリーともベンヤミンの用法は異なる。象徴が生命を、調和を、豊かさをそれ自体において示すのに対して、アレゴリーにあっては、事物、つまり、マルクスの根源的な意味での物質《マテリエ》が、唯物論《マテリアリズム》でいうマテリエが息を抜かれて死んでいる、というところが要諦だ。マテリエは、元来の意味ではある種の生命を持った生きた自然のことなのだ。

例えば、女性の美しさが「大理石のような肌」と称えられることによって、大理石も肌もその生命を抜かれてしまうのだ。どんな物質、例えば大理石にもかすかに生命がやどっている、と根源的なマテリエの思考は見ているのだが。こうした事情は、次の断片によく読み取れる。

「バロック文学においては、女体の美のそれぞれを細かく分けて何かにたとえることによって際立たせて描写することが好んで行われたが、これは密かに死体のイメージをよりどころにしているものである。女性の美をその称賛に値する個々の部分にバラバラに分解するさまは、死体解剖に似ていて、身体の部分の比喩として好まれた雪花石膏《アラバスター》、雪、宝石、あるいはその他のたいていは無機的な形象がさらに追い撃ちをかける（こうした細分化は、ボードレールの「美しき船」にも見られる）」(203)。

　バロックの延長として一九世紀のボードレールが挙げられているところが肝だ。詩「美しき船」は人生に出ていく美しい女性の身体が船に喩えられている。やがてボロ船になって分解していく女性の身体に。

　あるいは、次の文章も引いておこう。

「事物がその意味によって奇妙に卑賤になるというのが一七世紀のアレゴリーに特有だが、〔資本主義の一九世紀において〕これに呼応するのが、事物が商品としてのその価格によって奇妙に卑賤になることである」(78)。また、フランス語で書かれたパリの国立図書館館長宛の手紙、一九世紀のパリの人々のセクシュアリティに関する本を収集した「地獄の部屋」の入室許可を求めた手紙（一九三五年七月八日）にも、理由として一七世紀研究の延長としての「一九世紀の精神」の研究のためと書かれている。[2] ベンヤミンは一七世紀と一九世紀という二つの破局を見つめていた。一八世紀から一九世紀初頭にかけてのゲーテの存在は、その間に挟まれているが、そのゲーテの『親和力』を論じた批評家ベンヤミンの極北を示す評論でも、交叉恋愛に陥った二組の男女が結論を出せずにずるずると進んでいく「不作為による破局」がテーマだった。ベンヤミンにとってはどんな場合でも「これまで通りに進んでいくことそのものが破局なのだ」[3]。

「根源の歴史」

もちろん違いはある。三十年戦争に代表される戦乱の嵐が吹き荒んだ一七世紀のドイツは文字通りの廃墟だったが、一九世紀のパリはその華やかさとともに多くが今も残っている。しかし、その華麗さが実は死の廃墟、資本主義の商品世界による荒廃の痕跡であることは、彼のいう「一九世紀の根源の歴史 Urgeschichte」の第一の含みだ。「概要」のドイツ語の草稿が、「ブルジョワジーの打ち立てた記念碑は、それが実際に崩壊する以前にすでに廃墟と化している」(53)という文章で突然終わっているのは、この点できわめて示唆的だ。ベンヤミンは、「すべてを石に変えるメドゥサの眼差しを持っていた」とアドルノが回想しているのも、華麗な「一九世紀の首都パリ」のブルヴァールやパサージュに瓦礫が散乱する廃墟を見抜くアレゴリー的眼差しのゆえであろう。

だが、ベンヤミンは俗流マルクシストではない。見た目には華麗な資本主義社会に必然的に生じる没落を、目に見えない構造を論じることで見抜き、その「死の鐘が鳴り響く」(『資本論』第二四章)プロレタリアート独裁の瞬間を楽しみにしている観念的社会科学者ではない。ベンヤミンも広義では属するフランクフルト大学付属の社会研究所の前提は、なぜ最先端の資本主義社会においてマルクスが思い描いたプロレタリア革命が起きなかったのか、あるいは起きる兆しがないのかという正直な問いであった。

それゆえ、「根源の歴史」には、まったく異なった言い換えもされている。その第二の意味は「階級なき社会」(28)である。ベンヤミンは「ユートピア」とも言い換えている。つまり、パサージュに並ぶ商品は、流行の最先端の商品、新しいことを特性とする商品である。「私にとってはどのような町も(その境界の外に立つと)美しい(4)」。商品は、「古臭い」「野暮ったい」と言われたら終わりだ。そこにある輝きにはある種の夢がある。時代の閉塞を乗り越えようという集団の夢が潜んでいる。つまり、「根源の歴史」とは、ベンヤミンの用語で言えば、暴力を宿した神話的でアルカイックな太古の夢と通底する資本主義と同じに破局の歴史でもあると同時に、現代を乗り越える「階級なき社会」の夢のことでもある。まったく異なった意味を宿していることになる。これこそ両義性の極致だ。彼は「両義性は、弁証法の形象化」(45)と記し、「現代性は根源の歴史を常に引用している」(45)とも記す。いつまでも続く暴力の連鎖とそれを乗り越えようという夢は同じエネルギーに依拠していると言いたいのだろうか。太古の「願望の形象(Bild)」という言い方もしている。Bild は英語なら「イメージ」ぐらいに受け取っていいだろう。ドイツ語の「概要」には次のように記されている。

「このような願望の形象のうちには、もう時代遅れになったもの——ということはつい最近すたれたばかりのもの——と一線を画そうとする強い志向が現れている。こうした傾向は、新しきものからその衝迫力を受けとっている形象のファンタジーが、実は太古の世界とつながっていることを明らかにしている。どの時代にとっても次の時代はさまざまな形象をとって夢の中で現れる。だが、この夢の中で次の時代は根源の歴史〔Urgeschichte〕の要素、つまりは階級なき社会のさまざまな要素とむすびついて現れる。階級なき社会についてのさまざまな経験は集団の無意識の中に保存されていて、こうした経験こそが、新しきものと深く交わることによってユートピアを生み出す。このユートピアは、永く残る建築物からつかの間の流行にいたるまでの、人間の生活の実にさまざまな形状〔Konfigurationen〕のうちにその痕跡をとどめている」(28-29)。

今の時代はだめだ、なんらかの変化が、できたら革新が必要だとは閉塞感の中で多くの同時代者が思うことだろう。新しい商品の放つ魅惑は、たとえそれが「息を抜かれた」物質であっても、そうした革新の夢を載せている。モダニティが、新奇さを求めるのは、まさに脱出の願望のゆえである。そこに潜む根源の歴史とは、階級なき社会についてのさまざまな夢として、暴力と廃墟の太古の世界から継承されている、というのがベンヤミンのここでの議論である。もともとベンヤミンには、暴力の連関でしかない太古の神話のエネルギーは、古代の遊牧民が星座を読み取る力でもあり、それを現代の合理性に即したかたちに組み換えようという志向・思考があった。だからこそ「根源の歴史」は現代の廃墟であると同時に太古以来の「階級なき社会の夢」でもあるのだ。この第一巻でも、Cの項で「太古のパリ」や「カタコンベ」や地下鉄が論じられているのもそれゆえである。一節だけ引いておこう。地下鉄についての文章だ。

「コンバ、エリゼ、ジョルジュ・サンク……といった一連の駅名は、街路や広場といったかつての不名誉きわまりないしがらみを自分から脱ぎ捨てて、電車のライトにつかの間に照らし出され、汽笛の響きわたる暗闇のなかで、形も定かならぬ下水溝の神々やカタコンベの妖精たちになってしまっている。この迷宮はその内部に、一頭とはいわず多くの盲目の狂暴な牡牛を飼っており、しかもこの牡牛ときたら、そのぱっくり開いた口にテーバイの若い娘を毎年一人だけくれてやれば済むというのではなく、毎朝何千人という顔色の悪いお針子たちや睡眠不足の店員たちをくれてやらねばならないのだ」(217)。

地下に潜む太古の暴力の連関を現代において映し出すのが商品の、これはマルクス以来の用語でもあるファンタスマゴリー(幻影)なのだ。ギリシアの神話と現代の地下鉄のトンネルとは怪獣に捧げられる若い娘とお針子の悲惨な生活という点でつながっているのだ。だが、そこには、「しがらみを脱ぎ捨て、電車のライトに照らし出される」夢の姿がある。こうした二つの両極のあいだに働く弁証法的な力を推し量るべく廃墟に散らばる断片のうちに、つまりは、「人間の生活の実にさまざまな形状〔Konfigurationen〕のうちに」その「痕跡」を見よう、そして痕跡を「階級なき社会」の少なくとも「夢」のうちに救済しようというのが目論見であった。

救済とは?

だが、救済とはどういうことだろうか?

マルクスが資本主義の、主として生産構造の側面に目を向けたのに対して、商品とその消費の面に目を向けたのは、ベンヤミンの特徴だ。それもヴェブレンなどが論じたステータス・シンボルによる経済的差異化、すなわち「見せびらかしの消費」の側面ではない。消費で問題となっているのは、アドルノがベンヤミン宛の手紙で繰り返す商品の「神学的」側面である。もちろん、マルクスにも商品のフェティッシュ的性格などの分析はあるが、もっぱら空疎な見かけという負の側面の暴露に集中しているのに対して、ベンヤミンは、いわばその神学的ないし宗教的側面に目を向けている。神学すなわち

「救済」の志向と関連させているのだが、ヒントになるのは、ドイツ語の「概要」にある蒐集家についての次の文章だ。

「〔蒐集家〕は物の美しき変容を自らの仕事とする。彼には、物を所有することによって物から商品としての性格を拭い取るというシジフォスの永久に続く仕事が課せられている。……蒐集家が夢想するのは、〔当該の物品の由来する〕異郷の世界や過去の世界ばかりでなく、同時に、よりよき世界である。よりよき世界では、人間に必要なものは今の日常生活の場合と同様に与えられるわけではないが、物が有用であるという苦役から解放されている」(42)。[5]

ポイントは、「物を所有することによって物から商品としての性格を拭い取る」である。さらには、「物が有用であるという苦役から解放されている」という表現である。

骨董品蒐集という営為は、当該の品物が作られた目的とは違う目的でモノを集めることにある。あるいは、元来のコンテクストとは違うコンテクストに入れ込んで保存することだ。もう機能しない古いラジオは、聴くために集めるのではない。買い集めた古い家具は使い続ける場合もあろうが、ただ飾っておく場合が多いだろう。古い壺などの陶磁器ならなおさらそうだ。有用性のくびきを免れさせてやることによって、そうした陳列品に囲まれた蒐集家は満足なのだ。商品の市場での交換価値、それを購入した人間にいわば奴隷として使われる利用価値、そういうものを払拭してあげて、骨董の世界に救い上げてあげる――こうした考えは商品の神学的ないし宗教的側面に関わる。

ベンヤミンにとって、「救済」は人間にとっての「救済」だけではない。絶筆となった有名な「歴史の概念について」でも、人間の利用によって苦しむ自然も「救済」されねばならないことが論じられる。先に物質《マテリエ》と言ったのは、これに関連している。それゆえに、この箇所では、社会民主党系の労働運動が批判されている。彼らは、労働者の搾取は批判するが、自然の搾取は批判しない、ただの生産力万能の進歩信仰でしかない、と毛嫌いしている。商品だけでなく、商品の素材《マテリアル》である自然も救済されねばならないのだ。

とはいえ、神学的側面というのは、わかりにくい。通念では、資本主義ほど神学に縁遠いものはない。だいたい資本主義に「救いはない」というのが批判者の共通理解だろう。神学的ということでなにが目論まれているのだろうか。それを考えるためには、ベンヤミンが残した一九世紀の首都パリに関する夥しい抜き書き、つまり引用について考えてみるといいだろう。ベンヤミンが引用だけからなる書物を作ろうとしていたこともよく知られている。もちろん、そこには無類の本好きであったことが背景にあろう。無類のパリ好きだったのと同じに。しかし、ただの本好きでも、パリ好きでもなく、それらを理論化していたところが普通の読書家やパリ好きと異なるところで、パリは資本主義の悲惨と関連し、書物の渉猟は、ユダヤ神秘主義の伝統とつながっている。

引用による救済

それはこういうことだ。ユダヤ教の中心的な経典であるモーゼ五書には、意味不明のところも多い。長々と先祖の名前が書かれているだけの文章もある。今から見ても信じられないほどの長寿の族長たちもいる(例えば『創世記』の一一章)。だが、それらはなにか神秘的な意味を隠しているのではなかろうか。いやそれ以上に、ディアスポラの中で苦悩するユダヤ民族にとって、旧約聖書の全体は表面的な意味とは別に、なにか別の意味を宿しているのではなかろうか、と思えてくるのも想像のつくことだ。これほどの試練、これほどの苦難、それでもディアスポラは続き約束の地への帰還は実現しない。あのテクストの真の意味は別のところにあるのではなかろうか。それを知るためには文章の列を組み替えたり、あるいは文字列も組み替えてみたらどうだろうか。よく本名を組み替えて筆名を作る人がいるが、それと同じだ。ユダヤ系の詩人パウル・ツェラーン Paul Celan の本名は Ancel だった。聖書の文字列そのものが背後に本当の文字列を隠した暗号なのではなかろうか。同じく、集めた骨董も、ちょうど引き出しの中に無意味ながラクタを集めている少年が本人にもよくわからないなんらかの意味を感じているのと同じに、なにか別の意味を宿しているのではなかろうか。

それに、聖書の文章は引用の仕方によって、あるいは解釈によって意味が異なってくる。例えば旧約の「コヘレト書」の冒頭部「空の空のまた空」も、東洋的な諸行無常の解脱の境地のようにも思える。実際には長いこと、この世の快楽の放棄を勧める書として読まれていた。しかし、ちょっと観点を変えて読めば、すべては無に帰するのだから、今のうちにこの世の味わいを楽しんでおけとも読める。どういうコンテクストでどのように引用するかで異なってくる。オリジナルのコンテクストなどは所詮わかるわけではないので、あるいは、それもどのみち歴史的な解釈でしかないので、解釈者が自分のコンテクストに合わせて引用することになる。ちょうど骨董の蒐集家が、道具をそれが作られたコンテクストからいわば「救い出して」自分の家の、その道具の蒐集のために定められた部屋の、さらにはその物のために定められた場所に置いてほっと一息つくのと同じに。古本が好きだったベンヤミンは、古書を手に入れて自分の本棚に置いた時、ちょうど別の男たちを遍歴してきた女性がようやく自分の腕の中に入り込んできた、その女性の本来定められたベッドに入ってきたのと同じだ、という趣旨を述べていることも思い出される。(6)

「引用による破壊だけが唯一の希望である。いくばくかのものがこの時間空間から生き残る――そこから外に打ち出すがゆえに生き残る希望である」。このベンヤミンの言葉をハンナ・アーレントが、ベンヤミンを論じた卓抜なエッセイで、またしても引用しているのも肯ける(『暗い時代の人々』)。引用とは、原典から外れることによって、引用されている文章が持ちうるさまざまな意味の可能性が展開することである。

ウィーンの戦闘的評論家カール・クラウス、レフト・リベラルに染まったジャーナリズムの浅薄さを攻撃し、暴露し、吊し上げながらも、決して右派になることなく、どこにも位置づけられないいわばノーウエア(nowhere)批判とでもいうものを実践したカール・クラウスについての評論でベンヤミンはこう書いている。

「論争にあたってのクラウスの基本的な手法……とは引用である。ひとつの語を引用するとは、その語を真の名前で呼ぶことなのである。それゆえ、最高の段階においてのクラウスの功績は、新聞のようなものでさえも引用可能にしたことに尽きる。彼は新聞を自分の空間へと移し込む。するとたちまちにして、新聞の中の紋切り型の文章はみずから気づくことになる。すなわち、たとえ新聞雑誌のどんなに深い沈殿物の奥に埋もれていても、こうした決まり文句は、それを夜の闇から引き離すべく言葉の翼に乗って舞い降りて突然侵入してくるあの声から、決して安全ではないということである。もしその声が、罰を下すためではなく、救済のためにと近づくのなら、なんとすばらしいことだろうか」(II-1, 362f.)。

ベンヤミンはこの文章で実は自分の方法を語っているのではなかろうか、と思えるほどだ。ここにあるのは、引用によって単語は、そして文章は救済されるという考えだ。実は、こうした神学的救済行為こそ『パサージュ論』のなかでベンヤミンが無数の抜き書きで、時には自己引用によって行ったことではなかろうか？　なんの変哲もない文章がベンヤミンの筆によって引用されることによって、ほんの一瞬独自の光を発する。多くの文章家が自家薬籠中のものとしているこの技術は、蒐集家が愛するがゆえに骨董品を救済するのと同じに、言語への愛のゆえの救済なのだろう。

しかも、こうした無数のガラクタ、さまざまな著作や資料からの抜き書きは、これ以上詳しく触れる紙数はないが、未知の、おそらくは偶然によって叶えられる特定の配置に置かれねばならない。そのことによって、現実のパリではなく、かつてありえたかもしれないパリが、そのつどの別の可能性が、資本主義の悲惨な構造という意味での「根源の歴史」ではない、階級なき社会への夢という意味での「根源の歴史」が読み取れるのではなかろうか。こうした断片の引用を組み替えることによる救済の思想の奥底には先に触れたユダヤ神秘主義も生きていることがわかろう。断片的であることは重要なことを示唆している、という趣旨のアドルノの指摘の意味がわかってくる。

そのつどの別の可能性――あったかもしれない歴史としての根源の歴史

こんなところが、ベンヤミンの目論見だったのではなかろうか。そもそもベンヤミンの哲学は「あったかもしれない、そのつどの別の可能性」の追求に尽きるといってもいい。誰でも、「あのときあの人にこう言っておけばよかったのに」「あのときに別の選択をしておけば、どうなっていただろう」という思いに駆られるはずだ。歴史においても、あそこでこれこれの方向に行っていれば、これほどの破局にならなくて済んだはずだ、という考えは、現代史において多くの人を捉えている。「歴史の概念について」には以下のような文章がある。

「われわれに嫉妬の思いを引き起こしかねない幸せは、われわれが吸っていた空気のうちに漂っているのだ。あるいは、われわれが話し合ったかもしれない人々とともにあったかもしれないのだ。あるいは、われわれに身を委ねたかもしれない女性たちとともにあったかもしれないのだ。幸せという思いのうちには譲りわたしえないほどに救済という思いがともに揺れ動いているのだ」。

先に読み進む前に、この文章は重要なので、もういちど丁寧に読み直していただきたい。ようするに、幸せは、「であったかもしれない」、つまり現実に起きたのとは、別の可能性のうちに、ありえたかもしれない性質のものということなのだ。この文章に繰り返される「かもしれない」はドイツ語の文法でいう接続法二式(英語でいう「仮定法」)で書かれている。アメリカのドイツ文学研究者のヨハネス・フォン・モルトケが、ベンヤミンに始まるこうした思考を総括して「接続法二式の文学」という表現をしているのも肯ける。(7) 幸福を非現実の仮定法に求めるのは、メシア的救済を願うこととつながっている。

ちょっと注記しておきたいが、ベンヤミンがここで「われわれに身を委ねたかもしれない女性たち」と述べているのは、ジェンダー論的には彼の時代の知識人の限界であろう(そういえば、ホルクハイマーも、子供の頃に母親と正常な関係でなかったような人が同性愛者になるのではなかろうか、などと述べている(8))。

歴史からの引用もしくは過去の流行の引用

それはともかくとして、このように考えるならば、引用概念が、テクストからの引用だけではなく、過去の歴史の引用という含みにまで拡大されていることもわかる。「歴史の概念について」第一四節の有名な文章「フランス革命は古代ローマを、流行が過去の服装を引用するように引用した」(I-2, 701)を思い起こしてみよう。ロベスピエールは古代ローマを「この今」で充実させ、歴史の連続性を爆砕して引き出したのだ、といった内容の文章も、少し前にある。フランス革命とは、「過去に向かっての虎の跳躍」であったともベンヤミンは表現している。

フランス革命が古代ローマの民主主義の再来と思われたのは、歴史の事実である。革命の日々の夏にはローマ風のトーガも流行したと言われているほどだ。しかし、社会状況も、経済体制もまったく異なる古代ローマをそのまま現代に再現させることなど無理なことは誰もがわかっていたはずだ。そうではなく人々がひそかに目指したのは、やがて帝政に移行するようなローマ、ヨーロッパ各地に勢力を広げていった力のローマではなく、ローマの民主主義でも実現できなかった、しかし、ひょっとしたら実現できたかもしれない真の民主主義であろう。ベンヤミンの言葉で言えばその「時代の核 Zeitkern」を、現代のエネルギーによる爆砕を通じて、取り出すことだ。過去において実現したかもしれない、いや、いいや、可能性が実現するメシア的救済を、歴史の〈引用〉として捉えている。「時間の中では一秒一秒がそこを通ってメシアが入ってくるかもしれない門なのだ」(「歴史の概念について」附論B, I-2, 704)。メシアの到来する瞬間には、いっさいの過去が引用可能なもの、つまり有意義なものとなる、という考えもこの断片にはある。過去の可能性の実現は、過去の差異化、つまり実際とは違った形で思い浮かべ、実現を待望することである、過去をできるだけ正しい名で呼ぶ、引用による過去の救済という考えである。『パサージュ論』は、それを試みたのだろう。

ところで、革命の日々にトーガが流行ったことを引き合いに出したが、ここで「流行《モード》が過去の服装を引用するように」とベンヤミンが書いているのには、いささか唐突に感じる読者もいるかもしれない。逆に人によっては、さすがに街頭風景の観察に長けたベンヤミン、ハイ・カルチャーばかりでなく、流行や喫茶店の雰囲気に注意を払うベンヤミン、パサージュでの風俗(例えば犬の代わりにカメを連れて歩いた風俗)にも興味を示すベンヤミン、そういうところが気に入るかもしれない。実はこうした広義のポピュラー・カルチャーに対するベンヤミンの興味はアドルノには本当は気に入らなかった。それについては今は触れないが、この「流行が過去の服装を引用するように」には、ベンヤミン自身のパリ生活の実際の風景が込められていることは指摘しておきたい。

まずは人間関係から。かつてのベルリン時代以来の友人に、フランツ・ヘッセル(一八八〇―一九四一)がいた。[9] ユダヤ系の彼も亡命中に南フランスで亡くなるが、ベンヤミンと同じにフランス通で、すでに一九二七年に一緒にパサージュ論を試みている。なによりもプルーストの翻訳を一緒にしている(三巻までしか出せなかったが)。ヘッセルにはすでに『ベルリンの遊歩者』という著作があり、ベンヤミンはそこからも色々とヒントを得ていたようだ。彼の妻ヘレン・グルント（一八八六―一九八二）は、二〇年代からパリでドイツのモード雑誌に、パリの流行について記事を書いて生計を得ていた。ベンヤミンとも夫を通じてだろう、知己になっていた。自らはユダヤ系でないため、パリで金銭的にも問題なく暮らせた彼女は、亡命中のベンヤミンを、およそ彼のそれまでの人生とは無縁のファッション・ショーになんどか連れて行ったようだ。(10)三〇年代半ばのパリは、二〇年代にヨーロッパで流行った働く女性、いわゆる「新しい女性」の軽快で、コンパクトな服装に別れを告げて、一九世紀末期の飾った帽子や衣装に立ち戻るところがあった。先の「流行が過去の服装を引用するように」という挿入文は、どうやらそこにヒントを得たようである。もちろん、一九世紀末期に戻ったということは、破局としての資本主義を覆い隠す華麗な服装に戻ったということで、フランス革命とローマの関係、自由への解放とはまったく異なるのだが、それをこのように、まったく違うコンテクスト、つまりロベスピエールによる古代ローマの引用の比喩として用いるところがベンヤミンらしい。(11)

アドルノの批判

少し寄り道をしたが、ここでアドルノがいくつかの手紙で『パサージュ論』の問題点を指摘していることにも触れておこう。

いくつかの手紙でアドルノが一貫して批判しているのは、ベンヤミンが夢の概念を使うにあたって睡眠中の夢、そして個人の内面の思い、あるいは無意識を想定しているように思える点である。さらには個人を超えた場合には、「集団的無意識」といった表現をそれなりに多用する点である。アドルノは、ロマン主義と心理学の結びついたこうした曖昧な意味合いの用語を断固拒否する。「根源の歴史」は、彼にとっては、具体的な社会的コンステレーションとして現れねばならない。いわば客観精神として、つまり人々の行動パターン、建築、法、習慣などに読み取れるものでなければならない。それに対してベンヤミンは時として、奔放な私生活でも知られる生と陶酔の心理学者クラーゲスに、また本来批判しているはずのユンガーなどに夢の手がかりを求める。彼らをプレ・ファシズムの物書きとして毛嫌いするアドルノには到底認めがたい。「夢」という言葉すら使用して欲しくないようだ。「商品のフェティッシュ的性格は意識の事実ではなく、意識を生み出すのだ」とアドルノは述べ、関係が逆であると指摘する。「覚醒」は、資本主義社会の矛盾がはっきりと見える瞬間のことである。(12) この問題を深めるために二人の関心が一致するのは、フロイトだけだ。

マルクス主義者ベンヤミン？

アドルノは、俗流マルクス主義を拒否し、マルクスの神学的側面なるものを重視するが、その場合でもあくまで社会哲学者として社会的に確認可能な概念を求めている。「夢」ではまずいのだ。その点でやはりマルクスの読者だ。そうしたアドルノの忠告を受けてか、ベンヤミンも、アレゴリー的な死の風景とは別に、つまり、一部はユダヤ神秘主義を背景とする神学とは別に、通俗マルクス主義には与しないものの、マルクスの議論の延長上でパリの商品世界を記述しようと試みてもいる。

例えば「概要」でボードレールを論じながら「知性の経済的立場の不安定さには、その政治的機能の曖昧さが対応している」(44)という文章で示唆されている、経済的従属性が政治的曖昧さに通じるという議論は、マルクスのブルジョア哲学批判の要諦のひとつである。

さらには娯楽産業についての以下の文章も見ておこう。

「人間は、自分自身から疎外され、他人から疎外され、しかもその状態を楽しむことによって、こうした娯楽産業の術に身をまかせている」(36-37)。

「疎外」は、一時はマルクス主義の中心概念とされていた。マルクスは労働過程と、その産物の商品経済に疎外を見た。人間が作り出したものが人間にとって疎ましいものとなるプロセスだ。三〇年代の批判理論の理論家たちは、マルクスを継承しながらも、娯楽や消費の批判に大きな重点を置く。自己疎外をベンヤミンは娯楽産業にも認める。現在までも批判理論の系譜の重要なポイントは、ポスト構造主義と異なって、消費社会批判である。ブランド商品は、宗教としての資本主義の祭壇が要求する犠牲であることをベンヤミンは知っていた。

実は、この「宗教としての資本主義の祭壇」というのは、ベンヤミンの中心的思考である。すでに二〇年代前半の遺稿に記していることだが、プロテスタンティズムの倫理が「逆説的にも」資本主義を生んだとするマクス・ヴェーバーの議論は、彼には物足りなかった。それ以上に資本主義そのものが宗教だった。つまり、彼の好きな物の考え方からするならば、古代の神話の、かたちを変えた存続だった。しかも、宗教の儀礼は一定の祭礼の日(キリスト教なら日曜日)に営まれるが、資本主義という宗教は、毎日が、いや一刻一刻が金銭を通じての消費というかたちで犠牲を捧げる宗教行為だった(13)。救済の偽りの約束につながる礼拝儀礼だった。「モードこそは物神としての商品をどのように崇拝すべきかという儀礼の方法を指定する」(38)。儀礼が日曜毎に執り行われた事態を遥かに越えた、完璧な宗教なのだ。そのことを踏まえて、大衆における政治意識の目覚めを娯楽によって阻止する仕組みを、この点ではマルクスのイデオロギー批判を受けながら指摘する。人間たちは「娯楽産業の術に身をまかせている」と。同じく「ブルジョワジーはいつの時代にも、博愛主義を隠れ蓑にしながら、プロレタリアートに対する階級闘争を公然と行っている」(51)などもそうだ。

もうひとつ見ておこう。

「大衆は、遊園地のモンターニュ・リュスや「回転装置」や「芋虫」に乗って、すっかりはしゃいで楽しんでいるが、そのことによって、産業的あるいは政治的プロパガンダの側が期待をよせることのできそうなまったく反動的な服従への訓練を受けているわけだ。――商品の至上権の確認と商品をとりまくさまざまな気晴らしの輝き」(66‒67)。

服従への訓練は大衆の自己満足をもたらす。それによって曇らされるのが、批判の眼差しである。ここでは「輝き」はまったく無意味な幻想《ファンタスマゴリー》でしかなく、輝きの中に別の世界、あり得たかもしれない世界の分身(Doppelgänger)としての夢を見る弁証法的な運動性はない。このあたりは、マルクスの議論を継承・発展させたものだが、アドルノにはあまり気に入らなかった。アドルノは、こうした文章について、「鳥肌を立てながら」冷たい水に思いきって飛び込むみたいにマルクス主義に浸ろうとしている、無理しないほうがいいよ、といった感じの批判を向けている。アドルノの忠告にしたがってマルクス主義的思考を書き込むと「やりすぎ」と言われるのだから、ベンヤミンも困ったはずだ。

いずれにしても、太古の神話的エネルギーを現代に組み替えようという神秘主義的な目論見と唯物弁証法的な批判とは、結局のところ油と水のようなもので、うまくつなげることはできなかった。このあたりの事情を、今では古典的となったベンヤミン論でハーバーマスは次のように述べている。

「ベンヤミンは、おたがいに反発し合う契機を結びつけようとしてみたが、本当のところ結合させることはできなかった(14)」。あるいは、「これがうまく行ったと思うのは、ベンヤミンの考え違いであり、また彼のマルクス主義の友人たちの望みに過ぎなかった。……啓蒙と神秘主義を結びつけようという目論見をベンヤミンは実現させることはできなかった(15)」。

その意味では『パサージュ論』は、ベンヤミンがその奨学金でパリの貧困生活をなんとか凌いできた研究所のプロジェクトとしては挫折せざるを得なかったのかもしれない。挫折したとはいえ、断片の配列に重大な意味の示唆を感じ取ったアドルノと同じに、これらの断片をそのつどの読者がそのつどの時代とパースペクティブに応じて組み合わせ、新たなモザイクを思い描く作業は、おそらくは明確な像を結ぶにはいくつかの石の足りないモザイクを組み上げる作業は、そしてそこに「ありえたかもしれない」歴史の進行を夢見ることは、未完成のままに続くだろう。「これまで通りに進んでいくことそのものが破局」であるかぎりは。

パリ

第二次大戦が終わって四年後、一九四九年秋、フランクフルト大学付属社会研究所を再建すべく、アメリカから戦後最初にヨーロッパに戻ったアドルノは、ドイツに入る前にパリに立ち寄る。一一年ぶりのヨーロッパだ。パリ到着後、アメリカのホルクハイマーに宛てた手紙にはこうある。

「ヨーロッパへの帰還は、私には表現する言葉が見当たらないほどの感激でした。そして、パリの美しさは、貧困の隙間を通して、今まで以上に一層輝いています。……ここに存在しているものは、歴史的には有罪判決の下ったものかもしれません。そしてその断罪の痕跡を十分すぎるほどはっきりと見せております。とはいいながらこれがまだ存在するというそのこと、つまり非同時的なこのものそれ自身は、歴史的な形象に属しており、多少なりとも人間的なものが、いっさいのことにかかわらずなおも生き延びているのではないかというかすかな希望を宿しております」(一九四九年一〇月二八日)。

有罪判決を受けている「断罪の痕跡」というのは、ベンヤミンの繁栄の中の廃墟という思想を受けているかもしれない。後半は、すでに世を去って九年のベンヤミンとは違って未来に目を向けているが、起きていることへの不信は共有されていよう。

そのほぼ十年前、第二次大戦が始まって三月が経った一九三九年一二月一五日、敵性外国人としての収容所生活から釈放されてパリに戻ったベンヤミンは、アメリカのホルクハイマーに、わざわざフランス語でこう書いている。「私が知己と仕事によっていかにパリと結びついているか、いまさら申し上げる必要はないでしょう。私にとって国立図書館はこの世界のなにものをもってしても替えがたいものです」。パリとヨーロッパへの執着は、せっかくアメリカ行きのビザも取れたのに、ベンヤミンにとって文字通り命取りになった。彼がアメリカ行きより優先したのは、国立図書館の閲覧室だった。そこでは、「アーケードの天井に描かれた夏の青空が、見下ろす閲覧室に向かって、夢見心地の、薄明るい円蓋を広げている」。聞こえるのは、研究者たちの「重い溜め息」や、「好奇心が漏らすものうげな空気のそよぎ」(16)だけだ。そこでの濃密な経験はなにものにも替えがたかった。だが、もしかしたらありえたであろう可能性を重視するベンヤミンが、国立図書館での、そのつど一回かぎりの、なにものにも替えがたい瞬間を経験という名で愛したのは当然である。同じホルクハイマーに宛てたベンヤミンとアドルノの二つの手紙は、一〇年の歳月の相違だけでなく、過去の読み替えに、あり得たかもしれないものの、ありうるかもしれないものへの読み替えに賭ける神秘家ベンヤミンと、形而上学的な「希望」を捨てきれないペシミスティックな啓蒙家アドルノの相違も感じさせてくれる。われわれはこの相違からなにを読み取るべきであろうか?

(1)　フランクフルト大学に教授資格申請論文として提出されたが、諸般の事情で撤回せざるをえなかった。一般にドイツ文学研究の約束ごとでは、「悲哀劇 Trauerspiel」は「悲劇 Tragödie」と区別される。後者はいわゆる運命悲劇であるギリシア悲劇に代表されるように、第三幕のペリペティと言われる「転換」、そして第五幕の「大団円」ないし「破局」という構成となるが、「悲哀劇」の場合には、運命はなんの役も果たさず、ともかく死や破滅が続けばいいのである。登場人物もギリシア悲劇のように王族ではなく、一般市民の出身である。シラーは身分の相違のゆえに添い遂げられなかった二人をテーマにした『たくらみと恋』で、これを形容した「市民悲劇 bürgerliches Trauerspiel」を副題にしている。ベンヤミンは一九一八年から一九年にかけてのドイツ革命の失敗を「ドイツの悲哀劇」、普通の日本語で言えば「ドイツの悲劇」と捉えており、そのことがこの本のいくつかのきっかけのひとつになったとも言われている。

（2） Benjamin, Walter, Das Passagen-Werk. In: ders. *Gesammelte Schriften*, Bd. V-2, Frankfurt 1991, S. 1124.

（3）「セントラルパーク」In: *GS*, Bd. I-2, S. 683. 最近はこの文章は環境擁護運動の中でもよく引用される。

（4）『パサージュ論』N1, 6

（5） この文章は、アドルノもベンヤミン宛の手紙で褒めちぎっている（一九三五年八月二日）。

（6） Ich packe meine Bibliothek aus. Eine Rede über das Sammeln. In: *GS*, Bd. IV-1, S. 388-396.（「私の書庫をお見せしよう——蒐集について」）

（7） Johannes von Moltke, *No Place Like Home: Locations of Heimat in German Cinema*, Berkley and Los Angeles: University of California Press, 2005, p. 56f. 著者はモルトケ家の子孫と思われる。抵抗運動に参加したヘルムート・ヤーメス・フォン・モルトケは一九四四年に逮捕、一九四五年一月に処刑されたが、夫人のフレヤ・フォン・モルトケ（一九一一—二〇一〇）は終戦直前に二人の息子と共にドイツを脱出し、やがてアメリカに移住した。

（8） Horkheimer, Max, Autorität und Familie in der Gegenwart. In: ders. *Zur Kritik der instrumentellen Vernunft*, Frankfurt 1974, S. 282.

（9） 晩年にネオリベラリズムを批判した世界的なベストセラー『怒れ！ 憤れ！』（邦訳：村井章子訳、日経ＢＰ、二〇一一年）で有名になったフランスの元外交官のステファン・エセルは、このフランツ・ヘッセルの息子。エセルはヘッセルのフランス語読み。

(10) この辺りについてはドイツの緑の党に近い新聞ＴＡＺに掲載された以下の記事を参照した。https://taz.de/Philosophie-der-Mode/!5679940/

(11) ちなみに、ヘレンは夫フランツ・ヘッセルの友人であるフランスの作家アンリ＝ピエール・ロシェと一三年の長きにわたって三角関係にあった。夫は一九四一年に南フランスの隠れ家で死亡したが、本人はユダヤ系でなかったために生き延びた。作家ロシェはみずからのこの三角関係の経験を戦後の一九五三年に『ジュールとジム』というタイトルで小説にした（モデルはマリー・ローランサンとの説もあるが）。これを読んでフランソワ・トリュフォーが一九六二年に映画化したのが名画『突然炎のごとく』である。

(12) アドルノの批判は、一九三五年八月二日、南独の保養地からのベンヤミン宛の長い書簡に最もはっきり表われている。

(13) Benjamin, Walter, Kapitalismus als Religion（「宗教としての資本主義」）. In: *GS*, Bd. VI, S. 100–103.

(14) Habermas, Jürgen, Walter Benjamin. Bewußtmachende oder rettende Kritik. In: ders. *Philosophisch-politische Profile*, Frankfurt 1981, S. 338.

(15) A.a.O., S. 364.

(16) 『パサージュ論』N1, 5

ヴァルター・ベンヤミン
(1892-1940)

オノレ・ド・バルザック
(1799-1850)

ジョルジュ＝ウジェーヌ・オースマン
(1809-1891)

ルイ・アラゴン
(1897-1982)

パサージュ論《ろん》（一）〔全5冊〕
ヴァルター・ベンヤミン著

2020年12月15日　第1刷発行
2022年8月4日　第2刷発行

訳　者　今村仁司《いまむらひとし》　三島憲一《みしまけんいち》　大貫敦子《おおぬきあつこ》
高橋順一《たかはしじゅんいち》　塚《つか》原《はら》　史《ふみ》　細見和之《ほそみかずゆき》
村岡晋一《むらおかしんいち》　山《やま》本《もと》　尤《ゆう》　横《よこ》張《はり》　誠《まこと》
與謝野文子《よさのふみこ》　吉村和明《よしむらかずあき》

発行者　坂本政謙

発行所　株式会社　岩波書店
〒101-8002　東京都千代田区一ツ橋2-5-5
案内　03-5210-4000　営業部　03-5210-4111
文庫編集部　03-5210-4051
https://www.iwanami.co.jp/

印刷・精興社　製本・中永製本

ISBN 978-4-00-324633-7　Printed in Japan

読書子に寄す

――岩波文庫発刊に際して――

岩波茂雄

真理は万人によって求められることを自ら欲し、芸術は万人によって愛されることを自ら望む。かつては民を愚昧ならしめるために学芸が最も狭き堂宇に閉鎖されたことがあった。今や知識と美とを特権階級の独占より奪い返すことはつねに進取的なる民衆の切実なる要求である。岩波文庫はこの要求に応じそれに励まされて生まれた。それは生命ある不朽の書を少数者の書斎と研究室とより解放して街頭にくまなく立たしめ民衆に伍せしめるであろう。近時大量生産予約出版の流行を見る。その広告宣伝の狂態はしばらくおくも、後代にのこすと誇称する全集がその編集に万全の用意をなしたるか。千古の典籍の翻訳企図に敬虔の態度を欠かざりしか。さらに分売を許さず読者を繋縛して数十冊を強うるがごとき、はたしてその揚言する学芸解放のゆえんなりや。吾人は天下の名士の声に和してこれを推挙するに躊躇するものである。このときにあたって、岩波書店は自己の責務のいよいよ重大なるを思い、従来の方針の徹底を期するため、すでに十数年以前より志して来た計画を慎重審議この際断然実行することにした。吾人は範をかのレクラム文庫にとり、古今東西にわたって文芸・哲学・社会科学・自然科学等種類のいかんを問わず、いやしくも万人の必読すべき真に古典的価値ある書をきわめて簡易なる形式において逐次刊行し、あらゆる人間に須要なる生活向上の資料、生活批判の原理を提供せんと欲する。この文庫は予約出版の方法を排したるがゆえに、読者は自己の欲する時に自己の欲する書物を各個に自由に選択することができる。携帯に便にして価格の低きを最主とするがゆえに、外観を顧みざるも内容に至っては厳選最も力を尽くし、従来の岩波出版物の特色をますます発揮せしめようとする。この計画たるや世間の一時の投機的なるものと異なり、永遠の事業として吾人は微力を傾倒し、あらゆる犠牲を忍んで今後永久に継続発展せしめ、もって文庫の使命を遺憾なく果たさしめることを期する。芸術を愛し知識を求むる士の自ら進んでこの挙に参加し、希望と忠言とを寄せられることは吾人の熱望するところである。その性質上経済的には最も困難多きこの事業にあえて当たらんとする吾人の志を諒として、その達成のため世の読書子とのうるわしき共同を期待する。

昭和二年七月